全民阅读精品文库

U0672611

蝴蝶效应

杨晓升／主编

中国言实出版社

图书在版编目（CIP）数据

蝴蝶效应 / 杨晓升主编. — 北京：中国言实出版社, 2015.12

ISBN 978-7-5171-1709-4

Ⅰ.①蝴… Ⅱ.①杨… Ⅲ.①中篇小说—小说集—中国—当代②短篇小说—小说集—中国—当代 Ⅳ.①I247.7

中国版本图书馆 CIP 数据核字（2015）第 293064 号

出　版　人：王昕朋
责任编辑：胡　明
文字编辑：张凯琳
美术编辑：张美玲

出版发行　中国言实出版社
　　　　　地　址：北京市朝阳区北苑路 180 号加利大厦 5 号楼 105 室
　　　　　邮　编：100101
　　　　　编辑部：北京市西城区百万庄大街甲 16 号五层
　　　　　邮　编：100037
　　　　　电　话：64924853（总编室）64924716（发行部）
　　　　　网　址：www.zgyscbs.cn
　　　　　E-mail：zgyscbs@263.net

经　　销　新华书店
印　　刷　北京温林源印刷有限公司
版　　次　2016 年 1 月第 1 版　　2016 年 1 月第 1 次印刷
规　　格　710 毫米 × 1000 毫米　　1/16　印张 23.75
字　　数　365 千字
定　　价　48.00 元　　ISBN 978-7-5171-1709-4

目录

蝴蝶效应 ················ 季栋梁 /1

暗杀刘青山张子善 ······ 李　唯 /61

溃　口 ················ 郑局廷 /127

一豆的春天 ············ 胡雪梅 /181

介　入 ················ 杨晓升 /221

十诫之杀人短片 ········ 古　宇 /291

无枕黄粱 ················ 柳　岸 /325

季栋梁

蝴蝶效应

送奶工涂富贵无意中发现市长史国有"女儿"的秘密，引发了一系列骚动，他自己的生活一夜间也险象环生。先是被奶场辞退，并差点儿祸及正准备高考的儿子，幸好有朋友和善良人伸出援手……

1

从鸣春苑出来正要上车，旁边闪出一个瘸子扑到车前。因为腿瘸，扑得太猛，平衡没把握好，一身子就趴在了奥迪的引擎盖上，史国着实吓了一跳。办公厅主任储贤达和秘书江长如反应敏捷，立刻扑过去，将瘸子架到一边，其他陪同调研的人员包括记者瞬间也都扑了过来，形成一道人墙，横在了瘸子面前，把史国护卫起来。

那瘸子一条腿虽不给力，扑腾劲儿却很大，想要冲破这道人墙。场面就有些像游戏老鹰捉小鸡，不同的是一队小鸡们在护卫着老母鸡。

瘸子喊着说："市长，我、我……"

江长如逞能，想要把瘸子的胳膊撅起来，却被瘸子一抡胳膊，甩了一个大跟头。

储贤达喝一声："你想干什么？"

登高区书记李兆廷也及时横在瘸子面前说："有啥事下午到区委找我李兆廷说。"

瘸子说："我、我找史市长有事。"

史国反倒冷静下来，显得沉着练达、淡定从容。为官多年，视察调研中这种突发事件他已司空见惯了。要在平时，他也许会不予理睬，扬长而去，这种类似于古代的冒死拦轿上访，背后的事件都牵牵连连非常棘手，在现场是无法答复和解决的。倘若你承诺了什么，以后将会十分被动，何况今日跟着这么多的记者。然而，今日他并不想立马走人。他对李兆廷很不感冒，此人太势利，眼里只有书记，再无别人。从内心来讲，围绕一个核心没有问题，他并不反对，在官场上大都如此，他也是这样过来的。可你得把握好一个度，不能因为围绕一个核心而把所有人不当回事，伤了其他人的尊严。李兆廷做得太明显，太过分，譬如跟他握手和跟书记握手时就表现得大不相同。跟书记握手李兆廷总是远远就伸出两只手佝偻着腰一路小跑过去抓住书记的手摇啊摇，一双小眼睛流溢着讨好与谄媚。李兆廷本来个头就不高，这样他看书记时就是仰望了。可跟他握手时，一只手不说，不要说佝偻着腰，身子前倾也很少有过，笔挺地站在那里，就像是大领导接见小人物一般，倒像他的级别比别人高似的。更可恶的是有一回开大会，他和书记一同进会场，李兆廷竟然只和书记握过手后就像一条狗一样夹着尾巴佝偻着腰紧随书记进去了，不仅没跟他握手，连看都没看他一眼。他知道李兆廷有点儿背景，他的岳父曾经是省委常委组织部部长，不过那都是明日黄花，退了有五六年时间了。

瘸子虽然被人墙阻隔，却并没有放弃，他挣脱了被撅着的胳膊，还执着地一扑一闪，人墙就一闪一扑。史国就说："不要拦他，让他过来，听听他有什么冤屈和困难。我们下来就是解决问题的嘛，怕什么？"他要借这一件突发事件，敲打敲打李兆廷。

史国的口气有些严厉，其他人就在迟疑中闪出一条路来。

那瘸子被人围住时扑得很凶，让出一条路来反倒慌张了，脸都涨紫了，粗重的喘气声像拉着风箱，顿了顿，勉强一拐一拐来到了史国跟前，说："史市长，我、我……"

史国格外大度，平易近人，说："老乡，慢慢说，别紧张。"

"我是送牛奶的，你女儿订了半年的牛奶，才送了两个月，家里老是没人，这都一个多月了，你看牛奶给您送到哪儿，要不我把

钱给您退了。"

大约是由于紧张，又害怕被人驱赶打断，瘸子是一鼓作气把话倒完的，声音很大，简直是有些高亢，说完就大口大口呼气。

一时间就像凝固了般寂静，听得见此起彼伏的呼吸声。

瘸子的话就像一闷棍当头劈下，史国瞬间休克了一样，一阵呆痴。

江长如抢抓机遇要表现自己的忠诚，扑过去说："胡搅蛮缠个啥？市长没女儿，订什么牛奶，你认错人了！"

此时此刻，这话说得太不合时宜，听上去不像是在阻拦，倒像是故意的重复、强调或者引诱、挑逗。

瘸子却很执着，说："我没认错人，在他女儿家我碰见过他好几次。"

还是储贤达反应敏捷，上前去攥住瘸子的胳膊，咬牙切齿说："听着，市长非常忙，知道吗？不要纠缠市长，有啥事跟我走，跟我说，我保证百分之百给你解决。"说着，拽着瘸子迈开大步往僻静处去。

储贤达生得高大孔武，双臂若椽，瘸子又一条腿不给力，被拽着就失去了自控能力，跟头流星的，完全像一件东西被拖着走。储贤达回头挥挥手说："你们抓紧时间陪市长去下一个点，别耽误了。"又对史国说："市长，你先走，这里交给我了。"

先走？三十多名干部，省报、省台、市报、市台等媒体的七八位记者，四十多人的队伍，个个目光猜忌，两耳高竖，神情暧昧，这种情况下要是慌然离去，无疑是为瘸子的话提供了最有力的佐证。城隍庙里着了火——小鬼的嘴里都冒烟，那样用不了一个小时，全市会沸沸扬扬地传播"市长和他女儿的故事"。

史国点了根烟，抑制抑制自己的心绪。他已经从脑海里把这个一瘸一拐的家伙搜索了出来，在陶玉那里他确实碰见过这个送牛奶的，因为是个瘸子，记忆就很准确，不容置疑。还是不够谨小慎微啊，正因为瘸子实在太渺小了，他并没有把他当回事。

几十年官场的历练，练就了史国快速应变的能力，他往后挪挪头发，面带微笑，对储贤达说："把他带过来，带过来。"

储贤达迟疑着说："市长……"

史国挥了一下手说："带过来，带过来，我问问他。"

储贤达只能将瘸子带回来，推到史国前面，不过他的双手还紧紧抓着瘸子。

史国摆摆手笑着说："放开，放开，他不是恐怖分子，你小题大做了。"

储贤达撒开了手，史国看着瘸子，哈哈大笑，说："我女儿有多大了？"

瘸子说："我、我不知道。"

史国又说："我有好几个女儿，不知尊驾给送牛奶的是哪一个？"

瘸子垂着头说："我、我不知道。"

史国笑着说："这事有意思，很有想象力嘛，难怪有人撰文说当官要有想象力，为达目的不惜用江湖上的旁门左道啊。这换届还有一年的时间，就开始做起手脚来了，给我女儿送牛奶，直接说嘛，给我的情人、小蜜、二奶、小三送牛奶。我倒想有个女儿，女儿是爸爸的贴身小棉袄嘛。"之后释然一笑，拍拍瘸子的肩膀说："老乡，江湖险恶，连你也卷进来了，难怪有人说中国是个政治大国，连农民都会搞政治。"

瘸子已经给吓坏了，两条腿不停地倒换着着力点，看上去就像是凫在水上，一起一伏的。

史国猛然一回头，脸色凝重，声音粗壮："太拙劣了！马克·吐温的《竞选州长》许多人都学过的吧，现在有了现实版的，用在了我的身上，娘稀屁。这是美国20世纪的事，能不能有点儿新花样，来点儿中国特色，这想象力也太弱智了。"史国爱用蒋介石的口头禅"娘稀屁"来表达自己的愤怒。

史国到了车跟前，又回头说："怎么不抱个孩子来说是我的私生子？贤达，你给我查查，好好查查，把背后的人给我揪出来，我就不信正不压邪。"

史国上车后甩上了车门，差点儿夹了来关车门的司机的手，平

时车门都是司机开关的。

登高区的领导们还在犹豫，副区长朱灿说："你们走，我和储主任留下来。"

储贤达明白他们的顾虑，担心瘸子抖了他们的什么底，就拍拍朱灿肩膀说："朱区长，你和书记陪市长抓紧时间去下个点吧，别误了调研，让点上的同志久等。不会有事的。"

车队离开之后，储贤达扯着瘸子来到一个僻静的墙旮旯，将徐富贵抵在墙上说："你想干什么？"

瘸子头上的汗水不像是渗出来的，而像是被大雨淋过，他一把一把不停地抹着甩着，结巴着说："大、大哥，不，不，领、领导，市长女儿订、订了半年牛奶，每天六斤，才、才送了两个月，她、她人老是不在家，我、我找市长的意思要、要是搬走了给个新地址，我、我把牛奶送新地方去，要、要是去了别处就把钱、钱退了，六斤牛奶哩。"

储贤达四下看看，他并不是想把瘸子怎么样，而是想弄清楚这件事情。无论从自身出发，还是从史国的角度出发，他必须掌握这件事情的真相实质。他上上下下打量过瘸子，断定瘸子是诚实的，没有说谎，就说："你叫什么名字？"

徐富贵说："徐富贵。"

储贤达说："给哪个公司送牛奶？"

徐富贵说："大黄奶牛场的。"

公司他没记住，只记住了大黄奶牛场。

大黄奶牛场储贤达是知道的，是叶明川的，在城外董庄，每年免费给市上主要领导供应鲜牛奶。叶明川跟他也是多年老关系了，但他还是继续问："大黄奶牛场在哪里？"

徐富贵说："城外董庄。"

储贤达说："身份证。"

徐富贵掏出身份证递过来，一双手哆嗦得就像帕金森症患者。储贤达看过后说："你怎么知道订牛奶的是市长女儿？"

徐富贵说："我在市长女儿家见过市长。"

储贤达说："碰见市长几次？"

徐富贵说："有五六次。"

储贤达说："你怎么知道他是市长？"

徐富贵说："我听到他女儿叫他史大市长，在电视上也常见，就认下了。"

储贤达咬咬嘴唇说："市长女儿住在哪里？"

徐富贵说："桃花坞别墅 D 区 D 座。"

这与储贤达掌握的信息相同。储贤达的姐夫就住在桃花坞别墅区，给他说过在别墅区里好几次看到了市长。

储贤达说："市长女儿叫什么名字？"

徐富贵说："不知道。"

储贤达说："她订牛奶你连她的名字都不知道？"

徐富贵说："她只说叫她 DD。"

储贤达皱皱眉头说："DD？哪两个字，会写吗？"

徐富贵身上有笔，因为送奶的时候，会有人订奶，奶牛场给每人配发了一支笔。徐富贵掏出笔在手掌上写了"DD"两个字，并说："这、这可能不是她的真名字。"

储贤达笑笑，说："好了，牛奶不用送了，你走吧。"

徐富贵说："不送了？那我得给退钱。"

储贤达掏出二百块钱来塞给徐富贵说："钱也不用你退了，留着你自己花，不会有人找后账，我就是市长的管家，你走吧。记住，一、以后别再找市长；二、别提给市长女儿送过牛奶；三、谁再问起就说认错人了。记清楚没，要是让我听到你在外面胡说，就没今天这么客气了。"

尽管头皮发麻，浑身发抖，但徐富贵还是追问了一句："市长到底有没有女儿？"

储贤达翻了徐富贵一眼说："咋？想出事？管住你的嘴！"

储贤达上车走了，徐富贵捏着两百块钱站在那里发起呆来，直到一些人开始围过来，这才慌忙骑了三轮摩托走了。

2

尽管一场惊吓差点儿掉了魂儿，可等到返回奶牛场的路上，徐富贵心情已经平静了，开阔了，牛奶不用送了，也不用退钱，那管家一看就是个说话算数的人。像棉花一样壅塞在心里纠缠了他一个多月让他吃不香睡不香的事竟这么轻描淡写地了结了，还发了二百块钱的意外之财。二百块钱，可是他送五天牛奶的钱，可不就是意外之财！徐富贵心情大好。

这件事要从三个多月前说起。

徐富贵每日分别为五个小区送牛奶：荣宝园、桃花坞、福兴源、鑫晶、鸣春。这活他已经干了两年。他摸索出一条最节省时间的线路——从福兴巷进去，穿老牛巷，由井巷出来，再从杏桃巷进去，赵家巷出来，最后出胭脂巷，到光大街，至9点，牛奶就送完了。回到奶牛场，睡一觉到中午，吃过饭，下午喂牛。

三个月前的一天，徐富贵在桃花坞被一个女子拦住了。那女子神情倦怠，没有上妆，趿着拖鞋，披一件薄衫，显然是为了订牛奶才从床上爬起来。正是八点钟，阳光最好的时间。阳光下那女子真是白嫩水灵，徐富贵痴呆了，心里说村里人说这女娃水灵，那女娃水灵，人家这才叫水灵。

女子指着他摩托车上的塑料桶说："那一桶奶是多少斤?"

徐富贵说："六斤，也就是三公斤。"

女子打了一个哈欠，说："从明天开始你每天给我送这么一桶奶吧。"

订出去一斤牛奶有一毛钱的提成，对徐富贵来说，这是天大的好事。徐富贵的脑子里飞快地计算着，一天就是六毛，一个月就是十八块，要是订一年，就是二百一十六。因为心里在算账，徐富贵表现出来就有些迟疑。

女子皱皱眉头说："怎么? 不想送?"

徐富贵忙说："送，送送。"

"七点以前，准时送到门口。"

"嗯嗯嗯。"

"不要袋装的、瓶装的，就要这种桶装的，最好是从牛乳房上直接挤到这桶里的，嘻嘻。"

"嗯嗯嗯。"

"不许掺水，不许掺三聚氰胺，否则我就投诉你们，罚得你们倾家荡产。"

"嗯嗯嗯。"

"D区D座。"

"嗯嗯嗯。"

女子就笑了说："你是哑巴啊，只会嗯嗯嗯。"

徐富贵说："嗯嗯嗯。"

那女子就把眼睛笑得月牙一样，说："你别光嗯嗯嗯，能找到吗？"

徐富贵点着头说："找得到，找得到。"

女子说："记住，七点以前送到，明天我给你钱。"

第二天，六点五十徐富贵把牛奶送到，进了大厅，金碧辉煌的，徐富贵眼花缭乱，心里说皇宫也不过这样吧。女子订了一年。算了钱，女子付了钱说不用找了。徐富贵又多得了16块钱，千恩万谢的。要填个单子，那女子嘻嘻一笑，说就填DD吧。徐富贵愣了一下，心里说世上哪有叫这样名字的？他小的时候，庄子里第一回去了汽车，汽车一打喇叭嘀嘀嘀嘀，他们把汽车叫嘀嘀嘀嘀。女子拿过笔写了"DD"，嘻嘻一笑说："这个名儿真好，以后我就叫'DD'了。"

回去的路上，徐富贵很是开心，叫一声"DD"，嘻嘻一笑，叫一声"DD"，嘻嘻一笑。他还这样想，他儿徐鹏把书念成了，就能娶像"DD"这样水灵的女子，心情就更好了。

徐富贵得趸摸出另一种走法。摸索了两天时间，在不耽误别人喝牛奶的情况下，六点四十左右，徐富贵就准时站在桃花坞D区D座门前了。摁过门铃，门"咔嗒"一声，徐富贵推开门将牛奶提到客厅，就退了出来，把门带上。徐富贵怕人家嫌恶。城里人对他这

样的人总是嫌恶的。

送了两周，除了"DD"，在这栋别墅再没见到别人，也看不出另外有人的迹象。徐富贵有些纳闷儿，一个女子订六斤奶会干啥？一个人肯定是喝不了，送了两年牛奶，他也知道一个人一天一斤牛奶就够了，喝多了反而不好。可牛奶不喝又能做啥？回到奶牛场和马皮说起来，马皮撇撇嘴说，没听过洗面奶啥的？土八路，城里人不光喝牛奶，还用牛奶洗脸洗澡，她肯定是用牛奶洗澡。徐富贵说用牛奶洗澡？马皮说，城里女子都用牛奶洗澡，要不咋个个白嫩得一掐能掐出水来？徐富贵就想，怪不得"DD"那么白嫩水灵，原来是在牛奶里泡着。马皮揶揄徐富贵说，你呀白活了，啥时你破个财，去洗回桑拿，专门有牛奶浴，还有妈妈浴哩。徐富贵心里揶揄马皮说，三十多岁了连个婆娘都没娶过，儿没儿女没女的，谁白活了？但他懒得跟马皮打嘴仗，他心里幸福着哩。

直到第三周的星期三，徐富贵提着牛奶进门时，与一个男人撞了个满怀，徐富贵忙往一边闪，抱歉地看着那男的，等人家发火。那男的瞥了他一眼，却没有发火，戴上墨镜走了。那男的国字脸，双眼皮，梳一个大背头，黑亮黑亮的好不精神。徐富贵想不是官老爷就是大老板，便感慨这父女俩真是幸福。也只是感慨感慨罢了，这世上他不如的人实在是太多了。

给"DD"送了两个月牛奶，这个男人徐富贵碰见过五六次。虽然"DD"家一进门装了一道玻璃墙，把大厅与门隔开了，玻璃是毛玻璃，糊麻麻的只能看个影儿，但正对着门的墙上装了一面老大的镜子，把大厅里一切都映照进去了，一开门就能通过镜子看到大厅的一切状况。有一回，他从镜里看到"DD"正猴在那男人背上，双手拧着那男人的耳朵，那男人就像一头驴在地毯上转圈圈。徐富贵心里说这么大了还撒娇，把老子当驴骑。出门时就听"DD"咯咯咯地笑着叫着："都来看吧，史大市长让我当马骑。都来看吧，我把史大市长当马骑。"徐富贵心里很激动，原来是市长家，他竟是给市长女儿送牛奶。

回到工棚打开电视，选台时徐富贵看到了那男人，正坐在电视里讲话，前面摆个牌子，写着"史国"。徐富贵揉了揉眼睛，细细端详过一番，断定就是他在"DD"家见过的那个男人，这证实了他确实是给市长家送牛奶。虽然市长跟他扯不上一点儿关系，但他还是很激动、很自豪，在老家，不要说是县长，就是镇长跟谁握个手谁都激动自豪多日哩。

从这天起，徐富贵喜欢看新闻了，只要看到史国市长，他就激动自豪。有一天，正看新闻，小黄进来了。小黄说，嘀，看起新闻来了，你看得懂看不懂？徐富贵没有说话，他还在盯着市长看。他不喜欢小黄，初中没上完就不上了，头发染得花花绿绿的，穿个衣服到处是口子，像个混混，已经沾染上了城里人油嘴滑舌的习气。大黄有了点儿钱还是那样，没烧到哪里去，他先就烧得没大没小的，再有钱，该尊人的地方还是要尊的。可小黄偏偏就爱来这工棚里晃荡，他知道小黄是在他们跟前显摆来了，小黄一走，马皮几个就骂烧包。不过见到小黄，他就想到自己的儿子，想到自己的儿子他就把小黄不当回事，眼里就没小黄这个人。

小黄说，看得这么认真，就像那是你家亲戚一样。徐富贵说你还别说，我真认得他哩。小黄把一口烟吹到徐富贵的脸上说，人家是大市长，天天在电视里，谁不认得？学会吹牛了，要这么说我还认得国家主席，重要的是人家不认识你。一件让人激动的事让小黄这么一搅扰，一点儿意思都没有了。小黄掏出烟来，抽了一根自己点了，咬在嘴里说，给你们讲个段子？没人理会他，烟酒不分家么，要是大黄，会一人散一根的。小黄说，有一个女记者去一家奶牛场采访，她问奶牛场老板，请问牛为什么会得疯牛病？奶牛场老板说你知道牛一天要挤3次奶吗？女记者说，这跟牛得疯牛病有啥关系？奶牛场老板说那你知道牛一年才交配一次吗？女记者说这又跟牛得疯牛病有啥关系呢？奶牛场老板说，你想一天被摸3次奶，一年才做一次爱，甭说是牛了，你会不会疯？女记者说，那他妈的我早疯了。说完小黄哈哈大笑。马皮几个也笑。笑过，马皮说这是说你爹吧，你狗日的这么说你爹。徐富贵没有吱声，觉得这娃太不懂事了，他得和大黄说说。小黄却没完没了，说我再讲一个。这时

大黄进来了。

大黄要是闲了没事，喜欢来工棚里坐坐，和他们谝谝闲，都是一个村上长大的，自然有不少话说。大黄说，说啥哩？笑得这么开心。马皮说，说你哩。小黄却岔开话题，指着徐富贵说，他说他认识市长，哈哈。徐富贵说，你这娃咋这么说话，我不是那个意思。小黄说那你啥意思？徐富贵说我是说我给市长家送牛奶哩。大黄说真的？徐富贵说，那六斤牛奶就是他女儿订的。大黄说他女儿订的？市长一家都喝我们牛场的奶，早知道就不该收他的钱。徐富贵说，人家有的是钱，住别墅，家里跟皇宫一样，在乎几个牛奶钱？大黄笑笑说，是啊，人家是大市长，会没钱？鬼都不相信。

两个月后的一天，徐富贵按了门铃，门铃娇滴滴地说，主人不在家，您请回吧。徐富贵愣在那里，等了一会儿又按了一次门铃，门铃里依然是那娇滴滴的声音。徐富贵不敢再等下去，耽误了给其他人家送牛奶，人家会投诉的，被投诉是要罚款的，钱上吃亏。牛奶送完后，徐富贵又来到"DD"家按响门铃，还是那娇滴滴的声音，就想或许"DD"有事出门了，一会儿就会回来。徐富贵在摩托车上睡着了，一觉醒来已经快中午了，"DD"还没回来，再等下去就要耽误午饭和下午喂牛，只能回去了。可这六斤奶咋办？这么热的天，放是放不住的。想来想去，只能自己喝了。奶牛场每天的早餐是一个馒头，一根油条，一袋榨菜，二斤牛奶。本就喝了二斤牛奶，六斤奶喝下去肚胀如鼓。

接下来几天，"DD"都不在家，徐富贵就受不了了。六斤牛奶他实在是喝不了，只能将剩下的倒掉。他想对大黄把事情坦白了，可又有些不甘心，一年的提成就二百多块，他都已经存银行了。钱就是这样，往进装容易，往外掏心疼。他想"DD"只是出远门了，最多一周就会回来，因此每天抱着明天就回来了的想法支撑着。就这么一个月过去了，"DD"还没回来，他就有些支撑不住了，而每天把白花花的牛奶倒进沟渠里更让自己觉得造罪，更要命的是怕"DD"回来会找后账，那是要赔钱的。奶牛场有规定，给客户造成损失由个人赔偿，并设了举报电话，谁要是被投诉了，要加倍罚款的。他心小，一件事就能把胸膛塞得满满的。他有些后悔，不该贪图那点儿提成，该把实话给大黄说了。现在要给大黄说，受罚赔偿都不是啥事了，重要的是让大黄看不起他，在大黄眼里他成啥人了，他一个瘸子，大黄不嫌弃，给了他一份工作，他还这么背后捣鬼。就想再坚持几天，或许明后天"DD"忽然就回来了，只要"DD"回来，他把一个多月的牛奶给人家折算成钱补上，就啥事都没有了。人就是这样，占小便宜肯定要吃大亏的。

一天，徐富贵在电视里再次见到了市长，忽然生出一个主意，去找市长，找到市长不就找到"DD"了？于是，送完牛奶，徐富贵就往市政府来了。他从未进过政府，以为和普通地方一样，冲着大门就往里走，结果被站岗的门卫拦住请他出示证件。他只有身份证，掏出来递过去，门卫看了一眼指着旁边一间房子说，请到那边去登记。他来到登记的窗口，人家问找谁？他说找市长。人家把头从窗口探出来打量了他许久说有约么？他说没约。人家说那请回去吧。徐富贵说我找市长有事。人家面无表情说找市长的人都有事。然后就不理会他了。他没想到政府的大门这么难进，市长这么难见，好说歹说纠缠了半天，人家就是不让进，他就决定在大门外等，每天送完牛奶就来等。连续几个上午，没等到市长。那天来了一群上访的，是些农民，也有一个瘸子，是一个老汉，他递了一根烟，和老汉说起来，老汉说在这里哪里能等到市长，市长进出都坐在车里，那车里面看得清外面，外面看不清里面，他们看见你躲得比谁都快。靠等是见不上的。而且这大院有几道门，他走哪个门都不晓得。徐富贵就没了招数。

这天，徐富贵送完鸣春小区的牛奶，没想到就和市长碰上了。徐富贵一看跟着市长有一大群人，前呼后拥，气势很威武，有些怯场，就一直尾随着逡巡着，看到市长向着小车走去，这才一急扑了上去。错过这次机会，他就不知道在哪里能找到市长了。

徐富贵没想到闯了这么大的祸，差点让人逮捕了，他觉得那些人一开始就是要逮捕他，他听到一个说要打110。不过总算是有惊无险，一切都过去了。经过"老寡妇酱骨头馆"时，徐富贵停顿了

一下，看看腕上的电子表，明天正好是周末，就决定把儿子叫出来大吃一顿。儿子在一中上高中，马上就要升高三了。每个月他会把儿子叫出来大吃一顿，自己也会要二两或半斤装的烧酒犒劳一下。尽管这个月他们父子已经大吃过一顿了，可他想再吃一顿。老人有话，意外之财要打个尖才能留住，这二百元当然是意外之财，是该打个尖的。

3

离开鸣春小区，史国觉得这个突发事件就像一块石板压在胸口，血压立马升高，心跳也加速了，喘气都有些困难，吃了一颗"倍他乐克"，闭目做着深呼吸。

视察也好，调研也罢，都是被人家牵着鼻子的一个过程。通知一下，人家就开始选点安排了，接待手册一出，白纸黑字，安排了的点就都得走完。要是平日，史国可能借故就走了，视察调研么，走了也就走了。可今日他就不能走了。

到了福盛园小区，史国找了一个僻静的地方给陶玉打了个电话，问桃花坞那套别墅处理了没有？陶玉悄声说，已经脱手了，净赚58万，嘻嘻。他说那就好。陶玉说，老公，咋了？出事了？史国皱皱眉头悄声说乌鸦嘴，随便问问。陶玉说是一个朋友的朋友出的面。史国说好好。陶玉说晚上晚上晚上。陶玉就是这样，通过重复表达强烈的愿望。史国说嗯嗯嗯。

福盛园小区的点看完又看了两个点，就正午了。史国原本打算不参加登高区安排的午宴，他要驳一驳李兆廷的面子，现在只能改变主意。尽管在鸣春小区的那一番说辞冠冕堂皇，甚至义正词严，可他知道许多人都是半信半疑。如今官员都是众矢之的，只要是有关官员的事，即使是听上去像天方夜谭，但人们依然信以为真。况且今天除了市区两级各部门几十号干部，还有省报、省台、市报、市台的七八名记者，记者那张嘴可从来都是无遮无拦的，而且都是微博的主力传播者。这事处理不好，那可就要满城风雨了，时下正在关键时期，因此还需要在酒宴上继续澄清漂白。

座位都摆放着名签，史国扫了一眼，记者全安排在另一桌。他对李兆廷说，把省报、省台的记者安排到这桌来，人家是省上的，我们是市上的，是我们的领导层面上的，怎么能这样安排？安排到我旁边。李兆廷立马就调换了座位。市上的记者可以看作是他的下属，省报、省台的可不是属于他管的，这些人很看重这个，况且今天情况特殊。不过他对记者一直很好，这倒也不会引起别人的猜忌。——落座后，史国和几位记者谈笑风生。储贤达还没有到，李兆廷满脸堆笑请示等不等，史国没有回答，他掏出手机正要给储贤达打电话，储贤达走了进来，史国笑着说："你倒比我架子大，让李书记恭候你，这可是李书记的地盘。"

储贤达抱抱拳说："各位，对不起，对不起。"

按说应该由李书记来个开场白，宣布开宴，可史国没给李兆廷这个机会，而是端起酒杯说："各位，民以食为天，吃好，喝好了，多余的话不说，一切尽在酒中。"说着一仰脖干了，还把酒杯底儿朝上，比画着几位没喝的全喝了。酒宴就开始了。

史国吃了口菜，斜了储贤达一眼，储贤达就走过来附在市长的耳朵上说："市长……"

史国说："你大声一点儿，大家都竖起耳朵等着听哩。"

储贤达明白史国的意思，左右环顾一下，说："情况基本明白了……有人……"

史国说："你怎么吞吞吐吐，莫不是调查出了我真有个女儿？"

储贤达说："市长真会开玩笑……下去我给您详细汇报吧，现在……喝酒。"

史国哈哈大笑说："一个送牛奶的瘸子都关心政治了，政治文明很显成效嘛。好吧，娘稀屁，正是应了官场如江湖，这样下作的手法都玩得出。不过，这家伙还是有创意，有想象力的。"

史国说到这里，端起酒杯拍拍李兆廷的肩膀说："李书记，登高区老百姓的素质高啊，这都是李书记治理有方啊。"

李兆廷站起来，说："市长，我自罚三杯，是我们工作做得不扎实，考虑得不周到，惊吓着市长了。"说着连喝了三杯酒。

史国把李兆廷摁着坐下说:"惊吓着我了,我有什么可惊吓的?"

李兆廷忙说:"市长,我口误,是惊扰,惊扰,我再自罚三杯。"

说着又端起酒杯要喝,副区长朱灿站起来说:"书记,我替你喝了。"

史国脸上掠过一丝不快,说:"朱副区长很能喝啊。"说着抓过酒瓶,"服务员,上口杯。"

李兆廷说:"我喝,我喝。"

史国说:"你喝你的,他喝他的,我喝我的。"

史国明白他现在是代市长,之所以"代"是由于差投票一个环节,取"代"是需要投票的,这时候不该和人较劲。可今天他必须较这个劲,要表现出自己的威势,否则别人就会以为他心虚。

服务员拿来的口杯是泡菜的杯子,这正合了史国的心意,他亲自斟了满满一口杯,递给朱副区长,倒了三小杯递给李兆廷,倒了一小杯自己端了,说:"能者多劳,能者多劳,我高血压,心脏病,意思一下就行了。"

朱副区长面露难色,这一口杯至少也有半斤,史国说:"朱区长,你看我和李书记两个陪你哩。"

李兆廷说:"喝吧,这是市长赐的酒,赐酒等于赐福。"

朱副区长一仰脖儿"咕咚咕咚"灌了下去。

李兆廷喝了三杯,史国端起酒杯想想,把酒杯递给储贤达喝了。

打一巴掌还得给块糖,这是一门不可或缺的领导艺术。史国给朱副区长搛了一条红焖小鲫鱼说:"朱区长,忠心可嘉,快吃点儿,压压酒。"又搛了一条红焖小鲫鱼给李廷兆,"李书记,有这样的虎将,工作还有什么难度?好好培养。"

朱副区长脸和脖子都紫了,晃晃悠悠斟了一口杯酒说:"市长,我再喝一口杯,谢市长赐酒之恩。"

史国一拍桌子说:"好,爽快,我陪一个。"

朱副区长喝完第二口杯,就趴在桌子上不省人事了,最后被人搀了出去。

史国说:"酒量不大么,一看就是个实诚人。"

于是大家继续喝酒,史国敬了一圈酒,点了根烟说:"安排在我调研的点上,忽然扑出来拦截我,当着几十号人的面说市长你女儿这长那短的,各位长见识了吧。既然官场如江湖,那么就不能坏了名头,真正的江湖高手是需要一个好名头的。还有一句很有名的网络语,哥不在江湖,但江湖上却又有哥的传说,一语中的啊。奉劝各位,以后此招断不可用啊,来,为这句话干一杯。"

史国举起酒杯站起来,其余的人也都站起来举着酒杯,不说话,看着史国。史国又说:"不过,这事有一点儿不完美,谁都知道我就一个儿子,应该说成是我的干女儿,我也过过干爹的瘾。哈哈,喝酒,共同干一杯。"

共同干了一杯酒,史国说:"贤达,我需要一个交代。"

储贤达点点头说:"市长放心。"

下午一上班,储贤达进了史国办公室,史国扔给储贤达一根烟说:"贤达,那瘸子什么情况?"

储贤达说:"大致情况搞清楚了,是城外董庄一家奶牛场的送奶工。"

史国说:"城里人还是乡下人?"

储贤达说:"乡下人,来自偏僻山村。"

史国点点头说:"噢。"

储贤达说:"他认错人了,吓坏了,抖得像一片秋风中的树叶。"

储贤达斟酌再三只能这么说。

"认错人了?"史国摆摆手说:"贤达啊,说实话吧,这事不管是那瘸子认错人了,还是背后有什么企图,当着那么多人的面喊出来,落在咱们身上,就不是认错人了那么简单。用那句俗话说,一屁股坐在狗屎堆上,不是你屙下的也是你屙下的,而且人们是宁会信其有,不会信其无。官员现在是众矢之的,一点儿不慎,就会风生水起,产生蝴蝶效应。"又说:"蝴蝶效应你知道不?"

储贤达说:"略知一二。"

史国这样说话,储贤达心里就极其不悦了。储贤达明白,这只

是一个非常偶然的单纯的突发事件，没有任何的政治背景，就是有人要搞政治阴谋，也没有人弱智到雇用一个见了官员就发抖结巴的送牛奶的。这史国心里清清楚楚，而且也知道他心里对这件事的认知程度。储贤达也能理解史国如此看重这事，遇上这样的事，任何一个人都会竭尽全力掩盖真相，将整个事件的影响化解到最低程度。当然也要预防有人抓着徐富贵做文章，把一个偶然事件变为政治事件。这都没错，但是，面对自己的办公厅主任，史国却犹抱琵琶，遮遮掩掩，这让储贤达很不舒服，有些窝火。显然，史国到现在依然还没有把他当作自己人，他还没连上史国这条线，还站在史国这个圈子之外。倘若是自己的人，史国会请他坐下来商讨一个将整个事件的影响化解到最低程度的最佳的解决方案，会大明大白地交代指示他去做。

史国说："如果传出去，会被别有用心的人利用，那咱们就会有大麻烦，当下正是你我的关键时期，虽然现在到处都说作风问题不是问题，但对于咱们官员来讲，作风问题依然是重要问题，而上面对于这类问题是从不需要捉贼捉赃、捉奸捉双这样的证据的，你明白我的意思吗？"

储贤达点点头说："明白，市长放心，翻不了天，压得住。"

储贤达盯着史国，心里窝火极了。倘若在平时，史国和他说话说到"咱们""你我"这个份上，那他会感激与欣慰的，可现在他一点儿感觉都没有。史国调到云水市时，他已经做了一任办公厅主任。史国做了代理市长后，却表现出了想换他的意思，曾暗地里物色过几个人选，和书记沟通时，书记说不急么，马上换届了，到时候一并调整。新官上任更换老的班底，把譬如秘书、司机，包括秘书长、主任等贴身的人换成自己人，在政界这像法律法规一样正常。但是，史国调到云水市起初是常委、常务副市长，作为办公厅主任，虽然史国不是他服务的核心，但史国将来接市长的势头很明显，明眼人都看得清楚明白。因此，在史国身上他投入的精力可以说超过了市长，竭心尽力，小心呵护。可史国做了代理市长却要换他，这说明他几年赤诚忠心的服务并没有得到应有的回报，他能不窝火？但他窝火也只能窝火，官高一品压死人，等级森严的官场就是这个样子。

史国说："贤达，这事不简单哩，你必须给我一个圆满的交代。"

储贤达说："明白，市长放心，我会处理得让您满意。"

史国挠挠头说："这事不可以掉以轻心，风起青蘋之末，尤其是如今的微博可不是一片净土，更是不可小视。"

储贤达已是两届办公室主任了，马上要换届，肯定是要动，可是动得好与坏，史国是起决定性作用的。可史国至今未跟他谈过，这时间史国说"当下正是你我的关键时期"，显然是一种暗示，却又带着胁迫的味道。他也只能表现得更诚恳和虔敬。

史国站起来说："山区农民嘛，小农意识，你去处理处理吧，不要太强势，要笼络他们。"

储贤达说："明白，明白。"

回到办公室，储贤达自言自语骂出一句"娘稀屁"，抽了一根烟，给食品药品监督管理局局长程玉清打了电话。能管奶牛场的部门很多，之所以选择食品药品监督管理局，是因为程玉清是他的妻弟，这种事当然还是需要亲信去办。要说他亲自跑一趟也行，大黄奶牛场是叶明川的，多年交情了，只是一方面他不想纠缠得太深，像史国这样善于运作的领导干部，是可以用前途未卜来形容的，一旦倒台，难免会把他牵扯进去，虽然他们的关系并不是很亲密，但沾上了就是个污点，竞争对手就会拿这事做文章。官场就是这样，只要你在场，永不缺对手。市长牛八玉栽了跟头就把办公厅主任刘远达带进去了，因为有几个关键的暧昧的场合，刘远达都在。要说也真是滑稽可笑，主任本就是领导的跟班，职务所在，职责所在，但事出了，人就有话说，刘远达就落了个失察失职、监督不力的处分。这听上去就像是笑话，可到了现实中就是事实，一个跟班去监督领导，除非脑袋让门夹了。用人们的话说是上床打老婆，不想干了。尽力配合还尚嫌不够默契，你监督试试，不要说是监督，就是不同意才说了一半，人家就打发你走路了。只要刘远达一有机会，竞争对手就拿这处分说事，匿名信雪花一样，搞得刘远达很是郁

闷，原地踏步一直踏到退休。另一方面叶明川至少有半年多没跟他联系了。叶明川以养奶牛起步，后来进入房地产领域，发展得如日中天。去年圈下一块地，想修改一下用途，通过他想请史国吃饭。他请过史国，史国却没给他这个面子，说过段时间再说吧。但凡这种事本就很敏感，史国以后不提，他也不好再说。可这个家伙竟然这么长时间不跟他联系。

程玉清来后，储贤达说，大黄奶牛场有一个送奶的瘸子叫徐富贵，拦了市长调研的车队，搞得市长下不了台，市长很生气，你告诉奶牛场老总，快点打发瘸子回乡下去。

尽管程玉清是自己的小舅子，但也不能告诉他真相。针尖大的窟窿进来斗大的风，少一个知情人就降低一个传播点、一个风源点，少一只蝴蝶的翅膀。一个事件能造就一个人，也可以毁了一个人。这件事对他无疑是一个考验，事关他下一步前程。他不能马虎，官场是高度敏感的，敏感得都有些小心眼儿。所以史国才用了蝴蝶效应。

程玉清要走的时候，储贤达对程玉清说，带上点儿钱，尽管他采取的方式有些偏激，但终归是农民，一个农民从山里来到城市讨生活，委实也不容易，怪可怜的，不要威逼强迫，别生事端。又说，不过，大黄奶牛场是该给点儿教训，出了这种事，他们是难辞其咎的，找个三聚氰胺什么的借口，搞出点儿声势来，对市长也有个交代，市长可是盯着这事哩。

4

就像那电视名儿——《幸福来敲门》，徐富贵已经听到幸福的敲门声了。他就像一个走夜路的人，已经看到天光了。儿子徐鹏明年参加高考，按老师说的，重点大学没大问题，要是发挥得好一点儿，上北大、清华甚至拿个状元也是很有可能。这就意味着再有一年，他也就从苦水潭底爬上岸来了，彻底解脱了，接踵而至的就是大段大段的好日子。徐富贵心里说，水秀啊，你看着吧，我对你说过的每一句话都真真的。

徐富贵上午送牛奶，下午清理牛棚。上午送牛奶的四个小时，楼上楼下的，一个台阶一个台阶的，有时候为送一瓶奶要爬六层楼。他本就一条腿不得力，真是抽筋扒骨，送完整个人就跟瘫了一样。下午清理牛棚的活儿可以不干，但另有一份工钱，徐富贵当然要干。人只有穷死的，没有挣死的。虽然辛苦，但有希望的辛苦也是幸福。

徐鹏现在是寄托了他全部的幸福与希望。

他一头扎进南窑肚儿里就是五年，正如那歌唱的，我的黑夜比白天多。从南窑肚儿里爬出来，从银行取出五沓新崭崭的老人头，他就直奔章家台去了。任福娶媳妇时请他催箱娶人。任福媳妇的表妹水秀是陪娘，他就盯上了水秀，也把水秀家里的情况摸了个清楚。水秀的哥哥强子娶不上女人，又好吃懒做，不出去打工，就在家里祸害，把家里祸害得鸡飞狗跳的。这个狗食在镇上耍小姐让警察捉住了，捎回话来让拿钱赎人，村子里传得沸沸扬扬，水秀爹又羞又气，就决定用水秀给强子换个媳妇安顿了事。水秀一直在城里打工，捎话带信的叫了多次也叫不回来，水秀爹就上吊、抹脖、跳窑地把水秀从城里逼了回来。可现在换亲要找个合适的并不容易，计划生育以后，家家子女都少，而且都在城里打工。还没探访到合适的茬口，他背着钱上门来提亲，水秀爹是杠木做的擀面杖，直来直去，说强子把媳妇娶到家得五万，我多一分钱都不要你的。他把五沓票子压在了水秀爹眼前的炕桌子上，就把水秀拴下了。水秀爹怕夜长梦多，说就这个月吧，找翻皇历看个日子，把亲事抓紧办了。这样没出一月，他就把水秀娶到了家。新婚之夜，他知道水秀有多么的不甘心，或许哪天早晨起来就不见了，这几年村上跑了媳妇的不少。因此，他是既要过日子扒光阴，还得守着水秀，过得提心吊胆。两年后，水秀生下了徐鹏。有了娃，他心才落下来，娃是女人身上掉下来的肉疙瘩，是最能拴住女人的。就想着水秀不会跑了，要跑就不会给他生娃了。日子开始喜人了，他是精神抖擞。儿子生下的第三天，他就宰了一只公鸡，烫拔煺洗，开肠破肚，拾掇干净，又捞了两方子腌肉，割了几把韭菜，提着去找小先生给儿子

起名。村子里许多娃都是第二天要上学念书了，才寻先生求大名。先生一天起十几个人名儿，着急忙慌地连多想一阵子的工夫都没有，哪里能取个好名儿？

小先生是来支教的，城里人，白白净净的，虽没戴眼镜，一双眼睛贼亮贼亮的，但说是名牌大学生，学问大着哩。小先生问他想要个啥意思的名儿。他说和别的娃不一样。小先生说咋个不一样？他说有点儿意义的，想想又说别老是富呀福呀财呀宝呀贵呀的，我爹给我起名叫富贵，光村子里就有五个大名小名叫富贵的，日子都过得寒寒苦苦的。李庄、周滩、芦花台叫富贵的也不老少，有一回我去草鞋镇赶集，听得有人喊富贵，我应了声，不远处也有人应了声，结果，人家喊的还不是我们两个。小先生就笑了，他也笑了，说要有文化、有文采、有个指望、有个念想……小先生摆摆手说知道了，沉思了一会儿说那就叫徐文化？他嘿嘿一笑，说有文化，不一定叫文化噻，这名字叫的人也多了，李上庄有个叫文化的，我认识，一点儿文化都没有，赶驴吆骡子都日娘喝爹的，打女人用棒子。他说不急，娃才养下，慢工出细活么，赶满月起好叫出去就行。又说按我们徐家宗谱一辈两个字，一辈三个字，我儿的名只能取一个字。

几天后，小先生趴在墙头喊说名字起好了。他就来到小先生的办公室，小先生说叫徐鹏，并给他解释说鹏是传说中最大的鸟，一展翅膀就是几千里远，有一个词叫鹏程万里，就是说前程远大，不可限量，还有一句说得更好，大鹏展翅恨天低。他扑棱扑棱着一双眼睛听着。小先生又说，李鹏知道吧，岳飞知道吧。李鹏他当然知道，总理，大人物，岳飞他也知道，忠臣、英雄，他听过《说岳全传》《岳家将》，可岳飞名字里没有鹏字。小先生嘿嘿一笑说，岳飞的字就叫鹏举，字就是另一个名字。他忙说看人家富有的，还取两个好名儿，好好好，就这个名儿，就这个名儿，徐鹏，徐鹏，叫起来也顺口。小先生就把"徐鹏"两个字写出来，他端详了半天说意思好是好，就是鹏字笔画太多，密密麻麻的难写了点儿。小先生说在村里可能难写了，到外面人人都会写，再说这么好的名字，你儿子难道还要像你一样？他脸一红说谢谢。这样，儿子就是村里最早有官名的，儿子的名字也让他有了一份寄托。

大名有了，小名也就有了，水秀一张口就是"鹏鹏"。满月那天，他摆了宴席，别人就说笑话说还不如叫个"罐罐"哩。水秀就急了，跟人家争得面红耳赤的，在地上给人家写"鹏"字，写得有棱有角。人家就说有这么个字么？水秀说，有，咋没有？意思好着哩，鹏程万里，大鹏展翅，李鹏、岳飞，都是好名字。然后给人家讲鹏的意思。他听着，知道水秀去请教过小先生，这字也练习过。人家又说这么难写，你看一个字把你头上的汗都憋出来了，是咋想出来的？水秀就气得脸乌突突的，不理会人家。晚上，徐富贵说人名儿最怕叫串了，真叫成个"盆盆"了，音串了意思就串了，盆盆罐罐的有啥出息。又说咱们给娃再重新取个小名儿……水秀忽然高声吼道，听那些没文化的做啥？他们见过啥世面？懂个屁！李鹏、岳飞，多大的人物，人家咋不怕被叫成盆盆罐罐？这是水秀第一次和他说话。

一天晚上，他正在吧嗒吧嗒抽着烟，鹏鹏就在他们中间跑过来跳过去，他就说砸锅卖铁也得把鹏鹏供养成个读书人，书读下了，鹏鹏将来就是城里人了。水秀手里的针线活停了一下，他就得到了鼓舞，抖擞精神继续说，鹏鹏的书啊一定要到城里去念，咱这旮儿能念成个啥书，高考多少年了考上了几个？张全山的儿子念成了，其实人家是在城里念成的，在咱村里只上了几天小学，就转到县城里去念了。水秀从儿子身上收回目光看了他一眼，他就说不能老待在家里了，有个苗儿就不愁长，你看娃一眨眼长一截，一眨眼大一圈，说大就大了。你在家里带鹏鹏，我得出去揽活挣钱，攒点儿钱。鹏鹏小学读完，咱们都进城，边揽活边供养鹏鹏念书。这么说着他心里就很冲动，一翻身坐起来说，我想还是到煤窑揽活，苦虽是大了些，可来钱快么。要说危险也危险，要说不危险也没多危险，几百人都挖煤哩，死的才有几个人？再说在煤窑，别人一次事就把命要了，我出过三次事，不都没事？人都说事不过三，我命大哩。老天爷也总不会老跟一个人过不去。煤窑背煤一年下来咋也落

个一万块，除了咱们一年的嚼销，咋也落个七八千，从现在到鹏鹏念完小学咱就当十年算，也七八万哩。有七八万垫底，鹏鹏就是考到外国去，咱们也供养得起。

他说着用眼拐拐观察水秀，水秀在给鹏鹏打毛衣，却是有一针没一针的，显然是在听。他就说，等鹏鹏把书念成了，在城里有了工作，咱们在城里就把根扎下去，日子也就改换了。那时候我五十出头，正是揽活的好年纪，到时候，我揽活，你就在家里做饭、领孙子。揽活揽到六十多岁还有十多年，咋也能攒下个十来万，咱们不靠儿子养活，两个人能吃多少，能穿多少？

话虽然是说给水秀听的，却把自己也说明白了，也说急了。日子就该是这么个走法，不能再在家里待下去了，得像以前铆足劲儿挣钱娶水秀那样扑腾日子。再这么守着水秀，日子可就真要落后了。他跳下炕去，将一个鼓鼓囊囊的人造革小黑包递给了水秀，家里所有的积蓄和土地证、林权证、宅基地证、户口本，还有水秀的身份证都装在这包里。外父怕水秀守不住逃跑了，把身份证给他压着。过日子么，就过得个互相信任。再说，城里啥假证办不了？身份证扣下就能把人扣住？反而把心弄生分了。

水秀没有接那包，却噗地一口吹了灯。漆黑中她听到水秀在啜泣。他不敢过去安抚水秀，这时候的水秀就像一只流泪的母老虎，比不流泪的时候更凶，指甲比老虎爪子还犀利，他不止一次吃过亏了。可是，水秀却钻进他的被窝里来了。这是水秀第一次钻他的被窝。他心里一漾一漾的，眼泪流出来了，搂着水秀一个劲儿叫着我的天神，我的水秀啊我的水秀，我的天神啊。

鹏鹏一岁生日到了，水秀做了很丰盛的一顿饭菜，还准备了一瓶酒。徐富贵心里熨帖啊，日子顺溜了，就嬉笑着说娃过生日，你还给我准备啥酒么？水秀不喝酒，一个劲儿要他喝。结果一瓶酒都让他喝光了。第二天早上，鹏鹏在哭着喊着叫娘，他睁开眼四下看看，就知道水秀走了。

水秀走了，要不是有了儿子，他想去城里找水秀，找着了，要回来就一起好好过日子，要不回来那就都别活了，要人的命还不容易。可有了儿子，事就不能这么做了。两个月后，他背着徐鹏上了外父的门。外父见到他哆嗦着在院子里转着圈圈搓着双手，就像搓着两片干裂的榆树皮，搓出哧啦哧啦的声音。他并不想和外父起事，那五沓子一弹一甩"咯哑""咯哑"的新崭崭的票子已经变成了妻哥强子的媳妇，想要回一分钱都没可能。狗食强子娶了女人倒有了正行，带着女人去城里打工去了。他上门来是来续这门亲戚的，如果水秀没给他生下鹏鹏，水秀一走，他们这门亲戚也就断了，说不定他还会生出事来，拉牛赶羊吆猪的事说不定也做得出来，理在他手里攥着。可是有了鹏鹏就不一样了，水秀走了，是不是他的女人说不清，但是鹏鹏的娘这点改变不了，老汉是鹏鹏的外爷也改变不了，对于鹏鹏来说这是这辈子钢刀割不断的亲戚。再说水秀是走了，又不是亡故了，有鹏鹏这条线牵连着，说不定啥时会回来，自己不能把事做绝了。水秀没在几个月里就跑了，给他生了儿子，又陪了他两年，这份情他是要念的。如果像有些女娃，水秀嫁过来半月一载就跑了，他又能咋？难道还要把这老汉吃了不成。说到底老汉也是个被日子逼在墙旮旯儿的苶障人。

　　水秀走了，把他的筋骨全抽了，也就把日子的筋骨全抽了。以前日子是站着的，走着的；现在的日子是躺着的，爬着的。带着鹏鹏过着孤儿光棍的日子，再没啥负担，日子也悠闲着哩，可老这么日复一日，月复一月，年复一年的，日子过得不得劲，不得劲其实就是恓惶。白天没人做干粮，黑夜没人搭声腔，歌里都这么唱哩。除了风摇门穗子，小鸟儿找不着窝叫两声，再就连个声响都没了，咋能说不是恓惶？酒倒是个好东西，日里多喝点儿，一天就晕晕乎乎过去了；晚夕多喝点儿，一夜就晕晕乎乎过去了。鹏鹏倒不孤单，学校就在旁边，成了鹏鹏的天堂，迟迟早早喊鹏鹏，鹏鹏就从学校里冒出来。

　　那年，唐家坪来了个女先生。女先生是考上特岗分配到唐家坪小学的。有一天，女先生跟他说鹏鹏能识会写，就像上过一年级了。说着让他看几页纸，他一看密匝匝写了整整三页，他说都是徐鹏写的？女先生点点头说，我让他写的，他很有天赋。尽管他不能

完全理解女先生所说的天赋，但至少有一点能肯定，徐鹏是念书的料，就迫不及待地问徐鹏将来能考上大学么？女先生肯定地说，当然能，好好念考个重点也不成问题。他跑到小卖部买了书包、铅笔和本子，跟女先生说让鹏鹏也上学吧。女先生嘻嘻一笑说，才几岁啊，上学前班的年龄都不到。他说，你说他能识会写，就像上过一年级了，你看他写的字，一笔一画的，差啥，上一年级保险跟得上。那女先生说书不是这么念的，一旦上了学，就得一级一级往上跟，他年龄太小，总有跟不上的一天，书还是要按年龄读的，太小了总有一天会跟不上的。他还想辩几句，女先生说，就像种地，到了种啥的时候种啥，总不是啥时想种啥就啥时种吧。他一想也有道理。女先生说就让这么跟着吧，当上学前班。他进屋去用菜篮子提出十几个鸡蛋，女先生要掏钱，他说你都是鹏鹏的老师了，拜师得有礼。女先生说你现在就得给鹏鹏攒念书的钱。他说对对，就问徐鹏要把书念成得花多少钱？女先生说光大学省着些花也得四五万吧。女先生摸了摸徐鹏的头，他很感动，水秀走了，儿子的头除了他摸，再没有女人摸过。他就说园子里的菜，树上的果子，吃啥你就去拔啥摘啥，反正我爷儿俩也吃不完。

可第二年女先生就走了。他说你不是说国家规定要教够三年才能调走吗，咋就走了？女先生说待上三年我就嫁不出去了。他说，你说笑话么，咋能嫁不出去？你有文化，人又俊样，挑着拣着嫁哩。你看咱这村，剩下一个女娃了？男人倒剩下不少哩。女先生说城里和乡下不一样。女先生把自己的书全留给了徐鹏，叹息着说有些书没人教他读不了，以后用得着。他套了驴车把女先生送到了镇上去坐班车。女先生要给他钱，他说你看你。女先生说一定要培养徐鹏读书，他反应快，记性好。这是掏心窝的话啊，他诚恳地点着头。女先生又说家里要宽裕，把徐鹏送到县城省城好一点儿的学校去念吧，城里像徐鹏这么大，就报特色班了，学英语，学奥数。徐鹏将来考个名校，考个重点大学，命运改变了，你们的日子也就改变了。女先生又说你总不希望徐鹏以后走你的老路吧。

女先生的一番话，把躺着的他提得站了起来。回去的路上，他把徐鹏抱在怀里问自己，富贵啊，你要鹏鹏过像你一样的日子吗？你是个没想法的人吗？人活的个啥？不就是活的个想法么？村里人都争先恐后往城里跑啥？跑的就是个想法。你为啥日子过得恓惶？就是你没想法。

他把儿子送到外父家，就又下了煤窑。下过煤窑的人再不愿揽别的活了，别的活挣钱少，没劲。下煤窑背煤当然危险，那五年出过三次事，有次给埋了几天几夜，挖出来就剩下皮包骨了。他咋能不怕，可不也好好地过来了。人都说大难不死，必有后福，后福不后福他不敢奢望，但他相信事不过三。然而，事不过三只是一句话，又出事了，这次老天爷没有眷顾他，他被煤块砸折了一条腿，胯骨粉碎了，在医院养好就瘸了，一条腿永远不得劲了。不过，老板很爽快，拍给了他三沓老人头。也不是老板爽快，老板的矿刚刚出了事故，死了五个人，上面还正在处理，折一条腿也是事故。加上两年挣下的，他又揣着五沓老人头回家了，正赶上开学，就把鹏鹏送进了学校。

一下子又有了五万块，捏在手里沉甸甸的，放在家里实落落的，他的心思却恍惚了，开始了一段非常挣扎的日子。穷人发财如受罪，这话一点儿不假。媒人不断地做起媒来。有姑娘，也有寡妇，有的干脆把人领到家里来了，白天黑夜地不得消停，儿子从外爷家拉回来的大黑狗都懒得叫了。不娶个女人吧，再实落的日子也薄情寡味的，日里爬锅爬灶、缝缝补补的恓惶就不说了，夜里凄清孤寒、无声无息的恓惶才是真正的恓惶。儿子带给他的快乐能解决日里的孤独，解决不了他夜里的寂寞。可要娶个女人吧，唐家坪旱得山焦岭枯的，越来越不养人了，尤其不养女人了。娶个姑娘呢，最后怕还是落个人财两空；娶个寡妇呢，拖儿带女的，家口一下就大了，靠种地是养活不起，出门揽活又坏了一条腿，给你的活也只能自个儿混个肚儿圆，日子咋过？再说，五沓子老人头再实落，说透了其实也就一个女人钱，娶个女人回来，家里就又空。可这次的空和水秀走后的空不一样，上次空了，人还囫囵着，下苦挣钱有的是力气，有的是地方。这次空了，人却半残了，卖苦力都卖不出

去。重要的是娶了女人就等于断了儿子的前程。按女先生算的，有这五万块钱，只要鹏鹏争气能考上，不会因为没钱上不了，这书就念成了。至于小学到高中的花销，在家里种点儿地，喂几头猪，养上几只羊，还是能维持儿子把书念下来，可是要靠在家种地或拉着一条腿进城打工给鹏鹏挣上大学的钱是没有可能的。鹏鹏要是念不成书，那么他现在的日子就是鹏鹏以后的日子，想起来都寒人。更为严重的是他有可能失去儿子。水秀如果没有生下鹏鹏就跑了，这辈子也就跟他没关系了，可生下了鹏鹏，水秀这辈子就是走到天涯海角都和他扯着关系，水秀一定在这个世上的某一个地方看着他。鹏鹏他要是供养不出个出息来，水秀走前那个晚上他说的话就全是撒谎放屁，水秀会拿鼻子笑他，而且很有可能会回来接走鹏鹏，正眼都不瞧他一眼。张小兵的女人跑了，好些年没音讯，忽然一天就回来了，把儿子带到城里去了，连姓都给改了。水秀比张小兵的女人还水灵，凭长相在城里咋也能活出个样子来。如果水秀接走了鹏鹏，他就没了儿子，徐家这一门人也就黑了，睡在土里的老先人都不会原谅他。而且，问题还在于，这五万块钱是为了鹏鹏读书才有的，如果用这钱娶了女人，就像做了一件不讲信用的昧良心的事儿，很对不住儿子，这事会在他心里绾成一疙瘩，以后的日子里闹心不闹心？挣扎了多日，想明白了，方向明确了，目标明确了，他就去了趟镇上，把五沓子沉甸甸的老人头存进了银行。鹏鹏小学还有四年，初中三年，高中三年。十年后，儿子就该上大学了，他就存了十年定期。存定期一是利息高，二是能控制自己不胡思乱想。五沓子沉甸甸的老人头换成存折，心里一下子平静了，回来就一门心思种地、养猪、养羊了。

5

徐富贵清理完牛棚，洗了个澡，泡了杯茶，正看电视，马皮喊：富贵电话。徐富贵知道是儿子打来的电话，除了儿子这城里没别人打电话给他。心里美滋滋地说这狗日的闻着荤腥了。徐鹏说班主任叫他去一趟。他嘿嘿一笑，班主任梁老师叫过他几次了，每次都是表扬儿子，这次肯定又是表扬儿子，忙换了身干净衣服就往一中来了。

梁老师搬了凳子给徐富贵坐下，把一个信封递给他说："这次统考徐鹏考了全校第二名，这是奖励给徐鹏同学的，他一定要我交给你。"

徐富贵搓搓手说："老师，你留着吧。"

梁老师笑笑说："我有，徐鹏同学给我也挣了奖金的。"说着又拿出一个信封，"你看，比徐鹏的还多哩。"

徐富贵说："谢谢梁老师的培养。"

梁老师说："徐鹏潜力还有，咱们一起鼓劲，争取拿个状元。"

状元，徐富贵是懂的，就是第一。他看看儿子，儿子腼腆地站在那里。

梁老师说："争取考个状元，上大学有人抢着掏钱哩。"说着又从信封里掏出两百元，"这是我奖励徐鹏的。"

徐富贵不要，梁老师说："你的情况我也知道，添不了斤添两。"

徐富贵坚决不要，说："鼻子淌眼窝里倒来了，没给你钱倒拿老师的钱，还有规矩没？"想到要和儿子大吃一顿，就说："梁老师，我请你吃顿饭吧。"

梁老师笑笑说："不了，你带徐鹏好好吃一顿吧，我家里还等着哩。"

出了梁老师办公室，徐富贵捣了儿子一拳，徐鹏也捣了爹一拳。徐富贵又捣了儿子一拳，徐鹏也又捣了爹一拳。因为在校园，他们压着声"咕咕咕"地笑，没敢大笑出声来。

徐富贵说："让老师交给爹，给爹显摆？"

徐鹏说："这有啥显摆的，等我拿了状元再显摆。"

出了大门，徐鹏一个蹦子就上了摩托车厢和同学们挥手告别。

徐富贵说："吃啥？"

徐鹏说："肉，肉，肉，还问？"

徐富贵嘿嘿一笑说："馋猫，上周才吃的。"

徐鹏又跳下来说："我来开，我来开。"

徐富贵就把摩托车交给了徐鹏说:"慢点儿,你拉到哪儿,咱们就在哪儿吃。"

徐鹏说:"大王子酒店,你敢吃?听人说一盘菜就是咱们大吃几顿的钱。"

徐富贵嘿嘿笑着说:"你敢请我就敢吃,今儿吃你娃的钱。"

徐鹏把摩托车开到了老寡妇酱骨头馆。

徐富贵从信封里掏出钱一数,整整一千,他激动得手都抖起来,说:"你也挣钱了,这钱爹不要,你念书挣下的,你存起来想咋花你自己花,爹不管。"

徐鹏说:"你装着吧,我花的时候问你要。"

徐富贵说:"你装着,爹知道你不会乱花。"

徐鹏推了回去说:"爹,有两个学校想让我到他们学校念书,说给我高奖学金,还给你解决工作哩。"

徐富贵说:"为啥?"

徐鹏说:"挖尖子生呗,把别人的尖子生挖去,明年他们高考成绩不就好了。"

徐富贵说:"你咋想的?"

徐鹏说:"我想不能去,对不住老师么,那些老师对我可好了。"

徐富贵说:"你娃书没白念,别人栽树他们乘凉,做这种事就是小人。"

要了三斤酱骨头,两个小炒,徐富贵又让徐鹏去超市买瓶酒。馆子里也有,可比外面贵好几块。

徐鹏说:"要二两的还是半斤的?"

徐富贵说:"一斤的,今儿爹想喝醉了。"

徐鹏笑着说:"对,我也想让爹好好醉一场。"

徐鹏买来酒打开,斟好了酒,说:"爹,谢谢您。"

徐富贵说:"是该谢谢爹。"

徐鹏双手捧起酒杯说:"我敬您,爹。"

徐富贵接过酒一仰脖儿饮尽,说:"记着,给人敬酒要敬三个,敬一个太薄,这是规矩。"

徐鹏又斟了两杯，双手捧过来，徐富贵接过喝了。

酱骨头一上来，徐鹏给爹一大块，自己抓了一块就狼吞虎咽地啃起来，徐富贵啃了一块骨头，徐鹏已经啃光了三块。徐富贵点了根烟，看着儿子啃第四块。儿子啃完第四块，又斟了酒捧过来，说："爹，我再敬您。"

徐富贵接过酒喝了，说："鹏鹏，你不光该谢谢爹，你书能念到今天这个程度，要谢的人有好多，就像自行车链条，他们哪个不帮一把，掉了链子，你的书都念不到今儿这个份上。今儿，爹就给你说说，你拿个本儿记上，爹这记性越来越不行了，怕以后忘了。今儿这酒，你给他们敬，爹代他们喝，就当他们都在桌上坐着。"

徐鹏就拿出日记本说："爹，你说。"

徐富贵说："水秀。"

徐鹏说："水秀？水秀是谁？哈，爹，是你相好的吧。"

徐富贵说："对，是爹的相好。"

徐鹏斟了酒说："我该叫她婶儿，还是姨？要不我干脆叫她娘吧。"

徐富贵说："她就是你娘。"

徐鹏没有记，盯着爹看。

徐富贵说："鹏鹏，不管咋说，你记着，她永远是你娘，人一辈子最难报的恩是啥，十月怀胎的恩。生你养你啥的今儿不说，爹在你娘跟前许诺过，要让你把书读成，要不是爹在你娘跟前说过这句话，爹不知道能不能走到今天这一步，男人么不能说谎。"

徐鹏在笔记本上写下了水秀，下面打了三角形。

徐富贵说："敬你娘吧，我替你娘喝了。"

徐鹏双手端起酒杯，徐富贵接过喝尽。徐鹏说："你想我娘吗？"

徐富贵说："刚开始那会儿天天想，后来一月一想，再后来逢年过节想一想。"

徐鹏说："那你恨我娘吗？"

徐富贵说："刚开始那会儿天天恨，后来一月一恨，再后来就不恨了，鸟儿还拣个胖枝子落哩，人往高处走，老话都这么说哩。"

徐富贵端起第三杯酒，徐鹏说："这杯我替娘喝了吧。"

徐富贵说："你不能喝,酒会烧坏脑子,你正用脑子哩,可不敢出个啥差错,等你考上大学再喝,好日子长着哩。有个词咋说来着,对,花天酒地。"

徐鹏说："不会用词就不要用,那是个贬义词。"

徐富贵脸一红说："你是文化人了,别笑话爹噻。"

徐富贵喝了酒,徐鹏说："第二个该是我双旋叔了吧。"

徐富贵说："按时间顺序来吧,该你四娃叔,他官名叫唐福祥。"

徐鹏三年级念完,唐家坪小学的四五六年级撤并到了山台子。山台子在十几里之外,一个八九岁的娃娃,翻山越岭的咋走,天天两趟送,工夫就全耽误在路上了,日子还咋往下过?徐鹏的书得念,可是这书还咋念?他去了趟外父家,外父家村上的小学也撤并了,更远,只能带着徐鹏回来了。随着开学的日期越来越临近,他是一筹莫展。一天早晨,他圪蹴在大门口吃烟,唐四娃骑着自行车捎着儿子过来了。他说还没到开学的时候,你来学校做啥?唐四娃说开个转学证明。他问,转学证明?到山台子报到还要开转学证明?唐四娃说,不是到山台子念书,是到镇上念书,山台子能念个啥书,派不下来公办老师,老师都是雇下的,有些是初中生。山台子小学他也跑了两趟,这他也打听清楚了。唐四娃走了,他也去开了转学证明。

徐富贵说："要说你四娃叔跟爹一样也是个茶障人,没多大本事,可他都把娃转到镇上去了。人一辈子会和一个人莫名其妙地较上劲,爹就和四娃叔心里较着一股子劲。你还小,不懂这些。"

徐鹏说："我也和人心里较劲。"

徐富贵说："谁呀?第一名?"

徐鹏说："不是,张海涛,从来没考过我,可他很聪明,爱玩,学得粗,我觉得到了高三他会一下子蹿上来,跟我有一拼,现在的第一名我下学期就能超过他。"

徐富贵接过徐鹏捧过来的酒喝了,说："下一个是你长头叔,官名叫唐福海。"

他带着徐鹏到镇小学去报到,人家不收,说不属于招生范围,你儿子只能在唐家坪小学念书。他从帆布包里掏出一沓奖状，一张一张小心翼翼铺在老师桌子上。念书三年徐鹏拿回了 11 个奖状，两个县上的，3 个镇上的，6 个唐家坪的。徐鹏拿回一张奖状，他就往墙上贴一张。浆子抹得太厚，往下揭硬巴巴脆倔倔的，好几张都弄破了，又用纸粘了一遍。老师扫了一眼说，学习好也不行，我们学校只收镇上的学生，除非有校长的条儿。他没想到奖状会不顶用，校长他又不认识，一下子没了主意。出门来碰上了长头。长头当兵回来，给镇长开车，算是个唐家坪出去的人物。他把事说了，长头说，你当校长写个条儿简单的，话能说上，可是个花钱的事。他说，花就花么，得多少钱？长头说，等我跟校长沟通完了给你回话。他掏出二百块钱塞到大头手里说你，拿上，咋也不能空手去见校长。下午，长头来了，说得三千块钱。他大张着嘴半天合不上。长头说，你娃要念三年书，一年才一千块钱不多，这还是看我面子了，要在县上省城，这点儿钱连学校门都摸不着，这些老师可都是公办老师，大学生。他掏出一沓钱来，说你数数吧。长头指头上蘸着唾沫点过钱，把校长写的条子给了他说，去报名吧，一班，最好的班。后来，他和唐四娃说起来，唐四娃说你咋能找长头，那狗日的心黑得驴球一样，我找他，他就要三千块，我给校长提了两瓶酒、一条烟、一只鸡就办妥了。不过这他没讲给徐鹏，给娃讲这个干啥，人么，总该记着人家的好处。

敬酒喝过，徐鹏说："下一个轮我双旋叔了吧。"

徐富贵说："宝娥姨，官名许宝娥。"

徐鹏瞪着眼睛说："她也算，为了几度电跟你吵成那样子。"

徐富贵摆摆手制止儿子。

他身上有 3380 块钱，原想着有这些钱垫底，再找活挣点儿，日子总不至于让打住。可给了长头 200 块，又交了 3000 块，身上就剩下 128 块了。第二天，徐鹏回来要 93 块，88 块校服钱，5 块班费，给了儿子 100 块，只剩下 28 块了，他一下子慌起来。那 5 万块是咋也不能动的。镇上本来活就少，加上腿瘸，活更不好揽，他只能揽别人不做的活，打坟坑、背死人、掏厕所，只要有人叫，

当驴使他都愿意。可这样的活不是天天有，日子真是难过啊，但他咬着牙硬撑着没有回去。他租的是宝娥的房子。宝娥小气，斤斤计较，可宝娥是个寡妇，带着一个女儿靠房租过活，不小气咋过活。但是宝娥大气的时候简直让人落泪下跪。在镇上的第一个冬天，徐鹏就患了一次重感冒，吃了药不顶用，背到卫生院大夫一检查说要立马住院，可押金就要一千块，他只有几十块，看到墙上写的"血"字，就想到了卖血。从县城卖血回来，宝娥已经把押金给交了，还给了他 500 块说先给娃看病。从那以后日子打住实在走不动了，他就去卖血。鹏鹏在镇上读了三年小学，他买过六次血。大夫说卖血对人有好处，可是你太瘦了不能老卖。有一回，宝娥对他说，大哥，这么艰难，我把房租给你退了，回去吧，娃有娃的命。他说，妹子，我就活这么个指望啊，也就这么个坎儿，坎儿过了就好。宝娥给他操心着揽活，有时候他出门给人家干活回来晚了，徐鹏就在宝娥家吃了，给宝娥钱，她就说一碗剩饭要啥钱，就是讨吃到了门上也还给口吃的哩，何况是邻居。其实他知道那不是剩饭。

徐鹏写下了宝娥，在下面打了三角形。又端过三杯酒来，徐富贵接过一杯一杯喝了。徐鹏说："爹，等我考上大学挣钱了，我把宝娥姨给你风风光光地娶回来。"

徐富贵抹了儿子的头一下说："咋不说把你娘给我找回来？"

徐鹏不说话了，眼里噙着泪水。

徐富贵说："这下轮你双旋叔了，官名叫余天有。"

徐鹏小学毕业，该上初中了。镇上有初中，在镇上上初中，有学生宿舍，不用租房，有灶，交点儿伙食费就行，他就可以回去种地。可人说镇上念是白念，将来考不上高中。他又想起女先生说的话，就想把徐鹏转到县上去念初中。人又说学不好转，得有钱有人。他想到了双旋，以前的邻居，说是当了什么局长。双旋能有今天，是 1979 年对越反击战捡了个机会。那时候在村里当兵是重要的出路，可因为对越反击战，上战场要死人，那年村干部和他们七大姑八大姨的子女都怕死，没有人报名参军，双旋报了名参军。果真参加了对越反击战，还立了二等功，回来就成干部了。人家现在是大局长，他拿不准还认不认他。见双旋总不能空手去，他卖了三次血，凑足了两千块钱，才去找双旋。双旋说我给你办。他掏出两千块钱说，现在办事都要花钱的，不够我再去取。双旋把钱塞进他的手里说你等着。双旋一个电话就把事办了。双旋又请他们父子吃了饭，还给了他两条烟，两瓶酒，给了徐鹏两百元钱。又说，你这腿不得劲儿，咋生活？他说，把娃送进学校，我就回去种地了。双旋说，地撂荒多少年了，没几年接种得了？我给你找个活儿吧，也能照顾孩子念书。就又打了电话，就给他找了个看大门的活儿，管吃管住一月有六百块钱的收入。他的眼泪流得哗哗的，对徐鹏说了两点：一、记住你双旋叔，这大恩做牛做马都得报。二、向双旋叔学习，一定要把书念成，做官，也这么给人办事。徐鹏在县一中书念得很好，门门第一。初三毕业时，双旋说，这娃是读书的料，该送到省城去读高中，将来保准能考个北大清华。他看着双旋不说话，往省城转他想都没想过。双旋说去找乔大兵，他现在是市教委主任。乔大兵他当然记得，老乔下放到唐家坪改造就住在他们家，乔大兵跟他年龄差不多，一起玩。他说不知道人家还认我不？双旋说，咋不认，有次还和我说起你唆使你家大公鸡追着啄他的事。那时候他家有只大红公鸡挺怪的，就像狗一样听话，他指谁，公鸡扑上去就啄。双旋笑笑又说，不认你，你就站在门上骂他，跳着蹦着骂他。双旋又给了他两条烟、两瓶酒说你给大兵带上。他说你这恩让徐鹏以后报吧。双旋说，报个屁，别给娃放负担，考上重点大学就是对我最好的报恩。

徐鹏说："我天有叔有名哩，去年评了省劳模，报纸、电视上都报道哩。"

徐富贵说："你天有叔当个主席都是好主席。"

徐鹏端起酒说："我喝吧，我也想喝酒。"

徐富贵说："给你说这东西烧脑子，你正用脑子哩，考上爹给你买一箱子喝。"

徐鹏说："你再喝就醉了。"

徐富贵说："爹没事，爹喝醉了就等于把他们敬到了。"

喝了酒，徐富贵啃了一块骨头，说："下一个是你大兵叔了，他就叫乔大兵。"

他带着徐鹏去找乔大兵。乔大兵嘻嘻一笑，把他揽进怀里紧紧搂住说，我还当你带公鸡来了，却是带儿子来了，儿子不啄人吧？乔大兵这么大的官见他一点儿架子没有，还搂抱他，他心里一下就松弛了。乔大兵说，你腿子咋瘸了，我记得你那时间没瘸，打了我跑得比我还快。他说遭报应了。就把经历说了，乔大兵拍拍他的肩膀，你咋就不找我呢。他说你干的都是文化活儿，我又干不了。乔大兵带着他和徐鹏去吃饭。有好些菜别说他没吃过，见都没见过，乔大兵指着一道菜说这是粉条。他说这粉条不是一般的粉条，又滑又精。乔大兵噗地笑了，这粉条就值几百块哩。徐鹏说，叔，这是鱼翅吧？乔大兵捣他一拳说，你说你那时坏到啥程度了，把麦苗让我当韭菜吃，把葫芦让我当瓜吃，把我眼镜给狗戴上，还和双旋把我摁住扒了裤子，把我裤衩挂到牛角上。他说谁让你戴眼镜，谁让你穿裤衩，我们见都没见过，气愤么。乔大兵说，我现在一想起来就笑，给同事讲，他们羡慕我有那么一段经历，那日子啊没了，没了啊。他说，你现在这么大的官了，还想那日子？乔大兵说，真想过去那日子啊，简单、朴实、快乐。吃过饭，乔大兵说，徐鹏，把成绩单拿来叔看。徐鹏把成绩单拿过来，乔大兵一看说，这成绩你还找我？他们都抢着要哩。说着就打了个电话，说，梁校长，你也别辛苦地到处挖来挖去，把学校搞得乌烟瘴气，我给你个尖子生，说不定将来是个状元哩。挂了电话，乔大兵说，开学你带孩子到一中去找梁校长报名。又拍拍徐鹏的肩膀说，好好念，你爹所有的希望可都寄托在你的身上，别辜负了。乔大兵问他活找下没有。他说找下了。他知道瘸着一条腿让人家找活，给人家找麻烦。在县上，双旋找了个好活，他存下了点儿钱。到省城他的活路也有个目标——拾瓶瓶。唐进向就一直在城里拾瓶瓶，后来把老婆、娃娃都带到城里拾瓶瓶去了。他问过唐进向拾瓶瓶的事，唐进向说，不好我能把婆娘娃娃都带到城里？我给你交个实底儿，比你找啥工作都强。他还和唐进向开玩笑说，你说了不怕我也去拾瓶瓶把你的活抢了？唐进向说，你当城里就像咱唐家坪草鞋镇，大得海了，你拾瓶瓶都不一定能碰上我。

徐富贵把酒喝了，说："下一个是你大黄叔了，他的官名叫黄炳贵。"

徐鹏说："大黄叔也记？你是他的救命恩人，再说你是靠苦力挣钱哩。"

徐富贵说："不要老想着这事，救命是过去的事了，要是我压在下面，人家也会往出刨的。"

徐鹏住进了学校，他开始拾瓶瓶。大夏天的，到处都可以睡人，他想到天凉了再找住处。可拾瓶瓶拾到第三天，就被几个人围住，拾下的半袋子瓶瓶给人夺去了，还说再见他拾瓶瓶就砸断他另一条腿。他不敢再拾瓶瓶。思前想后只能去找乔大兵给找个活。去乔大兵家路上，一辆小车停下了，车上下来的竟是大黄。下煤窑背煤的第三年年关，他回家的路上到了断头沟已经是夜里了。断头沟又陡又深，滚沟的跳崖的，老出事故，冤死鬼多，阴魂不散，走夜路的人都会多走几里弯掉这段路。他没弯，因为他知道要走夜路，给了老张两包烟换了一盏矿灯。可下到沟底，听到有人叫唤的声音，毛发都竖起来了。一路小跑，可那叫唤声就追随他而来，那声音说，我叫黄炳贵，人都把我叫大黄，骑自行车车闸拉断了，一头跌进沟里。这话听得真切，他又打着矿灯回头去寻，果然看到散了架的自行车，大黄简直就成了个血人。他问，你活着还是死了？大黄说你不救我我就死了。他背起大黄往镇上来了，路上，他说你可别死在我背上，可大黄还是昏死过去，镇卫生院救醒后，一看断了一条腿，三条肋骨，一截树枝还插在肋上，说得转到县医院。又雇车连夜送到了县上。那个年都是在县城过的。大黄把他拉上车说，有我吃的一口就有你吃的一口。这话说得他热泪盈眶。大黄都有了这么大的牛场，坐小车住高楼的，还能念那点儿旧情，他真是没想到。他说，别人干啥我干啥，腿瘸，但不误工，你放心。他从不偷奸耍滑，活进了眼里他就干。

徐鹏捧过酒来，徐富贵一杯一杯喝了，说："下一个是你叶明

川叔，就是叶总。"

徐鹏说："你认得？"

徐富贵笑笑说："认得，可人家不认得我。"

徐鹏说："他也算？他可不是好人。"

前面的一些人，徐鹏都是见过的，爹也不止一次给他讲过。可叶明川他没见过，爹也从没给他讲过，但他却是知道的，因为叶明川的儿子和他同班。

徐富贵说："他咋不是好人？"

徐鹏说："他儿子和我同班，大混混，打架闹事，和人打了架，他爹派几个大汉来给他报仇。还乱搞女人，有好几个老婆，还搞腐败，给当官的送钱，名声可臭了。"

徐富贵说："噢，这事他做得不对，娃娃打架，大人掺和惹人笑话，可也不能一棍子打死，你想他对你大黄叔多好，救了个命就给了个牛场。不管咋说，没有他就没有你大黄叔的今天，你念书也是麻烦，链条上短着一扣。"

大黄好了后，依旧进城打工。有一次，叶明川在一栋正在建设的高楼下指手画脚，十二层脚手架上一块竹板掉下来了，大黄就在旁边和浆，扑过来就将叶明川推开，结果那板子就砸在了大黄身上。多亏没砸正，要砸正，大黄肯定没命了。板子平砸在大黄的后背上，将大黄砸了个大马趴，不过竹板剐掉了几条肉，就像犁沟，就是皮肉伤。大黄从医院出来，叶明川问：你干啥最拿手？大黄说养牛养羊。叶明川说，你去当奶牛场场长吧。

徐富贵说："爹还打算在这奶牛场干一辈子，你大学毕业，有了工作就是城里人了，爹也就没了负担，这里每个月挣的钱够我吃喝的，手细点儿还能帮衬帮衬你。你娶了媳妇，爹也不拖累你们，在这奶牛场干活爹养活得了自己。嘿嘿。"

徐鹏捧过酒来，徐富贵一杯一杯喝了，说："下一个是你市长叔，官名史国。"

徐鹏说："爹，你混大了，市长都认识？还市长叔哩，人家认得你？"

徐富贵说:"鹏鹏,你命中有贵人相助哩。"

徐鹏说:"那当然,爹就是我命中贵人。"

徐富贵舌头都大了,说:"爹不是你命中的贵人,市长才是你命中的贵人,你猜爹今天见谁了?市长,你说这城里有多少万人,市长就一个,多大的人物。你看见了他就好事不断,订的六斤牛奶不用送了,不用退钱不说,市长家的管家还给了爹二百,你一下子就拿回了一千……"

徐鹏边啃骨头边说:"爹,我这一千可跟市长没关系,是我学习挣下的。"

徐富贵说:"鹏鹏,话不能这么说。你说这城里有多少送牛奶的,市长家咋就在爹跟前订了牛奶?这都是有说法的。爹给人家送牛奶,在人家家里出出进进的,沾了人家不少的福气。这福气是谁想沾就沾的?你看咱们现在这气数,他是咱的贵人啊。"

徐鹏说:"迷信。"

徐富贵说:"迷信?你才经了几年的事?农业学大寨那几年,章台子大队支书带人修梯田修出名气,成了全国劳模,在人民大会堂和毛主席握过手,回来手都舍不得洗,毛主席那福气让他沾的,一路走大运,大字不识一个,最后当了县长哩。章台子比他日能的人多了,偏偏他当了县长!"

徐富贵又喝了三杯,头都支不住了,说:"不和你争了,到我这个年纪你就晓得了。还有小先生、女先生、梁老师,你的那些老师,爹说不上名字,你该把名字记上。爹喝不进去了,酒先欠着,下次给他们补上。你呀书念不好,要辜负多少人啊。"

6

程玉清带了两车人到了奶牛场,眉毛倒竖,脸硬如铁,一副六亲不认的样子。几个人拿着封条到处贴。大黄懵了,撵前跟后的,递烟递水,可程局长连正眼都不看他一眼,话也不搭腔,检查得那个仔细,这也不合格,那也超标的,下手这样狠。大黄想不明白,前几日才检查过,还表扬过他哩,才过了两三天,怎么就都不合格

了？他想叼个空问问程玉清，可程玉清却始终不和他对眼，看他走过来，就转身走向了另一边。到底是哪里出了事，什么地方香没烧到？想不出个所以然来。要说程玉清，大黄是很熟的，在酒场、麻将场上，还有歌舞厅，他们都是和他称兄道弟的哥们儿，今天却这般冷漠无情，大黄心里就骂婊子无表，官员无义，日了狗屁拿砖砸，翻脸无情。检查完，一个毛头小伙子严肃地告诉他等待处理结果。大黄再看程玉清，程玉清是一脸肃穆，面无表情。检查结束后饭也不吃，便一窝蜂地都走了。

大黄圪蹴在地上，正生着气，忽然一辆车又转回来，是程玉清。大黄忙起身迎上去，把程玉清请进办公室坐下，点了烟。程玉清脸上笑容灿烂，说："黄老板，吓坏了吧。"

大黄忙说："大局长，这阵势，可不吓坏了，就差尿裤裆了。"

程玉清说："知道事出在哪里了么？"

大黄说："请程局长指点，咱一个老百姓，晚上戴墨镜两眼墨黑，能看出个啥来。"

程玉清说："给你明说吧，是你的一个送奶工惹下的祸端，拦市长的车告状要救济，跟市长较上劲了，胆子不小啊。"

大黄说："谁？"

程玉清说："徐富贵，有这个人么？"

大黄说："有有有，可他不是本市人，不归市长管，拦市长的车告啥状，要啥救济？"

程玉清说："是不是你克扣他的工钱，坑害他的利益了？"

大黄说："局长，咋可能么？我和他一个村的，我也是从他那样的日子过来的，能坑害他？"

程玉清说："立刻让这人离开奶牛场。"

大黄说："这么严重？"

程玉清说："不让他赶紧走人，你这奶牛场怕就真得一直封着了，你说严重不严重？"

大黄说："知道了。"

程玉清起来要走了，大黄说："饭都安排好了。"

程玉清说："今儿就不吃了，改天吧。"

大黄忙从柜子里拿了两条"中华"烟递给程玉清。程玉清也不推辞，接过烟说："我这里没啥，你别害怕，领导在气头上，气消了就把你忘了，到时我就把封条给你撕了。"

大黄说："谢谢局长。"

程玉清掏出五千块钱来说："这你转给徐富贵吧，就说是市长给的，一定要给他，别吞了。"

程玉清临上车时，大黄说："局长，这徐富贵一直给市长女儿送牛奶，不会是眼馋人家啥东西偷了吧？市长家肯定好东西多么。"

程玉清掉转头把大黄拉搋到边上说："给市长女儿送牛奶？"

大黄点点头说："老徐说一次就订了六斤牛奶。"

程玉清笑了说："市长就一个儿子，哪来的女儿？"

大黄说："真的？"

程玉清嘿嘿一笑说："全市人民都知道。"

大黄说："这个老徐啊，竟然给我也撒谎。"

程玉清眉头皱皱说："这事有名堂哩，不跟你说了，你记着，让他赶紧走人，回到乡下去。"

出了牛奶场，程玉清把大黄说徐富贵一直给市长女儿送牛奶的话打电话告诉了储贤达，储贤达说，你从哪里听来的？别乱讲，话到你这里就到头了。

程玉清一走，大黄就去牛棚找徐富贵，他知道徐富贵肯定是在牛棚里。果然见徐富贵正在清理牛粪。大黄把徐富贵叫到自己的办公室递一根烟过去说："大哥，你早上把市长拦了？"

徐富贵看看大黄，他没想到这事大黄知道了，就点点头。

大黄从座位上站起来，点了两根烟，递给徐富贵一根，抽了两口说："大哥，我给你说过，手头打住，缺钱了，你给我说，我给你说过这话没？"

徐富贵说："说过。"

大黄说："那你拦人家市长做啥？"

徐富贵说："他们找你麻烦了？"

大黄说："下午来那帮人你看到了，牛奶不让出了，封了，你说这大热天的，封一天你知道要损失多少么？"

徐富贵站起来，开始满地转磨磨。

大黄说："大哥，我问你一件事，你要给我说实话。"

徐富贵说："兄弟你问，对你我从来不说假话。"

大黄说："你说过给市长女儿送牛奶这话对不？"

徐富贵说："对。"

大黄说："可我咋听人说市长根本就没女儿。"

徐富贵叹了口气说："兄弟，那女子猴在市长的背上，揪着市长的耳朵，还说史大市长让我当马骑。你说市长不是他爹，她能把市长当马骑么？我到现在也弄不明白，你说那女娃她要不是市长的女儿，到底是市长的啥？"

大黄说："大哥呀，这怎么能说明她是市长的女儿？"

徐富贵说："不是女儿，谁还能把市长当马骑？那丫头也就二十来岁，市长有五十了吧，年龄也对茬口。"

大黄说："大哥，你太老土了，年龄小就是女儿，当马骑就是爹，你当这是乡下呀？你当他们老是坐在台上那样，下了台也是啥活都干的人。"

徐富贵说："不是他女儿，那你说那姑娘是他啥？"

大黄说："情人，小三，老四，啥都有可能，就是不是他女儿。"

徐富贵搂着头蹴在地上说："难怪他们生那么大气，一群人恨不能把我吃了。"

大黄说："大哥，可程局长说你是拦住市长的车队告状要救济，有这事？"

徐富贵说："告状要救济？那肯定是听岔了，话传话的容易走样。"

大黄点了两根烟，递给徐富贵一根，说："大哥，不是话传话容易走样，他们故意让走样的，你把他们吓着了。"

徐富贵说："兄弟，哥对不住你，哥有私心，不是有提成么，装到口袋里掏出来难受，我老想着那姑娘出远门了，快回来了……"

大黄把徐富贵拉起来坐到沙发上说："大哥，不说这些了，要是我也一样。"

徐富贵就说："兄弟，哥没出息，人家要找后账，损失我全赔。"

大黄说："人家今天这就是找后账，整个场子都封了，这损失你赔得起么？"

徐富贵搓着双手说："那咋办？那咋办？"

大黄在地上走了几圈说："大哥，遇了事你该给我说，你看现在弄的？人家下命令了，不让人你在奶牛场干了，要让你回山里去。"

徐富贵愣了一阵说："兄弟，我不给你为难，明天我就走，只是我把你害了，场子让人家停了，你咋整？有这么个基业不容易呀。"

大黄笑笑说："大哥，我给你说实话吧，这场子是叶老板的，我这个场长也是个打工的，有人摆平哩。老板说了，不让开，就让银行开去，全是贷款干的。"

大黄把那五千块钱掏出来，又掏出来三千，说这五千是人家给你的，这三千是我给你的。徐鹏在上高中，正是花钱的时候。

徐富贵说："这钱我咋能要？我闯下这么大的的祸，你留着吧，大窟窿补不了，补个小窟窿吧。"

大黄硬把钱塞进徐富贵的手里说："明天你先回去，等事过去了再回来，市长是伤面子了，那些人都要面子，他们事多，过几天就忘了。"

徐富贵走后，大黄思谋了一会儿，给叶总打个电话，牛奶不让出门，大热天的一天损失可就大了，他担不起这个责任。大黄把事情说了，顺便交代了徐富贵给市长"女儿"送牛奶的事。叶明川一听，笑了笑说，明白了，徐富贵呢？大黄说我打发他明早就回乡下去。叶明川说，留住他，别让走。大黄有些纳闷，说，程局长说要赶紧让离开，不然……叶明川说，你别理会他的话，他算什么鸟，别让徐富贵送牛奶了，就喂个牛干个啥，工资别少他的，但是别让他到处胡说。

7

叶明川打来电话，储贤达想想还是接了，说："您是不是拨错号码了？"

叶明川忙说："赎罪，主任赎罪，您开门呐，我在您家楼下了。"

储贤达说："叶总啊，您这不是屈驾么，不怕寒舍寒着您呐。"

叶明川进屋后，储贤达就热情起来，对于叶明川这样的大老板，他再冷着脸就有些不识抬举了。

叶明川赔着笑脸说："主任，这些日子正收购一个煤矿，外省么，你不知道办个事难呀，一个章都得盖十天半月，纠结啊。要是在咱们这地盘儿，有主任你这么个朋友，一句话，一路绿灯。与主任联系得有些少了，你还得担待。"

叶明川把话说到这个份上，储贤达就不好再绷着，说："咱们都是老朋友，说这么客气的话就让人不舒服了。"又说，"进军资源行业是迟早的事，叶总有战略眼光。"

就这么说了一阵资源、利润、房地产企业的前景，叶明川很自然就把话题转到了徐富贵事件上来了。叶明川说："主任怎么看？"

储贤达说："叶总又怎么看？"

叶明川笑笑说："在主任跟前我不说虚话，那个女子叫陶玉，不过现在搬到水域去了，徐富贵送牛奶的情况我调查过，情况属实，事件么是个单纯事件。"

储贤达笑笑说："叶总总是这么有心啊。"

叶明川也笑笑说："那徐富贵我已经妥善安置，绝不会出现新情况、新问题。"

储贤达说："这话你应该说给市长听。"

叶明川说："给主任说不就等于给市长说？"

两个人笑笑，储贤达又说："不过市长心里可是装了事的。"

叶明川说："能不装事？官越大心越小，再说这事说不是事也不是事，说是事就是事，还是大事哩。"

储贤达笑笑，没有说话。

叶明川说："客套话我就不说了，我想给市长赔情道歉，不管事实的真相如何，但这徐富贵毕竟是我叶明川的员工，惊扰了领导，我怎么也得有所表示，还得麻烦您给安排一下。"

储贤达嘿嘿一笑说："赔情道歉？你这是赔情道歉啊。"

叶明川说："瞒不过主任的慧眼啊，正好不有这么个茬口，顺便借用一下。没有办法的办法，去年圈下那块地不改变用途，开工就是砸钱，只能眼看着被收回，损失可就大了。"

储贤达说："话还是实了好听嘛。不过我可告诉你，别在这事上做文章，史国正是鸿运当头，不是有句话，人有三年旺，神鬼都不挡。别惹他，这事无根无凭，最多就是个绯闻，弄不好是造谣中伤，诽谤领导。"

叶明川说："商人么求财不求害，这个度把得住。说到利用吧，新的不一定有旧的好利用，就是把他弄下来，上来一个生皮，不是自己给自己找麻烦？"

储贤达说："那就这两天，我跟市长沟通一下，安排个时间。"

叶明川走后，储贤达看到桌子上有一张卡，他拿起来看看，走到门口又踅了回来。坐到沙发上点了支烟，尽管史国知道这只是一个偶然事件，叶明川抓住了这个事件就是抓住了机遇，史国不会不在意，叶明川不是好惹的主儿，黑水儿红水儿都流得出来。再说改一块地的用途，又不需要伤筋动骨，因此，储贤达断定史国是会见叶明川的。

储贤达把叶明川想道个歉的意思给史国策略地汇报了一下，史国点了根烟，半晌没说话，直到一根烟抽完，才看看储贤达说："叶明川最近在干什么？"

储贤达说："我也好久不见了，是不是在外面发展，情况不大清楚，三天前突然冒出来找我说的这事。"

史国看看储贤达说："见一下？"

储贤达笑笑说："见一下，也是有实力的企业家么。"

史国又说："那就见一下吧，你觉得还要约谁？"

储贤达说："就不约别人了吧，小范围坐坐。"

史国说："那你安排个时间吧。"

储贤达知道史国的每句话里都藏着玄机，问叶明川最近在干什么，是在探他和叶明川关系到了什么程度。史国说"见一下？"听上去是在征求他的意见，事实是心里已经拿定见的主意，这么说反而成了听从他的安排。又问"你觉得还要约谁"，显然是在探他是不是在为他着想，这种场合还能约别人？

宴请安排在了"御史楼"。

酒瓶一开，叶明川说："我敬市长，市长表示一下，我喝三杯。"

史国矜持地笑笑说："明川，别逞能，贤达，你觉得可以吗？"

储贤达说："叶总喝六个也不多。"

史国说："六个有点儿欺负人了。"

叶明川说："怎么能说是欺负，荣幸，荣幸，我六个，六个。"

史国说："还是三个，也不要说我表示一下，我一杯，叶总三杯。"

储贤达说："好。"

他们都知道叶明川能喝，但去年做过一个手术，之后便滴酒不沾了。

叶明川敬史国的酒敬到第十个，头上汗流如注。史国说："好了，叶总随口说的话，怎么能当真。"

叶明川拿起小毛巾抹了一把说："感情铁，喝出血。市长，没事，市长能给叶某面子，喝死了也值。"

史国拍拍叶明川的肩膀说："叶总，别逞能了，我们年龄相当，都到了珍惜生命的时候了。"

叶明川抓起新开的一瓶酒，说："有市长这句话，这一瓶我干了。"

对于叶明川这样的人，是要恩威并施刚柔相济的，他可不是你的下属，你也不是他唯一的依靠，过刚则折，过柔则软。因此，史国一把抓住叶明川的手说："好了，好了，明川，说说话吧。"

储贤达听史国改了口，从叶总叫成了明川，就证明事已有了百分之八十的把握。

叶明川说："市长对我如此厚爱，你说我还用了这样的工人，我有愧，有愧啊。"说着竟然啜泣起来。

储贤达没想到叶明川还会这一手，眼泪方便得和演员一样，觉得有些尴尬，斟酌半天不知说啥好。

叶明川稀里哗啦地啜泣着说，"我说这世上人像人的多了，难道你看了电影，还觉得毛主席、周总理都还活着？你看那些演员，哪个不比真人长得还像？我说有人还说我长得像《地雷战》里的日本鬼子松井哩，难道你一直觉得我就是松井？"

史国摆摆手说："不说了，领导干部现在是众矢之的，动领导心思的人多，即使是有人别有用心地安排，也是可以理解的。"

叶明川说："别有用心的安排也不会找这么个弱智，话都说不周正，狗日的都尿裤子了，跪在地上头磕得梆梆梆响。我说你狗日的胆子吃大了，连市长都没见过你就敢拦市长的车，这要在古代那就是拦轿喊冤，人家问都不问就把你给砍了。现在虽说不随便砍头，可要是上纲上线的话，不管你认错人了还是没认错人，这就是诬陷罪，那是要坐牢的，不判你个十年二十年。好在市长大人不见小人怪。他发誓，这一辈子死在乡下，再不会到市里来了。这些年我一直跟农民工打交道，农民工胆子小着哩，背上铺盖卷就回去了。"

说着，叶明川又举起一瓶酒说："市长，主任，这一瓶我干了。"

史国说："明川，不要喝了。"

叶明川说："市长不让我干，就说明还没原谅我叶明川。"

史国笑笑说："明川，我知道你做了手术滴酒不沾，今儿你已经很有诚意了，再说也不是你的事，你说像我是一市之长，难道我下面的干部出了这样那样的事，责任我都去承担，承担得过来？"又说，"你那么大家业，记住身体永远是革命的本钱。"

储贤达把酒瓶夺了，叶明川说："我把他辞了，又觉得一个瘸子，为儿子念书跟着儿子来的，也可怜，又给了一万块钱，他见一万块钱眼睛都放绿光，这一万块钱他得挣两年。"

储贤达说："他儿子在市里读书？"

叶明川说："在一中上学，听说念得很不错。"

史国皱皱眉头说："他儿子怎么会在一中上学，应该在他们县上读高中"，又说，"这说明他还是有一定的社会关系的。"

储贤达说："对啊。"

叶明川说："狗日的走了狗屎运，一个老右派改造时在他家住过三年，这老右派的儿子现在是咱们市教委主任，不然他的儿子能进一中？"

史国说："教委主任？"

储贤达说："乔大兵。"

史国端起一杯酒说："贤达，我敬你一杯。"

储贤达站起来说："这怎么敢当。"

史国说："贤达，这几年我们配合默契，你帮了我不少的忙。"

说着，史国很干脆地将一杯酒灌进口中，储贤达连饮三杯。

史国又亲自给自己和叶明川各斟一杯："明川，我敬你一杯，一切都在酒中。"说着，史国又将一杯酒灌进口中，叶明川连忙站起来饮了三杯。

史国坐下说："明川，忙啥哩，人不见面，媒体上也不见。"

叶明川坐下来，说："收购省外一个煤矿，一直在跑这事。"

史国说："谈得如何了？"

叶明川说："很吃力，不像在云水啊，有市长，咱就顺风顺水。外面人生地不熟的，做事难啊。"

储贤达说："是啊，叶总，你这样玩蒸发，一年两年不向市长汇报。你就是到火星上投资，也不该这样呀，说实话只要在中国，市长一句话的事，你得跑上半年。"

叶明川拍着脑袋说："我该罚，该罚，我喝三杯。"

叶明川很爽地喝了三个酒。

史国忽然说："我听说了一个关于这御史楼的传说，怎么说来着，记不大清楚了，想必你们也听说过，谁讲一下？"

史国看着储贤达，储贤达说："我不曾听说。"

史国又看叶明川，叶明川一笑，说："市长，御史楼……"

储贤达在桌下踢了叶明川一下，叶明川说："市长，我更孤陋寡闻了。"

史国笑笑，讲了御史楼的传说：传说纪晓岚为侍郎时，有一天，他、尚书和御史同行，忽见一只狗跑过，尚书佯作惊诧地问是狼是狗？御史也笑着问是狼是狗？纪晓岚立即明白他们是借谐音来说"侍郎是狗"，便答是狗。尚书闻言，莞尔问道何以知之？纪晓岚答道狗与狼有不同者二：一则视其尾之上下而别之，下垂是狼，上竖（尚书）是狗；一则视其所食之物而别之，狼非肉不食，狗则遇肉吃肉，遇屎（御史）吃屎。如此语带双敲，立刻反败为胜。云水市很久以前出过一个御史，于是一个老板便盖了一栋集餐饮、娱乐、洗浴、休闲为一体的"御史楼"。开业以来，生意很火，但很快就有人将这个传说巧妙移置在"御史楼"，传得满城风雨。因为这个笑话，"御史楼"的生意冷清下来，现在慢慢又好起来了。

把史国送回家，叶明川又请储贤达去按摩醒酒，叶明川说："御史楼的故事储大主任会不知道？我听御史楼的传说还是主任讲给我的，我们不说，倒让市长觉得我们孤陋寡闻。"

储贤达说："跟我还装，你多精明的一个人。"

叶明川诚恳地说："真不解其中之玄机，请明示。"

储贤达说："御史楼的故事都老掉牙了，谁不知道？史大市长说我听了一个关于这御史楼的传说，怎么说来着，记不大清楚了，想必你们也听说过，谁讲一下？他都听过了，还想听？又不是多么精彩的段子，如果我们谁讲了御史楼的故事，那就意味着还会传播他那个故事。分明是在警告要我们忌口，那个故事至此为止，要知道你我可都是处在那个故事的源头。"

叶明川拍着脑袋说："明白了，多亏主任那一脚，主任一踢，官场比商场的水深多了，太费脑子了。"

回家的路上，叶明川自嘲地笑了，他要真不知史国提起这个故事的意图，那也太小看他叶明川了，该装糊涂的时候他绝不表现聪明。在史国跟前要装，在储贤达跟前还是要装，官至一定位置，没有一个官员不自以为比别人聪明的，你太聪明了，他们就不高兴了。

要说"御史楼"这个故事，还是他和几个老板共同策划的，"御史楼"的老板有些太张狂，靠着有点儿背景目中无人，他们想通过这个故事让顾客心里忌讳不悦，搞黄"御史楼"的生意，让老板知道什么是开业即停业，御史即遇屎。这个故事散布后，"御史楼"一度差点儿停业。后来，攻关攻下了一些厅局的定点招待，这才缓过一口气来。

8

在储贤达的指点下，叶明川拟了一份更改用途的报告和新规划去找史国。史国带几个人进行了调研，回来后主持召开专门会议进行了研究，叶明川的目标就实现了。之后，叶明川去了趟奶牛场，对大黄说明天派个车把徐富贵送回去，一定要送回到村子上去。想想又说奶牛场还有谁知道这事，问问徐富贵，知道的人也一起打发了，重新招人。大黄说一起打发了，订出去那么多的牛奶，没人送，他们会投诉的。叶明川说，投诉就投诉，不行了就关门。大黄大瞪着眼睛说，最近效益好得很，我还想着说扩大规模。叶明川说，这样吧，明天送徐富贵回去你也一块儿回去，再招些新人来，工资待遇再往高提提，上浮百分之十到十五。大黄点点头。叶明川说，徐富贵的儿子上高几了？大黄说马上升高三了。叶明川说给他一万吧，怎么说也是你的恩人，再说对咱们公司也是有贡献的。大黄说叶总……叶明川摆摆手说，告诉他，回去好好种地吧，在城里的事忘个一干二净，别管不住嘴，胡说乱说的，那是要招灾惹祸的，跟这些人他玩不起。大黄硬着头皮问，叶总，到底遇了啥事？叶总瞪了大黄一眼说，你把嘴也给我管住，什么事也没发生。大黄就不敢吱声了。叶明川说，你记着，谁要再问起这事来，就说没有的事，而且要告诉我。大黄说我记下了。叶明川都已经出了门了，又说你去没去程玉清家？大黄说，五一才去过，这还没几天。叶明川笑了，说，五一去是规矩，这是一个事件，你咋就拎不清呀？不要以为这事牵扯到市长，市长的路子我走通了他就会下令揭了你的封条，谁封的只能谁揭，现在就去准备，标准按春节时的标准，晚上去一趟。

吃过饭后，大黄便去了趟程局长家。程局长应酬多，经常不在家。多数情况下是程局长老婆小储接待他，因此，他们就很熟了。大黄知道小储是储主任的妹妹，这几年大黄也知道了储主任是多大的官，因此，总要给小储格外准备一份礼品，当然是购物卡。小储见他也就没有架子，又是个耐不住寂寞的人，总要留他抽几根烟，还会陪他抽一根烟，说这说那的。今日也不例外，程局长应酬多，不在，只有老婆在。说了一阵，小储就想起程玉清回到家讲起的事，程玉清问她说，你觉得是真的还是假的？小储说，还真的假的，哪个当官的没几个女人，你看抓了那些腐败分子，百分之九十五的都是为了女人，你给我小心点儿。程玉清说，那不是还剩下百分之五呢么。小储说，那百分之五是女腐败分子。程玉清说，如果我要做腐败分子，那就做个另类，不近女色。小储说敢近女色，小心点儿哪天我把你给骗了。程玉清说，不用老婆动手，大舅哥就把我骗了。小储一笑说知道就好。小储想到这里，就问大黄，听说你们的一个送牛奶的给市长女儿送牛奶，还拦了市长的车？大黄就不知道如何说了。可小储说是真的还是假的？大黄不敢不回答，只能说认错人了，认错人了。小储一笑说，认错人了，怕是让人家威胁得不敢说了吧？大黄说没人威胁。小储说程局长封你们奶牛场这不是威胁你们？这时小储接了个电话，说，你明天给黄场长把奶牛场封条揭了，官员风流快活出来的事，让你害人呀。大黄借机道谢，告辞出来，抹了一把头上的汗水。程局长打来电话说明天就揭封条。

回到奶牛场，大黄把徐富贵叫到奶牛场对面的烧肉馆，要了几个菜，要了两瓶酒，他把一万块钱给了徐富贵，说了回去的事。徐富贵说："兄弟，明天我就回，再不敢这么拿你的钱了。"

大黄硬塞进徐富贵的口袋里说："大哥呀，这不是我的钱，是他们的封口钱。"

徐富贵又掏出来说："那你留着吧，我给你惹的麻烦够大了。"

大黄复又给徐富贵装回去，说："没事了，你别担心，明天封条就揭了。现在这社会没有钱办不了事。"

喝了几杯酒后，大黄说："大哥，记住，以后有谁问起这事，就说没有的事，千万别说，说出来就是灾难！"

徐富贵忽然拉住大黄的手，"哇"地一声号啕大哭，泪水口水混流，一把一把地往鞋底上抹。大黄抽了一把卫生纸塞到徐富贵手里，说："你嚎啥，嚎啥？"

徐富贵还是那样哭着，趴在桌子上大哭着，大黄说："你别哭，鹏鹏在这城里念书不还有我么，我保证供娃把书念成。"

徐富贵哽咽着说："兄弟，我不是哭这，有兄弟在我怕啥，回到乡下不出门就没事了。我是想不通，你说那丫头咋就不是他的女儿啊，你说那丫头咋就不是他的女儿？"

大黄黑着脸抽烟，说："那丫头咋就该是她的女儿呢？"

徐富贵说："那么大的丫头就该是他的女儿呀，兄弟。"

大黄说："你这脑子咋就转不过弯呢？老顾的女儿才多大，十六七岁，出来做了小姐，他们不照样耍？"

徐富贵说："兄弟，我转不过这个弯来啊，他可是市长！"

大黄说："唉，转不过弯来也得转啊，社会就这么个社会。"

徐富贵说："兄弟你放心，这事砍脑壳我都不会说，让烂在我肚子里，跟我一块儿进棺材。"

第二天一大早，大黄把徐富贵送上车，对司机小张说，拉着他去趟学校，顺便找个银行让他把钱存了。大黄了解徐富贵，身上有一百块钱，就要往银行跑。大黄没有跟徐富贵一块儿回去，他知道村子里已经招不上人了，人都在城里打工，他只能去华明路市场找人了。

徐富贵对小张说，不去学校了，昨天才和儿子见过面，找个农业银行就行。小张找了家农业银行，徐富贵进去把钱存了，心里很踏实就上路了。

这才几天时间，加上儿子的一千和自己工资一千多块，他就存了整整两万块，做梦一样，徐鹏顺利读完高中绰绰有余。考上大学，那五万块钱死期存款也到期了，就能取出来供养徐鹏读完大学，儿子的前程就有了。日子这么顺溜了，不要说是让他回乡下，

就是死在乡下，他也心甘情愿。回到乡下种地，他一个人完全能够
自己养活自己。

心情好啊，他就哼唱起来：

> 解放区那么嗬咳，
>
> 大生产那么嗬咳，
>
> 军队和人民，
>
> 西哩哩哩嚓啦啦啦唆罗罗罗呔，
>
> 齐动员那么嗬咳！
>
> 开梢林呀么嗬咳，
>
> 开荒地呀么嗬咳，
>
> 不分男男女女，
>
> 西哩哩哩嚓啦啦啦唆罗罗罗呔，
>
> 加油干呀么嗬咳……

小张说："老徐，捡了个金元宝，唱起红歌来了？"

徐富贵美滋滋地说："可不是捡了金元宝，不是捡了个金元宝，
能坐上你开的小车？"

司机小张说："老徐，你可是我送过的级别最低的人。"

徐富贵高兴啊，就说："谢谢你。"

徐富贵知道小张这辆车是支应"公差"的车，专门供那些干部
调用的。奶牛场有好几辆支应"公差"的车，干部们有私事，随叫
随到。

小张说："谢啥，我喜欢拉像你这样的人，那些干部，什么玩
意儿，白坐别人的车还牛逼哄哄的。"

徐富贵说："谢谢你。"

小张说："别看他们牛逼哄哄的，没有你快乐，一上车就骂这
个骂那个，你是我拉过的人里最快乐的。"

徐富贵的情绪感染了小张，小张也跟着唱起来……

9

每天早晨，史国有半个小时的读报时间是不变的。七八份报纸，半个小时也只能大致浏览一下要闻版、时政版，这些版块的新闻，其实看个标题也就知道内容了。不过，对于深度报道，他还是看得很细的。这天早晨，他读到的深度报道是关于清理整顿高考移民的。这是个规律，随着一年一度高考的临近，报纸关于高考的话题已经热了起来。

看过报纸，史国打开一封来信，是一封强烈要求对挖尖子行为进行严厉制裁的来信，信写得很扎实，罗列了几所学校近三年高考前50名学生中挖来的学生名单。这样的来信他已经接到了好几份，都没有当回事，一方面你挖我我挖你，对于每所学校来说，当然是大事，事关升学率、学校排名次、教师奖励、政府关注度等一系列问题。可放到全市的角度来看，又能算得上什么事，肉烂了在锅里。另一方面这种风气跟自己扯着关系，应该说这种被称为"挖坑"的挖尖子生风潮还是他带的头，他再出面整顿，会把自己的过去勾引出来。在官场对于一个官员，有些东西会成为过去，但却不会消失。

当年，他在教育局（当时不叫教委，而叫教育局）任副局长，正是以高考论成绩、以入学率定天下的时代。学生潮水一样涌向名校，几所名校压力很大。为了振兴一些学校，再创造几所名校，教育局做出一项举措，教育局四名副局长、一名副书记、两名副处级待遇的领导，每人兼任一所学校校长，在为期三年的时间里，把这些学校的升学率提升百分之二十以上。他兼任四中校长，当时的四中在云水市学校的排名中远远落后于它的名字所代表的名次，排在中下游。三年时间要打造一所学校，谈何容易。基础扎实、成绩优秀的学生都是冲着高考升学率而选择学校的，几大名校可以说垄断了优秀学生资源。从这一点上讲，马太效应在教育上呈现出的效应，远比在经济上呈现出的效应更加快速、更加显著。他就想到了一招：挖尖子生，以丰厚的奖学金和各种利益诱惑尖子生到四中就读。四中周围那些门面房的租金、补习班的收费甚至是节省下来的各种经费全都用在了挖尖子生上。这是一个损人利己的、一箭双雕的妙计，挖走了尖子生，别人的成绩掉下去了，自己的成绩提高了。尽管这十二分的不道德，但却有百分之百的收效，升学率第一年就提升了百分之十，而且出了全省文科状元，成为从上百所学校中杀出的一匹黑马，名声大震。第二年，马太效应开始显现，优秀学生就会潮水般涌来，成井喷之状。三年时间，四中升学率提升百分之三十，一跃跻身全市学校第一梯队，而他也因此成了教育系统的一匹黑马，升至教委主任的位置，四中也升格为一所副处级学校。其后，抢挖尖子生愈演愈烈，从市内互相挖，最后蔓延至全省挖。这也引发了各种评议，当然主要的是抨击。不过，他自认为功大于过，几年间几所二三流学校晋升为一流学校，打破了四五所名校一统高考天下的局面，缓解了名校的压力，也让名校有了危机感，不断自我更新。在心里他有一个自认为很贴切的比照：如今在市场上叱咤风云的那些大老板，如果细查深究，哪位的第一桶金是经得住审查的？可当公司规模越做越大，一切都会自我矫正，步入遵纪守法的轨道，创造社会价值。

　　看着这封信，史国忽然想到了乔大兵。他到云水市，乔大兵已是教委主任，这几年他精力主要放在城市建设、经济建设上，对教育说不上重视，因此，对乔大兵他了解得并不多。有不少关系因为子女入学找到他，他也批过不少条子，乔大兵也都妥善安排了。几项民生工程中有关教育的也抓得不错，有能力、有想法。可是，这个乔大兵不像一些部门领导总是通过各种借口跟他套近乎、拉关系。虽说市直属部门都归各副市长分管，但他主持市政府全面工作，各局委办的重要举措最终的拍板定案在他这里。这让他觉得乔大兵跟他有些隔阂。官场讲的是线，每个官员都有自己的一条线，这些线有重复的，有交错的，但他这条线是主线，所有的线都希望往他这条线上归并，归并不到一起的那就是这条线有另一条主线。乔大兵不走他的关系，就意味着会在另一条主线上。或许那条线正是他的竞争对手。股市有这么句话，股市有风险，投资需谨慎。到

了官场就成了换届有风险，做官需谨慎。换届即将开始，他是代市长，代市长毕竟还不是市长，别人还有活动的希望，一线曙光也是曙光，而取不了"代"最终走麦城的也是大有人在。在官场代人事之变往往会促使一些关系十分微妙。从乔大兵这个角度讲，教委是一个大口，教委主任是市级领导的热门人选，云水市几届教委主任都成了市级领导，乔大兵不可能没有想法。倘若如此，这件事就变得很诡秘。尽管徐富贵事件他能肯定是一个单纯的事件，但倘若被官场利用就不再那么单纯了。乔大兵能把徐富贵的儿子从一个县城弄进一中读书，那就证明他们不是一般关系，这个突发事件徐富贵不可能不告诉乔大兵，那么乔大兵就是这件事最知根知底的知情者，就是一个风源点。

想到这里，史国抓起笔就在上面批了八个字："盗名窃誉，道德沦丧！！！"想想，又写了八个字："钓名之人，无贤士焉。"这是《管子》中的一句话，用在这里是再贴切不过。然后打电话叫来储贤达，把信递给储贤达。

储贤达看后，史国问："有什么想法？"

史国的批示已经告诉储贤达史国的想法，因此，储贤达说："这种风气社会反响比较大，一个尖子生都涨到好几万了，该整顿整顿了。"

史国很气愤地说："先人栽树后人乘凉，可如今这些乘凉的谁把栽树的当了先人？年初的教育座谈会上，你看那些名校校长趾高气扬的劲儿，对那些排名靠后的学校言辞之间的不恭甚至是侮辱，是可忍，孰不可忍！摘了别人的劳动果实，还以为自己有登天揽月的本领。"

储贤达说："学校是一块净土，这种风气的影响实在是太恶劣了。"

史国敲着桌子说："你安排布置一下吧，要快，高考之前该解决的要解决。"

从史国办公室出来，储贤达差点儿笑出声来，这可是自己扇自己的嘴巴了，而且有些狠。不过他能理解，官场上该扇自己嘴巴的时候往往都扇得极狠。

帷幕拉开，教育界炸锅了，名校慌了，乱了阵营，怨声载道，因为清查出来不属于本地的学生，要全部返回原籍原校，这其中尖子生占了百分之五十以上，比例之大，完全是动摇了名校的根基，而他们花的代价太大。十大名校联名上书，史国看过后冷笑两声，撕了。有校长亲自找他陈述利害，他只用八个字回答："为人师表，扪心自问!"对于这种形势他估计得很充足。

随着清查的深入，这件事成了新闻焦点，报纸上是整版整版的，电视台是一个专题跟一个专题，中央媒体也跟进，他没有想到歪打正着，这一招竟然成为全国的一个亮点，媒体竞相采访，大篇幅报道，他在中央媒体频频亮相。有一篇标题用的是《我自横刀向顽疾》，平时上个中央媒体可是难着哩。他要求市里所有媒体对中央媒体所有报道重刊重播。管理能力横着也能说，竖着也能说，就像弹簧，更像海绵，有形状，没抗力。教委主任乔大兵没有经济问题，最终落了个管理能力问题，抵制不住舆论攻势，引咎辞职。几个校长查出了经济问题。教育系统简直就是大洗牌。这一仗打得漂亮，对他取"代"工作无疑大有帮助。

被清查出来不属于招生片区的"非招"学生，遭返原籍参加学习，徐鹏当然在其中。

徐富贵正在院子里拾掇农具，多年不用，套绳都朽了，犁铧、耧铧、铁锹、锄头都生锈了。种地的日子要重新拾起来，不是件容易的事。

徐富贵一抬头看到徐鹏背着大包拎着小包吃了一惊，既不是周末，又不是黄金周，更没有放假，而且他们分别也没多久，徐鹏回来做什么？又看到徐鹏是大包小包的，知道事情瞎了，尤其是当听到徐鹏说他被清退回来的时候，便以为是被开除了，觉得天都塌了，眼前一黑，身子都立不住了，一屁股坐在了地上，呜呜地哭出声来。

徐鹏读了两封信后，徐富贵又站了起来。一封是乔大兵写给徐富贵的，信中说我问过给徐鹏上课的所有老师，徐鹏现在的基础考

大学没有一点儿问题，这你放心，不要心里有负担。县教委主任我很熟悉，回县一中上学，我已经给他打过电话，他会全力安排好的。像徐鹏这样的学生，到哪里都是受欢迎的，有事你就来直接找我。第二封信是徐鹏的班主任兼英语老师梁琴写给徐富贵的，信的前半部分说了和乔大兵意思一样的话，后面说徐鹏给我讲过你们父子的全部经历，我会继续关注徐鹏同学的学习，这是我最欣赏、最爱护的一个学生，也是最懂事、最有潜力的一个学生。给徐鹏配个手机，我会和他通过短信的方式指导他的学习。

徐富贵扯住徐鹏跪在院里就磕头，边磕边说："你娃要记着啊，这些都是贵人啊，你娃命里有贵人相助，你要懂得报恩啊。"

徐富贵不敢耽误，第二日一大早就和徐鹏赶往县上。路上徐鹏说："爹，你把心放到腔子里，到县上念，我照样能考上北大、清华。"

在县一中把一切办妥当，徐富贵一颗悬着的心才落了地。出去就给徐鹏买了部手机，试手机的时候徐鹏给几个老师打了个电话。之后，徐鹏把手机递给他说：爹，你也打一个。他说，我给谁打呢？我说啥？徐鹏说，说几句感谢的话。徐富贵说，要感谢的人太多了，感谢的话也太多了，手机多费钱，也说不好，算了，就装在心里吧。

作者简介

李栋梁，男，1963年出生。中国作家协会会员。发表中短篇小说、散文、诗歌200余万字。出版《和木头说话》《人口手》等散文集多部，《奔命》《胭脂巷》等长篇小说多部。作品曾被《新华文摘》等多家杂志选刊转载，并入选中国文学年度排行榜，年度最佳诗歌、最佳散文、最佳小说等各种选本和中学语文教材。《吼夜》获《小说选刊》奖，《觉得有人推了我一把》获中国文学奖，《小事情》获《北京文学》

奖,《招惹》获《北京文学·中篇小说月报》奖,《和木头说话》入围第三届鲁迅文学奖。三次荣获宁夏政府文艺一等奖,2006年荣获宁夏"德艺双馨"文艺工作者称号。部分作品被翻译成英文。

李

唯

暗杀刘青山张子善

借用一个农民出身的特务暗杀共产党高官的线索，为我们演绎了一个十分独特的历史故事。曲折、动人、悬念迭出，诙谐的叙述中透出严肃与深刻。

一、背景情况介绍

刘青山，男，曾任天津地委书记，卒年 37 岁；张子善，男，曾任天津地区行署专员，卒年 34 岁；两人因贪污以及其他罪行，经时任中央人民政府主席毛泽东亲自批示，河北省高级人民法院判处刘、张死刑，于 1952 年 1 月 10 日下午 1 时在河北保定市执行枪决。此案被后人称为共和国开国第一反贪大案。事隔 59 年，即 2011 年 5 月，天津作家李唯领受写作任务，拟将此案创作电视剧《开国第一刀》（暂名），特去河北省档案馆和天津市档案馆两地，调阅 50 余年前的封存档案。在浩如烟海的档案文字阅读中，在稍不注意就会滑过去的其中一本很次要材料的夹页里，李唯意外地读到了一段长达 9 页多纸的记录。这几页因年代久远墨迹已经消退淡化到快要认不出来的文字，记载了一桩当时此案的承办者和档案的整理者都认为不太重要，或者认为只是一个小小插曲的事件，所以他们会把这份原始记录随便塞在了这样一个很不起眼的角落里。这段记录显示：1950 年 1 月，刘青山和张子善奉调进入天津正式主政天津地委和天津行署，国民党保密局华北地下工作站曾经招募过一名叫作刘婉香的特务对刘张二人实施暗杀。刘姓特务婉香一直将这一暗杀任务锲而不舍地执行到 1951 年秋天刘张被捕之后。在刘张被捕后数月内，刘姓特务婉香也被我公安机关捕获，后被处决。这 9 页多纸的文字，是刘姓特务的审讯交代，其叙述之翔实，已经足以让李唯对其暗杀过程充分了解。

以上是背景情况介绍。下面是李唯根据其了解写成的暗杀过程始末。

二、刘婉香其人

刘姓特务婉香，男，河北省获鹿县（今河北省鹿泉市——李唯注）上庄镇大宋楼村人，农民。在 1949 年 4 月以前一直在村里务农，种棉花，也兼做骗匠，替本村也为邻村乡民骗猪，以及骗驴和马牛，主要骗猪。挣一些工钱或者不挣钱就挣一点儿粮食回来，用以养家糊口。人粗壮、敦实、黑糙，周身没有一点儿温婉的地方。之所以叫这样一个妩媚的名字，是河北获鹿这一带的民俗。获鹿乡间很多男人都起女流之名，譬如获鹿曾经有一个著名的悍匪叫贺燕玲，就是男起女名。刘姓特务婉香粗通一点儿文墨，能写自己的名字，以及能写骗猪之后收到工钱的收条，尽管有错别字，但文理还算通顺，这一点对于他日后能被招募做一名特务起到了至关重要的作用：因为他能写情报。刘特务用来写情报的这一点文化竟然是得益于共产党和八路军对他的教育。获鹿县当时在大的范围内属于共产党的晋察冀根据地，但不属于那种牢固的根据地，是共产党和国民党双方来回占领来回拉锯的地方。在共产党占领获鹿的时候，共产党便给农民办扫盲班，刘婉香就是那时候参加扫盲班学文化的，他当时参加的目的就是为了日后骗猪挣工钱好写收条，当时也没想到日后会用来为国民党写情报，跟共产党为敌。刘婉香在审讯交代中对我公安办案人员说："我对不住你们共产党教我认字儿！"这是交代材料上刘的原话，他说得很淳朴。刘特务虽然是特务，身上散发着农民的朴素，属于农民特务。

刘姓特务婉香在 1949 年以前绝没想到要当特务，他甚至都根本不懂"特务"这俩字儿是什么意思。事情发生变故是在 1949 年

的春天，刘婉香给邻村的一大户人家骟一匹马，一匹口外的大菊花青，好马，因为手艺不精致，在摘除马睾丸的时候把刀子上的铁锈蹭进了伤口里，结果马感染了。几天后此马逝世，刘婉香便连夜离家逃跑，他怕主家让他赔马。刘婉香一直向北跑到了张家口，正碰上国民党保密局华北工作站在张家口满城贴着招募告示在招人当特务，那告示贴在学校，贴在饭馆里，贴在剃头店里，街头卖煎饼的摊子上也贴几张，还有贴在厕所墙上的，有点像现在到处贴着治疗尖锐湿疣和梅毒的广告，一切都在轰轰烈烈、大张旗鼓地进行。本来招募特务这事儿应该是暗地里秘密运作的，而且人选通常也是精中选精，然后加以严格训练，不能像现在这样，如煤矿在招挖煤的，这简直就像是在全面进行特务大招工。这皆因国民党即将溃败，共产党即将进入全国的城市和乡村掌握政权。尤其是华北，马上面临解放，国民党极需招募大量的人来对掌握政权之后的共产党进行捣乱和破坏。所以萝卜快了不洗泥，就只能像大招工一样地来招特务了。这其实就是在招募捣乱破坏分子。国民党为此还采取了有奖招特务的办法，譬如剃头店的剃头匠师傅能说动来剃头的去当特务，每募得一名，给一块银元，每募得两名，给三块银元。用现在的话说，再多给几个百分点。因此当时民间协助国民党招募特务的，众多！刘婉香就是站在小饭铺门前多看了几眼告示，他开始以为是小饭铺贴出来的菜谱，就被小饭铺里做饭的一把抓了进去，死死攥着不放手，像死死攥住了大洋钱，苦口婆心地劝说刘婉香去当特务。

刘婉香经过劝说后同意当特务。因为他在张家口要挣钱吃饭。当时张家口都有人开始吃蝙蝠了，这是由于解放军当时包围张家口，围而不打，城里肉畜能吃的都吃了，再没吃的了，蝙蝠好歹也是肉。刘婉香在张家口的日子过得很艰难。刘婉香同意当特务后，国民党方面对刘婉香等人进行了测试，毕竟这是招特务，无论怎样都要检测一下的。考试分知识问答和写应用文一篇，知识问答包括诸如"国父是谁""三民主义是什么"以及"中国有多大"之类。应用文的写作是写借据一张，内容是跟邻居家借碗。国民党考虑到这些来当特务的大多是社会底层的贩夫走卒，因此出的题也尽量平民化。对于"国父"和"三民主义"，刘婉香的回答是"知不道"，他在农村从来就没有听说过这两个词儿；对于"中国有多大"，刘婉香想了半天回答说："比大宋楼村大。"他认为中国肯定要比他老家的村子大，这是毫无疑问的。至于是不是比张家口也要大，刘婉香不能确定，因此他没有把握地问国民党主持考试的人："长官，中国是比张家口也大，对不？"国民党主持考试的人气得大骂，首先在语言上性侵刘婉香的母亲："日……"又说："中国要不比张家口大，中国又往哪里摆？就他妈你这种素质也来当特务！"刘婉香委屈地说："长官你不要骂人嘛，我就是知不道，我才问你是不是比张家口也大嘛！"

刘婉香尽管不知道中国是不是比张家口大，但他的素质在来当特务的这些人里算是比较高的了，很多人比刘婉香还要更差，国民党骂他们骂得更凶。但国民党的长官在骂过这些人之后还是基本上全体给予录用，并根据人员的素质高低进行了任务划分。对比刘婉香还要差的，准备将来就派遣他们回街道进行潜伏，能在晚上溜出来贴个反动标语，能在街道里造点儿谣，比如说共产党要把女人的奶子都割了去造原子弹打台湾。这条谣言在建国初期的中国民间曾经广为流传，中国政务院（国务院前身——李唯注）在 1950 年 9 月 21 日的《人民日报》上都曾经正式辟过谣。另外还造谣说共产党的干部都喜欢耍派头背着手讲话，长期以来都习惯了，所以方便的时候也习惯地背着手，也不扶生殖器，所以都尿到鞋上了，脏，埋汰，不讲卫生，等等。这些特务都识字不多，造的谣文化含量自然也都不高，但总之能造点儿这样的谣，能败坏一下共产党，也有用。对比这些造谣者还要再差一些的，将来就派遣他们回各自的村里去当特务，当驻村特务，能在村里下药毒死两口猪，能在村头的水井里投点儿药，让村民们都跑肚拉稀，能放火烧几垄麦子，总之能给共产党添点儿麻烦，也是好的。国民党正值危难之时，正是用人之际，所以就不能太挑剔了。对刘婉香，国民党方面则另有考虑。刘婉香最突出的地方是他的应用文写作，就是写借据。刘婉香

向国民党的长官提出他能不能不要写借碗，因为他没跟邻居家借过碗，他自己家里就有碗，他跟邻居借过玉荬子面，他请求写借玉荬子面，用文学创作的话说，刘特务要求写作应该来源于生活。国民党的长官同意了。刘婉香一会儿就写完了借据，其中夹杂着错别字："节（借）玉叫（荬）子面两升，等到收求（秋）还，到时候，有玉叫（荬）子面就还玉叫（荬）子面，没有，就还豆子。"国民党长官看完后高兴了，这在来应试当特务的人里语文程度是最好的，将来能写情报。刘婉香因此就算是比较优秀的特务，党国准备委以他重任。

刘婉香被确定录取为特务之后，国民党方面对刘婉香等录取者又进行了职业道德教育。所谓职业道德教育，大意是训诫刘婉香这些人说：既然来当兵，就知责任大，既然来当特务，就要好好当，要有职业道德，不能拿了特务经费之后一道金光就溜得不见了。国民党方面警告刘婉香等人说：如果卷款私逃，党国一定会再派特务去把你杀了。一拨一拨地派人去杀，直到杀掉你为止，党国有的是特务，我们的战友遍天下！刘婉香听得心惊肉跳，以至于后来他一直很有职业道德地做这个特务，从没有想过要拿了特务经费开溜。

进行完职业道德教育之后就是交代注意事项。国民党方面又告诫刘婉香等新特务们说：你们以后都是要打入共产党内部的。既然是要打入共产党内部，那么就要尽量做到和共产党员一个样，这样才能融入他们。既然是要做得像一个共产党员，那么有两件事情要特别注意，第一是不能贪腐，第二是不能淫乱，因为共产党特别强调反对搞这个。刘婉香等特务都不太明白，因为他们听不懂"贪腐"和"淫乱"这两个文化词儿是什么意思。国民党方面只好用这些贩夫走卒们听得懂的直白语言重新说道：就是第一不能贪钱，第二不能随便搞妇女，只能和自己的老婆睡觉，而且还要艰苦朴素，啥苦都是你先吃，啥甜都是老百姓先尝，这样才是共产党员！刘婉香等新特务们这才算有点儿懂了，然后都很感叹，说：做特务容易，做共产党员难啊！

进行完职业道德教育和交代完注意事项之后不久，张家口解放了，国民党工作站带着刘婉香等特务转入地下待命；又过数月，整个华北都解放了，国民党赶紧把招来的人都派遣出去，根据水平高低分别派遣到不同的地方去，像适合回农村去当特务的，就赶紧都让回村，去给猪下毒。对刘婉香，国民党工作站考虑了一下，最后就说，让他去天津吧。天津在共和国开国初期还只是河北省下属的一个专区，像今天的河北保定地区一样，位置并不算太重要。如果是要暗杀河北省委的领导，譬如是要暗杀当时的河北省委书记林铁同志，那就重要很多，那国民党方面就要派遣经过严格训练的专职特务去。而地区和县一级，因为专职特务太少，派遣不过来，只好派遣像刘婉香这样的业余特务去。国民党工作站的长官找刘婉香谈话，说：你去了天津以后，自己根据情况开展行动，贴标语散布谣言放火烧仓库都可以。如果能把共产党主政天津的长官杀了，在天津引起动乱，那更好不过了。同时告诉刘婉香：根据情报，共产党现在掌管天津的长官，一个是地委书记刘青山，一个是行署专员张子善，杀了这俩，党国有奖。

刘婉香提出了他的要求，说：那我要杀了这姓刘姓张的，我不要奖钱，这年头钱也不值钱，钱票儿都毛了，我要麦子。你们给我几车麦子，再雇车给我拉回获鹿县大宋楼村老家去。

国民党方面当即就说：可以给你麦子。麦子可以给你雇车拉回你老家去。杀了人就办。

刘婉香高兴了，说：那中，那我就去天津杀这俩孙子！

三、打入中共天津地委内部

刘婉香于 1950 年 2 月 7 日到达天津卫执行暗杀任务，先住在天津八里台的耀明旅社。耀明旅社在 1964 年被拆了，现在是天津手表厂的所在地。刘婉香住下后，他便打听刘青山和张子善住在哪儿。要杀人总要先知道人在哪儿。刘婉香先向市民打听，见到街面上摆摊的、卖菜的、锔碗补锅的，甚至走道的路人，先向人家鞠一个躬，问一声大哥好，或者大姐好，然后问刘青山和张子善住在哪儿，在哪儿办公，待问清后再上门去杀。这很不像一个特务的行

径，倒很像是乡下人进城寻亲问道，但农民特务刘婉香确确实实就是这样开展他的特务行动的。刘婉香在天津八里台一带的大街小巷问了一个遍，可是这些市井小民都不知道刘青山和张子善在哪儿办公，很多人甚至都没听说过这俩人。解放军当时刚进城，百姓对于共产党掌管天津的长官都还很陌生。同时共产党有严格规定严禁宣传领导，不像现在，大力宣传领导是每个城市宣传工作者的职责，每个城市的领导都是这个城市最著名的人，再小的城市都自办电视台，电视上有三天不见领导的身影，百姓会以为是电视坏了。

刘婉香到处打听不着，很有些着急，后来他就想到去派出所打听，有点儿像现在说的有困难找民警。这是第一个特务去向共产党的警察部门求助的。刘婉香当时去的是天津南开公安分局八里台派出所。进到派出所里，一个当班的警察，脸上有道刺刀挑过的疤，很凶悍，一看就是刚从战斗部队转业下来的，正往墙上挂抗美援朝的宣传画。刘婉香向那刀疤脸的警察弯腰鞠一个躬，说："警察大哥你好，俺来问问这个刘青山和张子善——"话刚说到这，刘婉香猛然住了口，接着冷汗不由得冒了出来，他猛然想到自己是个特务啊！作为特务，自己咋能到共产党的派出所来问事呢？有特务来向警察打问的吗？老鼠舔猫腚，这不是来找死吗？刘婉香刚当特务，他的角色意识还不是很强，他常常就忘了他已经不是农民而是特务了。刘婉香想跑，但腿软得跑不动，哆嗦着站在那里，吓得一句话都说不出来。

那警察半天都听不到来人后面的话，很诧异，转过身来，看到的是满脸直淌汗的刘婉香，更诧异了，警察朝刘婉香走过来，问他："我刚才听你问刘书记和张专员？你找他俩干啥？有啥事？"

刘婉香魂飞魄散，接下来他的动作就是把手伸到了兜里去，把国民党发给他的特务经费都掏了出来，给那刀疤脸的警察放在桌子上，同时很实诚地告知：大洋原先一共有七块来着，这一路来天津，车票，打尖住店吃饭，花了一些，还剩六块半，都在这儿了，一点儿都没向共产党隐瞒，现在全部上交给共产党！刘婉香创造了国民党的一项纪录：他成为国民党历史上投降最快的特务。刘婉香后来被捕，在审讯他的时候，还专门提到了这一段，说他当时以为一定会让共产党枪毙了。

接下来发生戏剧性的一幕是，那警察看到刘婉香掏钱，愣了一下，接着哈哈大笑。刘婉香在这儿有一个笨拙的错误，但这笨拙的错误却极其精明地挽救了他。刘婉香以为那警察已经看出来他是来杀刘青山和张子善的，所以他就赶紧上交特务经费，而没有交代他的行动任务，他认为用不着说。恰是他少说了这一句，那警察便以为刘婉香是乡郊的农民，是在乡里受了什么欺负，专门来天津上访的，之所以见面就掏钱，是要把钱给他，让他帮着去找天津最大的长官，要告状打官司！站在那警察面前的刘婉香彻头彻尾就是一个农民，穿着大襟黑棉袄，头上绑着河北白洋淀一带的羊肚子手巾，手上全是锄头把磨出来的老茧，脸上的层层皱褶里嵌着仿佛永远也洗不净的污黑，这完全是冀中平原上凛冽的风一年一年雕刻出来的，是半点儿也伪装不来的，这是连国民党自己招募这批特务时都没想到的一个优势。这批特务全都是原汁原味，天然朴实本色，完全不是后来银幕和戏台上的特务一律是贼眉鼠眼挂着特务相儿的，因此反而具有很强的隐蔽性。甚至连刘婉香的惊慌和淌汗，也被那警察认为是老乡见了官差而本能地胆怯。那警察参军前也是种地的，对农民很亲，他忙把刘婉香掏出来的钱又给刘婉香装回兜里去，告诉刘婉香用不着！说有啥事情现在人民政府会给老百姓做主的。然后热情地告诉刘婉香：天津地委和行署就在天津杨柳青镇的石家大院，刘书记和张专员就在那里办公。那警察还给刘婉香画了地图，详细标好了路线，让刘婉香去找。

刘婉香宛若死里逃生！惊魂甫定之后，刘婉香出门去，用国民党发给他的经费在街上买了两斤桃子，回来要送给那警察，他要代表国民党谢谢共产党的帮助！刘婉香很实诚地让那警察把桃子收下。

那警察对刘婉香说："大兄弟，共产党有纪律，不拿群众一针一线，但我要不吃你一个，你会觉得我这人别扭，跟老百姓见外，那我就吃你一个桃！"那警察就捡一个桃吃了。吃完桃，那警察从

自己的午饭饭盒里拿出一个馍来，又对刘婉香说："大兄弟，我吃你一个桃，你吃我一个馍。你要不吃，我不乐意！"那警察的馍里夹着肉末，天津人把这种馍叫作"肉龙"，比刘婉香一个桃要贵。

刘婉香吃着肉龙，哭了，觉得共产党真好！作为一个骗猪的农民，从来没有长官和军警对他这样过。他想起培训时国民党长官说的共产党不贪钱的训言，感觉说得真是没错！刘婉香走出派出所的时候，碰上天津的学生在街上游行，庆祝天津解放一周年，学生高呼共产党万岁，刘特务也由衷地跟着喊了几句。这是第一个国民党特务喊共产党万岁的。刘婉香认为共产党应该万岁。

刘婉香按照八里台派出所民警画的地图，顺利地找到了杨柳青镇石家大院，果然刚成立的天津地委和行署就在那里办公，一对石狮子的门楼前有卫兵站岗。找到了刘青山、张子善吃住办公的地方，刘婉香却发起愁来，看着哨兵伫立的石家大院，他想自己要咋样才能混进去呢？要打不进去，找到了又有什么用！

刘婉香在杨柳青镇上毫无头绪地转悠了大半天。下午，碰到了镇上的一个坐地户，刘婉香向他去打问和讨教进石家大院的办法。那坐地户说不能白问，要先吃喝。刘婉香愤怒地想这孙子肯定不是共产党员！在吃了刘婉香买的两个驴肉火烧和一碗驴杂汤后，那坐地户告诉刘婉香：想进石家大院，也不是绝对不可能的事儿，刚成立的地委和行署机关要招大量的勤杂工，包括扫地的、烧水的、值夜守更的，以及给食堂帮厨的，甚至还招专门灭白蚁的，大院里的亭台楼阁日子久了那木头都生了白蚁，总之要招不少人。负责在镇上招人的是庶务科的一位倪姓科长，倪科长就是杨柳青这儿的本地人，说话侉侉的，人黑胖，抽个旱烟袋儿，很好认。只要这姓倪的点头，事儿就能办。

刘婉香问：可我咋能让他点头呢？我又不是他啥亲的热的！

那坐地户点拨刘婉香道：使钱砸呗！钱使到了，他就跟你成亲的热的了。

刘婉香对此根本不信，尤其前面刚有了那共产党警察的榜样！刘婉香反驳那坐地户说：你说的这没用，共产党不贪钱！

那坐地户只是诡秘地笑，说：共产党和共产党还不一样，一棵树上结李子，有粉嘟嘟的，也有长了虫眼结疤癞的，万一你就碰上个烂李子呢？你试试吧。

刘婉香没有别的办法，决定去试试。

第二日，刘婉香便在手里攥了一块大洋，到镇街上去等着。当那黑胖的倪姓科长叼着他的旱烟袋儿过来招人的时候，刘婉香挤进人群中去，按照坐地户教的，不由分说便先将大洋硬塞进倪的手里。倪横了刘婉香一眼，却把大洋又塞还给刘婉香。刘婉香以为是钱少了一点儿，狠狠心，又添了一块大洋，再次塞过去。倪这次竟然翻脸了，把大洋扔给刘婉香，当众臭卷了刘一顿，说：你以为我是窑子里的娘儿们啊，给钱你就能操我？说得那些来聘工的人都哈哈大笑。刘婉香被笑得一脸赤红，心想真是不该听那坐地户的，非要来考验坚强如钢的共产党，结果惹了一身骚！但刘婉香挨了骂还不走，这个倪是他眼下唯一的希望，走了他的任务怎么完成啊？刘婉香就站着等，他想等没人的时候再最后试试。等到倪招完了当日的工，人都散去了，倪走过来，看见刘婉香还站在那儿，手里还攥着那两块大洋，倪黑胖的脸笑了，说："你还真是个老鳖咬人不松口的主儿啊！那走吧，上家去坐坐。"

倪科长领着刘婉香回他家去。

倪的家在前面叫王庆坨的村子里，离杨柳青镇有个六七里地。到家的时候，倪的婆娘正在驴圈里给驴上药，见自家男人领着人来了，过来给客人沏一壶茶，又忙着去招呼驴，说驴这几天从地里往家驮玉茭棒子，打背了（指驴的脊背磨破了皮——李唯注），不紧着上药，要耽搁地里的活。刘婉香听着分外亲切，想起了他在大宋楼村农耕的日子，惊异地说："科长，你家咋也过这种日子啊？"倪说："农民嘛，日子不这么过咋过？"倪说共产党进城的干部，十有八九都是农民，家眷都是农村的，过的都是土里刨食的日子。刘婉香这时将那两块大洋送了过去，用农民之间的语言热热乎乎地说："哥，我看你这日子过得也不咋样，这会儿没人了，你就收下吧！"倪科长看着那洋钱，从心里透出喜爱来，但却再次把钱推还给了刘

婉香，说钱是真不能收！倪说他在晋察冀当兵的时候，连里有个司务长贪污了七角钱的伙食尾子，给查了出来，连长不说要枪毙他，在一回打仗的时候，连长就让他第一个往上冲，连五步都没跨出去，就让敌人的机枪打成了漏勺，等于是变相枪毙。共产党有铁的纪律，收钱是要掉脑袋的！倪转了一个圈儿，最后说："钱我是不能要，你要是真有心，这样吧，家里过日子有些杂七杂八的东西，你看着给添置点儿，就当咱是走亲戚你给送的。"

刘婉香心里咯噔一下，不知道倪科长想让他添置啥，要是让他买头驴呢？党国的经费里可没给买驴的钱！刘婉香小心翼翼地问倪家里都想添置点儿啥？哆哆嗦嗦地说他这就去买。

倪说："农民嘛，你给买个翡翠碗儿俺还不知是用呢还是供呢！"

倪说就给驴买副驴拥脖吧，一直就想买，可钱老不凑手。再给打一斤灯油，买个新的灯碗儿，就行了。家里的灯碗儿使了好多年，边都磕烂了，露出瓷碴子割手。

刘婉香万万想不到，连说中中中！倪的行为让刘婉香心里对"共产党万岁"打了一点儿折扣，但刘婉香还是打心眼里认为，共产党真是比国民党强多了，共产党连贪污都是这么朴素！刘婉香随倪去了王庆坨的集上，拢共花了半块钱，买了驴拥脖和灯碗，打了灯油。倪让刘婉香给他送家去，说他自己要赶回地委去开会。刘婉香就又将这些东西给帮忙提到了倪家。倪的婆娘看着灯油、灯碗和驴拥脖，高兴死了，直笑得合不拢嘴。

刘婉香返回走到村口的时候，倪的婆娘又抱着个瓦罐从后面追上来，对刘婉香说："大兄弟，你就手再给买罐盐吧！"

刘婉香便又再花一角钱给倪家买了一罐盐。

就这样，刘姓特务婉香用一副驴拥脖、一个灯碗、一斤灯油和一罐咸盐，对共产党的干部贿赂成功，于第二天就走进了哨兵层层把守的石家大院，被正式招录为天津地委机关庶务科的职工，在机关食堂做勤杂。刘姓特务在中共天津地委的宿舍里放下他的行李的时候，他自己打死也想不到，打入敌人内部会是这样的轻而易举！

刘婉香打入后，于次日去送情报向上级报告这一情况。送情报的地点在天津南市一家叫作"一瓣香"的茶楼，在茶楼的一处墙角，有一块活动的砖头，里面事先已经被掏空了，刘婉香只需把砖头抽出来把情报放进去再把砖头塞好，过后自然就会来人把情报取走。刘婉香写好情报后，去茶楼找机会塞进了砖头洞里。这份情报他写得依旧错别字连篇，让国民党的长官连蒙带猜才明白他是报告说他已经打入了中共内部，正在伺机准备行动。同时刘婉香在报告中还说他要给国民党的领导提一个意见，那意见归纳起来大意是说：俺们培训时长官说共产党都不贪钱，以后可别再这样瞎说八道了，一棵树上的李子还结得不一样哩！共产党的干部刚进城，贪污腐化还处于起步阶段，要的东西不多，但不多也是钱啊！我要不送钱我能打入共党内部吗？这样瞎说会误导我们这些在基层当特务的，会真的以为共产党的干部全都不贪钱，不敢大胆拿钱去活动，这样咋能办成事呢？咋能完成党国交给我们的光荣任务呢？刘婉香在报告中要求追加特务经费，要把准备给共党送礼行贿的钱预留出来。

上级回复说知道了，也没想到大陆"沦陷"以后共党的干部会有这些变化。上级说这种情况不光是天津一个地区有，各地的派遣特务都有这个反映，都感觉和培训时说的那些情况不太相符。国民党上级部门已经在根据新的形势变化商定新的应对策略了，已经在考虑要适当追加特务经费。上级让刘婉香先行动着。

刘婉香就先行动着。

四、第一次暗杀

刘婉香在石家大院一面做着勤杂，一面在寻找下手杀刘青山和张子善的机会。就在刘婉香即将行动之时，他突然发现他的整个行动有一个重大的缺陷：他没有杀心！刘婉香发现事到临头他却狠不下心来杀人了。尽管在理智上知道，拿了人家的钱就得给人家去杀人，但对这个之前即使动刀也只是杀掉过猪羊马牛生殖器的农民骟匠来说，真叫他为了钱以及还有几车麦子就去杀人，实在还是缺少情感因素的推力。刘婉香想：俺为啥要杀他俩呀？无冤无仇的！又

没霸过俺的婆娘又没扒过俺家的房。这么杀人要遭天报应的！农民特务刘婉香在杀人之前被中华民族传统的农民习性而困扰，缺少一股推他下手的杀气。但在第十天的上午，这个困扰竟然意外地而且也是轻而易举就解决了。

第十天的上午，也就是刘婉香进入石家大院的第六天，他第一次见到了他的暗杀对象。刘青山和张子善前几日到石家庄参加河北省委扩大会议去了，故刘婉香没在大院里看到他们。刘婉香看到刚回来的刘青山人不胖，偏瘦，披个皮大氅。张子善要偏胖一些，也披个皮大氅，刘、张二人进城以后就开始一直披着皮大氅，他们即使在行刑被执行枪决的时候也披着这身皮大氅，这有保存至今的刘、张二人行刑时的照片为证，照片上两人就是披着皮大氅被押赴刑场的。据说这是河北省委当时特批的，因为皮大氅是狐皮做的，很贵重，河北省委保卫部曾经提出在枪毙时给这俩人扒下来，当时全国刚解放，共和国在各个方面都很艰难。但河北省委领导经过考虑后说："老刘和老张也革命这么多年了，论级别，也都是地师级干部了，临要走了，怎么也得有个待遇吧，就让他们披着吧。"干部就是死也是要分级别的。建国初期好多地市级以上干部都披个皮大氅，就好像现在好多地市级以上干部都坐奥迪，这是一种待遇和身份的象征。恰恰正是这两身皮大氅激起了刘婉香的杀气。在刘婉香的河北获鹿县老家，有钱的富绅也都穿皮大氅。那个让刘婉香去骗马，后来又追杀他的地主就披着一件跟刘青山一样的皮大氅，领子也是红狐皮的，在雪天像一道火焰在烧。刘婉香说他第一眼看见刘青山就像看见了那个地主！好多干部进城以后都把自己穿得跟地主老财一样。刘婉香被捕后在接受审讯时交代说："我当时一见刘青山和张子善披着大氅，其实俺跟他俩也不认识，可不知咋的，我当时就想掂把刀把他俩捅了！"刘婉香说，他忘不了那年他去骗马，大冷的天，他握刀的手冻得都裂了口子，他唯一取暖的方式就是把冻裂的手浸到新鲜的马血里去泡一下。主家当时就披着那一身红狐领的皮大氅站在一旁看，还拿脚踹他，不许他用马血泡手，说他磨叽耽搁时间，让他快一点儿。说天太冷，要把马冻坏了！所以当刘婉香第一眼看到刘青山和张子善披着皮大氅从石家庄开会回来走进大院的时候，他心里咔嚓一下，竟然如释重负，所有良心上的牵牵绊绊都消散了去，他觉得他可以心安理得地杀这两个人了。这很像2007年宁夏青铜峡黄河古渡口发生的一件事：一辆党政机关的奥迪车不慎掉进了黄河里，车里的领导朝岸上大呼救命，河岸上黑压压地站了几百个老百姓，几百个老百姓无一人伸出援手，众人皆静默地看着奥迪车和领导一点一点地被黄河吞没。这几百个老百姓根本就不认识那位领导，谈不上对他有任何具体的爱恨情仇，他们对于要救还是要弃那位领导的决断完全出自那辆奥迪车，他们都认得那个身份地位的标志。那是一次老百姓集体心安理得地杀人。

刘婉香杀心已起，剩下的问题就是怎么杀了。

刘婉香经过反复琢磨，决定在大院开饭的时候杀刘青山和张子善！

刘婉香的这一暗杀方案源自他十分熟悉共产党八路军开饭的情形。刘婉香曾经在他的老家大宋楼村无数次见过八路军开饭：到了开饭的点儿，当官的，当兵的，都伙在一堆儿蹲在地上吃，吃食就放在地中间，一大盆菜，熬白菜或是熬茄子，都是些糙食，玉茭子面贴饽饽放在笸箩里，就着菜吃。八路军的首长吃饭顺带还要研究工作，几个人单另蹲在一块儿吃。警卫员就用小盆盛了那熬白菜或者是熬茄子过来放在首长面前，有时还拿几棵洗净的大葱，再端来一碗腌好的虾酱，让首长沾着虾酱吃。这就是共产党当官的比当兵的待遇特殊一点儿的地方了。刘婉香就计划在刘青山和张子善面前的小菜盆，或者是虾酱碗里，投毒下药。开饭时院子里闹闹哄哄，人都走来走去的，要乘机下药很容易。共产党的长官很好暗杀，比国民党的领导好杀多了。刘婉香在大宋楼村也见过国民党的部队开饭，国民党当官的从来不和当兵的蹲在地上一块儿吃，只有共产党才讲官兵一致！

当刘婉香按照他的方案将要实施暗杀时，才发现他的方案根本就是错误的。

刘婉香发现共产党也开始官兵不一致了！刘青山和张子善早已

不和底下的群众蹲在地上一块儿吃饭了，他们俩在大院中的一个小跨院里单独吃饭。菜也早就不是小盆盛的熬白菜和熬茄子了，大酱沾葱倒也还吃，但那只是鸡鸭鱼肉山珍海鲜吃得太油腻时清淡一下口味。有专门的厨子为他们做菜，厨子是天津鸿宾楼的厨子，给下野在天津卫做寓公的前民国总统曹锟做过菜，分工负责管后勤的张子善专门让倪科长把他招进了天津行署。因为那厨子仗着有手艺，提出不愿当一名普通职工而要做一名领导，张子善就安排他当领导。又因为行署其他各科室的岗位都有了人，只有宣传科还空着一个位置，张就让这厨子当了宣传科副科长。这宣传科的副科长不认得字，只负责给刘、张两人做饭。

如果只是刘青山和张子善单独两人在小跨院里吃饭，那刘婉香还是有下手的可能，但刘婉香经过几天暗地里的观察，他发现刘青山有一个近乎病态的嗜好：刘极其喜欢热闹，他吃饭时尤其不能忍受寂静，他经常是一吃饭就要从天津市里找唱戏唱曲儿的来，让唱戏唱曲儿的给他唱。他要唱着吃。所以刘、张一吃饭身边就围起一大帮人，让刘婉香根本没法靠近去下毒。刘青山还有一个特点：他叫人来唱，却从来不叫唱京戏的来，他只叫那些唱评剧的、唱坠子的、唱大鼓的来。刘青山有一个原则，据说，他曾经多次对他的下属们说过："京剧那是国剧，叫唱京剧的来唱，那是毛主席叫的，我级别不够，我不敢，我老刘就听个梆子坠子啥的吧。"刘青山还说过："在天津，毛主席老大，林书记老二，我老刘老三！"刘所说的林书记，就是当时的河北省委书记林铁，刘青山脑子还没有彻底昏聩，还知道不能僭越毛泽东以及他的主管省委领导去。又据说，刘青山当时说完这句话后，看了一眼旁边坐着的张子善，他觉得这么说有些不妥，就又改口说："我和张专员老三！"刘青山的这些话在档案中是有记载的，但不是出自对特务刘婉香的审讯记录，而是出自刘青山本人的检查，档案中有很多材料是刘青山和张子善的检查和交代。刘青山的这份检查是直接写给毛泽东的，其中的一段原文是："毛主席，进城以后，我个人主义膨胀昏头了，说过，在天津，毛主席老大，林书记老二，我刘青山老三！其实我刘青山算个什么！在我上面，还有朱总司令，还有周副主席，还有高副主席（指时任中央人民政府副主席的高岗——李唯注），还有很多很多首长，我个人主义这么膨胀必然要犯错误……"这份刘青山呈送给中央人民政府和毛泽东的检查就保存在档案里。至于毛泽东本人是不是看过这份检查，不得而知。

刘青山顿顿吃饭都要吃得这样热闹，刘婉香起初认为是刘青山进城以后地位高了开始讲排场了，但刘婉香后来发现不完全是这样。有一天刘婉香亲眼看见，一个唱西河大鼓的一连唱了好多个曲子，唱得声音都劈了，实在是不想再唱了，就由拉胡琴的班头站起来对刘青山说："刘书记，今天实在是嗓子塌了，您让我们回去歇歇，过几天再来伺候您老。"刘青山一下火了，把筷子摔在桌上，唱西河大鼓的和拉胡琴的吓呆了，接下来大家都认为刘青山会下令把那班头抓起来，但刘婉香接下来却看见了让他瞠目结舌的一幕：刘青山哭了。让人胆战心惊的刘青山像个小孩儿一样哇哇地哭，哭得十分委屈和伤心。刘青山委屈而又伤心地对那帮唱曲儿的哭诉，大意是说：1943 年和 1944 年，鬼子几次扫荡冀中根据地，他一连几个月都藏在地道坑里，或者是躲在老乡家的夹壁墙里，大气不敢出，怕外面的鬼子听见响动。每次吃饭，都不敢用牙齿嚼，怕牙齿嚼谷物会弄出声音来，他每次吃饭只能用舌头和上颚把饽饽硬硬给磨碎咽下去，四周静得能听见壁虎爬墙的声音，简直都要把他憋疯了，以至于后来吃饭四周一安静他就胃痉挛，胃像锯子拉肉一样地疼！他那个时候疼得窝在夹壁墙里曾经发过誓，发誓等革命胜利了，有一天，他再吃饭，要热热闹闹地吃，要响响亮亮地吃，要喊着吃，要唱着吃，要欢天喜地地吃！刘青山对这帮戏子这么不理解、不体谅他而十分恼火和伤心。刘婉香听见刘青山大骂那个班头说："现在革命胜利了，我们把天津卫都打下来了，天津卫都是我们的了，我不过就想好好吃口饭难道就不行吗？过去鬼子不让我好好吃饭，欺负我，现在你们也欺负我！你们就跟鬼子一样！娘的我把你们都毙了！"他一边骂，一边委屈得眼泪哗哗流。

张子善也出来批评那帮唱曲儿的。张是文人，不像刘青山那样

粗猛，他说："你们这帮旧艺人啊，确实像毛主席说的需要改造旧思想，一点儿阶级感情都没有！刘书记为革命出生入死，不过要你们唱唱戏，你们还这么惹刘书记生气！"

那帮唱曲儿的不敢再有一句佞言，只有赶紧紧锣密鼓地再唱。

刘婉香看得叹了一口气：刘青山这是在战争中落下病了，是病人，也挺可怜的。

刘婉香一连观察了六天，直到确定他完全不可能实施原来的暗杀计划，才决定彻底放弃。他十分地懊丧，给上级又写了一份情报，再去天津南市"一瓣香"茶楼把情报塞进了砖头洞里，报告他第一次暗杀失败。这份报告，刘姓特务照例又写得错别字连篇，照例又让国民党的长官连蒙带猜才明白了意思。刘婉香报告的大意是说：

"报告长官，共产党进城以后，刘青山和张子善，这俩孙子，开始变了，吃饭要人伺候，还要叫人来唱。吃得也好，尽是肉，菜里头油也大，香，隔老远都能闻到味儿，比过去的地主都阔。过去共产党的长官很好杀，现在不好杀了，像刘张他们这样的领导都腐败了，他们要是不腐败这次就死定了，是腐败保护了他们，我再想别的法子去杀，0471。"

刘婉香的代号是0471。

刘婉香送出情报后，就在大院里继续观察寻找机会，准备实施第二次暗杀。

五、第二次暗杀

刘婉香又经过数月的观察，终于发现有一个很好的机会可以杀掉刘青山和张子善，这让他兴奋不已。刘婉香发现刘青山和张子善都暂时没有带家眷！当时解放军的部队刚进城，一切作风都还在战争状态，而共产党的干部行军打仗从来没有带老婆的。这一点，共产党尤其和国民党不同，在国民党内，官做到了刘青山和张子善这一级，没有不带家眷的，家眷还要勤务兵伺候着，一行动一大嘟噜人。这一点对于刘婉香实行暗杀计划非常关键：要是刘青山和张子善晚上睡觉身边还躺着个老婆，要不要连他们的老婆也一块儿杀呢？要是一刀捅不死两个人咋办？要是那个没捅死的嚷起来又咋办？这都是麻烦事儿！一个人睡那就好杀多了。刘婉香决定等晚上刘青山和张子善睡了，伺机潜入各自睡的厢房，实施第二次暗杀。刘婉香庆幸刘青山和张子善在这一点上还保持着共产党艰苦奋斗的作风，心想真是谢天谢地！

刘婉香的二次暗杀方案定下，他首先要做的就是再次向倪科长行贿。

在刘婉香的这个暗杀方案中有一个不可缺少的重要环节：刘青山和张子善住在跨院的东西厢房，在东西厢房旁边有一间堆放杂物的耳房，无人居住。刘婉香必须要事先住到耳房里去，这样晚上就能直接从耳房溜到厢房去行刺，而不必经过警卫班战士住的大屋，这样能确保行动安全。但刘婉香要搬进耳房去住，必须经过庶务科的倪点头同意，刘婉香就准备再像上回那样给倪家里买点杂七杂八的东西送去。

刘婉香于是在一个白天蹭到倪身边去，山南海北乱聊了一通，而后拐弯抹角地提出他想住到那间耳房里去，耳房清静。刘婉香说他跟勤务班还有炊事班的人都睡在一个大屋里，闹，他晚上睡不着。提完要求，刘婉香亲亲热热地搂着倪说："叔，咱家的灯油该打了吧？我打了给婶子送家去。我再给婶子捎罐盐。我估摸着咱家的盐也快使没了。"

倪却翻脸了，掰开刘婉香搂着他的手说："打鸡巴的灯油！"

刘婉香吓了一跳："咋，那耳房不让住？"

倪说："咋不让住，空着也是空着！"

刘婉香小心翼翼地想问个究竟："那，叔，那你又是为啥呀？"

倪说："你说的话我就不乐意听。打灯油，买罐盐，你真把我当要饭的了！"

刘婉香松了一口气：原来倪是嫌少了！刘婉香爽气地说："叔，咱家还缺啥，你说，我给买去！"他想撑破天了给倪家买头驴！五六个大洋能在杨柳青集上牵一头回来。为了暗杀能成功，刘婉香想

大不了他再向上级申请行动经费去。

倪沉吟了片刻，说："刘婉香，你要有心，你给我买块手表吧，那耳房你就长期住着。"

刘婉香结结实实地吓了一巨跳：一块手表，在天津劝业场买，那最少也得三十块大洋啊！才几个月前，一斤灯油，一个灯碗儿，一罐咸盐就乐不可支的倪科长，咋就……咋就"进步"得么飞速呢！刘婉香说话都结巴起来："科长，这、这、这、这么大一笔钱，你不是说咱共产党有纪律，收钱要杀头的吗？"

倪很不屑地嗤了一声，说："大领导们都收钱收礼，我凭啥不能收！"

倪说这些日子以来，刘书记和张专员隔三岔五就让他开着机关的吉普车去石家庄，给省委各部门的头头脑脑送礼。有些是刘书记和张专员特意要送的，更多的是部门领导自己向刘、张开口来要的，都觉得刘青山和张子善这俩家伙如今进了天津卫，大天津多阔气呀，就像进了大商场，啥东西没有啊，不跟这俩小子要还跟谁去要啊！这些部门，有的是天津地委和行署的上级主管，有的是协作单位，譬如电力局，刘书记和张专员一个都得罪不起！

倪的这个说法在刘青山、张子善一案的档案材料中有记载。档案中保存着刘青山、张子善交代的送礼清单，大到像冰箱，20世纪50年代的一个冰箱相当贵重值钱了，是美国生产制造的，只有天津的资本家用得起。小到像天津的毛线、烟酒、家具，都有。送礼的对象包括当时河北省委的最高领导、省委书记林铁，以及其下多人。刘青山和张子善被执行枪决后，林铁的爱人弓彤轩，在1952年的《人民日报》上发表文章，题为《检讨我接受刘青山、张子善礼物的错误》，向全国人民公开检讨。这么多贵重的礼品，刘青山和张子善的工资自然买不起，他们只有去贪污。从某种角度来说，刘青山和张子善最初走上贪污道路，是被逼的！刘青山一度非常痛苦，档案中有一份张子善写的交代材料，原文写道："……有一天，刘青山拿着一瓶酒来我的屋。我们俩喝着酒，说到贪污挪用修河经费的事（那是刘青山、张子善第一笔贪污挪用的公款——李唯注），刘青山哭了，他对我说：'子善，我们两个学坏了呀！'我当时心里也很不好受，我说确实是学坏了！刘青山又哭着说：'子善啊，我们两个对不起党啊！'我说确实是对不起。我问刘青山：'那咋办呢？'刘青山一个劲儿地喝酒，说：'只能是继续对不起党呗。不然，我们两个又有啥办法呢……'"

刘婉香和刘青山一样也没别的办法，他只能向上级打报告要求追加经费给倪买手表。

国民党上级接到刘婉香依旧是错别字满篇的报告，于四天后回复，让刘婉香去天津小白楼百货商场正门，面见他的直接领导，领取追加的行动经费。

与刘婉香单线联系的上级领导是个卖梨膏糖的。领导在当特务之前就是卖梨膏糖的，如同刘婉香过去是个骗匠被招募做了特务，领导过去卖梨膏糖，而后也被招募做了特务。国民党的长官看他做小买卖比较会说话，脑子要灵活一些，又是天津卫本地人，就让他做了刘婉香的领导，算是小组长一级的干部，领导着刘婉香和另外一个卖煎饼果子的特务。卖梨膏糖的领导在商场门口跟刘婉香接上了头，把国民党特批下来的三十五块大洋小心翼翼地交给刘婉香，而后咂巴着嘴，很不忿，又充满羡慕地说："早知道，俺们都到共党那边当干部去了，比俺们当特务挣钱可容易得多了！"

卖梨膏糖的和刘婉香办完接头，而后，作为领导，最后总是要对下级作一些指示的，不作指示体现不出领导的风范来。于是卖梨膏糖的又指示刘婉香去杀刘青山、张子善的时候，身上要裹块烂布，要不血都溅到衣服上了，不好洗，糟践了衣服。刘婉香回答说他知道了，说他早就想好到时候要弄块烂布缠在身上，不会把衣服糟践的，谢谢领导的关心。两位特务都是穷苦劳动人民出身，一身粗布衣服对他们是很金贵的，所以爱护衣服对于他们就是重大话题了。卖梨膏糖的作完指示，俩人要散。如果不是刘婉香临走时随手的一个动作，这次接头很顺利，但就因为刘婉香这出自农民本性的一个举动，致使这次接头险些酿成这两个特务当街被捕，使整个暗杀行动险些灰飞烟灭。

刘婉香临要走时，从领导的梨膏糖挑子上掰了一块塞进嘴里，说："闹块糖吃！"而后就嘎巴嘎巴地嚼起来。

卖梨膏糖的领导不高兴了。他很不高兴刘婉香吃他的梨膏糖。领导并不是个小气的人，几块梨膏糖也不是什么金条翡翠，但皆因这一挑子的梨膏糖是领导全家人目前的生活来源，一家人的吃喝挑费全要靠这梨膏糖卖出钱来。领导家的生活如此困难，是由于国民党在各地的派遣特务有不少都碰到了像倪科长的这种事情，行贿的费用大幅度增加，弄得国民党的财政非常紧张和困难，国民党保密局在大陆的各个工作站已经好几个月都发不出工资来了，只好拖欠着。在中国，历来有拖欠工资的传统，从过去拖欠特务的工资，到现在拖欠农民工的工资。卖梨膏糖的领导由于领不到工资，又要把特务事业继续进行下去，所以只好重操旧业来维持生计，所以领导看到刘婉香吃他的梨膏糖，等于是看着刘婉香把他一家老小的棒子面、劈柴、煤球、咸菜等都嘎巴嘎巴地吃下去，心里当然不高兴。

刘婉香看到领导不高兴了，一般人看到自己的领导不高兴了就会停止动作，如果刘婉香这时停止惹领导不高兴，那么后面的凶险就不会发生。但刘婉香不，刘婉香看到领导不高兴，他也不高兴了，心想：我为你们国民党去杀共产党，一犯事儿我脑袋就没了，到那时候你就是让我去吃王母娘娘的奶我都没嘴去叼了。现在不过闹你块糖吃，看你那脸吊得跟驴一样黑！我偏要吃！刘婉香就又从领导的挑子上掰了一块吃起来。

领导自然更加不高兴了。但领导这时候还忍着，还给刘婉香讲道理，领导毕竟是领导，要有肚量一些。领导给刘婉香讲了一通道理，用书面语言翻译过来，大意是说：0471 啊，你看你已经给党国造成很大的困境了，你的经费已经严重超支了，你看你这次申领的经费，真正花在行动上的钱，比如买把刀，买根绳子什么的，只有块儿八毛，而去行贿送礼，倒有三十多块！这种计划外的开支竟然占到了百分之九十多！这种计划外的开支一多，就弄得党国的事业无比艰难。不反共吧，不行；要反共吧，成本太高！害得我们国民党开展工作都没有经费了！现在弄得我这个领导都要开展生产自救来完成党国大业！0471，你说你这时候不和党国同舟共济、共渡难关也就算了，你还要吃我开展生产自救的生产资料，你还有没有一点觉悟？

刘婉香对于领导的训诫丝毫不以为然，刘婉香虽然也是特务但是个群众特务，群众的觉悟总是一直比较低的，从过去大陆未"沦陷"到现在大陆"沦陷"了之后都是一样，刘婉香毫不以为然地想：你党国的大业关我个鸟事儿！你没钱就不要反共嘛！你杀鸡煺毛还要先烧壶水呢，何况是反共！另外刘婉香也充满着委屈，心想：我够老实的了！我给你们党国报账都是实报实销！比如说买刀去杀人，我花一块钱买的我就说一块钱，我要说花了一块五你们党国又到哪儿查去？其他的特务谁不报假账？刘婉香越想越委屈，越委屈就越赌气，就越要吃领导的梨膏糖，他抓起那糖就没完没了地吃起来。

卖梨膏糖的领导彻底火了，彻底没有了作为领导的气度，不再给刘婉香高屋建瓴地讲道理，又恢复了当领导以前做市井小民的习性，当街骂起娘来，骂得很泼皮。刘婉香更是回到了他以前骗猪时的德行，更加泼皮地和领导对骂起来。两位特务都在语言上相互性侵对方的母亲，而后又延展到性侵彼此的姥姥和祖奶奶："日……"两个特务都骂得非常难听。

领导后来一个大耳刮子就抽到了刘婉香的脸上。

刘婉香急了，一脚就踹到领导的十二指肠上。

两个特务就在天津的大街上打了起来，打得头破血流。

距此 58 年以后，在天津市南开区富康路天津档案馆的阅读室里，李唯在档案卷宗里看到这一段的时候，曾经一度犹豫过要不要把这一段打架的事摘抄下来带走（档案馆规定档案不许复印、不许拍照，但可以记录要点——李唯注），因为这一段太像是假的了！写到文章中太像是编造的了。两个特务，因为吃几块梨膏糖，在闹市的大街上当众打架，这在世界特务史上恐怕是绝无仅有的事儿，听上去太过离奇。但这一段往事在档案中又是确确实实记载着，档

案中有一份材料原文是这样的："……我那天去小白楼领钱，老魏（指和刘婉香单线联系的那个卖梨膏糖的特务组长———李唯注）挺不高兴的，见面就说我，说我钱花得多，送礼要花这么些个钱，干正事儿反倒花得少，这么干，党国日子都过不下去了！我不爱听他叨叨，就成心掰他的糖吃。老魏更不高兴了就骂我，又动手打我，我就拿脚踹他了。这事儿不是我先动手的。后来解放军就过来了。"这是刘婉香交代这件事的原话。这非常不像在说特务的行动，倒像在说市井小民之间的磕磕碰碰。李唯后来忽然悟道：或许真实的谍战其实就是这样的，其实也就是一段段也充满了柴米油盐的生活流程，倒是后来的那些谍战书籍和戏剧反倒把生活写假了，写成了不像是人在干的事情。李唯悟到之后，忽然就对眼下多如过江之鲫的谍战作家们不那么十分崇拜了。

　　档案中刘婉香交代此事的后续发展是这样的：刘婉香和老魏在街上厮打，当时天津刚解放，还在实行全城戒严，街上有解放军的卫戍部队在巡街。刘婉香远远看见解放军巡街朝这边走过来，解放军这时候也看见他们两个人在打架了。刘婉香这时越想越火大，心想我为你们国民党干事儿，钱挣得不多还要挨你们打骂，妈的这个活儿不能干了！刘婉香就朝解放军喊起来，指着老魏嚷："快来逮特务呀！他是特务！我也是特务！俺两个都是特务！"刘婉香想破罐子破摔，就让解放军把他们俩都抓去好了。解放军听到嚷叫就朝这边跑过来。老魏当时就吓呆了，呆若木鸡。解放军听到喊声加快跑过来，其中一个负责的班长，操一口东北话，瞄瞄刘婉香和吓呆了的老魏，说："老乡，以后再嚷嚷，说点新鲜的！"然后不耐烦地摆手让刘婉香和老魏快走！刘婉香傻了，非常想不通，心想共产党咋连特务都不抓了？后来刘婉香被捕后才了解到：解放军那些日子都要烦死了，常有人在街上拦住他们，说自己是特务，或者说是国民党哪个部队流落到天津的散兵，奉命要在天津搞破坏，要求解放军把他们抓了去，其实就是天津的无业游民想到看守所去白吃饭。于是刘婉香和老魏就让解放军驱赶了去，一场眼看就要发生的凶险就这样消弭于顷刻之间。

老魏死里逃生后，对刘婉香服了，被刘婉香彻底治服了，他抓住刘婉香的手连连说："老刘老刘老刘，我刚才骂你，还跟你动手，对不住，实在是对不住！实在实在实在地对不住！"说着，让刘婉香吃梨膏糖，随便吃！

刘婉香就吃那糖，不无得意，说老魏："你这个货，不这么治你就不行！"

老魏的领导派头再也没有了，一个劲儿地服软："对对对！我就得这么治！"而后又小心翼翼地恳求刘婉香道："老刘，你看，咱钱领了，糖也吃了，那党国交代的任务，咱还是得完成，你说对不？"

刘婉香态度也和缓下来，说："对嘛，你要是这么好好说话，那俺也不是个难剃的头。"

刘婉香答应回去继续杀刘青山和张子善。

刘婉香将三十三块大洋买来的手表给了倪科长，顺利地住进了那间耳房。待暗杀的一切准备都停当后，在1950年4月6日深夜1时左右，刘婉香从耳房里溜出来窜到刘青山住的厢房房檐下，在他要拨开厢房的门闩潜入时，突然听到有人声从屋内传出来！刘婉香先暂停了动作，从窗户缝朝里面窥视。接着，他看见的情况让他一时间发蒙愣住了，那是他事先绝对始料未及的：刘青山的屋里还睡着另外一个人！

刘婉香认出那是刘青山的警卫员小邓子。

刘婉香看出刘青山已经有些酒意了，大概是晚饭时喝了一些。刘青山带着酒意在骂小邓子，他让小邓子赶紧走，不要在他的房间里待着！刘青山说他已经烦透了和小邓子住一个房间，他要一个人住。刘青山醉意浓浓嘟嘟囔囔地说，他作为天津的地委书记，他想一个人住间房，谁又能管得着呢？刘青山好像是为此憋了满腹的火气，说到火大时，声色俱厉地命令小邓子快滚，立刻，迅速，马上！让刘婉香诧异的不是刘青山斥骂小邓子，首长斥骂下属，尤其是生气了斥骂自己的警卫员、通信员，那是很正常的事情。让刘婉香大感诧异的是小邓子的嚣张！小邓子非但没有听从刘书记的命令

赶紧出去，而是居然不耐烦地斥责刘青山："老刘，行了！赶紧睡吧！喝点儿猫尿，看你那点儿出息！"刘婉香隔着窗户缝看得瞠目结舌，他都快要分不清这究竟是警卫员小邓子在跟刘青山说话，还是省委书记林铁在跟刘青山说话。

让刘婉香更诧异的是刘青山对小邓子斥责他显得无可奈何，这完全不像平时在地委大院里一跺脚就地颤的刘青山。刘婉香听见刘青山在提一个女人的名字，焦什么兰，刘青山央求小邓子去把那焦什么兰给他叫来。小邓子断然拒绝，说老刘你这是想搞破鞋，不去！小邓子还笑嘻嘻地说：你让我去找上官云珠我就去。上官云珠是当时著名的电影演员，而且人在上海。小邓子分明是在调笑他的书记。刘青山喝大了，低声下气地再三央求小邓子去叫那焦什么兰过来，而小邓子则坚持说除非让他去找上官云珠。

刘青山真火了，解下皮带就抽小邓子，吼叫着让他快去叫！

小邓子则是一把夺过皮带，一皮带就把刘青山抽到床上去了，也吼叫道："刘青山！你赶紧睡觉吧！"居然把刘青山按在床上，强行扒去刘青山的衣裤，让他睡觉。

刘婉香看得眼睛发直，他知道今晚是杀不了刘青山了，只能先暂时悄悄离开。

刘婉香第二日整天都处在焦灼不安中，满脑子都想着这有悖常理的事情，想不明白。他必须尽快了解清楚小邓子和刘青山究竟是一种什么样的关系，小邓子何以竟敢如此胆大妄为！而且，最为重要的是要知道小邓子是偶尔在刘青山那儿住几夜，还是要长期地住下去？这对于刘婉香能不能实施他这次的暗杀计划至关重要！挨到了傍晚的时候，刘婉香实在想不出别的办法了，就下决心冒一次险，拎了一瓶酒，串到了倪科长的宿舍去，与倪山南海北地乱聊。最后小心翼翼拐弯抹角地转到了这上面来，谎称自己昨晚后半夜起夜上茅厕，路过刘书记的屋，耳朵里听到了这一幕。刘婉香战战兢兢地问倪："小邓子，那小狗日的，是咋回事呀？敢对刘书记那样？胆子够大的呀！"

倪丝毫没有察觉刘婉香问话背后藏着的诡计。倪戴着刘婉香送的手表，感觉刘婉香就是祖国最可爱的人。对于刘婉香的惊愕，倪早就知道情况似地微微一笑，说：啥小邓子胆大，屁！要是搁在平常，借小邓子一百个胆子，他连对刘书记大声说话都不敢！倪告诉刘婉香：这是刘书记让小邓子这么做的。是刘书记命令小邓子晚上就住在他房间里。刘书记还告诉小邓子，如果他要是发火让小邓子走，小邓子可以抗命，偏不走！刘书记还说，如果他要是骂小邓子让他滚，小邓子可以反骂他。如果他要是喝多了打小邓子，小邓子可以反过来抽他，直到把他抽清醒。刘书记警告小邓子：如果包草鸡了，不敢这么做，不敢坚决地待在他房间不走，他就开除小邓子，让小邓子回老家种地去！

刘婉香老大地不明白，说："那刘书记这是……这是因为啥呀？"

倪诡秘地一笑，悄悄地说：因为女人。

倪说：刘书记和张专员进城以后，做了大天津的领导，那女人呀，说得好听一点儿是蜂啊蝶的，说得不好听就是苍蝇蚊子，一拨一拨的，一片一片的，都扑过来了。有为入党的，有为提干的，有为让刘张批条做生意弄钱的。天津有个女商人叫张文仪，见天就在刘书记这里泡着。刘婉香听到的那个焦什么兰，她名叫焦翠兰，是地委宣传部的干部，她想当宣传部的副部长，整天去刘书记那儿纠缠刘书记，说刘书记要是把她提起来，她一定会把工作干好，一定会为歌颂党、歌颂社会主义、歌颂天津的工作做出更大的贡献。说得一套一套，云山雾罩的。刘书记有时也跟焦翠兰调笑。据说有一次，刘书记对焦翠兰说："小焦，现在这儿就咱们两人，又不是开会，你说这些官话、套话干啥！你说点儿实在的。要是我把你提起来了，你准备咋谢我呀？"于是焦翠兰就不再说官话、套话了，很直率地说："刘书记，我让你搞！"刘书记倒脸红了，说："你这个女同志说话咋比俺们当大兵的还粗！"红着脸走了。堂堂的刘书记倒让焦翠兰吓跑了。

倪说：但是刘书记也想搞啊！刘书记也是人啊！刘书记三十来岁正当年，身强力壮，他也想搞妇女啊！但是刘书记克制自己不能

搞啊！一是刘书记在河北省委有个老领导，叫张春城，告诫过刘，说这些女人都是看上咱们的职务才黏过来的，说得难听一点儿就是把裤裆的东西来卖给咱的，就看你用国家的啥来买了。张春城警告刘书记千万别舒服了小头而掉了大头，就是说别最后让党砍了咱的脑袋！二是刘书记跟他的爱人感情不错。刘书记总觉得她一个人带着两个孩子（当时刘青山最小的三儿子还没有出生——李唯注）不容易，他要是在外面搞这些事，对不住媳妇儿。

倪最后对刘婉香说：因此小邓子就是刘书记的长城防线！明白了吗？

刘婉香明白了，同时也明白他的第二套暗杀方案是彻底杀不了刘青山了。

刘婉香想了几天，后来决定，还是去杀张子善吧。要是能得手，好歹也算是杀了一个行动目标。刘婉香觉得领了国民党这么多的行动经费，要是连一个人都没杀了，挺对不起人家的。刘姓特务身上还是有着农民的厚道。

翌日，还是深夜一时左右，刘婉香溜出耳房，潜到张子善厢房窗根下，用刀尖拨开门闩潜入厢房的外屋，当他手提尖刀要进一步潜进张子善睡觉的里间屋时，猛地一下刹住了脚，刘婉香发现里屋张子善的床上睡着个女人！隔着里间的门，刘婉香看不见人，但他能听见那女人的声音，莺莺燕燕地，从里屋飘出来，很是妩媚。从语气上，刘婉香判断出这不是张子善的老婆，是姘头，因为他听见那女人喊张子善"张专员"，老婆不会这么喊。刘婉香听见那女人说："张专员，你尿不？"大约是问张子善性交完了之后要不要小解，要小解的话就把尿盆给他端过来。那姘头对张子善倒是体贴得很。刘婉香听见张子善说他不尿，很黄色地说他该尿的都尿完了。而后张子善说："小肖，咱俩都拢在一个被窝里睡了，你咋还喊我张专员呢？以后没人的时候你就喊我老张。"那姘头低声地笑，改了口，和张子善躺在被窝里说闲话。那姘头说："老张，你属啥的？"张子善说："我属马，比刘书记小三岁，刘书记属兔。"那姘头又笑，不说话，光笑。张子善问："你笑啥呀？我属马，这很好笑吗？"那妮头笑笑说："老张，我看你是属驴的，见到漂亮女人就起骚。你们好多领导见到女的都起骚，要么不查，一查，身边都妮着女人。我看你们领导都挺驴的！现在就刘书记还扛着。老张，你在这一点上咋不向刘书记学习，做一个你们开会时讲的那种共产党员呢？"刘婉香听见张子善也笑了，跟那女人推心置腹地说了好大一通话。张子善有鼻息肉，鼻子不通，说话瓮声瓮气的，有些话刘婉香听不清楚，但大致意思能懂。张子善的大致意思是说：学啥呀，刘书记早晚也是扛不住的。为啥腐败那么多，怎么整治都整不住，因为腐败是件舒服的事儿，人能抗得住舒服吗？你说当领导的都挺驴的，没错，但这不能全怨领导。解放了，干部们都进城了，掌权了，共产党不再是过去山沟里的土八路没人搭理了，女人都嗡嗡嗡嗡地贴过来了，女人成天在身边这么来回晃着，把干部们的病都勾起来了。要想扛住不去搞女人，真的是挺难的！就好像放着厕所不让用。所以好多干部都出去找女人了，女人这个时候就等于是给咱们干部治病哩。张子善最后总结说："女人，那是干部们的药啊！"

刘婉香听见张子善对那妮头笑着说：你这味药我得长期使用啊！

那妮头说：那你得付药费……

刘婉香只能从张子善这儿也悄悄撤退了。

刘婉香确定他又一次杀不了刘青山和张子善，于是再次写情报向上级报告第二次暗杀行动失败。刘婉香在情报里说：共产党进城掌权之后，情况变了，女人的问题出现了，再也不是过去行军打仗睡大炕时光棍一条的八路军了，实在是不好杀了。这次没杀成确实是不能怨他！云云。

国民党上级部门回复说可以理解，说我们国民党就是让金钱和女人搞垮了，才丢了江山的，共产党正面临和我们国民党同样的局面。国民党上级指示说：不管怎么样，杀人才是硬道理！让刘婉香锲而不舍，继续坚持，把党国的暗杀任务进行到底。

刘婉香就按照上峰的指示在大院里再次寻找机会，伺机再次进

行暗杀。

六、第三次暗杀

在接下去的几个月，刘婉香天天在大院里暗地观察着刘青山和张子善的动静。有一天，刘婉香突然发现他的暗杀目标不见了！石家大院里一连好多天都没有再看见刘青山和张子善，俩人住的厢房也上了锁，那些一到开饭就来唱梆子、唱曲儿的粉头们也都不来了。开始刘婉香还想，是不是刘张又去石家庄河北省委开会了，过两天就会回来？但刘青山和张子善始终都没有再回来。刘婉香开始着急了，他再次拐弯抹角地去向倪科长打问。从倪嘴里问到的情况让刘婉香汗毛倒竖起来：原来刘青山和张子善是嫌石家大院的住宿条件不好，杨柳青又是郊区，什么好玩的都没有，日子过得清汤寡水的，已经干脆住到天津市里去了。而且一住就进了天津的五大道。五大道是天津过去的租界地，那一片地界都是过去天津卫下野官宦、军阀、商贾的别墅洋房，俗话说北京的四合院天津的小洋楼，刘青山和张子善到五大道住小洋楼去了，再也不回石家大院了！

刘婉香不禁急火攻心，简直都要急死了：暗杀目标都见不着了，这可怎么杀呀！

刘婉香必须尽快找到能再次和刘张近距离接触的机会，他当下唯一的办法就是打入刘张住的小洋楼里去！刘婉香从倪科长嘴里打听到一个情况：倪说他一星期要去那小洋楼里两趟，去给刘书记送酒。刘青山喝酒只喝四川的曲酒，庶务科专门到四川泸州买了一批老窖来放在大院的库房里，倪过几天就得送几瓶过去，刘书记是顿顿要喝的。刘青山克制自己不乱搞女人，只在吃喝上放松自己，让自己也享乐一下。一是他总要有个管道来释放一下人的欲望，二是刘青山看到在他的四周，从上面的省委到下面的县乡村镇，上上下下左左右右，大家都在吃喝，找各种机会以各种名义来吃喝，因为中共从来没有仅仅因为吃喝就撤职查办严惩过任何一个干部，从建国伊始到现在连一例都没有过。因此任何一个干部也就从不惧怕中共三令五申严禁公款吃喝的各种禁令，那些几十年一贯制颁布下来的禁令成了田里的稻草人，吓唬鸟的，因此中国就成了公款吃喝的超级大国。刘青山也就觉得吃喝这种事没啥大不了，是周围的现实告诉刘青山：吃吃喝喝，这个错误，可以犯！刘青山因此得以放纵。刘婉香想让倪把给刘青山送酒的差使给他，这是他能够顺理成章混进小洋楼里去的唯一机会。

但是这样就又得向中共的倪去行贿！

刘婉香真切地感受到了做这一行的痛苦，他想，干特务工作真是太难了，每往前迈一步都得行贿，不行贿就办不成任何事！刘婉香盘算着，上回给倪买了块表，这回送的礼肯定得比表贵，不然满足不了倪，就像老百姓说的：现在比物价涨得还快的，是领导干部贪污的增长速度。刘婉香决定给倪的婆娘买个戒指送去，他去金店看过，买枚戒指得六十块大洋，比上次行贿贵一倍！刘婉香硬着头皮去找卖梨膏糖的老魏接头，要求追加这笔特别行动经费，老魏脸都绿了，骂骂咧咧的，说再这样下去国民党真是要被拖垮了！还说只要中共的干部继续这样受贿下去，就能最后彻底消灭国民党，解放台湾，实现两岸统一，哪用现在这么费劲儿！老魏真是国民党的特务，说话十分恶毒。老魏说这么多钱他做不了主，他得去请示他的上级。最后，国民党保密局京津冀绥远地下工作站经过再三研究，还是认为杀人才是硬道理，克服重重困难，从其他费用中硬挤出六十元来交给刘婉香，买了一枚大粒的黄金戒指给倪送去。倪是农民，他认为戒指越大越重越黄就越好。

倪科长见到大而沉并且黄灿灿的戒指，果然高兴得不得了，把戒指放在嘴里又咬又舔进行检验，他确认是真货后，把戒指又递给刘婉香，说：给你嫂子送家去！

刘婉香不去接，说：科长，东西又不沉，你自个儿给嫂子戴上，不是很有爷们儿面子吗？

倪说：就是要让外人送去！让娘儿们看看，她男人，在外头，连大金镏子都有人送，那才真有爷们儿面子哩！

刘婉香就笑，心想：这老王八蛋，贪不说，还要在婆娘面前显

摆！刘婉香接过戒指，说：那俺就给科长送家去！家不是在王庆坨吗，上回去过。

倪却诡秘地笑，说：不是那地儿了。

刘婉香说：换地方了？又搬到哪儿了？

倪的笑更诡秘了，笑里面还透着得意和陶醉，悄声细语地对刘婉香说：不是换地方了，而是，换人了。

刘婉香意想不到惊愕地叫出声来：啊！科长，你也……在外头挂上相好的了？

倪说：领导都能整相好的，我凭啥不能？我向领导学习！倪说的是张子善。倪拍拍刘婉香的肩膀，脸上洋溢着只有新婚燕尔才有的幸福，看出倪的这个相好他才搞上没多久，正在新鲜劲头上，倪嘱咐道："给你新嫂子送去。"

刘姓特务只有去给倪新挂上的姘头送戒指，这是国民党特务的新业务。

倪的姘头是天津红桥区的一个底层街道妇女，姓名不详，户口簿上的名字是何张氏。倪虽然在外头挂相好，但是他很讲究度，倪平时聊天跟人说过：领导搞的都是女学生、女干部，都是高级人儿。我级别不够，我不能越过领导去，啥事都得讲长幼尊卑先后秩序，我就凑合着找个底下的吧。于是倪就找了这个街道上的何张氏。何张氏不认识字，但认得黄金，见到刘婉香送来的金戒指，高兴得都要疯了，这是她生平第一次穿金戴银，这在过去的旧社会像她这样的劳动妇女是连想都不敢想的事情！何张氏很感谢刘婉香，待问清来人是姓刘时，何张氏很诚心很实在地对刘婉香说："刘同志，尽管你是看俺们家老倪的面子来送我戒指，但俺还是要好好谢谢你！俺也拿不出啥好的来谢，俺也是个实在人，不会说那些个虚头巴脑的。这样吧，俺和你们科长相好，你要是也想乐呵乐呵的话，那你也来。"何张氏说着就宽衣解带，要感谢一下刘婉香。刘婉香吓了一跳，一时迟疑着。刘婉香也很想做性事，自从他来到天津当特务，已经好几个月了都没有碰过女人。但刘婉香还是克制住了。刘婉香想：他要是和这个何张氏搞了，万一哪天她嘴一松，露给了倪科长，那一切事情就彻底砸了！刘婉香想到党国的任务，克制住自己，婉拒了何张氏，说："大姐，谢谢你了，你是俺们领导的人，我哪能不尊重领导呢！"何张氏说："刘同志你不搞啊？那行，我可是实心实意想要谢你的，是你不让谢的。"刘婉香说："是，是我不用你谢的！"何张氏却接着说："刘同志，虽说你不让俺谢你，但有句话俺还是要跟你说。"让刘婉香没有想到的是何张氏把那枚戒指又还给了他，说："刘同志，老话说，送人要送双，送双心意长！你单给俺送个戒指，俺看你对俺们家老倪还是不够实心！"何张氏说，如果刘婉香真是有心的话，就再给她买条金项链，和这金戒指配成双，要是就单送个戒指，她不要。

刘婉香简直傻了，何张氏，这娘们儿，是趁机在敲他啊！刘婉香攥着戒指发蒙地走出何张氏的家。走到大街上，他不知道往哪里去，就在马路牙子上蹲下来发呆。刘婉香不知道该怎么办了。再买一条金项链，少说还得再花几十块大洋，这咋再开口去要啊！刘婉香觉得他再没法向国民党去张口要钱了，买戒指的钱还是国民党工作站从牙缝里抠出来的呢，再去要钱，国民党肯定跟他急了！说不定国民党根本就不信这项链是行动对象开口要的，还会认为是他刘婉香想乘机敲诈党国一条金项链哩，一急之下，把他杀了都难说！可是，如果不给何张氏买这条金项链，倪就不会把他调进小洋楼去，他拿了国民党的钱买了戒指，却连暗杀目标都接近不了，党国不是更要杀他吗！刘婉香越想后果越严重，心如刀绞。刘婉香想起当初倪的婆娘开口向他要东西，才不过要一罐咸盐，这才没过多长时间，就贪成了这样，这腐败的速度也太快了吧，还让不让人活了！国民党特务刘婉香发愁地在马路上哭了起来。

刘姓特务被逼哭了。

刘婉香哭着想：实在没有办法，那就只有去偷了。

刘婉香被捕后在审讯时交代：1951年2月前后，因为没钱给倪科长的外室买项链，他只有去偷猪卖。他只会偷猪，别的不会，和猪打交道是他擅长的。他在地委机关食堂先拿了馒头，用酒泡了，揣在兜里，又利用他在石家大院当勤杂工的便利，把大院里运垃圾

的架子车也偷了出来，到杨柳青周边的村子里去偷。他有本事嘴里"啾啾啾"地叫，就能把肥猪引逗得自己一路小跑过来，这都是他过去骗猪时学来的。而后他就喂那跑过来的猪吃泡了酒的馒头，让猪醉倒，扛到架子车上拉到杨柳青街上的肉铺去卖。有时也拉到天津市里做肉罐头的厂子去卖。一头猪能卖一块半到两块大洋。为了能快挣钱，他也偷过驴、马和骡子，这些大牲口卖的钱更多。到凑够买项链的钱，他就不偷了。去村里偷这些牲口是很危险的，他光让狗就咬过三次，最惨的一次是让一只大柴狗一口就把腿肚子上的一块肉撕扯了下来，他去给何张氏送项链的时候，腿上还裹着纱布，走道一瘸一拐的。

何张氏戴上了金戒指和金项链，高兴惨了，倪科长再来跟她睡觉时，她主动对倪说："老倪，你要不给人家刘同志办事，你没良心！从今往后你个老东西不要再来睡我！"

倪科长抱着何张氏说："你放心吧！"

倪第二日就把刘婉香的工作从扫地淘茅厕的勤杂升格调整为内勤，把他调到刘青山和张子善身边去工作。又过了几日，让刘婉香万没想到的是：倪又把他发展入了党，让他成为一名共产党员！倪同时还兼着庶务科的党支部书记，负责发展党员的工作。倪按照何张氏的嘱咐，要好好感谢一下刘婉香。

成为共产党员的国民党特务刘婉香就顺利走进了天津大理道1号。

大理道是天津著名的五大道之一，大理道1号是直隶北洋军阀蔡成勋的旧宅，刘青山和张子善最初搬来五大道就先住在这栋别墅里。蔡成勋，字虎臣，在1921年靳云鹏出任北洋政府国务总理时，被靳任命为陆军总长，相当于全国陆军总司令。蔡总长的别墅是一座中西合璧的建筑，占地2100平方米，青砖红瓦，亭台楼阁，屋内却又是法式风格，樱桃木的地板，荷兰孔雀石的壁炉，极尽奢华。刘青山住二楼，张子善住三楼，一楼住着警卫、秘书，内勤，以及厨师们。刘青山和张子善把在石家大院给他们做饭伺候他们的全套班子又都带到这儿来了。刘婉香第一次被倪科长领着踏进这里，一路看过来，都看傻了，像是踏入了仙宫。进到大得像跳舞厅一样的厨房，刘婉香顺手从碗橱里取出一个小碗来看，他看那小碗白亮白亮的，迎着阳光一照，像棉纸一样透，很是好看。倪一回头，看见了，慌得像看见刘婉香在杀人一样地奔过来，接住那碗，小心翼翼地又捧回碗柜里去，骂刘婉香："你要死啊！"倪说这是皇上用的，是宫里的东西，是溥仪被冯玉祥撵出紫禁城，来到天津下野，从宫里带出来的。后来溥仪在天津人吃马喂，钱上出现紧张，就开始变卖带来的家产，这套餐具就是蔡成勋从溥仪手里买来的。倪说这碗是和田玉的，当初在宫里，一个，就值七十两银子，要买米，能买一大船！倪骂刘婉香，说刘书记和张专员现在就用这碗吃饭呢！你要是失手打烂了一个，首长不骂死你！刘婉香吓了一大跳，他倒不是怕刘青山、张子善会骂他，而是怕他一松手，一大船的米就全淹到河里去了！

刘婉香后来知道，刘张变得这样奢华讲究，跟女商人张文仪有关。刘青山和张子善那时已经开始和张文仪合伙做生意了。刘张挪用公款贪污搞钱主要是张文仪和她丈夫从中穿针引线的。张文仪不断介绍天津卫地面上的各路商贾大亨给刘青山、张子善认识，刘张也就不断地在大理道1号别墅里广宴宾客。刘张需要通过和这些资本家做生意来帮助他俩洗钱。这也是刘张决定从土砖土瓦的杨柳青石家大院搬到这小洋楼里的缘由之一：他们需要一个能和资本家打交道的高级平台。和资本家打交道，房子要精致，饭菜要精致，盛菜盛饭的碗碟要精致，吃饭的人也要精致。刘青山和张子善都生平第一次穿起了西装，打起了领带，倪科长还特地给刘青山弄了一副钻石袖扣别上，让刘书记一挥手，一道晶亮，凌空闪过。

但刘婉香发现刘青山其实并不喜欢这种生活。

刘婉香在大理道1号没办法大便，因为蔡公馆楼上楼下的厕所里都是西洋的抽水马桶，而刘婉香从出生到现在，一直都是蹲着拉野屎的，坐在抽水马桶上他拉不出屎来。憋得实在难受，刘婉香就趁一清早公馆里的人还没起床，手里掂把工兵锹，溜到蔡公馆的花园里去，在桃红柳绿中找个角落，拉一泡野屎，而后用锹挖个坑，

埋了。刘婉香天天这样解决拉屎的问题。这一日的清早，刘婉香又掂着铁锹去方便，待他蹑手蹑脚溜到平时出恭的地方，一看，魂飞魄散，像看见了炸弹，吓得他转身就要跑。

刘青山也蹲在花园里在拉屎！

刘青山看见刘婉香惊吓得要跑，忙喊住他，问清刘婉香也是来拉的，刘青山说他也是坐在抽水马桶上拉不出来，也是没办法溜到这儿来解决的。刘青山让刘婉香悄悄的，别嚷，说他一个党委书记，在公馆的花园里拉屎，嚷出去，让天津人民知道了，形象不好。刘青山悄声地邀请刘婉香："一块儿拉吧。正好你带着锹，一会儿把我的屎也埋了。"

刘婉香就战战兢兢地蹲在刘青山旁边和他一块儿拉屎。

刘青山拉着屎，骂蔡成勋，说："狗日的反动派，造个大房子，让劳动人民没法拉屎嘛！"刘青山说他带兵打仗几十年，从来都是在野地里蹲着拉野屎的，就是进城到了石家大院，那茅厕也是蹲坑，啥时候坐着拉过屎！刘青山诉苦说，他住进这蔡公馆，一切都要照洋规矩来，装模作样的，用现在的话说就是整天装逼，都要把他憋死了！但是，难受也得忍着，没办法不装逼。刘青山感慨地说："还是过去打仗受苦的时候痛快啊，没这么多的鸡巴事儿！"

刘青山拉完屎，在地上捡一块土坷垃擦了屁股，顺手也给刘婉香捡了一块，让刘婉香拉完也用这个擦。刘青山说，在野地里拉野屎，还是用这个擦着痛快，感觉是那个劲儿！

刘青山对刘婉香说："别忘本。"

刘青山悄悄溜回公馆里去，一进门，就又是戴钻石袖扣的刘书记了。

刘婉香看着刘青山离去的背影，觉得他其实也挺可爱的，他都有点儿舍不得杀刘青山了。

刘婉香在大理道 1 号一面给刘青山、张子善来来回回送酒，跑前跑后地伺候他们，一面四处观察寻找着下手杀他们的时机。半个多月以后，刘婉香确认这里是杀刘青山和张子善的最佳场所，再没有比在五大道这里展开暗杀行动更容易的地方了！刘婉香制定了一份详细的暗杀方案，向国民党保密局上级进行报告。这份报告刘婉香整整写了四天，因为要说的话比较多，有好多字他不会写，需要画符号来代替，因此就写得很慢。四天以后，刘姓特务这份错别字连篇加各种符号的情报完成送了出去，让国民党的长官犹如看天书一般，连蒙带猜，看了差不多整整一天，才大致明白了他的意思，创造了国民党特务史上写情报和看情报最长时间的纪录。

刘婉香的方案，归纳起来，大体意思是：首先，要在大理道 1 号别墅附近再租一套别墅。刘婉香说他通过十多天来的侦察，发现大理道 48 号的房子很合适。48 号是军阀买办陈光远的别墅。陈光远是天津武清县人，1918 年当过江西省的督军，后来又做买卖，全国有名的开滦矿务公司都有他的份儿。陈光远家的这座洋楼比蔡成勋家的还要大还要阔气。陈光远在 1939 年死了以后陈家就开始败了，子孙们把家产都差不多变卖光了。现在，陈家的后人想把这最后的一套别墅也租出去换钱，这是党国趁机租下这套房子的最好时机。为什么开展暗杀行动要先租房呢？而且为什么要租这么高级的房子呢？因为现在刘青山和张子善，这两个暗杀目标，他们就住得很高级！刘张现在的生活水准已经进入很高级的层面了，我们国民党必须要跟他们对等起来。只有租下 48 号那样的别墅，我们的特工才能伪装成大老板、大资本家住进来，才能和刘青山、张子善交上朋友，才能经常把他们请到家里来吃吃喝喝，才能同时再找些女的来陪他们吃喝玩乐。如果刘张想和这些女的睡觉，那更好，就让她们使劲儿去睡，刘和张，特别是张，喜欢这个，肯定会来睡。只要刘张肯过来吃饭睡觉，那就绝对有机会在 48 号杀了他们！刘婉香说他已经初步接触了陈家的后人，陈家后人开的租金是每月1000 大洋。另外，既然我们的特工伪装成了大老板、大资本家，那么除了租房子，总还要再雇些厨子、花匠、拉包月的车夫、老妈子什么的，不然跟身份不相符。雇这些人，加上吃喝挑费，怎么着也得每月再花个四五百大洋的。资本家嘛，出手不能太小气了。像刘青山、张子善如今在大理道 1 号请客，一顿饭的钱，都得在几百至一千大洋上看！刘婉香说只要我们党国也把钱花到了，把饵料投

放够，肯定能把刘张钩了过来，保证圆满完成暗杀任务！

国民党上级的批复在几天后来了，上级的回复很简洁，就一句话，如下：

"太贵了，杀不起！"

国民党极其困难紧张的行动经费，实在担负不起中共暗杀目标的腐化程度，因此没有批准这次暗杀行动。

七、第四次暗杀

第四次对刘青山和张子善的暗杀，是在刘婉香的方案被否决的五个月之后，这次行动是台湾国民党保密局总部亲自部署的。之所以国民党保密局最高层要直接指挥对刘张的暗杀，是因为刘张的情况突然发生了很大的变化，引起了包括蒋介石在内的国民党高层的高度重视：1950年年底，中共决定在天津杨村修建军用机场，这是中共建国初期在华北修建的第一个军用机场，目的在于拱卫京畿，一旦发生战争，天津、北京近在咫尺，战机可迅速升空，取得北京地区的制空权，保卫中共中央首脑机关，具有极其重要的军事战略作用。而负责修建杨村机场土建工程的总指挥正是刘青山和张子善！中央军委把修建杨村机场特别是土建部分的任务交给了天津地委和天津行署。刘青山和张子善的名字因此摆上了国民党最高层的桌面。台湾保密局郑介民局长亲自指示：不惜代价，杀掉中共修建杨村机场的负责长官，想尽一切办法进行破坏，阻挠和拖延该机场的建成。命令于1950年8月下达到保密局大陆京津冀绥地下工作站，同时特别行动经费也于当月一起下拨。

任何事情，只要领导一重视，那就好办了，这对于国民党和共产党都一样。国民党工作站接到总部的指示后，特别是拿到了钱，工作热情和积极性高涨，经反复研究权衡，最后决定采用刘婉香上次被否决的方案，下决心租下天津大理道48号陈光远的住宅。而后派特工人员伪装成从关外绥远来天津做生意的皮毛商人，住进陈家，设法接近1号的刘青山和张子善，伺机对其进行猎杀。六天以后，一名叫高长捷的专职特工火速从包头来到天津，以绥远皮货贸易商行董事长的身份租下并住进了大理道 48 号，开始全面筹备部署。高长捷在潜入天津的当天就召见了刘婉香，高给刘婉香的任务是让他务必能在大理道 1 号别墅站稳脚跟，以便在暗杀行动展开时，起到内部策应的作用。

刘婉香同意当策应，但他向高长捷提出了要求，要求高长捷先给他三十块钱。说既然这回咱们党国的财政上拨钱了，那么他也要求增加他的行动经费。刘婉香说他能不能在大理道 1 号站稳脚跟，不被撵回杨柳青石家大院去做勤杂，他自己说了不算，这得中共的倪科长说了算，所以他得再向倪去送礼行贿。刘婉香说他这回准备给倪买双皮鞋，加上买鞋油什么的，差不多就得三十大洋。

高长捷一听，急了，说刘婉香：你怎么又要钱啊！据工作站说，你前几个月不是刚给中共的行动对象花一百二十多块大洋买了金戒指和金项链吗，怎么又要去行贿？这频率也太高了吧？难道中共的干部整天不干别的光贪污吗？

刘婉香说：这有啥稀奇的！我听人家说，中共的有些干部，专业是贪污，副业才是工作。

高长捷说：那一双皮鞋咋能花三十块！你去问蒋委员长脚上的鞋能值三十大洋不？

刘婉香说：蒋委员长咋能跟中共的干部比呢？中共的一些干部，吃的穿的用的，都是人家送的！既然是送，那就要送最好的、最贵的！

高长捷硬邦邦地说：没钱！上级给我的行动经费，都是一个萝卜一个坑，没闲钱！

刘婉香转身就走，说：没钱你去杀狗吧，杀狗不要花钱。

高长捷只有拉住刘婉香，咬牙切齿地对刘婉香说："0471，我日……"骂完刘婉香的娘后，无可奈何地，高长捷给了刘婉香三十大洋。

刘婉香拿到钱，乐滋滋地笑了。这钱刘婉香不是去向倪科长送礼行贿的，倪已经答应刘婉香今后长期在大理道 1 号工作了，这钱刘婉香是自己想贪污了。刘婉香回回给倪科长送礼行贿，看到中共

的倪只要逮着空儿就想着法儿捞钱，他就想：我为啥就这么傻呢？我为啥就这么实在呢？中共的倪，原先也是老实人，顶多有点小贪心，贪个灯油咸盐啥的，也是穷得当当响。他不断向他周围的干部学，现在赚得是盆满钵满，那我为啥不能向人家中共的倪学，也想法子去弄钱呢？所以刘婉香就决定，只要有机会，他也贪污！

国民党特务刘婉香在不断向中共行动对象行贿的过程中，他自己也学坏了。

在接下来的时间里，刘婉香和高长捷分头抓紧行动。根据档案记载：国民党中校特工高长捷于1951年8月9日正式入住大理道48号之后，随即，一批招聘的厨师、司机、保姆、门房等雇员也都入住了陈公馆。高长捷还于入住的次日去物色了将来行动可能会用到的女色，一共五名，各有其娇媚，对这些女色都提前预付了定金，以便随叫随到，不耽误到时候使用。待一切准备工作都落实了之后，高长捷又秘密来跟刘婉香接头，再次给刘婉香布置任务：让刘婉香提供刘青山和张子善从8月7号到8月14号这一个星期晚上的日程安排，以便于高长捷选择最合适的一天对刘张展开行动。

刘婉香回去后拐弯抹角从倪科长那里套出了高长捷所需的情报。根据倪所提供的情报，刘青山和张子善只有8月11号的晚上有空，而这一星期的其他晚上，统统都安排满了饭局。刘婉香把情况报告了高长捷。高长捷于是决定就在8月11号晚上行动。天津有个风俗，在搬进新居时要请邻里和好友来新居吃饭玩乐一下，天津人把这叫作"暖居"。高长捷决定就以暖居的名义邀请邻居刘青山和张子善来48号赴宴，席间以女色环绕左右，如果能将刘张留宿，那最好不过，在香熏温软之中，将其杀掉。高长捷把两份请柬交给刘婉香，叮嘱他务必要在8月11日一早把请柬当面交给刘青山和张子善。

在刘张专案的档案材料中，有一份刘婉香的审讯交代，专门提到了8月11日这一天的情况。刘婉香交代说：1951年8月11日，在这头一天，也就是8月10号，他回杨柳青给刘青山和张子善取酒去了。蔡公馆里的酒又喝完了，因为天天有宴请，那酒下得很快。第二天，8 月 11 号，刘婉香带着酒从石家大院坐地委的吉普车来到大理道 1 号，一走进蔡公馆，他人整个傻了：公馆人去楼空，刘青山和张子善人没了！那些秘书、警卫、厨师统统也都没了。连倪科长都不见了！整栋小洋楼里只剩下一个看门的门房。那门房刘婉香是认得的，姓张，是杨柳青镇张家窝村的人，被倪科长招了来看门。刘婉香急忙去问张这是咋回事啊？老张说：刘书记和张专员昨晚连夜就走了，不知去哪儿了。走的时候慌里慌张的，好像是逃跑，也不知道出了啥事。刘婉香顿时慌了，且百思不得其解，按刘青山的说法，在天津卫，毛主席老大，林书记老二，他刘青山老三，到底发生了什么事，是谁这么牛，要让刘老三都惊慌失措地连夜逃跑呢？难道是毛主席来天津了？

刘婉香顾不得特工秘密接头的纪律，没有事先约定，出门直接就蹿到 48 号，去给高长捷报告。48 号陈公馆里，这时为迎接刘青山、张子善晚上的到来，一切都在紧张地进行，厨房里烹炸炖煮，烟气弥漫。那些女色也来了，都在描眉画鬓，往脖颈以及胳肢窝等部位一个劲儿地扑香粉，弄得都跟粉蒸肉似的，准备将中共领导一举拿下。高长捷猛一听这个情况，也傻了，整个人呆若木鸡：都准备到这个份儿上了，菜都下锅了，粉头们都扮上了，箭在弦上，怎么能出这种事呢！菜可以浪费，粉头婊子们也可以来日再扮上，反正功能随时都在，问题的关键在于如果暗杀目标没了踪影，那国民党花了这么大一通财力物力人力精心布下的局，不就顷刻间灰飞烟灭了吗？高长捷心急如焚，命令刘婉香：火速赶回杨柳青中共地委机关，不惜一切代价弄清真相！

刘婉香又急忙往杨柳青赶。由于回去已经没有车了，他只有步行。大理道离杨柳青有几十公里路，走到天黑，等刘婉香终于跨进石家大院，他再一次傻眼了：石家大院也人去屋空了！早上还闹哄哄的大院就像人全死光了一样寂静。整个地委和行署机关也是只剩下一个门卫在冷清清的院里溜达。一问那门卫，门卫说：刘书记和张专员命令所有的人今天全部都上杨村机场工地，谁不去就处分谁，跟要地震了一样紧急！刘婉香心里愈发慌乱，不知什么祸事要

临头了，他假借刘青山的名义去司机班要了个车就往杨村奔。到了杨村工地，刘婉香看到工地上红旗招展，火把通明，到处张贴着标语，那标语上的糨糊还没干透，看出是刚贴上去不久的。工地上四处搭建着施工队伍的窝棚，刘婉香一路寻找过去，一路上看到尽是地委和行署的干部掂着铁锹和民工一起挖土干活。在最大的一个窝棚里，他终于看到失踪了的刘青山和张子善！令刘婉香惊异的是，刘青山和张子善甚至把铺盖都搬来了，他们的地铺和民工们的地铺搭在一起，铺上都是一律的薄绿行军被。刘青山和张子善也和民工们一样在工地上挖土方推小车，两人都是一样的灰头土脸，干到天都黑了，才收工回来吃晚饭。饭是一律的窝头、咸菜、高粱米稀粥，没有酒，没有四碟八碗的菜，更没有戏子和粉头们唱曲，刘张和民工们一样就蹲在窝棚地上吃，和大家一样喝粥喝得一片吸溜吸溜地响，刘婉香当年在大宋楼村看到的老八路的作风又回来了！刘婉香在人堆里看到倪科长也蹲在地上喝粥，在这一年里，早就吃得像粉蒸肉一样肥腴的倪也和农民工一样吃着这糙食，高粱陈米粥里的沙子硌得他直皱眉咧嘴。

刘婉香溜过去，问倪：是啥厉害的人要来了，把弟兄们都紧张成这样？

倪惊慌地捂住刘婉香的嘴，声音压得极小，像蚊子在舞动，说：别嚷，别嚷！你要死了这样大声说！而后倪科长俯到刘婉香耳边，悄声说了缘由，于是刘姓特务婉香听到了一个以前在国民党那里从未听到过的新名词，这个名词在倪的嘴里就像炸弹爆炸。

倪说的是：检查团来了！

检查团是由河北省委书记处书记张春城亲自带领下来的。张春城是刘青山和张子善在晋察冀时的老首长，是河北省委有名的铁面包公。河北省委办公厅打电话通知天津地委和行署说张书记要来检查，刘青山、张子善立刻连夜进行部署，到张春城的检查团踏进杨村机场工地的时候，张书记眼前看到的是一个让他激动不已的沸腾场面：红旗招展，人山人海，铁锹飞舞，车辆穿梭，口号震天！

张春城说："这才像个建设社会主义新中国的样子嘛！"

刘青山和张子善一左一右谦恭地围在张春城身边，陪张书记一路看来。站在人群里的刘婉香惊愕地看着刘青山和张子善变得简直都不认得了，和在大理道 1 号别墅时比，彻底判若两人。刘青山和张子善比民工还要民工，两人都是破衣烂衫，尤其是刘青山，一身衣服像是从老坟里扒出来的，烂得连民工都不穿。两人从头到脚黄尘滚滚，土渣儿不住往下掉，仿佛成年累月在工地上干，片刻都没离开过。两人走在张春城旁边，像庙里两个会走道的泥塑。

刘青山汇报说："张书记，我和子善，还有同志们，我们是恨不得一分钟掰成几瓣儿来用啊，大家伙儿是连一秒钟都不敢歇，都憋着劲，哪怕早一秒钟把这工作完成啊！"

张子善说："是啊，青山和我，还有同志们，我们是干在工地，吃在工地，睡在工地，这工地就跟我们的媳妇似的！"

刘青山说："比媳妇要亲得多，媳妇还有个搂烦了的时候哩！"

张子善说："是啊，大家伙儿在工地上一干就没个够！"

刘青山说："有时候连水都顾不上喝！"

张子善说："别说喝水，连饭都不吃！"

刘青山说："有病了，就灌一肚子开水！"

张子善说："干出一身汗来，啥病都好了！"

刘青山说："我跟子善说过，我们俩带头，谁要是有一丝一毫的贪图享乐，谁就提着脑袋见毛主席去！"

张子善说："是啊，干革命还图享乐，你配当一名共产党员吗……"

刘婉香远远地站在人群里，听得瞠目结舌，心想：这中共干部的瞎话、大话、套话，咋张嘴就来啊？刘特务听得直犯傻。

张春城满意得直微笑，对于一个老布尔什维克，这是最动听的语言，刘青山和张子善直接就捅到铁面包公张春城的心坎里去了。张春城收起笑，绷紧脸，对他的这两个老部下说："青山，子善，有人可到我那儿去反映你们俩了啊，说你们俩在天津是吃喝玩乐成天享福，有没有这回事啊？要不要我去查你们俩啊？"

刘青山极其严肃认真地说："张书记，您一定得去查，您必须去查！"

张子善说:"张书记,您要是不去查,我斗胆跟老首长您说句话:您就是严重失职!"

刘青山说:"张书记,这么说吧,我和子善,我们的每一个细胞都随时接受党的审查!"

张子善说:"还有我们的灵魂!"

张春城开心地哈哈笑,部下的成长和进步是他最高兴的事儿,查与不查,都在这开心的笑里了。张春城看着一身破衣烂衫的刘青山,心疼地:"青山啊,你也去买身稍微好点的衣服穿啊!虽说我们要大力提倡艰苦朴素,可你好歹也是个地委书记啊,你对外也有个形象问题啊!"

刘青山说:"张书记,我有好衣服!"

张子善在一旁说:"你得了吧,就你那一身蓝布褂子算啥好衣服啊!"他扭脸对张春城揭发刘青山,说:"张书记,青山就那一身稍微像样点儿的衣服,平时舍不得穿,只有上省里开会,去见个外宾,才穿。张书记,青山生活困难呐,家里孩子多,他爱人又有病,地委研究了几次,要给青山困难补助,可青山死活不要,张书记您得批评他呀!"

刘青山跟张子善急了,说:"子善,你跟张书记说这个干啥,你看你这个人!"

张春城意想不到地愣住,难过地说:"青山啊,我不知道你生活过成这样,我失职,我对你关心不够啊!"他说着,就去掏自己的口袋,把自己的津贴费全掏了出来,又把秘书身上带的钱也全借了过来,一起递给刘青山,说:"青山,你不要国家的补助,好!你这个模范带头作用起得好。这是我给你的补助,你拿着,去买衣服!"

刘青山坚决不拿,说:"张书记,我绝对不要!"

张春城急了,眼一瞪,吼道:"刘青山,你敢不要!"

刘青山不敢说话了,低头沉默着,过了一会儿,他哭了起来,哭着对张春城说:"老首长啊,我也是人啊,我也想把日子过得好点儿啊,可有一条原则,我不敢违背啊!您刚才说,我是地委书记，我对外有个形象问题，可我想，啥才是一个共产党员的对外形象呢？那就是：吃的要永远比老百姓差，住的要永远比老百姓赖，穿的要永远比老百姓破！张书记，在您面前，我是个小小的干部，可有句老话说：位卑未敢忘忧国。我这个干部再小，我到啥时候也不敢忘了我是个共产党员啊！"

张春城猛地转过脸去，用手捂住眼睛，不让刘青山和张子善看到自己忍不住要流出来的眼泪。张书记被感动得哭了。张春城默默暗自垂泪了数分钟之久，最后，转过身，抬起手臂，一个老战士，向刘青山举手敬礼。

张春城后来说：他这是代表新中国向刘青山同志致敬！

刘婉香，刘姓特务，彻底看傻了。

张春城书记带着检查团完成检查回到石家庄，在省委扩大会议上大力表彰天津地委和行署，号召全省干部向刘青山和张子善，特别是要向刘青山同志这样优秀的党的好干部学习！刘青山在那一年（1951 年 4 月——李唯注）被河北省委推荐评为全国优秀政工干部。

国民党方面则大为光火，花了这么多的钱，做了这么多的准备，却连暗杀目标的具体行踪都不清楚！国民党晋察冀绥地下工作站把火气都集中在了刘婉香身上：这钱都是刘婉香一笔一笔花出去的，光是送礼行贿，就花了不老少！特别是这次行动，事到临头，刘婉香又多要了三十块，说是给中共的行动对象去买鞋。买鞋就买鞋吧，你倒是让行动对象提供一点儿准确情报啊，结果呢，连刘青山、张子善要去迎接对付检查团这种事情都不知道！党国的钱都花在狗身上去了？国民党工作站领导让高长捷对刘婉香进行审查，问问刘婉香这钱都是怎么花的。国民党也是有审计制度的。高长捷对于这件事也是极为恼火，奉命叫来刘婉香，黑着脸，先掏出手枪来拍在桌上，让刘婉香对党国说清楚！

刘婉香一下面对带枪的审查，想起自己贪污的事，吓得怔住。而后，他像刘青山那样哭了起来，像刘青山那样撕心裂肺地开始哭诉，絮絮叨叨，车轱辘话来回地说，把一团伤心和委屈全捧给了高

长捷。刘婉香的话，概括起来，大致意思是说：你们党国这样对我，也太不相信自己的同志了！你们怀疑我贪污公款，其实，就你们给的那仨瓜俩枣，根本就不够！中共的干部现在都吃肥了，胃口都大了，为了贿赂工作对象，获取情报，我没少往里贴钱啊！可我穷得当当响，我哪来的钱啊，我只有自己想办法去弄钱。我看到蔡公馆里，刘青山、张子善喝剩的空酒瓶子堆了半间屋子，我就把酒瓶子偷出去卖，卖给街上收破烂的，换点儿钱，回来给中共的老倪送礼行贿。我，一个党国的特工，为了党国的事业，我去捡破烂卖啊！这些，我给你们组织上说过吗？我没给党国说的还多了！卖酒瓶子那点儿钱，哪够送礼啊！没办法，后来，我只有去卖血！为了党国，我去卖血啊！我卖血换钱去行贿！现在，我每天早上起来头都晕，腿软得像面条，这都是卖血卖的！这些，我都给你们组织上提过一句吗？至于情报不准，那是因为中共的事情老变，中共自己都说计划不如变化快，这也是没办法的事儿。最后，我想说一句：老高啊，你是中校，我屁的校也不是，在你面前，我是个小小的特工。可我再渺小，位卑未敢忘忧国，我到啥时候也不敢忘了我是个国民党员啊，党的事业在我心中啊！刘婉香声情并茂地说着，哭得稀里哗啦的。

高长捷被深深感动了，将手枪收起来，上前抱住刘婉香，说：同志，对不起，组织上错怪你了！又解释说党国这也是着急了，毕竟在财政这么困难的情况下，这么多钱花了出去却没有一点儿进展，实在是心焦！高长捷随后向国民党工作站领导进行了情况说明，同时把刘婉香的先进事迹也向上级进行了汇报。上级领导听了也很感动，决定要奖励刘婉香来激励其他的特务，国民党这时在内部也开始实行精神奖励和物质奖励相结合，以精神奖励为主的做法。经过研究，把刘婉香评为年度先进特务。

刘婉香听说自己被评为了先进，喜滋滋地乐，觉得刘青山、张子善他们的这一招真是不错，管用！他决定以后就用这一招，也经常来向自己的党进行坑蒙骗。同时刘婉香也明白了，越是优秀，越是先进，就越有可能是大贪大奸大恶之人。国民党特务刘婉香在向中共工作对象渗透的过程中，除了学会贪污，还学会了欺骗组织，进一步地学坏了。

刘青山、张子善在检查团走后的当天晚上就搬回了大理道1号，刘张又重新西装革履，别上了钻石袖口。蔡公馆内又开始豪宴宾客，一切都照旧进行。国民党工作站看到刘青山、张子善又回来腐化了，大大松了一口气。高长捷让刘婉香赶紧去把上次没送出去的请柬送给刘张，争取刘张这次能如期赴约。刘青山和张子善接到请柬，两人倒是都表示出兴趣来，说可以过来大家一起玩一玩。张子善还为此找了一个政治上的说法，说：我们共产党也要广泛联络和团结包括工商业在内的各界人士嘛，要积极开展统战工作嘛。把过来寻欢作乐提高到了党的建设的高度。有了这个政治高度的说法，那什么事儿都可以放心地去做了。但是刘青山和张子善又都说他们这段时间可去不了，他们都很累，得先歇歇，把身子骨养两天。国民党方面心急如焚，眼看着经费一天天流水一样地花出去，但也只能怨检查团把暗杀目标累坏了，只能坚守等待。熬到十天以后，高长捷再次让刘婉香给刘张把请柬送去。刘青山和张子善这次爽快地答应第二天晚上过来。国民党方面喜出望外，真是望穿秋水啊！48号上下又开始了紧张的战前准备，烹煮煎炸的工序再次展开，香气在公馆里又弥漫开来。那些女色们又都来了，又都一个个地扮上，胳肢窝里又都扑好了粉，又像粉蒸肉再次上了笼，就等着中共的同志来吃。傍晚时分，刘婉香从杨柳青赶了过来，准备陪刘青山和张子善到48号去，一场筹划已久历经坎坷终于到了致命一击的暗杀将正式展开！刘婉香一推开蔡公馆的门，顿时又傻了：大理道1号再一次人去楼空！他一问门房，门房说刘书记和张专员在一大早又紧急地返回杨村机场工地去了，所有秘书、警卫、厨师等一干人员又都散了，偌大的公馆又只剩下了一个门房看守。

刘婉香惊愕万分地问：为啥又要跑啊？

门房说：又一个检查团来了！

刘青山和张子善被捕后在接受审讯时，两人分别都提到了检查团，这在档案中有专门的文字记载。据记载，刘青山交代说：从

1950年初他们到天津上任，到1951年8月他们被中央批捕，这期间他们迎接的检查团，以及还有什么工作组、巡视组、督导组之类的，十天一小团，半月一大团。有党风党纪大检查、政治学习大检查、财务大检查，还有卫生大检查、防火大检查、防空大检查、保密防谍大检查。刘青山说在1951年甚至还有一个天津市储备过冬大白菜检查团……各种检查团多如过江之鲫。每一个检查团的到来都让刘青山和张子善的神经紧绷。刘青山在交代中说，每一次迎接检查团，他都像在刀子上舔血，心惊肉跳。他和张子善俩人贪污挪用公款117亿人民币（旧币，1亿元相当于1万元——李唯注），那么大的窟窿，处处都是痕迹，任何一个检查团哪怕有一点点的警觉和怀疑，他和老张早就完了，根本就等不到1951年8月才被捕，也根本就贪污不了那么多钱！但是刘青山和张子善又都肯定地说：不过检查团多是多，也没啥大不了的，顶多就是人累点儿，满嘴的假话成天来回说，嗓子有点儿受不了。张子善对此有一个总结，他说："各种各样名目的检查团，其实全都是同一项检查内容，就是来检查表演的。下面的人，无论你干了什么坏事，只要你表演到位了，基本上所有检查团全都能扛过去。检查团说白了就是一个屁，噗的一声放下来，除了污染空气，什么功能都没有。"张子善说像他和老刘就扛到了最后，如果不是地委内部有人把他们告到了中央去，中央专门派人来天津查办，他们到现在还扛着哩。

但是国民党方面扛不下去了！中共的检查团唯一打击到的是国民党，那些林林总总的检查团要把国民党拖垮了。高长捷奉命在大理道48号坚持了数月，在刘婉香的努力配合和策应下，苦苦等待着杀刘青山和张子善的机会，其间至少有4次刘张几乎就要踏进48号了，均被中共高密度的检查团事到临头又拽走。好不容易检查团走了，但暗杀目标也由于过于猛烈地表演而累坏了，需要好好休息，不休息就没法来吃喝玩乐。等到暗杀目标歇好了，可以实施暗杀计划了，另一拨检查团又来了！国民党的钱就这样一天一天毫无效率地花出去，一次次提前准备宴席不说，那些女色也是一次次地付了定金，又一次次地不能最后使用。而且刘张不能使用，国民党自己也不能用，不像饭菜做了刘张不来国民党的特工们可以自己吃，而那些女色如果使用了是要付全款的！这些女子们，定金都付了，却只能干巴巴地看着不能动，这是最让国民党气不过的地方。但是没办法，国民党的经费实在是太紧张、太困难了，他们只能让中共人员去腐败而自己腐败不起，国民党的冤枉钱花得太多了！国民党保密局台湾总部的领导们后来总结这次行动的教训，都感慨万千，说："不怕共产党的枪，不怕共产党的炮，就怕共产党的检查团来到！中共的检查团真是害死人啊！"中共的检查团成功地重创了国民党。最后，国民党保密局京津冀绥地下工作站决定停止这次行动，承认这种办法行不通，这么拖下去不是办法，必须另想辙，通知高长捷等撤出大理道 48 号。

对刘青山和张子善的第四次暗杀于是宣告失败。

八、第五次暗杀

十天后，老魏来跟刘婉香接头，这次他给了刘婉香一把手枪，传达上峰的最新指示：上峰命令刘婉香，这次不计危险，只要逮着空儿，直接用枪干掉刘青山和张子善就是！老魏又破天荒地不等刘婉香开口要，主动给了刘婉香六十块大洋，告诉刘这是党国给他的。党国让刘婉香可以不必请示，在需要的情况下，为完成这次暗杀任务，自己决定向中共的行动对象去行贿。老魏告诉刘婉香：保密局高层已经根据形势发展，把向中共人员行贿正式列入财政预算了，以后行贿的钱都会自动地逐月下发。国民党今后将把对中共人员行贿做到常态化、制度化和系统化。老魏让刘婉香不要有任何后顾之忧地放心去干。

刘婉香凭空得到了六十块大洋，又听说以后还月月有钱好拿，心里十分高兴。刘婉香想，他要是想从中贪污个十几二十的那还不是随便一个动作！刘婉香开始觉得当特务真是一件幸福的事情。刘婉香让老魏去转告上级领导：他一定不辜负组织上的期望，这次一定要杀掉刘青山和张子善！

老魏说：组织上等着你胜利的消息！

　　刘婉香开始兜里揣着手枪，在杨柳青石家大院、杨村机场工地和大理道 1 号这几个地方来回游动着，紧紧跟随刘青山、张子善的行踪，寻找着对刘张开枪的机会。刘青山和张子善倒是时时都暴露在刘婉香的枪口下，时常在刘婉香的有效射程之内晃荡着，但刘婉香却不敢拔出枪来去打。刘婉香一旦开枪射击，刘青山、张子善倒是很有可能会被打死，但是刘婉香自己也会立即被捕或被当场击毙。因为刘婉香每每见到刘青山和张子善的时候，刘张身边都是围满人的。领导身边总是时刻都有一堆人围着。有来请示工作的，有来让签字报销的，有女流来献媚撒娇的，有来逢迎拍马的。其中地委宣传部有个小季，看到同部门的焦翠兰天天接近刘书记，他心里着急得要命，生怕焦翠兰被提拔到他前头去。但他是男的，他要想跟领导亲近缺乏资源上的优势，于是小季就想出每天来对刘青山说一句歌颂的话，某些宣传干部活着的功能就是专门研究琢磨如何歌颂领导。例如小季说："刘书记您昨天开会做报告的水平真高，都快赶上少奇主席的报告水平了！"当时党内公认理论水平最高的是刘少奇。或者说："刘书记您真平易近人，同志们在您领导下工作真是太幸福了！"要实在没什么可说的了，就说："刘书记，地委的同志们在您的领导下这两天又胖了！"20 世纪 50 年代的中国社会是以胖为美，来表示社会主义的生活好，而旧社会的标志就是人民全都瘦骨伶仃的。就是这个小季，最后创造出了让全国都为之哗然的著名理论，小季在天津提出了"刘青山思想"。小季说："全国有毛泽东思想，我们天津有刘青山思想。毛主席在中国，把马列主义具体化了，因此叫毛泽东思想；而刘书记在我们天津，也把马列主义具体化了，这就叫刘青山思想！"小季同时也大力歌颂张子善，曾经在开会时高呼："在英明领袖张专员的领导下胜利前进！"而张子善对此的回应，公然是："应该向这个同志学习！"

　　刘青山和张子善后来被审查，除了贪污的问题外，公然标榜"刘青山思想"和"英明领袖张专员"是另一个重大问题，这犯了官场大忌。在刘张专案的档案材料中，刘青山对此有专门的检查交代。据档案材料记载，刘青山首先要求组织上调查提出"刘青山思想"的来龙去脉。刘说：现在都说刘青山思想是我自己提出来的，是我自己说我在天津把马列主义具体化了，这是不对的，这句话是底下的同志提出来的，请组织上甄别（但负责审讯刘的有关机构后来并未去甄别，现在所有的历史材料都说是刘青山自己标榜自己——李唯注）。刘青山提出这个要求后，接着交代检查自己说："开始听底下的人这么说，自己也害怕，也对那个同志说过别这么讲。但听得时间长了，心里也挺舒服的，人都是愿意听好话的，这是人的本性。久而久之，我都听习惯了，那个同志如果有一天没来说，我就像这一天没吸大烟一样，浑身不舒服。在这里，我再向组织交代一件事：1950 年，我和张子善同志进入天津之后，我们俩都穿起了皮大氅。我觉得我穿皮大氅很神气，当时有部苏联的影片叫《夏伯阳》，里面的苏联红军骑兵将军夏伯阳披个斗篷，叼个烟斗，威风凛凛，我觉得我披着大氅就像披着斗篷，挺像夏伯阳的。我想让人夸我像夏伯阳。我是带兵打仗出身的，我喜欢像一个叱咤风云的大将军。底下的那位同志就来夸我，头一天，他夸我，说：'刘书记，您真像岳飞！'我不高兴了，我明明是夏伯阳，什么岳飞！我就没理他。那位同志见没有夸对，看我不高兴了，就回去连夜反复琢磨。第二天，又来夸我，说'刘书记，您真像戚继光！'我更不高兴了，我是夏伯阳，你东拉西扯啥呀！我脸都黑下来了，更不理他。那位同志见我黑脸了，吓坏了，又赶紧回去琢磨，一连几天来夸我，都夸不对。我的脸越来越难看。最后，有人点拨了那位同志。终于，那位同志来对我说：'刘书记，您真像夏伯阳！'我这才高兴了。那位同志哭了，哭着说：'感谢上帝，我终于说对领导的心思了！'他哭得吸溜吸溜的。这个事情，一是说明我在单位的霸道，二是说明这全都是我们的体制造成的。我们的现行体制，实际上，就造成好多单位的一、二把手在单位里都是一手遮天。底下的干部，只能说领导的好话而不敢说领导的坏话，从来没有哪个人是因为歌颂领导（无论你歌颂得有多肉麻）而被撤职、查办、判刑的。但你要敢在单位公开说领导一句坏话，你试试！所以就造成现在单位的领导越来越膨胀，各单位的奴才越来越多。"刘

青山的这份检查交代在档案卷宗的第 147 页。

小季这样的一群"奴才"总是像蚊蝇嗡嗡嗡嗡跟踪着刘青山、张子善，让刘婉香总也不能有单独接近刘张的机会来完成暗杀任务。刘婉香万分焦急。就在刘婉香几乎要绝望的时候，一个机会在不经意间突然来临了，让射杀刘张在瞬间不可思议地变为非常可能的事情！

事情的起因来自一桩意外的车祸：1951 年 8 月 4 日上午，一名在地委机关食堂做饭的职工老肖（刘婉香不知道肖的原名叫什么，只知道大院的人都叫他肖大屁股，四十多岁快五十了）在早晨外出买菜的时候被杨柳青镇上的一辆马车撞倒，脾脏破裂，生命垂危。这一个普通职工的车祸却引得大院里的一把手刘青山闻听后火速赶到了医院，而且刘情绪极其激动，看到肖大屁股血糊糊不省人事地躺在那里，难过地当众号啕大哭，二话不说，挽起袖子就要给肖输血，而且蛮横地命令护士给他抽 1000CC！这可把跟着刘青山来的下属们都吓坏了，怎么能让书记给一个炊事员输血，而且是输这么多的血呢！部下们死活拉住刘青山不让他输。尤其是小季，抱着刘青山，苦苦哀求，请刘书记为了天津地委的工作，为了天津市的发展，为了新中国的未来，为了世界革命的明天，千万千万要保重自己啊！刘青山头一回对小季的奉承不耐烦，破口大骂说我操你娘的未来和明天！我操你娘的鸡巴世界革命！他哭着说："1942 年，在晋察冀，老子中了鬼子的子弹，眼看命就没了，是我哥给我输的血啊！现在，我哥的血流没了，我要不给他匀点儿，老子还算人吗？"他暴跳地骂着，最后，掏出腰间的手枪来（建国初期各地市级单位的党政首长都佩枪——李唯注），把枪"啪"地往桌上一拍，对下属们说：都别跟我说，有啥话都跟这把枪说！下属们谁都不敢再说话了。大家只有赶紧跑回大院，把张子善搬来，让张专员来劝说刘书记。张子善来到医院，一看刘青山这架势，他太了解刘青山了，知道拦不住，没作任何劝解，只说了一句："青山，别抽 1000 了，抽 800 吧。"刘青山给了张子善面子，同意抽 800CC。等刘青山的 800CC 鲜血输进肖大屁股身体的时候，刘已是脸色蜡黄，身体冷得瑟瑟发抖，站都站不稳了。刘青山有很严重的萎缩性胃炎和十二指肠溃疡，一直在喝中药，身子骨比较弱。

刘青山和肖大屁股是同一个村子的，两人都是河北省安国县南章村人，两人是同一天从村子里跑出来在晋察冀萧克的部队当兵参加八路军的。刘青山后来做到了地师级干部，而肖大屁股人老实、木讷，左腿还有一点儿跛，是个瘸子，从当兵到年龄一大把了，一直都还在炊事班里做饭，也没能娶个媳妇。到1950年，两人之间的地位已经是天差地别。但刘青山一直记着肖大屁股救过他的命，一直把肖当哥哥对待，人前人后都是哥长哥短地叫着，在石家大院只有刘青山不喊他肖大屁股。刘青山很讲义气，地委机关里即使是后来向中央和河北省委检举刘青山的人也都承认：刘青山这个人，只要你是他的"三老"，即老乡、老部下、老战友，他绝对会为你两肋插刀，经常是讲义气讲到了不讲原则的地步。据说，老河北省委的干部在1955年都听到过一个非正式的传达，说毛主席当时批准对刘青山执行死刑，事隔几年后说过这样的话："刘青山死就死在了江湖义气上！我们党有不少干部都讲江湖义气而不讲党性，除了刘青山，还有高岗！"

肖大屁股在傍晚的时候还是死了，刘青山的义气还是没能挽留住他的性命。

据说，肖死的时候，正好河北省委办公厅给天津地委来了电话，让刘青山连夜赶到石家庄去开省委扩大会议。而哭得眼泪汪汪的刘青山对前来通知他的秘书说："你去告诉让我去石家庄开会的人，不管他是书记还是省长，你就说是我刘青山说的：开他妈鸡巴的会！我哥死了，我不去！"

刘青山要留下来给肖大屁股守灵。

地委机关在石家大院连夜给肖大屁股设了灵堂，刘青山把所有围在他身边的人统统赶走，连张子善也不让待在灵堂里，他要一个人彻夜守着老肖，在最后这个晚上，他要跟他的这个同村老哥最后说说话。就在这个时候，很突然地，倪科长来找刘婉香了，倪通知刘婉香，让他进到灵堂里去，陪着刘书记彻夜守灵。刘婉香简直不

相信自己的耳朵了：他竟然是唯一的一个被批准进入灵堂和刘青山待在一起的人，而且独处的时间有整整一夜！倪之所以要派刘婉香去陪着刘青山，而且刘青山本人也同意了，是因为刘青山由于长期行军打仗胃疼得厉害，后来听说抽大烟可以止疼就悄悄抽上了大烟（不是后来纷纷传说的刘青山腐败到了要抽大烟取乐的地步——李唯注）。到了晚上，他需要一个为他烧烟泡的人，他一到时间点儿就必须得抽几口，否则胃疼得盯不下来，只有作为内勤的刘婉香在大理道1号为刘青山秘密烧过烟泡，伺候过他，于是刘婉香就成了唯一人选。

刘婉香千载难逢的机会，就在不经意间，来临了！

刘婉香欣喜不已，他计划先在灵堂里击毙刘青山。而后，由于张子善不放心刘青山，他每隔一个小时就会进灵堂来看一眼，刘婉香计划等张子善进来探视时再将张一枪毙命。老魏给刘婉香的这把枪是装了消音器的，能确保这一切都淹没在悄无声息之中。而且由于不允许任何人进来，即使刘张横尸灵堂几个小时，也不会有人发现，刘婉香有足够的时间能从容地走出灵堂，走出石家大院，逃出杨柳青，而后彻底消失在大天津的茫茫人海中。这运气实在是太好了！刘婉香想，国民党也不是总走背字儿的。

当刘婉香揣着上满子弹的手枪跨进灵堂的时候，他又看到了一个更加好、好得不能再好的运气，像狗头金就掉在脚边，横祖在他的面前！

刘婉香看到刘青山正在哭。刘青山正趴在直挺挺躺在棺材里的肖大屁股身上，撕心裂肺地哭着，彻底沉浸在悲伤中，对四周的一切都充耳不闻，连刘婉香走进来的脚步声都听不见，把他的头、颈以及一大块后背完全暴露在刘婉香面前，这让刘婉香可以从容地掏枪瞄准射击，而根本不必担心刘青山会惊叫起来，这简直就是一头死猪趴在那里任他随意宰割。刘婉香不禁喜气洋洋，他想不到那么艰难曲折的暗杀，到头来竟是这么轻而易举的事情！刘婉香决定等着屋外的鞭炮再一次响起的时候就开枪。杨柳青这一带的习俗是在做白事的时候每隔一个时辰就要鸣放一阵鞭炮，民间的说法是用以驱赶亡者前往西天时一路上挡道的大鬼小鬼。刘婉香决定在那个时候开枪，就是要让虽然装了消音器但在击发时仍然会有的些许声音，能被密集的鞭炮声彻底遮没掉，以确保灵堂外面的人听不到一丝异样的响动。

大约在五分钟后，又一轮的鞭炮声密密匝匝响起来了，就在刘婉香要扣动扳机的时候，他突然听到了刘青山在对死去的肖大屁股絮絮叨叨地哭诉，那话里的内容，像一把斧头猛然劈过来，在顷刻之间，让刘婉香的杀戮戛然而止。

刘婉香听到刘青山在说他贪污的钱！这让刘婉香饶有兴趣，他想听一听。

刘青山在对肖大屁股说，他搞了很多很多的钱，他现在的钱足足能买下他们老家安国县的一条街来！可他一个人要这么多的钱干什么用呢？论吃吧，他就一个胃，就算顿顿都挑最贵的吃，他能吃多少？何况他还有胃病。论穿吧，他就一个身子，他还能一次穿六件褂子套七条裤子吗？论搞女人吧，就算他有一天也放开去搞女人了，可他就一个鸡巴，他又能搞几个呢？这些话很粗，但话丑理端，道理没错。刘青山说，他贪污的这些钱，用途分三块。一块是去给有关领导和关系户送礼行贿；一块是他自己花一些；最大的一块钱，是他为老战友、老部下、老兄弟们去搞的！其中，就有肖大屁股的份儿。

刘青山说，他已经给肖大屁股在安国县城的老街上买了一套大宅子，三进的院子，一水儿青砖铺地，比当年村里的地主肖玉贵家都阔！另外，他还给肖大屁股买了一个老婆。那闺女今年刚十六，她爸爸是地主，去年全国解放的时候让咱们政府给镇压了，如果不是被镇压的地主家，就这么水灵个丫头，想买？门儿都没有！那闺女起初听说肖大屁股都快五十了，还是个瘸子，死活不同意。刘青山说他就带着警卫员上那闺女家去了，先把满满一面口袋的大洋往她家炕上一倒，然后就跟那闺女和她娘说狠话："你要是不愿给革命军人当老婆，那你们就等着日后让村里把你们当地主家属对待，天天监督你们劳动，像对待牲口一样吧！你们自己合计！"

反正就这样一手软，一手硬，硬硬把个地主的黄花大闺女给肖大屁股弄来了！

刘青山说，他为啥非要给肖大屁股弄一个地主家的小闺女来呢？那是他永远忘不了1939年，肖大屁股之所以要带着他去投奔八路参加革命，那是因为老哥的媳妇让村里的肖玉贵依仗权势给奸了，那媳妇，他从小叫三嫂的，后来投了村后边的河死了。刘青山说，永远记得肖大屁股当时跟他说过的话，肖大屁股说："俺去参加革命，就是等着有一天革命胜利了，俺也要日地主的女人！"刘青山伤心地说，现在，革命胜利了，他把啥都给肖老哥准备好了，那地主的小闺女，革命的胜利果实，也都给老哥哥搬到炕上来了，他就准备这次把这个喜讯给老哥哥说，让他今年就成婚呢，谁知，咣叽一下，新娘还没入洞房，新郎倒先死了！

刘青山非常伤心难过，抱着已经死硬的肖大屁股，哭着说："老哥哥，你不是说，革命胜利了，你也要X地主的女人吗？你起来X呀！你咋就死了呢……"刘青山哭得肝肠寸断。

接下来发生的情况是，刘婉香被刘青山深深感动了。

刘婉香觉得刘青山说的话，每一字、每一句，全都说到他的心坎里去了。刘婉香想起自己当年在村里受地主的气，不禁也是恨意满腔，"X地主的女人"，说得太解气了！他觉得刘青山说的绝对是庄稼地里兄弟们的话。刘婉香开始觉得刘青山这人还真不错，是条汉子！从执行暗杀任务以来，他头一回跟刘青山有了一种农民弟兄之间的亲近感。刘婉香不想杀刘青山了，至少不想在刘青山表现得这么仗义这么爷们儿的时候杀他！刘婉香觉得这个时候他要杀刘青山，他就不仗义了，以后在庄稼地里，他是会被人骂死的。国民党特务刘婉香和中共地委书记刘青山，在共同的农民阶级情感中融合在了一起。刘婉香把瞄准刘青山后脑勺的枪揣进口袋里，起身走出了灵堂。就在灵堂门口，刘婉香迎面碰到了恰好这时走进灵堂来关怀探望刘青山的张子善。刘婉香意味深长地看了张子善一眼，按照计划，这时候他应该是已经杀掉了刘青山而正要对张子善下手的，刘婉香感叹世事真是难料！张子善则对于刘婉香满含意味的眼神毫无察觉，完全不知道他正在与死神擦肩而过。刘婉香走出灵堂，这时候天都亮了，他找个借口向倪科长告个假去了市里，溜到接头的茶馆，送出情报，向上级报告说：行动目标保卫森严，无法下手。

第五次暗杀于是又宣告失败。

这样的机会一闪即逝，从此再没有了。

国民党保密局台湾高层后来知道了事情全部经过，得知刘婉香是因为这样的原因而没有在那样一个唯一的机会里杀掉刘张的，不禁气得捶胸顿足，但事情已经过去，也无可奈何。后来据说当时已经全面开始负责国民党谍报系统工作的蒋经国针对这件事，感慨地说过一句话："中共的毛泽东有一句话说得很对：严重的问题在于教育农民！"蒋经国的意思是，毛泽东的话也同样适用于国民党。对国民党而言，严重的问题也在于教育农民！国共两党都诞生在这个有着最广大农民的国家里，中国大地，到处是庄稼，遍地是农民，农民性是两党核心问题共同的根源所在。

九、第六次暗杀

国民党的计划屡屡受挫，人的因素占很大比重，使国民党的高层领导认识到对特务们加强思想教育的必要性和紧迫感。于是在1951年的下半年，国民党保密局京津冀绥地下工作站下决心把工作先暂时停下来，把特务们集中起来进行学习，端正思想，提高认识。要求广大特务不能光低头拉车，而且要抬头看路；不能光埋头杀人，而且要抬头认清方向，心中要有大目标，杀人才能杀得好！又据说，国民党工作站看到中共这些年各种各样的协会层出不穷，五行八作，什么行当都成立个协会，譬如作家协会。国民党于是也想借鉴学习一下，就考虑乘这次特务们集中学习的机会，大家伙儿都在，准备成立特务协会，让广大特务们也有一个自己的家。国民党也想采取人性化的管理措施来搞好特务工作。

刘婉香秘密来京参加集中学习之后，又返回了天津，同时带回来了工作站对他的最新指令：不惜一切代价，务必限期完成对刘青

山、张子善的暗杀！因为中共的毛泽东近期在中共华北军区司令员聂荣臻的陪同下视察了杨村机场工地，这使刘青山和张子善这两个暗杀目标的重要性愈发重要起来。工作站命令刘婉香，用枪杀不了就用炸药！命令刘婉香想尽所有办法在刘张的餐厅、卧室、办公地点以及其他经常出入的地方安置炸药，定点爆炸，令刘张毙命。国民党上级领导同时告诉刘婉香：这次他要完不成任务，那就自裁吧！让刘婉香自己把自己弄死。刘婉香被逼到了绝路上，他这次只有杀掉刘张，自己才能活下去。严酷的命令让刘婉香被激发出了惊人的执行力，九天之后，刘婉香通过老魏去向领导递交报告说：他已经把炸药安放在了中共天津地委的小会议室里，引爆装置也安装好了，就等刘青山和张子善哪天来开会了！刘婉香在报告中恶毒地说：共产党喜欢开会，那就让他们在开会的时候死吧！

但刘青山和张子善从此却总也不开会了！特别是刘青山，连在天津也很少待了，总去石家庄，偶尔回来一趟，也顾不上开会，两天后就又走了（刘青山这时已经调任石家庄市委副书记，主要在石家庄工作了，偶尔回天津地委，是来交接一些没干完的遗留工作的。国民党潜伏特工刘婉香以及国民党保密局晋察冀绥地下站当时并不掌握这一情况——李唯注）。刘婉香总也见不到刘青山，更不要说按动爆炸装置炸死刘青山了。想到自己完不成任务就要性命难保，刘婉香被捕后说：那些日子，他牙都掉了，上火急的！

终于有一天，刘婉香又再次见到了刘青山，这使他不禁欣喜若狂！

刘婉香被捕后对于这次和刘青山的见面有过详细的交代。刘婉香说：那其实是他最后一次见到刘青山。见面的地点是在杨柳青石家大院东北角的男厕所里。那天，刘婉香走进厕所去撒尿，一进门，他看到好久不见的刘青山居然也站在尿池边上尿尿！刘青山回来了！刘婉香高兴地近乎失控，他竟然失控地奔过去跟刘青山打招呼，那副样子一看就是蓄谋已久的计划就要实现了的欢欣鼓舞。但怪异的是，刘青山对刘婉香奔过来的招呼充耳不闻，刘青山在发呆。更怪异的是，刘青山显然已经尿完了，但他却并不把自己的生殖器放回裤子里去，而是依旧裸露在外面，自己看着自己的下身站在尿池边上发呆。刘青山显然在想什么心事。刘婉香看到刘青山的阴囊白白的，像是扑了一层粉。刘婉香不敢再问，站在刘青山边上小解。刘青山突然没头没脑地跟刘婉香说起话来，大约是他独自憋得厉害，很想找个人说说。刘青山告诉刘婉香：他有阴囊潮湿的毛病，很厉害，治不好，裆里经常湿得很难受。战争年代，条件简陋，他经常是用老乡晒干的山芋片磨成粉敷在阴囊上，吸干湿气。解放后进了天津，有条件了，他就让后勤科买来婴儿用的爽身粉给他用，效果比山芋粉要好得多。然后，刘青山问了刘婉香一个很奇怪的问题，这个问题显然是让他困扰、焦心并且发呆的根源。刘青山问：如果，今后，有三年，或者五年，他再弄不到爽身粉来用，他的蛋蛋会不会湿得烂掉？他还会不会是一个男人？刘婉香很诧异，没法回答。以刘婉香的文化和医疗知识，他比刘青山更不懂得这个问题。同时刘婉香觉得刘青山问得真是奇怪：就凭刘青山这么大的官，要啥没有啊，咋会三五年里都再搞不到一瓶爽身粉呢？但刘婉香当时没有细想，他尿完尿就赶紧走了。刘婉香当时完全沉浸在刘青山回来的喜悦中，他要赶紧去找倪科长落实天津地委常委会开会的日子，实施爆破行动。刘婉香当时完全没有意识到刘青山突然问这个怪异问题预示着什么。

第二天，刘青山就又走了，天津地委没有开常委会。又过了几日，张子善也在大院里消失了，连倪科长也不知道张专员去了哪里。常委会倒是开了，但刘婉香惊愕地发现：主持常委会议的换成了地委副书记李克才！而且从李的架势和语气来看，他今后将会在很长一段时间里主持常委会。刘婉香不知道发生了什么事情，他更加惶恐了，整日在大院里惶惶不可终日，他期盼刘青山和张子善快回天津来，向菩萨祷告，保佑刘张平平安安的，平平安安地活到让他杀死的那一天。

和刘婉香在厕所里见面的几天后，刘青山就被捕了。张子善随后被捕。而且刘青山当时就知道他和张子善很可能将会被捕，因为河北省委有人已经跟他透过风声，所以他才会在厕所里没头没脑地

跟刘婉香说那样奇怪的话。刘张二人的最初案发，现在比较多的说法是地委副书记李克才率先向中央告发了刘青山和张子善。还有一种说法是，李克才在告发了刘青山和张子善之后，又特意找刘张分别谈了一次话，谈话的大意是，李规劝刘张把涉及此案的其他人尤其是上层的领导人都交代出来，因为这个案子贪污挪用的金额太大，如果没有其他的人来分担责任，尤其是上面的领导人来承担一部分责任，那刘张很可能就此性命不保。显而易见，这么大一笔钱绝不可能仅仅是刘青山、张子善两个人就能贪污挪用得了的！李克才跟刘青山和张子善都是晋察冀的老战友，出于坚持党的原则，他告发了刘张，但出于当年的生死战斗情谊，他想保住这两个老战友的命。据说刘张对于李克才的苦苦规劝嗤之以鼻，尤其是刘青山，当场就耻笑李克才，说李克才太不懂政治。刘青山说他要是把那些人，尤其是上面的领导都交代出去那才是死定了哩！刘青山说，如果出事被捕，唯一的一条活路就是他和老张两个人把全部的事都扛起来。只有自己全扛了，那些没进去的人才能在外面玩命地想办法救他们，往外捞他们，他和老张两人才能活下来，日后就有机会出狱。刘青山还自信和得意地跟李克才说：他在牢里最多也就呆个三五年，有人已经跟他和子善都打过招呼了！李克才当时问：谁？谁跟你们打的招呼？刘青山一笑说：我能告诉你吗？我政治上会这么幼稚？所以，刘青山在厕所里跟刘婉香说他今后可能三五年都再搞不到一瓶婴儿爽身粉，他说的就是他可能将要在牢里监禁的日期。

刘青山和李克才之间是否有过这样一次谈话，已经无从查证，李克才已经故去多年。但从档案材料上看，刘青山和张子善确实是从来没有想过他们会被判处死刑，都坚信他们只坐几年牢就会获释。档案中记载着刘青山和张子善在接受审讯时说的原话，摘抄几段如下：

（一）1951 年 9 月 23 日，天津芥园道监狱第四审讯室，刘青山说："几年以后我出去，领导干部我是不能再当了，我犯了这么严重的错误，我对不起首长和组织，请组织上批准我回老家种地去，我愿当个自食其力的劳动者……"

（二）1951年9月26日，天津芥园道监狱第一审讯室，张子善说："……我参加革命以前教过几年私塾，今后，我可以去教书。语文、政治我不能教了，我是政治上犯了错误的，教小孩子算术我还是可以的……"

（三）1951年11月6日，河北保定监狱审讯室，刘青山再次说："……如果说我还有啥要求的话，我请求组织上到时候也能在村里分给我一块地，再分给我一匹牲口，牛或骡子都成，我老家没人了，我回村后，没地没牲口我种不了地……"（当时正是全国土改，农民都分到了土地和牲畜，故刘青山有此一说——李唯注）

刘张诸如此类的话，在档案记载中还有多处。

至于现在到处流传的一种说法，说河北省委事先把毛泽东批准死刑的批示给刘青山和张子善看过，故刘张事先已经知道他们会死。此说法在档案中无一字记载，在河北省委以及中央当时有关此事的一切材料中也无一字记载。不知这种煞有介事的说法从何而来。

1952年1月10日，刘青山和张子善被押赴河北保定宣判会场进行宣判。直到这个时候，刘张依然没有想到他们会被判处死刑，他们依然坚信事先有人给他们承诺过的，只会判他们三到五年。当宣判书念道："判处刘青山、张子善二犯死刑——"刘青山和张子善顿时傻了。20世纪50年代的宣判和今天的法律宣判完全不同，今天的判决都要给人犯留出上诉期，而当年的宣判则是："判处死刑，押赴刑场，立即执行！"刘张当时就被押走在距宣判会场大约100米的空地上立即枪决了，他们整个蒙了，连清醒过来说一句申辩话的机会都没有。故刘青山、张子善一案，数额如此巨大，堪称一项浩大工程的贪污，被判处的只有刘张两人，再没有第三个同案者被涉及和查处。河北省委的一些老人回忆道：当时很多报告和请愿书像雪片般地不断送往中央，有些甚至直接送给了毛主席，很多都是要求枪毙刘青山和张子善的。又据说，其中还有一些上书者，都是过去收受了刘青山、张子善的财物，刘张案发事后往监狱里给刘张递话要他们守口如瓶，并保证将来一定会把他们捞出来的人。

正是这些人，另一方面比任何人都痛心疾首、情绪激愤，一再上书中央，说是不杀不足以平民愤，不杀不足以正党风，强烈要求党中央赶紧把刘张杀了！再据说，执行死刑的法警当时给刘青山收尸的时候，从他被河北省委特批穿着的那件皮大氅口袋里，翻找出五六瓶婴儿爽身粉，显然这是刘青山准备带到服刑监狱去用的。这个细节也证实，刘青山当时绝没有想到他会死！

刘婉香对这些情况则是完全不知，他只知道一天一天过去，一月一月过去，刘青山和张子善始终都没有回来。到后来，刘青山和张子善对于刘婉香已经遥远得像一个记忆符号了。刘婉香开始真正感到了害怕，他觉得国民党随时都会派人来杀他！到1952年1月初的时候，刘婉香实在扛不住了，他准备潜逃，准备跑到新疆去，去阿克苏，这个地名是刘婉香听地委一个开卡车去过那儿的司机说的。那司机说，新疆阿克苏大得很，别说藏一个人，藏一个团都找不着！刘婉香准备在三天以后逃往阿克苏，因为三天后是地委机关发工资的日子，刘婉香的工资当时是月薪三元七角，他舍不得这个钱，想领了钱再走。正是这个举动，刘姓特务婉香，自己把自己救了。

三天后的上午，1952年1月11日，天津地委和行署召开包括刘婉香在内的全体干部职工大会，地委副书记李克才向大家传达，说刘青山和张子善已于昨日被我党枪决，这是党反对贪腐、纯洁党风的伟大胜利！

刘婉香听了，宛若死里逃生一般，顿觉阳光穿透乌云，天空一片湛蓝晴朗！他迫不及待跑去接头的茶楼，给上级送去他的情报。刘姓特务这份最后的情报，全文如下：

"报告党国一个好消息，我们一直想杀的刘青山和张子善，不用杀了，因为共产党已经替我们杀了！感谢共产党！0471报告。"

第六次暗杀，应该说是明杀，终于成功。

十、刘婉香的最后结局以及身后事

刘婉香是在1952年4月国民党京津冀绥地下工作站被破获，

他连带一起被捕的。在刘青山、张子善被处死之后数月，刘姓特务婉香也于 1952 年 8 月在石家庄被执行枪决。

刘婉香有一个儿子，他死的时候儿子只有半岁左右。这跟刘青山最小的儿子情况差不多。为了能使材料更加翔实，李唯辗转在河北鹿泉市境内找到了刘婉香还在乡下务农的儿子，儿子如今已是六旬老人。为了保护当事人的隐私，李唯在此称他为刘儿。刘儿对李唯的到来很冷漠，不愿多谈什么，因为是特务的儿子，六十年来，刘儿的坎坷可想而知。和刘儿短暂接触下来，李唯发现刘儿是有文化的，通文墨，而且关心政治。大概是由于父亲那样一个角色的缘故，他尤其关心与刘青山和张子善案件有关的政治历史。在与刘儿冷漠的谈话中，有一片刻，刘儿突然激动起来，说了一大通话，概括起来，大意是：毛主席曾经说过，当年我们杀了刘青山和张子善，党清廉了几十年。现在，查出来的干部，贪污多少钱基本上都不杀了，贪污上亿都不杀，而贩毒 50 克就要杀，不知道哪个对祖国的危害更大？既然绝大部分都不用死了，那傻瓜才不贪污！刘青山、张子善在地下若知道了，都死不瞑目啊！

李唯正告刘儿：不要乱说。

（此文纯属虚构，请勿对号入座）
2011 年 11 月写于天津杨柳青寓所
2013 年 2 月改于天津杨柳青寓所

（原载《北京文学·精彩阅读》2011 年第 1 期）

作者简介

李唯，男，复旦大学中文系毕业，国家一级作家，天津文学院签约作家。现任中国电影文学创作委员会委员，中国作家协会会员，天津电影家协会副主席。创作长中短篇小说《腐败分子潘长水》《跟我的前妻谈恋爱》《一九七九年的爱

情》《坐庄》等百万余字。获上海中长篇小说优秀奖,《北京文学》奖,《小说月报》百花奖、庄重文文学奖等。创作电影《黑炮事件》《美丽的大脚》《谁说我不在乎》《泥鳅也是鱼》《月圆今宵》《跟我的前妻谈恋爱》等多部,曾两次获得中国夏衍电影文学奖,获金鸡奖最佳编剧提名奖,改革开放三十年优秀剧本奖等。影片获得中国金鸡奖、百花奖、华表奖、大学生电影节奖,以及东京国际电影节大奖、上海国际电影节大奖。创作拍摄电视剧《坐庄》《千钧一发》《跟我的前妻谈恋爱》等几十部作品,多次获得电视飞天奖、金鹰奖。影视作品共三次获得全国"五个一"工程奖。

郑局廷

溃　口

当今，"唯上"已成为某些官员处事的不二法则。小说将县委及乡镇的几位干部置于万众防洪的危急关头考量，彰显出截然不同的人心与人性。洪水并没有达到警戒水位，但镇长却执意提高了防洪级别，用心何在？镇委书记将如何应对？

1

　　下午，接到镇党办主任朱小理的短信时，宋水生正坐在省委党校 301 教室里上课。"宋书记，东顺河汛情紧急，县委办要求您赶紧回镇指挥防汛！小理。"他轻轻收拾好书本，搁在公文包里，悄悄绕到教室后边，躬身走出教室。

　　"又要防汛？"那种预感在一个星期前就有了，汉江上游的陕西、四川部分地区连降暴雨，持续了二十多天，丹江水库开闸泄洪，汉江沿线全线告急，作为汉江最大的支流，东顺河也难以幸免。"五年一大汛，两年一小汛"，已经让身处江边河畔的乡镇领导对防汛产生了一种麻木情绪。何况宋水生出生在东顺河边，从小在东顺河里淘大。农校毕业后，分回老家，在林丰镇工作了三十多年，什么大风大浪，大潮大汛，他都经历过。做镇委书记八年多，他已经领头防过四次汛，算上今年这次，可以甩一手掌了。防汛于他，就像一盘经常端上桌的家常菜，非吃不行，但吃得让人索然无味了。

　　这两天，宋水生特别留意看电视上的天气预报，听收音机里的水情播报，心被揪得紧紧的。工作这么多年，除参加县里组织的招商活动跑过几座大城市，绝大部分时间他都埋没在镇里。一则他不喜欢到处跑四处飞，再则他对生他养他的这片土地有着说不清道不明的牵绊，总怕自己外出后镇里出事儿。只有待在镇里，他才感到踏实。这次县委派他到党校学习两个月，开始一两个星期着实不习惯，上课时常走神儿，思绪不知不觉地飘飞回镇里，连睡觉都梦游回镇上好几回。挨过那阵子，好不容易习惯了一些，准备轻轻松松安安静静地度过这段学习时光，适应适应离开林丰的生活，不承想大汛来临，又要把他推到那波澜壮阔的风口浪尖，在体内安生了几天的细胞，被那种挑战和刺激彻底激活了，伸胳膊蜷腿地跃跃欲试开来。

他轻快无比地走下教学楼，又健步如飞地爬上行政大楼。在五楼的教务处，他气喘吁吁地向教务处处长告假。"防汛大于天"，教务处处长很快为他办妥了请假手续。

镇里的小车停在院内。在坐上车的刹那，他的内心产生了一丝迟疑。汛事逼近，情况紧急，县委办为什么不出面通知？至少现在镇里主持工作的镇长白灵峰应该给自己打个电话通报一声，假惺惺地接请一下也行啦。光凭镇党办主任朱小理的一个短信，自己就屁颠屁颠地往镇上赶，是不是有些冒失和唐突？本来大汛将至，作为镇委书记，应该义不容辞、当仁不让地回到镇上去指挥这场战役。但是，一个月前，接到培训通知到省委党校报到之时，县委书记把自己叫到办公室，很明确地说：安安心心地去学两个月吧，尽快适应城区生活。镇里的工作由白灵峰代理，你就别管那么多了。当时，从书记办公室出来，他琢磨了一路，终于推敲出书记话中包含两层意思：其一，换届选举调整干部在即，你培训完后调到县里工作。其二，你是一个在乡镇摸爬滚打三十多年的"土包子"，趁着在省委党校培训这次机会，学会适应在城区生活。白灵峰不到三十岁，是省委组织部的选调生，放手让他去干，也算是"任前试用"，你就不要多插手了。他不知道自己这样回到镇上指挥防汛抗洪，算不算"插手"？如果算的话，那么就有悖书记的指示，影响到同白

灵峰的关系。但转而一想，自己还是名正言顺的林丰镇委书记，镇里发生任何重大事情都与自己息息相关，想逃责任都难。何况，白灵峰不到而立，去年才从团县委书记岗位上下派到林丰镇任镇长，基层经验少，防汛经历更是空白。万一大汛当前出了什么事呢？他觉得没啥可纠结的了，一个字"回"！防汛就是命令，命令胜过圣旨，还有什么可犹豫的呢？

没有了犹豫，但一股新的烦恼慢慢地从心底滋生出来，像朽树墩上的毒菇，悄然间撑破树皮，探出头来，让人感到怪异而新奇。即使来天大的水、防天大的汛，对他来说算不得什么，他愿意去接受这种挑战，哪怕这种挑战带着一种搏命的危险。他最担心的是，这种水情预报发布后，大汛未到，书记、县长就要找到镇里，做他的工作，让洪口民垸弃守掘口、破堤行洪。历史总是惊人的相似，五年前，正是换届年，预报最高水位 32.5 米，当洪峰抵达之前，书记、县长齐抵林丰。在镇防汛指挥部办公室里，两位巨头传达了县委的命令：掘口分洪，削峰保堤！他能够理解书记、县长面临的处境。唯有如此，才能对上级有交代，对社会有说法，对他们无风险。没有守堤之艰，更没溃口之忧。从市里到县里到镇里，各级干部在换届之年，该提拔的可以提拔，该交流的能够交流，该进城的得以进城。那将是一派歌舞升平，一片欢声笑语。然而，在这种皆大欢喜的背后，却是垸内七村三万多老百姓的流离失所、黯然神伤……劳作大半年，已经抽穗扬花的稻谷不能收割，挂满伏前桃的棉花不能收捡，等等。老百姓的投入谁来补？老百姓的损失谁来认？越想他越感到沉重，越想他越觉得悲哀。他软磨硬抗，生生地顶回了书记、县长的命令。那一次，他带领全镇四万多劳力严防死守两个星期，但终于功亏一篑，殷家咀倒口，洪口民垸被淹。那种在刀尖上行走的凶险和大山盖顶的压力，至今想起来都让人后怕，让人窒息，让人喘不过气来。

又一次超历史水位，书记、县长再会赌命似地相信自己吗？再说，多年来一直没有大修的民垸大堤，能够躲过这一劫难吗？他不敢往下想。

两小时后，小车驶进镇机关。他摇下车窗，未见一人，忙让司机往镇防汛抗灾指挥部赶。

镇防汛指挥部设在水管所内，地处镇区西部，紧靠东顺河边，小车几分钟就开到了。一楼会议室是防汛指挥部，党办主任朱小理打着电话通知会议，见到宋水生，立马搁下话筒，欣然迎接道："宋书记，您回来了。"他微笑示意后，问道："通知会议呀？"朱小理连忙解释道："晚七点，白镇长召开村主任会，汇报防汛备汛情况。"他随口道："到各村防守段面去走一圈，情况不就一目了然了。"朱小理没再说下去，又去打电话下通知了。

宋水生走进院子，对着二楼喊道："王土城，你一个水管所所长，躲在办公室里防个球汛，快下来陪我去看水情。"王土城从办公室里跑出来，龇牙一笑，粗声大气道："县防办要数字，我在准备，马上好了。"王土城奔进屋，抓着一把纸，交到隔壁办公室，然而噔噔噔地下楼而来。走到他的身边，王土城涎着脸说："宋书记，您回来了，我们就有了主心骨，可以少操一大坨的心了。"宋水生横了王土城一眼，批评道："你不陪在白镇长身边巡堤查险参谋指导，却躲在办公室里报什么数字，有那个必要吗？"王土城鸣冤叫屈道："领导，没有调查就没有发言权。我陪白镇长转了大半天，刚刚回来，县防办要数字，白镇长特意派我回来让我把关的。"宋水生不以为然地说："几个数字照实上报就行了，把个什么关？多此一举。"王土城嘿地一笑，说："你在林丰几十年，什么东西都装在脑壳里，但人家白镇长才来年把工夫，报数字慎重一点是对工作认真负责。"

两个人你一言我一语疾步爬过堤坡，来到堤上。放眼望去，东顺河水像烧红的滚动着的玻璃溶液，无可阻挡地滚滚向前，水涡回旋，浪拍堤岸，激起片片褐色水珠。东顺河在不远处呈"人"字分开，"人"字下面就是洪口民垸，俗称"葫芦垸"，将近35万亩的农田，养育着七个村三万多人的生计。

"看来这洪口民垸今年又悬了。"宋水生望着下游处在朦胧之中的民垸，低沉地喃喃道。

"当然，预报今年的水位又要超历史咧。"王土城在一旁附和道。

"现在水位多少？"宋水生问。

"31.5 米。"王土城随口回答道。

逼近警戒了？宋水生小声嘀咕道，不相信地瞧瞧堤坡又看看水位，疑惑地走下堤面，用步子丈量着踩到水边，摇头道："王土城，你狗日的别蒙老子，这水位至多只有 31.3 米。"

王土城脸色骤变，慌忙辩解道："我蒙谁也不敢蒙您呀。水尺上清清白白就是 31.5 米。"

宋水生顺着石砌台阶，来到水边，水尺已淹没了 1 米多，他蹲下身子，细细瞅着半米开外的水尺，看到水位在 31.5 米的格上飘动，再看看堤坡，总觉得蹊跷。他脱掉凉鞋，卷起裤腿，顺着台阶走到水尺边，躬下身子，眼睛盯着水尺，水位确实在 31.5 米的刻度之上。唯恐看得不实，他又细瞅一遍，但见回旋的水波在 31.5 米的刻度上波动。

像这样的大水经历过无数次，不看水尺，只瞧一眼堤面和水面的落差，瞧一眼坡面距离，他就能八九不离十地说出水位数据，误差只在毫厘之间。这是经验的积累，亦是多次防汛历练所致。但是今天是怎么了？水尺上显示的数据怎么与自己预估的水位相差 20 厘米呢？这可是从来没有过的事呀。难道自己真的是年龄大了，老眼昏花判断失灵？

怀疑只在心里一闪而过，自信主导着思维。他坚信自己的眼光不会偏，坚信自己的判断不会错。他紧紧地盯着水尺……

水尺的刻度清晰而骤新，他问王土城："最近找人清理过水尺？"

王土城赶紧掩饰道："没有，没有。"

从王土城的慌忙之中他发现了疑点，在水尺的顶部，他看出了破绽。他揭开粘在水尺上的一长条喷绘，瞬间水位在水尺上降至 31.3 米。他指着王土城，破口大骂："狗日的王土城，你长出息了，竟然会用这种办法欺骗大众。生在东顺河边的人，眼睛就是尺度，你又欺骗得了谁呢？"

王土城被骂得灰头土脸，浑身发紧，他耷拉着脑袋，辩护道：

"我没想欺骗谁。"

宋水生走上大堤，蹬上凉鞋，继续抨击道："你狗日的不想欺骗，那你是何用心？你是老防汛了，不是不知道水位提高20厘米所要付出的代价。设防水位上警戒水位的劳力，警戒水位就要上保证水位的劳力。你算一算，村里该投多少钱？老百姓该投多少工？这是劳民伤财，对老百姓犯罪呀！"宋水生痛心疾首、气愤难耐，他对着王土城的脸，"你狗日的泥土腥气未脱，怎么做出这种糊弄百姓、欺瞒民众的滥事？"涎沫子喷了王土城一满脸。

王土城用力在脸上抹了一把，委屈地说："宋书记，借我一千个胆子，我也不敢做这种事呀。我是按照领导的授意办的。领导初次防汛，心里有些发怵，苦无良方，便借提高水位，以期引起大家的警觉，多上几个人，他心里踏实。"

"胡扯！你狗日的心里踏实，但老百姓心里能踏实吗？"反击的话挂在嘴边，但宋水生没有吼出来。王土城只是执行者，始作俑者是王土城所说的"领导"——镇长白灵峰。要是以往，他会气急败坏、激愤不已地像弹出膛、剑出鞘般恶斥猛批一通。他憎恶这种为满足自己心里踏实而不惜损害民生民力的行径，更反感像这样为求所谓"保险"，采取"盐多不坏酱"的堆砌民资民力损伤百姓利益的行为。他硬生生地咽下这口恶气。他不能在下属面前痛斥自己的搭档而影响班子团结。因为自己的直性子、坏脾气，他已经"骂"走了三位镇长。县里几次想调他到县直部门工作，却无合适的继任者，以至于他在林丰镇党委书记岗位上坚守了八年多。

"你给老子撕掉那个玩意儿，让水位恢复真相。"宋水生的气消掉一些，指示道。

"宋书记，我建议您别管了，揭穿了对谁都不好。"王土城小心翼翼进言道。

"唉——"宋水生重重地叹了一口气。随着这声叹息，捏成拳头的双手逐渐松开。他警示道："王土城，今后像这种事情你得顶回去！"

"我一个虾兵小将，顶得住吗？"王土城很是无奈，"再说啦，

白镇长这样做，也是出于一片好心，希望把汛防好。"

宋水生的心里涌过一阵悲哀：为什么我们的干部总是打着好心办事的幌子，做一些损农伤农的事情？防汛本是天大之事，但是已经防了几十年上百年，有规律可循，有章法可依，为什么一定要多投劳、多投工而增加"保险系数"呢？你的嘴皮子一动，村里要增加多少负担，老百姓要耽误多少工夫？想到这里，宋水生的心便隐隐作痛起来。他痛这种怪事不仅不受到唾弃和谴责，却为大家见怪不怪地充分理解和欣然接受。尤其是王土城，和自己共事多年，也算得上是一个有正义感和是非观的人，居然去做这种屌事！事情不会那么简单。难道——他故意敲打道："是不是有人给你许诺什么了？"

"没有。"王土城否认道，脸上极不自然。

"你那儿子大学毕业几年，在家里待着，我也想安排他上班。但是，没有编制，只能当临时工。再说啦，把他安排到水管所，父子同一单位，你那工作怎么开展？所以，只能等我调到县里后再想办法。"宋水生说。

王土城张张嘴，想说什么，但没说出口。

僵持许久，看到宋水生一直板着个脸，王土城没敢再谈工作上的事，便转换话题，嘻嘻笑道："宋书记，时候不早了，我请你到雯雯饭店喝酒。"

听到雯雯饭店，宋水生的脸才和缓开来。王土城提出喝酒，真搔到了他的痒窝窝。本来酒量不大，但他好一口。住党校期间，学校为了加强学员管理避免学员接受宴请，专门给每个学员发了进餐卡，并以在食堂打卡进餐记载作为评定优秀学员的依据。为此，他推掉了许多次的宴请，索性一日三餐在学校食堂打卡进餐，将近一个月滴酒未沾。酒瘾此刻像毛毛虫一样在全身蠢蠢蠕动，噬咬着他的神经。他克制住那种欲望，提醒道："防汛期间，饮酒不妥吧。"

王土城双手撑住他的后背，推搡着他走下大堤，边走边劝道："才到设防水位，和平时一样吃饭喝酒的。没啥不妥。"

天色已近黄昏，薄薄雾霭像轻轻飘动的羽纱，在小镇里慢慢浮动。两人走进水管所办公室，宋水生说："你带点儿钱，捐给'雯雯爱心院'吧。"

"我也正想去尽点儿心。"王土城说着，兴冲冲地冲上楼取钱了。

小车载着两人向雯雯饭店驶去。沉默了半路，宋水生突然冒出一句，感叹道："这个女人不简单啦！"

王土城一愣，迅即领悟道："的确不简单！一个女人，把洪口民垸七村将近 60 名空巢老人集中供养，非凡人之举。本是政府的事，却让一个女人苦苦撑着，真够难为她的。我听说前天刘院长带着一拨人找到饭馆去了。"

"那一定是快断炊了。"他武断地说，心里为女人感到痛惜，也为自己感到羞愧。许佳雯多次提醒自己到县民政局去争取拨款，但跑了几次后，无果，就放弃了。在党校学习期间，他的心里时常挂记着这件事，但没有具体行动。果不其然，终于难以支撑下去了。"雯雯爱心院"何去何从，让他颇费思量。早知今日，当初就不应该让它成立起来。

三年前，许佳雯拿着爱心院的选址以及拟进爱心院的洪区民垸七村共计 58 名空巢老人的名单和运作方案，直接闯进他的办公室，开门见山地提出了开办"雯雯爱心院"的要求。他没有反对，但有些迟疑。他知道许佳雯想把洪口民垸七村的空巢老人集中起来供养，是缘于这几年洪口民垸几乎每年都发生空巢老人离奇去世的惨剧：河边洗衣服滑入河里溺亡，大冬天冻死床上，煤气中毒毙命……关注空巢老人本应政府所为，但镇政府无能为力，镇福利院的接待能力难以满足全镇孤寡老人的需求，哪有能力顾及这些有儿有女的空巢老人？他曾召开党委会，专门讨论这个问题，但体制所限经费匮乏，只能作罢。现在许佳雯提出这个方案，本来是件利镇利民的大好事，但是，他不忍心她的爱心善意迷失在一时冲动之中。毕竟献爱心、搞救助需要投钱，得有相当雄厚的经济基础。他友好提示道："办个爱心院，不是一个钱两个钱可以应付的，别把自家给搞垮了。"许佳雯早有准备，胸有成竹地说："我想过很多次，先办起来再说。地址选好了，你只要给镇郊村打声招呼就行。

院长选好了，镇一中退休的刘淑仪副校长很乐意出来做这个管理。服务人员也选好了，我把我六十多岁的父母还有几位亲友一同请去帮忙。希望你们政府出面帮助办两件事：第一，动员所有镇直单位和企业老板搞点儿捐助。第二，向上级申报，争取我们的爱心院挤进笼子得到资助。"动机这么纯，方案如此细，要求也不高，他还能说什么呢？只能全力支持呗。这几年，每逢到企业和镇直单位调研完后，人家请他吃饭，他总会说，你们把请我吃饭的钱捐给"雯雯爱心院"吧。爱心院就是靠社会捐助和雯雯饭店的贴补在勉强支撑。许佳雯托他办的第二桩事，他也努力在办，请县领导和县民政局的同志来看过多次，谁都认为爱心院建设得好，应该得到扶持，但都只是动口说说而已，没有真金白银的支持。这也怪不得他们，因为上面根本没有这个渠道的资金下拨，他们不能生钱造币呀。

"不值呀不值，这个不同凡响、堪称伟大的女人，却被社会上的人闲言碎语说七道八一大堆，这好人今后谁来做？"王土城有些愤愤地说。

"中国人的传统劣根性在作怪，漂亮惹人妒，能人遭人嫉。"宋水生总结道。

怎不是呢？

年轻时的许佳雯是洪口民垸数一数二的大美人，也是那一方精明强干的大能人。她和男人在洪口民垸集镇上经营着一家卤菜馆，卤制配方系祖传秘笈。卤味奇香弥漫在洪口民垸，飘散在东顺河边，勾起人馋馋的食欲。卤菜馆人流不断、食客如织。也许是劳累所致，也许是先天身体有恙，丈夫在她35岁时染上了尿毒症，因一时找不到换肾供体，从发病到离开只有两个月的时间。送走短命的亡夫，女人撑起了门面。但寡妇门前是非多，那些不怀好意的人在她身上占不到便宜，便拼命地往她身上泼脏水，说她是"狐媚眼、木碗胸、翘屁股"的克夫之相。隔壁左右的同行，为了挤走她，编造她是"白骨精"附体，专门吸取男人的精气，每天缠住男人要干那事干几个小时……迫于闲言碎语的压力，她举家搬迁到镇上，在镇政府斜对面租下一间四层楼的民房，办起了雯雯饭店，除经营传统的卤菜，还兼营洪口民垸里特有的鲜果野菜，生意出奇的好。

那天，县里一位局长到镇上来，点名要吃雯雯饭店的卤菜。本来镇里有招待所，县上来人一般在招待所接待。但既然人家局长慕名而来，点吃卤菜，他作为东家不好拒绝，只能循着那股卤味异香走进雯雯饭店。其实那股浓浓的卤香常常扑鼻而来撩拨着他的食欲，只是镇里有规定，他不能打破先例，所以鼻胃坚强地抵御着那种香的诱惑。局长提出吃卤菜，正好成全了他的心意。

一餐饭吃下来，三样东西让他难忘。一是女人的靓艳和麻利让他难忘，二是卤菜的味道让他难忘，三是女人的经历让他难忘。原来只是断断续续地听到别人议论这个女人脸模子正但人不正，但是从局长的讲述之中，他对她的印象有了彻底改变。女人带着和前夫留下的一双儿女、前夫瘫痪在床的父亲和身体不好的母亲以及她的双亲在一块儿生活，用她柔弱单薄的双肩撑着这个七口之家。他开始对这个女人刮目相看。就在那一刻，他突然萌生了一股帮助这个女人一把的冲动。

卤香的诱惑、对女人的心仪以及助人为乐的欲望，让他把接待客人的地点逐渐从镇招待所转到雯雯饭店。镇招待所说到底吃的是镇干部的饭，也就是一把手书记的饭。一把手书记的接待地点发生战略转移后，镇招待所的生意清淡得难以为继，只能关门。雯雯饭店理所当然地成了镇政府的接待中心，以致社会上称雯雯饭店为镇第二招待所。一般饭店不做签单挂账生意，因为账难收、钱难讨。但雯雯饭店不同，只要是熟人，只要是朋友，无论是村民还是镇直单位的工作人员，吃完后却可以签单走人。光这一点，就为这个女人挣得不少赞誉。尤其是村支书，被很多饭馆酒肆列入"黑名单"，明确告示"村里免赊"。囊中羞涩、四处碰壁、无处进餐的村支书们在雯雯饭店不仅不受歧视，而且受到上宾礼遇，他们对这个女人有的是圣母一样的膜拜。

三年多前，女人毫不犹豫、毅然决然地兴办起"雯雯爱心院"，为政府扛起了一方公益。他不能为雯雯饭店做宣传、搞推销，只能

无所顾忌地频繁出入饭店，明目张胆地在饭店留宿，拿自己的名声为饭店当"广告"。他要故意让外人看见，故意让社会引起热议，故意让他和她的故事远播四方。这一招真灵，吸引了县城及周边乡镇的一些猎奇好事者专门而来，除了吃吃卤菜，还可以一睹饭店女老板的风采。他这样帮助她，就是希望她把饭店办好，赚更多的钱贴补"爱心院"。如他所愿，饭店生意兴隆，天天爆满。社会上也出现了沸沸扬扬的议论，说"许佳雯靠脸蛋拉拢腐蚀干部"，说他"睡了许佳雯，便拼命地为她拉生意揽客人"，还说"雯雯饭店名义上是许佳雯的，实际上是两个人合开的，利润对半分"，等等。听到这些，他并不惊奇，只是恼怒那些人不该把脏水劈头盖脸地泼向一位充满爱心、有情有义的弱女子。要知道她的肩膀不仅担着家庭，而且担着本不该她担的社会义务。

"宋书记，流言止于事实，随着'雯雯爱心院'逐渐为社会所知晓，大家会还许佳雯一个公道，并且还会给她一份赞美和一种尊重。"王土城说。

"但愿吧！"宋水生回应道。

小车悄悄地停在雯雯饭店门前，宋水生拉开车门走下去，一眼瞧见许佳雯若有所思地站在门口张望。她上着白色蚕丝长袖衬衫，下穿黑色长裙，一头乌发盘成髻用黑色网兜罩着，插着一根银簪，白面粉颊，楚楚动人。

宋水生和王土城走到门口，才把她从怅然中唤回。"来啦。"她勉强挤出一笑，招呼道，语调平淡，缺少了往日的那股子热乎劲。

服务小姐把他和王土城引到二楼一间小包房内，只见桌上摆着卤凤爪、卤牛肉、卤猪耳朵、卤鸭脖等四碟卤菜和一瓶"枝江王"白酒。菜是平日爱吃的菜，酒是平日常喝的酒，让他胃口大开、食欲倍增。

王土城打开酒，用两只玻璃杯分了，端一杯搁在他的面前，事前警告道："必须喝光，不许耍赖！"

"看老子酒量不行，下战书了。喝就喝了，谁怕谁呀！"宋水生豪气冲天道，说着端起酒杯猛喝一口。

杯来盏去你敬我回，杯沿相碰叮叮咚咚，两人喝得甚是尽兴。

接近尾声，许佳雯端着一碗江鲢汤走进厅来，她凹凸有致、丰乳肥臀的身段，像磁铁一样紧紧地吸住了王土城的眼球。她搁好汤，不言不语地拉开门，裙摆旋起的风，把她身上好闻的香味扑扇在鼻翼之下，让两个男人一阵沉醉。

"和这样的女人在一起，感觉肯定特爽吧。"王土城淫笑道，口水快要流出来。

宋水生端起酒杯，往桌上狠狠一放，小声吼道："你狗日的就不能说句人话？"

"哎呀，贵为一方诸侯，玩个把女人再正常不过，何况如此美色？猫见了要叫春，狗见了要打连。"王土城口无遮拦道。

宋水生脸色赤红，双眼冒火，跳将起身，愤然道："老子是干部！干部，你懂吗？不是见了好东西就能拿，碰到好女人就能弄的。老子平时开会给你们讲过多少遍，吃共产党这碗饭就得受共产党的纪律管！你狗日的耳朵被狗屎堵了？"

王土城被骂得狗血淋头，不敢吱声，待他情绪稍稍平复下来，才解释道："社会上都在传，我也不相信，一直憋着。今儿个借酒壮胆，才随便问问。"

"啪！"宋水生一掌拍在桌上，鱼汤溅了一桌，两只酒杯跳起"探戈"，"社会传言你也信啦！"宋水生痛心疾首，"那些人的心态龌龊下作，所以他们眼里所看到的都是龌龊下作之事。你也跟着猪脑袋呀？"

王土城端起酒杯，认错道："我猪脑！我嘴贱！为表歉意，我一口干了。"说完竖起酒杯，将小半杯酒灌进喉咙。

看到他满脸真诚、态度谦恭的样子，宋水生没再责怪他，端起酒杯也将杯中之酒一口清了，脸色顿时变得血红血红的，像下锅煮熟的虾球。

"我送你上车回去休息吧。"王土城走到他的身边，准备搀扶。

"算了，老子就在楼上将就一宿，你走吧。"宋水生站起身，手

一挥，说。

他踉跄着走上三楼客房，像丢木墩似地把自己扔在床上，眨眼工夫便昏睡过去。

迷迷糊糊之中，他感觉到身上有柔柔的东西掠过，就像小时候感冒后吃过退烧药昏睡过去通身大汗淋漓，母亲拿着毛巾轻轻地擦汗一样。他努力睁开发沉的双眼，猛然看到女人正在悉心为自己擦脚。他收了收脚，不好意思地说："一双臭脚，值得你这样拾掇么？"

她抬起头，说："在乡下工作邋遢一点儿人家会夸赞你和老百姓打成一片，马上就要进城了，得注意起码的卫生，不然人家会嫌弃的。"

"几十年养成的这种习惯，一时半会儿怎么拗得过来？只能慢慢改了。"他说。

她拿剪刀给他剪平脚指甲，用锉刀磨光，拿毛巾细细地把脚趾缝里擦洗一遍，停住手，说："嫂子会照顾你的。"

"哎呀，别提她了，当个高三班主任，背着'全国劳模'的荣誉，从早上六点到晚上十点，人就卖给了学校，哪有时间照顾我。"他摇头道。

她拎起毛巾，拧干，甩干手里的水，有些担忧地问："今年的水位真要超历史呀？"

他点了点头，迅速看到她的脸色阴沉下来，像抹过苦汁一样。他此时才知道她今天表现出闷闷不乐的原因。她是担心水大汛急，洪口民垸难保，将近 35 万亩农田的收成泡汤。因为她在洪口民垸小光村种有 250 亩田，还以他的名义在刘家垸种了 200 亩地。450 亩地的收成可以保证"雯雯爱心院"一年的基本开销。

"今天下午鲁家老二老三来找我，叫嚷到处找不到你的人，让我转告你，他们要收回刘家垸那 200 亩地。"她小声说。

"五年合同只种了三年，没到期咧。"他满有把握地说。

"干脆还给他们算了，我怕他们到处去告状。"她在床边坐下，有些担心地说。

他揪身而起，抓住她的手握在手中，壮胆道："怕什么，咱有合同在手！"

她用力抽出手，冷峻地说："我能怕什么？我是担心你受牵连。"

平时一贯大大咧咧、快言快语的女人，此刻却变得文静典雅、小心谨慎，展示的是另一番风景。他冲动地从她身后用双手箍住她的腰肢，眼里好像冒着火球，嘴附在她的耳边，轻声道："我想——"

她先是一阵慌乱，继而镇静下来，拿手轻轻地敲打着箍在她腰上的手，佯装生气道："到省里待了几天就长出本事，学会调情挑欲了。"

他的手依旧箍着，紧紧的，头靠在她的背上，似乎要在那儿寻找到休憩的平台。

她用力地掰开他的手，站起身，公事公办地说："我叫司机等在楼下，让他送你回机关休息吧。"

"深更半夜的，我就不回去了吧。"他望着她的眼睛，征询道。

"你是即将要调到县城的人，何必让人捏到疼，嚼舌头说闲话呢？"她开导道。

"清者自清，浊者自浊，我有什么可顾虑的？再说，老子把大半生献给林丰这个最偏远的乡镇，做了八九年党委书记，资格最老，调到县城当个局长说破天理也不会受啥影响。"他犟着头，居功自傲地说。

"大家都传你当县水务局局长，可水务局是县里最好的科局之一，好多双眼睛盯着呢。"她慎重提醒说。

她的话让他产生了警觉，联想到前几天有几个政界好友到党校去看他，向他透露政府常务副秘书长和一个做了六年党委书记的同僚都在觊觎水务局局长的职位。当时他并没多在意，总认为自己资格老、资历深，又在湖区水乡工作，熟谙防汛业务，应该是水务局局长的不二人选。但听到她再次提及这件事，他便感到了一些不寻常。传言能够流进她的耳里，说明那几个竞争对手已经暗中行动并且"功课"做得很深了。而自己却稳坐钓鱼台似的不急不慌，真好像水务局局长非己莫属一样。想到这里，他的心里划过一缕不安。

"月底就要调整到位，这段时间不能出丁点差错，所以今晚你

必须回到机关休息。防汛期间，千万别让人拿这说事。"她沉着建议道，拿手指捋顺他硬茬似的头发。

看来女人在大是大非面前表现得比自己更加理性，更加稳健。心里喟叹过后，他赶紧下床，趿上凉鞋，夺门而去。

2

白灵峰出生在武夷山边的一个小村庄，在他的记忆之中，不是嶙峋怪状的山石，便是花果飘香的山林。过了 29 个生日，何曾见过大洪大水？

从县上传来消息，汉江和东顺河沿线即将进入主汛期，他的心里一惊，吃过晚饭，便独自来到东顺河大堤上。看到汹涌澎湃的洪水，奔腾而来，直泻而下，心中顿时产生一种强烈的震撼。他站在水尺边，看到水位只有 30.6 米，按照水情预报，最高水位将达到超历史的 32.7 米，整个东顺河将是满满当当惊涛拍岸，那是何等壮观、何等恐怖的画面。东顺河大堤能够阻挡住这奔如野马的滔滔洪水吗？

汛期到来之前，白灵峰一直以为自己是超幸运的。小学毕业作为第一名被选送到镇重点初中，初中毕业作为优等生被省城重点高中免费招录，高考又以高出重点线二十多分被省城一重点大学录取，四年后保送研究生，之后被省委组织部选调到基层工作。从镇长助理到镇委副书记到团县委书记再到镇长，他只用了六年时间。虽然镇长也是一把手，但只是行政一把手，真正的一把手是镇委书记。实际上他离真正一把手的距离很近很近，几乎伸手可摘。上个月县里已经对乡镇班子进行了换届前的全面考查，书记宋水生做了八年多一把手，理应调到县里当局长，据传当水务局局长，便派他到省委党校进修，既是在给外边"放风"，为自己"造势"，也是县里对自己进行"任前预演"。一切的一切都十分顺利，离月底任命就那么十几二十天的工夫了。然而，突如其来的汛期让他猝不及防，超越历史的洪峰使他紧张不安。白灵峰的第一反应就是给宋水生打电话，请这位"老防汛"回镇坐镇指挥抗击洪水。宋水生胆大心细，明察秋毫，预判准确，威信甚高，在林丰工作三十多年，风里雨里大汛小水，啥都经历过。凭他的胆识、经验和威望，再大的汛再猛的水何愁抵御不住？白灵峰掏出手机，正要拨号出去，但转而一想，觉得打电话有失稳妥。宋水生由县委派到省委党校离职培训，要打电话让他回来也只能是县委办公室打，自己怎么能贸然打这个电话呢？再说，自己现在是代理一把手，再难的活只能自己干，再险的事只能自己担。如果给宋水生打电话请他回来，势必会在他的心目之中留下一种"遇事推诿、不敢担当"的印象。镇委书记职务还没被任命，就给人留下这种印象，今后还有继续仕进的空间么？

如果不打电话让宋水生回镇指挥防汛，今年的水位超历史，万一沿线大堤出现闪失怎么办？尤其是洪口民垸大堤像刮引多次的女人的子宫，形成了习惯性流产，几乎是逢大水就溃口。在仕进的关键时刻，自己何苦要担这个责呢？旁人议论起来，说某某任内防汛时出现过倒堤垮坝的溃口事件，那可是很不光彩的事呀！自己还很年轻，是干大事的料，怎么能够栽在这种事情上呢？

纠结过后，白灵峰决定请宋水生回镇主持防汛。宋水生虽然名义上走了，如果不出现防汛，他就再也不会回镇上工作。但他党委书记职务未免，还是林丰镇的一号，重大汛期和突发灾害时他必须回来履职。自己充其量是个代理一号，在这种随时可能出现灾难的紧急时刻，为什么要伸头为别人接一砖头呢？所谓大树底下好乘凉，宋水生正是那棵可供自己乘荫纳凉的大树呀，为什么不好好利用呢？

电话必须要打，但又不能自己打。思虑再三，白灵峰决定求助于在县委督办室任副主任的同学黄钢。晚上回到镇机关，他打通黄钢的电话，把意图一说，黄钢不假思索地答应下来，说明天先请示一下秘书长，再通知宋水生回来。放下电话，他一个鲤鱼翻身地在床上打了一个滚，为自己想出这么绝妙的点子而拍案叫绝欣喜不已。

第二天早上，打开电视收看《朝闻天下》。从新闻之中，他了

解到丹江口水库水位逼近峰值，已经增开闸孔泄洪缓压。汉江上游之水如大兵压境，作为中游最大支流的东顺河难逃洪灾。虽然黄钢答应给宋水生打电话通知他回来，凭他对宋水生的了解，宋水生应该会屁颠屁颠地往镇里赶。但是在无法确保宋水生回来之前，自己是代理一把手，必须保证代理期间不出差错，所以得提前介入事先准备。吃完早餐后，他便拉上政府办主任小汤来到水管所。王土城站在院子里，手里拿着油饼往嘴里塞，腮帮子鼓得像注水的猪脬脬，见到他俩，边嚼边说："白镇长来了，我正要去镇里向您汇报咧。"白灵峰笑道："您是'防汛通'，应该是我们来向您请教。"王土城咽下最后一口，翻着白眼道："您这是折煞我呀！只不过是痴长几岁，多经历几场大水而已。"政府办小汤主任插进来说："您老就别谦虚了，这方圆百里，谁不知道您是没授衔的'防汛专家'？"王土城谦逊地笑了笑，没有再说什么。白灵峰说："听说您儿子也是学水利的，千万别让您的这身技艺失传了。"王土城说："儿子水利专科学校毕业两年多了，不肯外出打工，一直待在家里，找了宋书记几次，他说没编制就一直搁着。"白灵峰说："不急不急，会解决的。"说完，望着王土城点头一笑，似乎给他传递着某种信息。

几个人说说笑笑来到东顺河大堤上。白灵峰一看河水比昨日晚间又涨了几分，他问："现在水位多少？"王土城看了看河坡和水位，说："应该在 31.1 米上下。"小汤主任走下台阶凑近水尺一看，惊呼道："神了，水位正在 31.1 米的刻度上咧。"

望着王土城，白灵峰的心里很是钦佩，同时整个人仿佛找到了依傍一样，感觉踏实多了。对防汛这项工作不能说是一窍不通，但至多只能算是"学前班"水平。在下属面前不能表现得太无知，必须装模作样地"指示"几句。于是他想到了开会。因为共产党的每项工作都是工作开始前开动员会，工作进行之中开推进会，工作遇到困难开督办会，工作完成之后开总结会。他装出很内行的样子问："防汛动员大会什么时候召开为宜？"王土城说："会当然早开为好，早开可以早点搭起闹台。现在村里对待防汛就像城墙上的麻雀，胆儿忒大了，都成老油条了。今天开会，拖到明天上人；明天开会，挨到后天上人。反正他们要慢一个节拍迟一天时辰，有时把人急得只想跳河。"

不用王土城说，白灵峰也清楚村组干部拖时延日的德行，即便火烧眉毛、虎追屁股，他们也像老牛拉破车一样，不紧不慢缓缓而进。既然秉性难改、惰性难变，何不从水位上做点手脚，打个时间差呢？他指着水尺说："王所长，水尺是死的，可人是活的。"

王土城望着水尺，一头雾水不知所云。

白灵峰不急不慌地启迪道："这水尺是白色底黑刻度红油漆写的数字，如果按照这种模式去做一张喷绘往水尺上一贴，在原有基础上提升 20 厘米——？"

王土城顿时恍然大悟，思索片刻，连忙打破道："这可使不得，现在提高 20 厘米不打紧，但到了警戒水位和保证水位，那得按要求投工投劳，而有很多投的是冤枉工无效劳。再说，久居东顺河边的人，眼睛里有把尺度，他们看水位比水尺还准，只怕糊弄不过他们。"

白灵峰拉下脸，严肃地说："防汛大于天，多投工投劳有啥不好？人多力量大呀！万一出现险情，人多抢起来更有把握。"

王土城一时语塞，找不到合适的反驳理由，瞪眼望着河面。

白灵峰用教训的口吻说："王所长，要善于变通，要学会搞巧，工作起来才得心应手。"

王土城还想张口申辩，被白灵峰打断，"别说了，王所长，这件事就按我说的去办吧。"说完，眼睛热热地望着王土城笑了一笑，意味深长，别有蕴意。

王土城硬着头皮答应下来，埋头而去。

望着王土城走下堤坡慢慢独行的背影，白灵峰感觉到这位"老防汛"心头的疙瘩没全解开，有那么一点儿不情不愿。人称"老顽固"的王土城用经验主义和本本主义死死捍卫着他在防汛抗洪上的权威，殊不知防汛抗洪也要推陈出新，方能与时俱进。如果照搬照套墨守成规，防汛抗洪工作只会越来越难，看来得找时间给这位"老防汛"洗洗脑子、换换思想。

社会上的人说，在林丰镇，王土城只信服一个人——宋水生，对于镇上其他人，不说听你的，也许他根本没把你放在眼里。但是，自己仅用短短半小时工夫，就不费吹灰之力乖乖地收服了他。他到底是佩服自己的高招妙着，还是臣服于自己暗示给他的那个许愿呢？白灵峰不能确切地分辨开来。但是有一点他很清楚，权力的魔力主宰着这场征服。

当一把手真好！白灵峰在心里喟叹过后，对月底就要履新党委书记，当真正一把手而充满期待、憧憬和渴望。他浑身来了劲儿，给站在身旁的小汤主任发令道："让党办下通知，上午11点在镇防汛指挥部召开支部书记会，动员防汛抗洪工作。"

小汤立马打电话作安排去了。

他选择在上午下班前半小时开会，是有考虑的，吸取上次开会的教训。三个月前的一场持续暴雨，林丰镇塘满堰满，白茫茫一片。恰巧宋水生陪县委书记参加海南一个招商活动，他第一次主持召开村支部书记会议，安排部署排涝抗灾工作。分管农业农村工作的副书记黄江波主持会议，他主讲，也就讲了一刻钟工夫。讲完以后，他似乎嫌会议开得太短，没有达到某种收效，便让村支部书记表态发言。谁知道他们憋了一肚子火气，噼里啪啦地一发而不可收，会场像炸开了锅一样。有几个村支书为关闸和开闸纠缠不清、争吵不绝，恨不得操戈动武、大打出手。他压不住那个阵势，只好把黄江波拉到一边商量对策。黄副书记想了想，说我有法子。来到会场后，黄江波把桌子一搏，麦克风从搁架上震落下来，发出刺耳的尖叫，会场这才安静下来。黄海波唬着脸，怒气冲冲地说："都水漫村落了，还在这儿扯皮拉筋。白镇长作的安排，是宋书记授意的。我刚才给宋书记打了电话，他让你们不讲条件地去落实、去执行，必须在最短时间内抢排出农田，抢排出鱼池。"会场里瞬时鸦雀无声。"宋书记"的名字就像雷公老爷，不曾谋面但让人震撼和叹服。他原以为这是一个一把手的自然权威，自己如果能够当上一把手，也会顺理成章地具备这种权威。但是，从很多事例来看，并不尽然。宋水生鲜少穿皮鞋，夏秋一双凉鞋，冬春一双解放球鞋。

他说脚上的泥土有多深，和老百姓的感情就有多深。同时，宋水生下村到组，很少坐小汽车，总是骑一辆自行车。应该说，自行车在当今的机关算是稀罕物件了。他说，小车跑得快，不是和老百姓越走越近，而是渐行渐远。最让人难以理喻的是，他能在村支书家里和他们掰着脚趾头唠嗑闲扯，也能和他们光着膀开怀豪饮，还能和他们打草连铺同住同宿，掏心掏肝地一聊就是半夜的家常。

宋水生的做法似乎有些返璞归真，又似乎在追寻一种与众不同和不同凡响，努力地发扬本该保持却被我们逐渐抛弃的那种作风；但是，却有些不合时宜，与现实生活格格不入。为此，白灵峰想过多次，起先对宋水生有的只是一种景仰和敬佩，继而又是羡慕和嫉妒，最后竟然演变成一种恨意了。因为他很想效仿宋水生的做法，但是，不仅仅存在一种境界的问题，更重要的是如何坚持的问题。他始终拉不下那个架舍不下那个脸，做着做着，感觉自己在"作秀"、在"装点门面"、在"东施效颦"，连自己都感到好笑。宋水生为什么能做得那么自然、那么顺溜、那么让人信服呢？他仔细琢磨后，最后得出结论：宋水生从参加工作以来就没有丢弃这种好的传统，一直保持着这种贴近群众、亲近百姓的作风。而自己现在好比一个从军多年的军人回家去拜见高堂，不知是该走展示军人雄姿的正步，还是该走儿时惯走的常步？他从心底里责怨宋水生让自己变得无所适从，变得手足无措。

走回指挥部时，他在脑子里思虑着隔会儿的讲话要点。坐进办公室，他拿起笔在本子上画出了讲话提纲。

11点钟，他沉郁着脸、紧锁眉头走进会议室，霎时会场显得很庄严，气氛格外肃穆。这是他特意营造的氛围。防汛、抗洪工作需要这种紧张来突显其庄重和严肃。人只有收住了心、绷紧了弦，才会对这项工作引起重视。副书记黄江波通报了汛情、水位，安排了防守段面以及需要上堤的防守劳力。他从统一认识讲到多措并举再讲到加强领导，自始至终讲得短促而紧凑，没有拖泥带水。尤其是讲到责任追究时，语气铿锵有力、掷地有声，语句斩钉截铁、不留余地，刀砍斧劈好似随时有人头落地一样。当看到坐在台下的村支

书一个个洗耳恭听、潜心聆教的恭顺样子，他真正领略到了当一把手的那种君临天下的风光和一言九鼎的权威。

会议开了半小时便结束。他吸取上次教训，没有安排会上讨论，避免相互间冗长的争论。略去表态发言，让村支书们没有讲客观、摆难度的机会。这个时候他需要的是"一个声音"和绝对服从，一丝杂音都会影响防汛抗洪的全面展开、深入推进。

中午，接到未婚妻文倩的电话，告知他已经顺利回到省城，她想利用这次休假一星期的机会，让双方老人聚到一块儿吃顿饭，把婚礼办了。他支支吾吾未敢表态，怕伤未婚妻的心。两人领证快一年了，婚礼因他一拖再拖。

下午两点半，他推出自行车，在机关大楼门前喊道："汤主任，咱们骑车巡堤去。"没有别的意思，他只想达到母鸡下蛋后"咯嗒咯嗒"引起主人注意的效果。其实，午休时，为巡堤是骑自行车还是坐小车，他纠结了好一阵子。骑上自行车一边骑行一边巡察和督导，跑完百余公里的堤段，少说也得两三天，费时不说，也很累人。从本心上讲，他愿意坐着小车去巡堤，既节省时间，更显得轻松。但是，宋水生下村进组都是骑自行车，自己得和一把手保持一致，不然，机关干部和村干部以及老百姓就会在背地里戳你的背脊说你作风不好。所以，即便心里一百个不愿意，他也得做做样子。

和小汤主任骑着自行车来到水管所，准备邀上王土城一同去巡堤。王土城从一台破"长风"车上下来，说："白镇长，您的作风也太扎实了吧。今天下午把全部防守段面跑一遍，两百多里路，您吃得这个苦，我们可受不了这种累呀！我们单位这车破是破了点儿，您就委屈一下吧，多少它可以让您在每个村的防守段面有充足的时间进行检查和指导。"

"哎呀，还是王所长想得周到呀！"小汤主任赶紧应和道。

王土城强行从他手里夺过自行车，将自行车推进办公室。

他装作有些不情不愿地坐进副驾位置。破"长风"牛吼马喘般地行进在东顺河大堤上。

东顺河大堤列入国家长江流域的整治范畴，曾经被整险加固过，堤面加高，堤脚加宽，堤身加厚，可谓固若金汤。尽管这样，各村在动员会后立马行动，在各自防守段面插起红旗，竖起责任牌，搭起临时指挥棚。二十多公里的段面，他只是走马观花地看了一遍，心里极为踏实。

小车正要从红庙渡口乘船过河，王土城接到县防总电话，让他上报防汛有关数据。白灵峰说："你先回去，跟我把数字报好。"王土成心领神会，离开之前，对白灵峰说："白镇长，洪口民垸堤有一百多里，但险段只有两处：殷家咀和刘家垸闸。您只要在这两个地方重点督办一下就行了。"白灵峰点头道："我知道了。"

小车开上驳船过了河，驶上民垸堤，宛如从高速公路走到羊肠小道。民垸堤蜿蜒曲折，坡陡身薄，就像一个先天不足、后天营养不良的羸弱的孩童。按上级规定，民垸在防汛紧急时刻属行洪蓄水之垸，大堤不宜加固，垸内不宜耕作，不能居住。但因前些年汛事渐少，民垸内田广地肥，普种博收，老百姓画地为牢、抢种抢收已成惯常。民垸堤不在国家大江大河整治之列，所以逢特大水汛，民垸堤基本不保。殷家咀段曾连续溃口几次，成为民垸大堤的险中之险。

"长风"车停在殷家咀经常溃口的地段，白灵峰下车后，和候在路边的村支书王大有握手打招呼。看到堤坡上近百名劳力手持铁锹躬身铲除杂草，他欣喜地赞扬道："很好，王书记！"王大有听到镇长表扬，脸上露出喜色，龇着两颗龅牙，说："堤是我们的堤，田是我们的田，领导一声令下要严防死守，我们当然义不容辞！"王大有的回答照录了他上午动员会上的原话，此时听来特别顺耳、特别熨帖，让他又一次感受到当领导、当"一号"的权威和荣耀。他拍拍王大有的肩膀，连说了几个"好"！

小车卷起一路灰雾，驶向刘家垸闸。

刘家垸处在"葫芦垸"顶部位置，靠西有一座排水闸，取名刘家垸闸，20世纪70年代所建，年久失修，成为"病闸"。每到大汛来临，这里是最让人提心吊胆的地方。由于闸体老化，闸面水泥斑落，大水侵袭时有些摇摇欲坠，镇里虽然派重兵把守，但总是让

人心惊胆战、惴惴不安。

刘家垸闸已被洪水淹没大半，唯有一根螺旋杆耸立在空中。白灵峰从左到右、从上到下视察一通后，望着那根螺旋杆，仿佛看到一位不会游泳的垂垂老者落水后直往下沉，只有几绺稀发在水面上漂移。他的心紧了起来，除了这座"病闸"带给他紧张外，更让他不安的是，没有看到村干部，也没有看到村里上一个劳力在闸边作汛前准备。他急切地问："刘大成呢？"小汤掏出手机，立马给刘大成打电话。

一会儿，小汤给他报告，说刘大成正在村上一农户家喝酒打牌。他急愤地说："刘大成的胆儿也太大了，防汛时期居然还敢喝酒打牌？必须严肃处理！"小汤冷笑道："您还敢处理？他早就想跛子拜年——顺势一歪了。刘家垸前几年一年换几任书记，没一个人能超过半年。大前年，宋书记带着村里的十几个老党员到省城火车站，把做票贩子生意的刘大成请回来，村里这两年才安稳一些。镇上让他入党，他不干，说做票贩子一年可赚几十万，保不准哪天丢掉这副乱摊子去重操旧业。所以，您千万别发火，就当哺咪劝小姑一样，顺着他一点儿。"

"防汛责任大于天，顺着他，谁来负这个责任？"白灵峰越听越气，大声质问道。

小汤连忙劝慰道："白镇长您息怒，我是怕您批评他把他惹毛了，他撂下担子不干了，村里一时半会儿找不出挑头领责的人，那时会更被动。"

"死了张屠夫，就吃有毛猪？走了刘大成，没人来掌门？我告诉你，共产党内最最不缺的是干部。他刘大成寅时走，我卯时找人顶上！"白灵峰发狠似地大声嚷道。

刘大成搭乘一辆摩托车呼啸而至，他走到白灵峰面前，轻言轻语道："白政府，我是被大伙请回来的，答应干三年。我肯定要走的，但不是现在，我得把这次大汛防完。做人要地道，不给后任留下任何麻烦。"

"你这种态度能防好汛？鬼才信咧。"白灵峰有些蔑视地望了刘大成一眼，"都什么时候了，还有闲心喝酒、打牌？"

"白政府。"刘大成叫道，眨了眨那双狡黠的眼睛，说，"村上好不容易考出去一个重点大学生，人家一个多月前择了日子选好期定在今天请客，我是村主任，好歹得到场恭喜道贺吧。何况，利用村民们在一块儿喝酒打牌、乐呵乐呵的机会，我也顺便传达了上午的会议精神和你的讲话要求。这么好的战前动员和誓师大会，没什么不妥呀。"

"你不要在这儿歪嚼！"白灵峰拉下脸，严厉批评道，"我上午在会上明确要求，下午必须行动，必须上足劳力，你们却置若罔闻、无动于衷。知道这是什么吗？这是渎职！"

刘大成摸摸他光光的脑袋，不紧不慢地说："你别拿大帽子扣人。我告诉你，劳力现在还不能上。"

白灵峰一愣，急问："为什么？"

"因为还没到上劳力的水位。"刘大成镇定自若、轻言慢语地说，"我们村上的人从卵子一粒大就开始防汛，眼睛亮堂着咧。目前离上劳力，水位至少相差20厘米。我们村穷，搁不住瞎折腾。同时，我最反对去做那些无用功。"

白灵峰怎么也料想不到一个连村支书都不是的代理村主任能够如此蔑视领导、口吐狂言。他的脸气得扭曲得变了形，声音也变了调，吼叫道："刘大成，你听好了，我按上级要求指挥防汛，不是瞎折腾。为了打有准备之仗，我们提前做好防汛各项准备，以便快速进入临战状态，更不是在做无用功！"

"我不想再和你争辩下去，因为你根本不懂水性，不了解防汛。"刘大成不屑一顾，态度傲慢。隔了一会儿，他低沉着声音说："刘家垸是我的家乡，我比你对它更有感情。我晓得如何来守护我的家园。"说完，扭头扬长而去。

"他这个人就是这副德行，人不伤人嘴伤人。您别跟他一般见识。"小汤在一旁劝慰道。

望着刘大成匆匆远去的背影以及在夕阳的余晖中闪着青光的脑壳，白灵峰恨得牙咬得咯咯直响，内心汹涌澎湃，回荡着一句话：

"不得好死的东西，看我将来怎么收拾你!"

3

早上五点半钟，宋水生就起床了。无论睡多迟，宋水生都会在这个时候醒来。生物钟已经把他的起床时间分秒不差地刻在这个时段，让他没有赖床的习惯。从窗口望出去，林子里的鸟儿叽叽喳喳欢叫不停，把人的心唱醉了。

漱洗完毕，宋水生来到机关食堂准备吃早餐。大师傅说，您太早了，稀饭还没熬好咧。他便从蒸笼格里拿了两个馒头，一边往口里塞一边走向操场。馒头吃完，转了几圈，刚在操场中央立定，白灵峰径直走了过来，向他汇报了防汛备汛情况。末了，便直言不讳地表述了他的担忧："刘家垸闸属最险段面，昨天上午动员会后，村主任刘大成和乡亲们居然聚在一块儿喝酒打牌。我去督办，他不仅不承认错误，反而大放厥词、攻击领导。形势这么紧张，汛事这么急迫，刘大成自以为是、目无领导、按兵不动，我建议立即撤换!"宋水生从白灵峰的表情上和言语中已经猜到他昨日受了刘大成的气，并且气得不轻。不了解刘大成的人，谁也受不了他不加修饰的直不隆咚和近乎伤害的人身攻击。镇长提出此事，是希望书记给他撑腰，好比小弟弟在外受了欺负，希望大哥为他出面打抱不平一样。这个时刻，不论白灵峰和刘大成孰对孰错、谁是谁非，他都必须站在白灵峰的立场上，最起码在言语上给他一些安慰。他顺着白灵峰的意思，愤愤地说："狗日的刘大成，目中无人，狂傲不羁，口无遮拦，伤害他人，早就该撤换了。"

白灵峰直勾勾地望着他，等着他的下文。

面对镇长紧逼过来的目光，宋水生感到躲是躲不过的，他灵机一动，问："撤换刘大成，有合适的顶替人选吗?"

白灵峰摇摇头。

"把刘大成接回来当村主任，他也不安心，按住鸡母孵不出鸡娃。其实我早就想撤换他，但实在找不到合适的接替人选。"

白灵峰的眼里流露出些许失望，叹了一口气，说："我也知道，大汛在即，最忌战前换帅。既然没有合适的接替人选，只能将就了。"

"你的考虑是对的。"宋水生顺水推舟地说，"等会儿我到刘家坑巡堤，狠狠地批批他，一方面让他承认错误给你赔礼，另一方面让他守好险段戴罪立功。"

"听您的安排。"白灵峰露牙一笑，说。

"今天我们就分头到各村的防守段面走一走，查一查，你负责东顺河大堤这一路，我走一走民坑堤这一段。晚上咱们在防汛指挥部会合碰碰情况。"宋水生布置道。

"好的。"白灵峰答应过后，到机关食堂吃早餐去了。

宋水生快步走到东顺河边，来到大堤上，但见滚滚洪水直泻而下，像蛟龙似地顺着河床飞冲而去。水势来得真猛呀！昨晚刚到设防水位，今早就跳过设防，超越警戒水位了。他的心里闪过一缕不安。

他拿出手机给王土城打电话，让他叫上两台"摩的"，迅速赶到堤上。他不想坐小车巡堤。小车卷起的腾腾尘雾经风一吹，会扑到堤边参加防汛的村民身上，呛得他们遮眼掩鼻，继而会骂娘骂爹。他不想做让老百姓看到不高兴、不舒服的事。本想骑自行车的，但时间紧迫、路途较远，难以跑完，所以他选择坐"摩的"，方便、快捷，老百姓能接受。

不大一会儿工夫，王土城领着两台摩托来到堤上。王土城递给他一顶草帽，说："两名车手是我从所里精挑细选出来的，车技应该没有问题，您放心坐好了。"

三年前坐摩托，他曾摔折过胳膊，至今仍心有余悸。要不是情况特殊，打死他也不会坐这种玩意儿。他玩笑道："我当然放心，上次摔断了左胳膊，大不了这次奉献右胳膊，左右平衡呗。"

两位车手立直腰杆挺挺胸膛，几乎异口同声："不会的，宋书记，即便我们摔伤，也要保证您毫发无损。"

"行了，行了，我放心坐。"宋水生爽朗地笑道。

两位年轻人小心翼翼，中速驾驭，驮着他和王土城并排行进在东顺河大堤上。

"王土城，听说你最近又收集了几个新段子，讲来听听。"宋水生说。

"讲了您可别骂我呀。"王土城润润嗓子，讲道："镇机关里，一少妇给儿子喂奶，小孩饿极了，一顿狂吃猛吸，少妇见状，动情地说：'这孩子，比我们镇委书记还厉害！好兆头啊，今后长大了肯定是个大领导！'"

"哈哈！"宋水生笑道，"看来你编笑话真还有点儿水平，只是拜托你以后别再编派咱们乡镇党委书记，咱们容易吗？"

"不容易。"王土城接口道，"乡镇这个层面，上接县里，下联村组，工作都靠你们落实下去，很多时候是两头受气。所以被领导批、被群众骂是正常的事情。一个优秀的镇委书记就是既要维护好上边又要照顾好下边，真的不容易！"

王土城的思路从一个幽默段子迅速跳跃到一个严肃的话题上边，用心足矣！撬动了搁在宋水生心头的那团疙瘩，他试探地问："假如县里要弃守洪口民垸，破堤分洪，我该怎么办？"

摩托车在红庙渡口上了渡船，王土城把他拉到船头，望了他一眼，慎重地说："这个问题一直困扰着您。但您已经有主意了，只是您还有些许纠结。"

"我有什么可纠结的？"宋水生装作无所谓的样子说。

"换届年份，毕竟不只涉及您一个人的升迁去留。您现在最最惧怕的是县长、书记驾临林丰。"王土城直白地说。

狗日的王土城，就像你肠子里蠕动的蛔虫，把你的所思所想摸得清清楚楚。宋水生觉得在他面前没啥可隐藏的。他说："如果县长、书记找我谈话弃守民垸，我肯定要坚持我的观点。"

"但是那样您会得罪领导，并且在超历史水位的大汛面前，您承担着前所未有的极高风险。从朋友的角度，从您在林丰任党委书记八九年的现状，从县水务局局长虚位以待的实际，我当然希望您顺应上级决定炸堤分洪。"王土城入情入理地说。

"顺应上级，谁顺应洪口民垸内三四万老百姓？"他眼光犀利地望着王土城，质问道。

"您面临着抉择！况且五年前，你为了洪口民垸，受过一次处分。"王土城说。

"我也想过了，仅我个人的去留算不得什么，关键是涉及书记、县长的升迁以及'四大家'的联动，还有林丰班子的变动。五年才换届一次，很多干部等得心急如焚。但是，我必须要坚持我的观点：严防死守，决不掘堤分洪。只是我不想再去硬碰领导，希望你能从外围支持我一把。"他很知心地托付道，眼里射出的是两股信任的暖流。王土城有些受宠若惊，赶紧表态道："十万林丰百姓是您的坚强后盾！我一定亲自导演好这出大剧。"

搁在心头让他不安、让他忧虑，甚至让他隐隐作痛的石头，这才慢慢落了下来。

摩托车在前，他俩在后，爬上堤坡来到民垸堤上，一眼望去，洪口垸内一片翠绿、葱茂，绿茸茸的像毯子一样。稻谷在无拘无束地抽穗，棉花正满怀豪情地开放……

"今年老天照应风调雨顺，十年一遇的丰收年景啊！"望着无边无垠的庄稼地，王土城感叹道。

王土城发自内心的感叹深深地刺激着宋水生敏感的神经。如果听任上级掘口分洪，这片三十多万亩俨如蓝天一样的绿油油的庄稼地将会毁于一旦。那灌浆进米的稻穗和即将炸裂开桃的棉花都是活生生的生命，却要被无情的洪水蹂躏、践踏、浸泡。他的心像刀剐火燎一样地疼痛起来。我有权利保护它们！我有责任保护它们！他在心里暗暗使着劲儿。

宋水生带着王土城先巡查了位于洪口垸葫芦肚上的几个村。每看一个村，都让人振奋令人鼓舞。村组干部悉数上堤，按警戒水位的要求，上足了劳力。防汛器材诸如木桩、黄沙、石块、编织袋等等，都按镇防总下达的任务数准备到位。去了几个村，从村支书到老百姓，问他问得最多的问题是：水位超历史，上面不会让我们破堤分洪吧？他总是不厌其烦充满信心地说：不会，严防死守确保民垸！他的坚定、他的决心、他的镇定自若像冲锋号角一样，给了大伙战胜洪水的信心和与洪水殊死搏斗的勇气。他的内心也变得更有

底气、更加强大。

将近一点钟，他们来到刘家垸闸，看到刘大成带着一班村民在车上拿着铁锹向下掀着黄沙。闸边，整整齐齐堆放着千只木桩，码放着一百多床旧棉絮和从各家收集而来的编织袋。

刘大成从汽车上跳下，来到宋水生身边，青光头上的汗珠像蚯蚓趴满头颅。宋水生把手上的毛巾递给他，问："准备得怎么样了？"刘大成接过毛巾，在头上揩了一圈，汇报道："一切准备就绪，严阵以待洪水来侵！"

刘大成做事有头脑有气魄，毋庸置疑，宋水生很放心。但是，有必要就昨天冲撞白镇长一事重点敲打他一下，压压他的气焰，让他更加警觉。他批评道："你昨天对白镇长又胡说八道了吧？"

"没有，我只是说了几句真话。"刘大成辩道。

"没人不让你说真话。"他板起脸厉声质问道，"说真话一定要攻击他人伤害他人吗？何况这个人是代表镇里来检查督办工作的领导。不怪人家说你刘大成说话像1059农药，能毒死人。你积点口德行不行？"

"我也想改掉这个臭毛病，但关键时刻脑子发热控制不住。"刘大成认错道。

"镇委本应撤换你，但白镇长说大汛即至不宜换将，保了你。所以镇委要求你守好段面戴罪立功。"宋水生说。

"严防死守，人在堤在！"刘大成信心满满、豪气冲天、极其悲壮地说。

他很高兴刘大成表现出来的这种精神状态，欣然地拍了拍刘大成的肩膀，一切尽在一拍中。轻轻地一拍，蕴含着一种肯定、褒扬和关爱。

"闸体没啥变化吧？"王土城插进来问。

"管闸的吴老头说，闸体好像有些下坐，但不是很确定。"刘大成如实报告道。

听到闸体出现异动情况，宋水生惊出一身冷汗，他用命令的口气交代道："王土城，快把你们所的老所长请来，对闸体仔细地测一测、量一量，迅速拿出详细可行的防控方案和抢险预案，确保安全、不容有失！"

两个送工地饭的劳力挑着饭菜歇下，一声吆喝，大伙丢下手中工具，一窝蜂似地围成一团，争碗夺筷，挑饭舀菜，好不热闹。

"您——"刘大成笑着征询道。

"好久没吃工地上的大锅饭了，很想吃。咱们找一树荫底下，品尝品尝。"早餐只吃了两个馒头，宋水生感到肚子咕咕叫了。

端上刘大成用一只大瓷碗盛过来的饭菜，蹲下来吃上几口，手机响了，看一眼来电提示，是郑县长秘书的号码，他赶忙接听。县长秘书通知他，郑县长和常务副县长老周两点半钟到镇防汛指挥部，有重要事情找他。

他三口两嘴虎吞狼咽地扒完饭菜，抹抹嘴，把王土城叫到一边，小声告诉他县长两点半钟到。王土城向他会神地点点头，立马回去张罗了。

摩托车驮着他急急慌慌赶回镇防汛指挥部，离两点半钟只差几分钟。走进会议室，看见镇长白灵峰坐在里面，正要和他商量如何统一口径共同回应县长，外边的喇叭声响，县长的小车已经到了院内。

迎进郑县长和周常务。两位领导在圆桌的正面坐下，他和白灵峰坐在对面。门被秘书轻轻带上。

郑县长点燃一支烟，猛吸两口，把烟灰磕进烟灰缸，神色肃穆地说："汉江流域防汛形势十分严峻，今年尤甚，水位将达到32.7米，超历史最高水位0.1米。上午省防指召开紧急会议，要求严防死守，确保大堤安全。会后我们召开了常委会，决定弃守洪口民垸，破堤行洪，以缓解大堤压力。我和老周代表县委县政府来向你们宣布这个决定，也听听你们的意见。"

既然想听我们的意见，就应该在常委会前来征询。常委会都做出决定了，还听我们的意见有何意义呢？我们同意，没啥可说的，如果我们不同意，那不是违抗县委决定吗？宋水生的心里有一些抵触。他觉得常委会开得过于匆忙，决定作得过于草率。他如果此时

发表意见，一定会冲动难耐激愤不已。忍住！忍住！他狠狠地咽下了涌到喉头的那股怒气。

周常务努努嘴，示意他俩发言。

"我坚决拥护县委决定！"白灵峰打破静默，怯生生地说。说完，望了宋水生一眼，本还想说几句，但被宋水生狠狠地挖了一眼，立马止住了。

沉默、冷场。

周常务咳了一声，清清嗓子，说："县委做出洪口民垸破堤行洪的决定，也是迫不得已，是结合落实上级要求，经过科学的预判和准确的数据分析做出的决策。首先，省防指有明确要求：所有滩头民垸必须无条件地保证行洪通畅。第二，为确保汉江主堤和东顺河大堤安全，洪口民垸必须做出牺牲。洪口民垸扒口行洪，可以降低汉江及东顺河 20 厘米水位。第三，历史上超 32.0 米的水位一共出现 15 次，扒口行洪 2 次，洪口民垸只防住 3 次，10 次出现倒堤溃口。这次水位超历史地达到 32.7 米，防住的概率小得可怜，或者说，在这样的大水面前，洪口民垸堤基本难保。与其出现溃口倒堤坏我县名声，不如顺应上级破堤行洪图个安逸。"

"周常务，防未防，守没守，怎么就断定防守不住呢？"宋水生实在憋不住了，脱口反问道。

周常务并没生他的气，而是和蔼地鼓励道："宋水生，你可以摆数据讲道理发表你的意见嘛！"

他先看看郑县长，再望望周常务，努力挤出笑，有条不紊地说："作为镇委书记，我对县委做出的'弃守洪口破堤行洪'的决定持保留意见。其一，上级所谓滩头民垸要确保行洪通畅只是规定，至多是条例，不是法律，我们可以变通执行。其二，汉江大堤以及东顺河大堤这几年国家花巨资整治加固过，能够抵御百年一遇的洪水。虽然这次 32.7 米的水位超了历史，但是对大堤根本构不成什么威胁。其三，历史上的 15 次大汛，洪口堤溃口 10 次，但有 9 次是长江水位上涨顶托所致，防一次汛都是一个月两个月，堤身浸泡时间过长，导致溃口垮堤。这次的水是上游来水，来得急，去得快。我认为两者不可同日而语。还有更为重要的一点，洪口民垸三十多万亩农田，按每亩 1000 元投入下去，老百姓已经投进去三个多亿。离收获至多个把月时间，老百姓就可以从中获取六个多亿的收益。如果破堤行洪，这是极其巨大的一笔损失。"

"民垸是行洪区，按要求不准耕作，我们不应该讨论农耕的损失问题。"周常务说。

"存在即为合理。老百姓已经种了并且快有收成了，我们就得考虑他们的损失。为何要让即将到手的收成打水漂？难道非要看到洪口民垸内三四万老百姓流离失所、无家可归、无钱可用到处上访，闹得鸡飞狗跳的，我们的心里才舒服吗？"宋水生慷慨激昂，几乎声泪俱下。他此时打出"民生牌"和"稳定牌"，是想引起两位领导足够重视。民生是第一要务，稳定是第一责任。如果领导们连这点敏锐性都没有的话，那就没有说下去的必要了。

"水生同志，你的经济账算得呱呱叫，但你算过政治账没有？我们依你，洪口民垸不破堤行洪，你能保证守得住吗？如果出现溃口，网上一曝，从市里到县里再到乡镇，层层要追究责任。失守责任谁来负？社会影响谁来消？换届之年，几级干部的政治进步要受到影响，这个过错谁来背？"郑县长目光如炬地盯着他，冷峻而又严肃地问道。

郑县长的问话轻言细语，却如重锤击胸，让他痛彻心扉。他何尝没有想过这些问题？有多少次内心在经过激烈挣扎后，他告诫自己要放弃。只有破堤行洪，是顺其自然之举，理由冠冕堂皇，领导轻松无责。对上面有交代，对百姓有说法，对干部有各得其所的好结果。尤其是自己，可以名正言顺地去当组织部任命的水务局局长。那是自己朝思暮想的职位，也是自己今生的归宿所在。有职有权，有头有脸，功德圆满，一派风光。但是，他觉得当个有权有势的水务局长比之洪口民垸弃守带来的损失有些得不偿失。水务局局长至多只是一块香甜的巧克力，仅供一人享用。而洪口民垸三十多万亩庄稼却是一块硕大诱人的蛋糕，可让众人分食。他生在东顺河边，除了对这片土地有着难以割舍的情愫外，他也具有男人与生俱

来的那种征服欲。他想征服水。小时候，成天泡在河里，练就了"水上漂"的技能，蛙泳、蝶泳、仰泳、自由泳，样样精通，无所不能。他灵敏的水感和超强的水性让他征服了水。成年之后，他和水又结下不解之缘。让他感到亲近，水又让他感到恐惧。任镇委书记八年多，防了四次大汛，然而只成功守住了一次。那种想驯服大水、驾驭大汛的念头从未消退过。在即将卸任镇委书记之前，超历史水位的大汛翩然而至，他说不出是兴奋还是紧张，反正他认为这是一次机会。他觉得如果能够防好这次大汛，不仅能为自己的防汛工作画上一个圆满的句号，而且会了却一桩夙愿，今生今世也就无怨无悔了。想到这里，一股崇高的使命感和坚定的担当意识油然而生。"我愿意担责！"五个字正要脱口而出，会议室外的吵嚷声、喧闹声和人群在走道内穿来穿去的脚步声传进来，打乱了会场的秩序。

郑县长的秘书推门进来，报告道："洪口民垸几百名妇女和老人挤满了水管所的院子，他们打着'我们要饭吃，我们要收成'和'严防死守洪口，决不破堤行洪'以及'四万洪口人和民垸共进退'的横幅，向镇委镇政府请愿来了。"

"你让他们推选一名代表进来，我想听听他们的想法。"郑县长吩咐道。

秘书拉开一条缝侧身出去带上门，片刻工夫，秘书便带着民选代表走了进来。

让宋水生始料未及的是，走进来的民选代表是许佳雯。

周常务示意许佳雯坐下。问："你叫什么名字？"

身着白色碎花长裙的女人沉稳、大方地回答道："我叫许佳雯。"

"老百姓集聚在此，肯定会有一些要求和想法，请你如实告诉我们。"待许佳雯落座，郑县长和颜悦色地说。

许佳雯抹抹眼睛，瞬间泪水夺眶而出；她啜泣道："身处洪口民垸的老百姓苦啊——五年三水，投进去钱，却没有收成。这几年，凡是在洪口民垸种田的农户，几乎都背负着债务。"许佳雯抹了一把泪，止住哭，说："村里的老爷们儿都上堤了，我们这些

386199 部队聚到一块儿，本是找宋书记、白镇长的，没想到我们福大运好，碰上了县里来的大领导。其实，我们的要求很简单：严防死守保住洪口民垸！我们最担心上级瞎指挥，又要破堤行洪。我们老百姓闹不明白：为什么要强行破堤行洪？我们主动请缨，全民上阵拼命防守，守得住，是一种福音，是上天给予的恩赐；守不住，是命该绝，我们听天由命。至少我们努力过，并且还有几成保住民垸的把握。为什么不给我们机会呢？"

"如果给了你们机会，全县 130 万人民就会增加一层危险。我们全县防守 60 公里的汉江大堤和 50 多公里的东顺河大堤。保住你们洪口民垸，这 100 多公里的大堤如果出现溃口，你说怎么办？"郑县长不动声色地反诘道。

"汉江大堤和东顺河大堤都是国家花很多钱修了又整、整了又修的，坚固得像磐石一样，怎么会出现意外呢？"许佳雯把球又抛到了县领导那边。

"防汛的事儿谁也不能打包票，不怕一万只怕万一呀。"周常务特别强调道。

"哼！"许佳雯冷笑一声，咄咄逼人地说："怕万一呀，人都别想活了。走在路上怕汽车撞死，经过楼下怕楼上摔东西砸死，吃饭还怕噎死咧。如果你们连这点儿风险都不敢承担，那么你们根本不配坐现在这个位置！"

"放肆！"白灵峰拍了一下桌子，厉声喝道，"让你反映问题，不是让你污蔑领导！"

宋水生瞥了一眼白灵峰，看那样子比两位县领导还生气，再看看两位县领导，面色由白转黄，心想，白灵峰的马屁拍得正是时候，缓解了两位领导的窘境。

"白镇长，你年轻，又是刚来，不懂防汛。你发脾气，我不跟你计较。"许佳雯带着轻慢的语调说。接着她把矛头继续指向两位县领导，毫不留情地抨击道："古代做官的都知道'当官不为民做主，不如回家种红薯'的道理。你们心里比谁都清楚，防了几十年的汛，这汉江大堤和东顺河大堤从未出现过任何问题，难道这次就

会失守、溃口？要我说呀，你们在犯共产党的官员犯的同一毛病：遇事能推就推，能躲就躲，能逃就逃，先把自己撇干净了再说，哪管别人的死活！"

郑县长的脸色很难堪，可以想见他内心很气愤、很焦躁，但他很克制，拿出大领导的气派和风度，有些以势压人地说："我们不会推，也不会躲，更不会逃。洪口垸破堤行洪，是县委顺应上级指令，确保流域大堤平安和全县 130 万人民群众的生命财产安全所做出的部署，这叫讲政治、顾大局。"

"打官腔呗，唱高调呗，谁信？让洪口民垸三四万老百姓无家可归，睡堤埂子，几个亿的投入白白损失、血本无归，就是你们的讲政治、顾大局吗？"许佳雯紧追不舍地问道。

"民垸耕种不受保护，防汛期间必须无条件服从行洪需要！"周常务提高音量、不容置疑地说。为了和缓气氛，他降下声调平抑语气继续说："水位超历史，汛事很严峻，如果洪口民垸破堤行洪，我县的防守段面至少可以降低 20 厘米水位，对削峰降压确保我县一百多公里的大堤安全起到举足轻重的作用。但是，如果洪口民垸死保死守，凭那种堤身很难守住。一旦倒口，造成的政治影响和社会反响让县委会很被动。更为重要的是，倘若我县整个防守段面中大堤出现一点问题，这个责任谁也背不起呀！"

"老百姓选你们当这个官，你们就该背这个责，背不起就别在这个位置上待。"许佳雯大口大气、凌厉无比地说，"当官如果把头上的乌纱帽看得重，而把百姓的疾苦看得轻，用我们老百姓的话说，这是屌官。"

"别争了！"宋水生厉声制止道。他这个时候出口，是担心许佳雯在激愤之下会随口说出更加难听、更加伤人的话语，让两位领导难堪。再说，像这样各自站在各自立场上争论和辩驳下去，只会陷入一种无休无止的博弈之中，恐怕三天三夜也争不清、辩不明。他不想看到那种剑拔弩张的紧张态势和互相攻击的敌对局面。一方他得罪不起，一方他不忍得罪。其实，两方争执的焦点已经非常明确：谁来担责？很显然，两位县领导是不会担这个责的，要是他们能够揽下责来，何须到林丰七弯八拐费尽口舌？身边的白镇长，年轻有为，自命不凡，前途远大着咧，不愿意担这个责。倒是许佳雯这个女人有心担责，只可惜她是枯老百姓一个，人微言轻，没有资格担责。瞅瞅四周，没有一个人考虑担责，更没有一个人愿意担责。无奈之下，只能自己豁出去了。谁叫你是林丰人，有着比别人对洪口民垸更深的了解和对那些老百姓有更深的感情呢？谁叫你天生有着一种挑战大水、征服人汛的欲望呢？谁叫你在关键时刻总有一种与众不同的豪气和难以按捺的冲动呢？有什么办法，命该如此！这个责任只能由自己来担了，五年前担过一回，现在又面临着这一抉择。自己担这份责，可以换来洪口民垸三万多人的安定和六个多亿的收成，值得！他从容而坚定地说："两位领导，所有责任，我来担当！"字字珠玑，掷地有声。

惊诧、错愕、责怨，八双眼睛交织的光束齐唰唰地射到他的身上。

周常务抬抬身，郑重提醒道："宋水生，五年前那次血的教训应该记忆犹新吧，你就不怕重蹈覆辙？你只要顺应县委决定，做好民垸内老百姓的工作，平稳实施破堤行洪，你就可以顺顺利利地回城安排任职。"

"我何尝不想按你们的意图去办，留下好印象，安排进一个好科局？但是，民垸内老百姓的工作我做不了，因为我根本开不了那个口！"宋水生有如千斤压顶，沉重不堪地说。转而他淡然一笑，故作轻松道："我这180斤的躯体，卖肉值不了钱，如果能换到洪口民垸的安全稳定，物超所值了。"

郑县长呼出一口长气，如释重负。隔了一会儿，他不吝溢美之词地赞许道："危难时刻显身手，关键时刻见真情。水生同志讲党性、敢负责、有担当，精神可嘉，勇气可敬！"转而他对许佳雯说："请你转告乡亲们，县委将在确保大堤安全的前提下，作出最科学、最合理、最恰当的决定，争取保住洪口民垸。"

许佳雯听完，没有露出丝毫高兴的神色。她霍地站起身，噼里啪啦、尖声尖气道："保住洪口民垸是县里的事，你们县里的干部

不担责，却让宋书记来担责，我们洪口民垸的三万多老百姓坚决不答应！不然，你们别想走出这个院子。"

宋水生跳将起来，跑到许佳雯身边，拉住她的手奋力把她往门口推。在门缝合上的刹那，他看到许佳雯那双好看的杏眼里蓄着泪水，像水蜜桃一样饱满。

"宋水生，来这一出，课外功课做得挺到位呀，是不是想借助老百姓的请愿，为自己减压消责？"郑县长一语点破道。

"没有，没有。"宋水生赶紧否认，心里骂开了王土城，本让他找人帮一把，谁想到他找到许佳雯，不仅没帮上忙，还差点儿闹出事来，真是弄巧成拙！

"是也好，不是也好，反正这个压力你背，这个责任由你负。你和白灵峰给我听好：洪口民垸必须严防死守确保安全！否则，我拿你们是问！"郑县长鹰一样的眼睛扫过两位，像指挥官下达命令一样。

4

洪峰在第四天凌晨五时抵达。

白灵峰为了迎候洪峰到来，一夜未曾合眼。按照宋水生的安排，他防守洪口民垸的"葫芦顶"，即刘家垸村的段面，重点镇守刘家垸闸。宋水生则防守"葫芦肚"，重点镇守几乎次次防汛都未守住的殷家咀。沿着圆形堤面，白灵峰来来去去、去去来来走了多少趟，他自己都记不清了。

天亮了，他让跟随身边的王土城和小汤去歇息一会儿。他想单独待会儿。

头有些发沉，腿有点发酸，白灵峰小憩片刻。看看脚下，河水接近堤面，偶尔飞旋的浪花把水溅到身上。踩在东顺河上，远远望去，洪水滔滔，奔腾而下，水天相连，汪洋一片。

这是他第一次带队指挥防汛。几天来，他的每一分每一秒都是在战战兢兢中度过，有如走进"鬼谷"，扑面而来、接踵而至的鬼头鬼面让人猝不及防、心惊胆战。随着洪峰的到来，他悬着的心吊到了嗓子眼，稍受惊吓，心都要蹦出来。走在堤上，他要么看河面，要么转头看圩内的庄稼地。他不敢同时看两边。满满当当、波涛汹涌的河面和堤脚下绿油油的庄稼地，落差十几米，有如站在悬崖边。脑子里总会闪现这样的画面：堤面突然决口，洪水倾泻而下，绿油油的庄稼地霎时变为泽国。含苞欲放的棉花，点头致意的稻穗，齐展展的民房以及活蹦乱跳的猪、狗、鸡等家畜家禽被冲得七零八散、灰飞烟灭。他不敢想象那种惨烈恐怖的场景，他的腿直打哆嗦。

每每这个时候，他就有点儿怨恨宋水生。如果宋水生那天能够顺应县委决定，让荷枪实弹的武警来殷家咀炸堤行洪，再大的水、再急的汛也不会闹得这么紧张，这么让人揪心。男劳力全部上堤，年轻的女劳力也悉数到场，内堤坡以及堤脚50米的压襟上，看到的都是手持铁锹巡堤查险的人，就像三步一岗、五步一哨的军事要地一样，密集驻守着武装人员，让人倍感森严和紧张。如果破堤分洪，何须这样兴师动众、劳民伤财？而最让人担忧的是，洪峰才刚刚来临，也不知道它要逗留多久、持续多长时间？更不知道民圩这种"豆腐堤"能否抵挡得住超历史水位的侵蚀？一旦倒口，首当其冲是宋水生要接受处理，但自己是镇长也脱不了干系。还有一点儿小私心，让他加深了对宋水生的怨愤。未婚妻这次回省城，准备和他把婚礼办了，但因为防汛事大，他没敢答应。文情后天就要走了，一走又是半年。

白灵峰始终闹不明白，宋水生为啥要顶撞领导坚持己见？诚然，他出生在这个地方，在这里工作了三十余年，人熟路熟，地亲水亲，但这不足以让他产生顶撞直接上司的动力，一定另有隐情。那天县长莅临林丰，一个多小时工夫，许佳雯就组织几百人围住水管所，看那阵势，似乎两个人早有预谋。许佳雯出生在洪口民圩，长得风骚性感，一看就是那种能够勾男人魂的女人。社会上盛传他和许佳雯有一腿，难道他是在为这个女人牺牲自己的政治生命？这种可能性太大了，只有这种解释才能诠释他的行动。为何？男人为情所困、为爱疯狂时什么傻事都能做得出来，不爱江山爱美人的事

儿多了去了。

　　从这点看，宋水生可谓一个有情有义之人，白灵峰颇感钦佩。除此之外，他对宋水生还有那么一点儿小崇拜。面对县长，即将的县委书记，掌握他政治生命生杀大权的人，他能够做到不卑不亢、不逢迎、不谄媚不唯上，真堪称官场"另类"。自己是绝对没有勇气去这么做的，碰到领导，腿发软、心发虚、人发紧，大气不敢透，腰板挺不直，不知是拘谨所致，还是奴性使然，反正呈现的就是"软蛋"的形象。对待上级决策，即便是错的，自己会先执行了再说。因为这是和领导保持"一致"的问题和"站队"的问题。上级领导喜欢的是无条件接受和绝对服从，反感讲斤讲两、软磨硬泡。但凡不听话和与领导打斗的人，要么原地踏步，要么被打入"冷宫"，不可能有好的仕途。所以，在当今官场，"唯上"和"服从"已经成为下级对待上级的"通用法规"，就像狗儿忠诚于养它的主人，绵羊驯服于喂它的牧民一样。按说，宋水生在官场混了这么多年，不会不知道这种"潜规则"呀！还有，宋水生在五年前踢破过脚趾，伤口虽好了，但伤痕明摆、痛感还在，他为啥故伎重演而不引以为戒？何况，县领导已经给了他暗示：按照上级要求平安分洪守住大堤，就能顺顺利利回县城安排任职。不出意外，应该是水务局局长。除了提拔成县级领导，水务局局长绝对是对镇委书记最好的安排。一个在乡镇搞了大半生即将知天命的人，面对这么诱人的职位，应该是求之不得、趋之若鹜，宋水生为什么要傻不拉叽地去担那个责？担了那个责，对他又有哪点好？守住了，除了老百姓口里念念你的好，能够博得红颜一笑外，再没有任何一点儿实际价值。但一旦失守，冒犯上级领导、悖逆县委决定的"帽子"，就要泰山压顶般地扣在你的头上，失守的罪责该你承担，断送的是你的政治生命啊。宋水生啊宋水生，你这么做真的让人匪夷所思。

　　白灵峰琢磨不透宋水生这个人，像雾像雨又像云。他很为宋水生惋惜。作为他的搭档，他很想劝他几句，把县志办方主任发给自己的短信说给他听，给他启发启发。那则短信叫《哄的艺术》："哄上级开心，做假；哄同事开心，做哑；哄百姓开心，作秀；哄老婆开心，做饭；哄情人开心，做爱；哄朋友开心，做东；哄儿女开心，做狗；哄父母开心，做官；哄自己开心，做梦！"现在这个社会，正如一副对联所言："上哄下下哄上上下互哄，你哄我我哄你你我对哄。"有人加了一横批："哄声一片。"他有些不解其意，便借回团县委办事，专门请教了坐在团县委隔壁办公室的方主任。方主任说，所谓哄，说到底就是三句话：对上级应付过关，对下级敷衍过去，对同僚蒙混过来。凡事看穿点，做事别较真，面子过得去，大家都舒服。他本想把这些观点向他灌输灌输，让他醒脑开窍，但怕遭到他的痛斥，落得个好心当作驴肝肺，所以憋在心里一直没说。他走到堤边，蹲下身子，双手捧起河水浇到头上和脸上，反复几次，水流经颈脖发散到胸前和背心，让他有种冰凉的感觉。

"当、当、当"，随着三声锣响，白灵峰回头看到一个约莫四十岁的男人迎面而来，男人颈脖上挂着绳子，胸前吊着编织袋，估计里面装有重要的东西。锣响过后，男人边走边喊："我叫刘大锤，巡堤打瞌睡，大家莫学我，怕苦又怕累。守堤责任大，别让事故发！"

望着刘大锤从面前经过，白灵峰的心里不是滋味，都什么年代了，居然还发生这种愚弄百姓侵犯人权的事情。刘大成的胆儿比沙钵还大，光天化日之下公然让村民接受体罚且鸣锣示众，谁给了他这种权力？

白灵峰有些气恼，大步流星地冲向设在刘家垸闸旁的村防汛指挥部，迎面碰到刘大成从指挥部出来，向他招呼，"白镇长，我正找你呢。"他脸色难看地警告说："你让刘大锤游堤示众，是严重的违法行为！"

"违个鸡巴的法。"刘大成听不得不同声音，粗野地说，"咱乡下人，奈不何别的，只会这个。"

"你就不怕他去告你？"他郑重提示说。

"给他装个虎胆鬼魄，谅他也不敢去。"刘大成说。

"你就这么有把握？"他紧盯住问。

"我抠住了他的腮窝子，他不敢乱说乱动的。"刘大成看出他过

问这件事，没有恶心歹意，脸色变得和善起来，语气顿时和缓下来，"首先，半夜时分本该巡堤查险，他却偷懒躲懒跑去睡觉，违反了村规民约。他悖了理，不敢去告。第二，凡违反村规民约的村民，要么交罚款，要么去游堤。他不愿交罚款，主动要求游堤，所以他不能去告。第三，他是我堂弟，我说什么他听什么，他不会去告。"

"但我总觉得有些不妥。"他有些固执地纠缠说。

"正逢其时，非常妥当。"刘大成瞅一眼他，很有意味地说，"虽然老百姓只上堤防了几天汛，但大家已经滋生了一些厌战心理和倦怠情绪。洪峰刚到，防汛远没结束，这种情绪很危险。在我正发愁时，刘大锤出现了，理所当然地成了杀给老百姓看的'鸡'。这种警示作用很值得吧。"

"哦。"他有所领悟地点点头。

刘大成从荷包里掏出一把东西，塞到他的手上。

捏在手里的是四个煮熟的鸡蛋，微热、圆润的鸡蛋传递给他一股温暖。他开玩笑地说："做了错事想塞住我的口吧。"

刘大成没有笑，郑重其事地说："刚才我老婆送过来，让我一定亲手交给你，说那天我胡侃乱说冒犯了你，让我向你赔礼谢罪。"

"哎，你不是已经道过歉了？"刘大成来这么一出，让他觉得不好意思起来。

"前天只是随口说说，今天算是诚恳道歉。我老婆还说，你一个外乡人，这几天没日没夜地困在堤上，几夜没有眨眼皮，很辛苦的。她说要煮几个鸡蛋给你补充一点能量。"刘大成诚心实意地说。

眼泪在眼眶中打转，他上前箍住刘大成的肩膀，用嘴在他的光头上狠狠地亲了一口。

八点钟，早餐送来了。因为有四个煮鸡蛋垫底，白灵峰只咸萝卜就稀粥喝了一碗，就感觉饱饱的。放下碗，走出指挥部，王土城从闸边奔过来，欣喜若狂地喊道："水位开始降了，水位开始降了！"

一直在脑里绷着的那根紧紧的弦终于有些松动开来。肆虐三个小时的洪峰慢慢低下它高傲的头颅。水位开始降了，预示着防汛取得胜利已经为时不远了。

水位比预想的落得还要快，到晚上七点钟，已经跌出保证水位，只在警戒水位之上了。

手机有短信进入的提示音响起，白灵峰赶紧查看，是未婚妻文倩发来的："我从省城搭车赶到了你的镇上，我要见你一面!"他的心里倏忽涌过一片温馨，漂洋过海已经半年未曾见面的日思夜想的未婚妻已经近在咫尺。他似乎已经闻到了她的体香，触碰到了她细腻白皙、一弹即破的皮肤，抱住了她窈窕的惹火身材。

当褐色的洪水充斥眼球，整个世界被水包围时，他的心里被一片阴晦遮蔽。风情万种、漂亮温情的未婚妻虽然近在咫尺、伸手可及，但却远隔天河难以相拥。他不能离开这个阵地，哪怕只有几分钟。他是指挥着千军万马的将军，镇守着战略要地，在决战决胜的关键时刻，怎么能临阵脱逃？他无奈地写出回复短信："防汛正急，难以脱身，晚点再说。"便发了过去。他没有绝情绝意地回复不能见面，怕她绝望而给她留有一线生机，同时也给自己留下一点儿余地。

七点半钟，党办主任朱小理通知他到王小垸集中。王小垸是"葫芦头"和"葫芦肚"的交接地带。殷家咀溃口，整个民垸无救。刘大成上任后，认为可以筑个堤把"葫芦肚"和"葫芦头"分隔开。"肚"进水，有隔堤可保住"头"；"头"进水，有隔堤则可保住"肚"。因为这些年都是殷家咀倒口，所以处在"葫芦肚"的村就不愿去筑这个隔堤，刘大成只能带着村民们单干。一年垒几米高，两年多时间，400多米长8米高的隔堤初见雏形。隔堤好比一个抛物线，离民垸大堤还有几米差距。隔堤由镇里分管水利的副镇长负责防守，目前的主要任务是用编织袋装好泥块，一旦哪边失守，便组织劳力搬运装有泥块的编织袋垒高隔堤，阻挡另一边进水受淹。

头发蓬乱、胡子拉碴、满眼血丝的宋水生把他和水利副镇长叫到身边，嘶哑着嗓子，说："水退得很急，这不是什么好事，退水时倒堤溃口也曾在洪口民垸发生过。所以，领导力量不能减、巡堤劳力不能减、防守班次不能减。重点做好巡堤查险，密切关注细微

变化，及时处理突发事件。防住今夜，就可以大功告成。"

接着，他跟着宋水生查看了隔堤的备土情况以及车辆运土调度方案。宋水生对水利副镇长说："还要多备土，别怕做无用功，宁可备而不用，也要有备无患。"

临别之时，宋水生握住他的手，谆谆嘱托道："成败就在今夜。刘家垸闸是重中之重，要加派力量防守。防住了，你和我的坚持与担当就能载入史册！"

他望着宋水生的眼睛，坚定地点点头。他看到了宋水生黑红的脸上自信而又沉稳的微笑。那一笑，也给了他一股力量和一份自信。

回到村指挥部，他把刘大成、王土城和小汤召集到一块儿，传达了宋水生的工作要求，对分工进行了调整，他和小汤前半夜守闸后半夜巡堤，刘大成和王土城前半夜巡堤后半夜守闸。

他坐在堤边，看着刘家垸闸的迎水面，小汤看着闸的背水面。一会儿，村里加派看闸的两个劳力分坐在他的两边。坐在左边的先开口问："您是白镇长吧？"他点点头。坐在右边的说："都说您年轻有为可、担大任，今天一看，果真不同凡响。"他谦逊地笑笑，说："哪里。哪里。"左边的又说："白镇长，您爱民如子、心系百姓，我们有重要情况向您报告。希望您能给我们反映上去。"他警惕地望望左边那位，又望望右边那位，问："什么重要情况？"右边的吞口涎，压低声音说："宋水生霸种我们鲁家两兄弟在刘家垸的200亩地，一直不肯归还给我们。我们找了他多次，但他就是赖着不还。"他有些不相信，否定道："宋书记怎么会这样呢？"左边的马上说："千真万确。这200亩地给他自己种也就算了，可他却把这地给许佳雯种。姓许的仗着他的势，在小光村还种了250亩地呢？谁不知道这姓许的女人是他的皮绊和橛子。"他感觉到这弟兄俩越说越离谱，赶忙制止道："没有依据别瞎说，诽谤他人是要负法律责任的。"右边的立马把胸拍得山响，一口咬定道："有凭有据，绝无虚言。"他摆摆手，两位知趣地离开了。

宋水生和许佳雯之间是不是"皮绊"，他不敢断定。但是他们两人的关系非同一般，是不争的事实。不然，他宋水生为何要不遗余力地整垮名正言顺的镇招待所，而把镇里的接待中心转移到旁门左道的"雯雯饭店"？并且有人向他反映，那个许佳雯打着建设"雯雯爱心院"的幌子，让宋水生出面到各单位去做摊派和捐赠工作，许佳雯从中渔利。如果刚才鲁氏两弟兄说得属实的话，宋水生和许佳雯就是一个在前台一个在幕后，狼狈为奸地攫取着不义之财。这样看来，宋水生看似伟大、看似神圣、看似庄重的担当，就显得动机不那么纯粹了。

白灵峰的心里涌过一阵暗喜，他觉得自己牢牢掌握了林丰汛事发展的主动权。

他站起来，走到闸口，侧耳倾听闸门那儿有没有渗水的声音，在确定没有后，他打起手电筒，慢慢从闸口向四周照射，但见水面平缓，没有漩涡，没有异动。

手机的短信提示音再一次响起，他打开收件箱，看到了未婚妻的短信："亲爱的，我已洗了澡，穿着睡裙躺在床上。乡村的夜真静！想你。"

看似一则简单的汇报，对他来说，却是一种暧昧的暗示和一份缠绵的挑逗。那似曾相识的画面定格在脑海里，烙印深刻，挥之不去。刚刚沐完浴的未婚妻，披散在肩的头发上和美轮美奂的身上散放出柠檬的淡香，不戴胸罩不着底裤，只穿一件黑色蕾丝超短吊带裙，露出雪白嫩润的胸、背以及两条修长性感的腿，侧卧床上，眼里散发出迷离魅惑的光芒。

一股原始的冲动把他浑身的细胞胀得满满的，好像即将爆破的气囊。未婚妻明天就要走了，远赴大洋彼岸，一去又得半年。未婚妻在深情召唤，自己的灵魂在苦苦煎熬。别再犹豫了，赶紧去和未婚妻见上一面！不能让她乘兴而来独守空房，一无所获伤心而归。水位下降得挺快，刘家垸闸稳稳的，这一时半会儿出不了问题。一个声音在他耳边大声说道，盖过了那些声如蚊嗡的杂音，占据了他的整个大脑。

他抬腕看表，时针指向 11 时。他把小汤叫到身边，声称要到各个防守段面去看一看，命他坐守闸边不离半步。小汤回应道：

"我会看守好的。您是指挥长，应该要掌握全线动态。"

他坐上破"长风"，谎称手机没电需要回机关取一下充电器。司机拉着他急速驶向镇机关。

他让司机靠在车上休息一会儿，来到机关公用澡堂，鬼画符地冲了一个澡，抱着衣服蹑手蹑脚地穿过走道，用钥匙打开房门，看到未婚妻侧身靠在床头看书。在朦胧的光影中，未婚妻两只黑葡萄一样的眼睛里荡漾着爱的欲念，裸露在外若隐若现的胸部和大腿给他炫白的惊艳。他扑过去，用嘴巴对接上她饱满而性感的双唇，继而两只舌头便无可救药地绞在一起。

他没有序曲没有前奏，一往无前、迫不及待地进入她的身体。一曲终了，他说："歌还未唱够咧。"未婚妻嫣然一笑，意犹未尽地说："继续唱呗。"

第二次他没有慌张没有匆忙，两人配合默契地唱了一曲舒缓优美的小夜曲。当他从她的身上滚落下来时，连日的疲惫和幸福的享受让他沉醉，片刻工夫，他便呼呼睡了过去。

手机铃声猝然响起，尖厉而急促。他一个激灵坐起来，打开翻盖接听。电话里小汤带着哭腔说："白镇长，刘家垸闸出事了，您赶快过来。"如五雷轰顶，似烈火灼身，他说："我马上赶到。"

当他火急火燎地赶到刘家垸闸时，已经是半夜两点钟。刘家垸闸体和大堤脱节，倾斜在水中，洪水把闸口位置撕开了一个十几米宽的大口子，水汹涌澎湃地流向刘家垸。

"怎么会这样？怎么会这样？"三个小时前还是矗立稳固、一动不动的闸，为何眨眼之间就闸体移位、面目全非呢？他对着溃口处喊道。

"闸体严重老化，发生事故在所难免，迟早的事。只是——"小汤突住了，没敢继续往下说。

"只是什么？"他有些不耐烦地追问道。

"只是我们发现闸口向内渗水时迟了一步，当时是半夜 1 点，堵都来不及了。其实闸口开始渗水约在 12 点左右。如果早点儿发现，应该还有救。"小汤说。

"刘大成和王土城没在这儿坐守？"他厉声盘问道。

"12点时，前边二组有一鱼池内出现鼓水翻花的情况，疑是管涌，他们两人便去做现场处理了。等他们处理完，正好1点钟，闸口渗水已经很严重了。"小汤说。

"我这一会儿工夫没在就出这么大的事，该怎么办哟？"他有些绝望，双手捧头，脑里一片空白。

小汤走到他的身旁，小声道："宋书记问过我您到哪儿去了，我说您巡堤去了。您是指挥长嘛，巡堤是您的权力和责任。"

精明的小汤为自己三小时的离奇"失踪"找好了退路，他很是感激，心想：小汤很会来事，今后可作心腹培养、提拔。他对小汤说："宋书记在王小垸隔堤上吧，咱们和他们会合去。"

坐上破"长风"，他笑着试探道："刚才回镇机关取手机电池，谁会想我那块备用电池没充上电。守在那儿充了一会儿电，不知道花了多长时间？"

胖师傅憨憨地笑了笑，圆滑地说："您一下车，我靠在车上便睡了过去，好像只眯了一小会儿，您就来叫醒我往回转了。"

他的心里有了底。小汤也好，师傅也好，都会见风使舵，瞅眼色行事。他们把宝押在自己即将就任镇委书记这个上面。他们需要自己今后对他们给予关照。所以，他们不会出卖自己。他本想许点愿，说几句投桃报李的话，但不知从何说起，便打消了这个念头。

"白镇长，刚才忘了跟您汇报，刘大成出事了。"小汤打破僵持，报告道。

"刘大成出啥事了？"他讶异地问。

"送县人民医院了。我估计人已经不行了。宋书记叫人把他送到医院救治，只是表明一种姿态，更重要的他是担心全体村民聚集一块儿，影响后续的防汛工作。"小汤说。

"刘大成怎么会受伤呢？"他感觉有些莫名其妙。

"一点多钟，宋书记从殷家咀赶到刘家垸闸，看到闸体和大堤已经脱节半尺距离，便脱衣准备下水去塞棉絮。刘大成连忙制止，说整个洪口民垸的防汛还等着您全线指挥哪，要下水我来！我水性好。便脱掉衣服鞋子，让人在腰间绑了一根绳子，由岸上的人牵

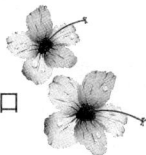

着。下水后，塞了几床絮，渗水的声音小了许多。刘大成的头浮出水面，用水抹了一把脸上的水，正要喘口气，谁知闸体'咔'的一声向河面移了几寸，一个漩涡把刘大成卷进闸体和大堤之间的缝隙里，上面的人使劲拉绳子，但刘大成卡在缝里，怎么也拉不动。宋书记连忙派两个水性好的小伙子下去施救，费了九牛二虎之力才把刘大成捞上来。一般人在水里最多憋两三分钟就要送命，而刘大成在水里耽误了七八分钟。"小汤眼圈发红，声音低沉地叙述道。

"大成是个好同志！"他难忍悲痛，声音哽哽的。

胖师傅听到这，也憋不住了，深有感触地说："刘大成说话尖酸刻薄，无遮无拦，让人难以接受。但刘大成有头脑有气魄，敢作敢当，是一条真汉子！就说这王小垸隔堤，提出来时有多少人反对，几乎就没人赞成。工程量实在太大了，分田到户后，村集体从没做过这么大的工程。但他认准了，带着村民们肩挑背驮，利用两个冬闲时节，把隔堤做成了现在这般模样。隔堤这次可要发挥大作用了，刘家垸进水，有隔堤挡水，'葫芦肚'另外30多万亩农田可以确保无恙了。"

"但愿在他身上有奇迹发生！"他默默祈愿道。虽然这个人嘴刁舌毒给过他"下马威"，让他很羞辱很难堪，但想想他的能干、功劳和对洪口民垸所作出的巨大贡献，他从心里彻底原谅了他，希望他活得好好的、壮壮的。何况，刘家垸闸失守溃口，已经是不幸之事了，如果再搭进去一个人，其社会影响于他、于宋水生、于林丰镇会更加不利。

想到影响，他觉得自己应该悉心准备、掌握主动，以备不测。

王小垸隔堤上，灯火通明，机声轰响，人来人往，穿梭奔忙。他跳下车，很快地融入搬运土包的队伍之中。

5

半个月后。

省委党校学员楼，宋水生的住处，许佳雯坐在椅子上，左手端着一杯水，右手比画着说："这几天县里定干部，你却稳稳当当地坐在这儿学习，亏你想得开咧。水务局长不想当了？"

"我一生爱水斗水离不开水，怎么不想当？"宋水生说。

许佳雯喝掉杯中的水，将杯子搁在桌上，指点道："既然想当，那就去活动活动呀。馅饼是掉不下来的，职位是等不来的。"

"你让我怎么去活动？"宋水生心虚气短地说，"刘家垸闸倒口，刘大成壮烈，我半点儿心情都没有。再说，刘大成之死，让我对人生有了另一番思考。"想到刘大成，他的心就会隐隐作痛。一个有棱有角、有勇有谋的大男人，在顷刻之间说没就没了，那样突然，那样匆忙，那样让人难以接受。要是当时不是刘大成挺身而出，奋不顾身地顶替自己扑下水去，那个死去的人可能是自己了。想到自己都是死过一回的人了，还有什么想不开的呢？正如前几天听过的一个段子："正处副处，最后都是一个去处；正局副局，最后都是一个结局；正部副部，最后都在一块儿散步；主席副主席，最后都会一样缺席。"其实这是在告诫芸芸众生，当再大的官和做一个平头百姓，最后都会流平到一个地方。

"思考是对的，但你不能背黑锅，让名誉受损。白灵峰不仅是镇里的防汛指挥长，而且刘家垸闸交由他镇守，我认为他对溃口应负全责。"许佳雯得理不饶人地说。

刘大成人已作古，骨灰一包，谈责任有啥意义？再说，县里尽量化害为利、淡化影响，抓住刘大成这个典型大肆宣传，做足了文章。"两办"出台向刘大成同志学习的通知，组织部追认他为中共党员，民政局追授他为革命烈士，宣传部组织他的五个亲友成立了先进事迹报告巡讲团，在全县各个乡镇巡讲完后，又受邀到市里去巡讲。刘大成成为顶呱呱、叫得响的抗洪英雄，成为县里防汛抗洪的一张亮丽名片，对他铺天盖地的正面宣传完全盖过了刘家垸闸溃口的负面报道。看那阵势，县里似乎不想在责任问题上深究。宋水生感叹道："大成同志生前英勇无畏，死后还发挥余热。县里通过对他进行宣传，转移了社会视角和人们的视线，变相地为我们消化了责任。所以，我们之间，应该不存在谁担责的问题。"

"即便不担责，你也要撇清自己呀。"许佳雯说，"出事那天半

夜，白灵峰有三个小时不在现场，据说他回到机关幽会他的未婚妻了。哼！上床困觉也不择个时候、认个场合。"许佳雯说完，瘪瘪嘴，满脸鄙弃。

"人家未婚妻在美国进修，好不容易回来休息几天，马上又要走人，正赶上防汛这种特殊情况，两口子抽空见个面亲热亲热很正常的，可以理解。"宋水生豁达而大度地开脱道。

"你能理解他，他能理解你吗？我听说前几天他到处在收集证据，向县委反映你的问题。你把别人当朋友，别人却把你当敌人。被冷枪打死了还不知信儿。"许佳雯特别提醒道。

"我堂堂正正，没有什么问题可以收集，不要人云亦云、瞎讲乱传。你还是多操操'爱心院'的心吧。"宋水生转移话题。

"那 250 亩地的收成保住，'爱心院'今年的开销就有保障。只可惜刘家垸那 200 亩地淹了，不然明年春季也有着落了。最讨厌的是鲁氏两兄弟，在社会上到处嚼咱俩的舌头，干脆把刘家垸的200 亩地退还他们。"许佳雯建议道。

"种了三年，淹了两年，亏了一大坨，怎么还给他们？我得按合同办，种满五年。如果老天垂怜'爱心院'，应该会风调雨顺地给两年好收成。"宋水生深为向往地说。

"你一口一个'爱心院'，太费心劳神了吧。你的重点是要争取得到水务局局长的职位。"许佳雯有些着急地重申。

"职位是你的就是你的，靠争靠抢得不到的。"宋水生有些看破红尘，话语中满含禅韵，"我倒认为自己所做的这一切，唯有扶持'爱心院'这件事，行善积德，阿弥陀佛！"

"早知你变得这么痴迷，当初就不该撺掇你做这件事。现在弄得我骑虎难下、欲罢不能不说，还让你牵扯其中、深受拖累。"许佳雯眼含泪水，有些哽咽，"我很想独自支撑下去，但……"

望着对面女人鬓角若隐若现的丝丝白发和眼角清晰可见的鱼尾纹，看着她柔弱无助、楚楚怜人的样子，宋水生顿时感到一种强烈的心痛和心动。他走过去，揽住她的腰，用力地往怀里抱了抱，充满男人阳刚之气地说："'爱心院'不会让你独自支撑。我会给你一份惊喜!"

她喜极而泣,张口在他脸上亲了一口,慌慌地挣脱他的怀抱,头也没抬满面羞涩地跑出了门。

他愣愣地摸着被她亲吻过的面颊,湿热、微香,傻傻地笑了。

党校学习结业前,接到县委组织部干部科的通知,让他迅速赶回县里,接受书记谈话。

要在以往,他会在紧张的渴望之中感到·种兴奋,心都要飞出来。但是现在接到这个电话,他很淡定。直到晚饭后,他才赶往书记办公室。

一个月前的郑县长而今已经变为郑书记,几乎是瘫坐在大班椅上,看着坐在对面的宋水生,颇有派头、官腔官调地说:"水生同志,充了两个月的电,也算是工作重心由农村转为城镇的一段适应期,很好嘛!昨晚开了常委会,决定白灵峰接你的手,任林丰镇委书记。你呢?大家一致觉得你一生爱水斗水喜欢水,所以决定任命你为水……"说到这儿,桌上的那部红色电话机骤然响起,郑书记从椅窝里直起身子,抓起话筒,赶紧接听。

郑书记虽然只说了一个"水"字,但与水有关的一级科局只有水务局。宋水生的心里早有准备,只要是一级科局,无论到哪个局都无所谓。如果能安排到水务局,他当然更高兴,不是说梦寐以求的职位终于到手,而是水务局是县里的重要部门,县委能把那个局长给你当,说明你的资历得到认可,你的能力得到肯定,你的努力没有白费。

郑书记接听电话开始说了一句"是的",接着说了一句"好的",最后放电话前说了一句"行"。前后一两分钟,就说了这么几个字。看来大领导就是不一样,说话都是那么惜字如金。

搁下话筒,郑书记恢复原态,接着说:"县委决定让你做水产局局长。"

"什么?水产局局长?"宋水生唯恐听错了,口里特意惊诧地重复一遍。郑书记点着头。

宋水生惊诧是有原因的。水务局是政府序列的一级局,而水产

局则是农业局下属的二级局，属事业单位，没有纳入财政供养，办公地点临时租用，连个自己的窝都没有。他的心里五味杂陈，不知是什么滋味。他也不知道此时该说什么，自己能够说出什么？只能眼睁睁地盯着郑书记看。

宋水生的眼光无解中透着凌厉，质疑中包含锐利，看得郑书记不好意思地回避开来，笑着解释说："老书记临走之前对我有过交代，说你是水务局局长的最佳人选。常委会上也有过这个方面的考虑。但大家认为，你是第一个违抗县委常委会决议的人。常委们众口一词：不能纵容你藐视权威。"

"我懂了，你们倚重的、需要的是那种唯唯诺诺、盲从上级、不越雷池丝毫的'机器人'。"他终于缓过神来，连讥带讽地说。

郑书记并没理会他的讥讽，继续说："另外，前几天，九名常委都收到了来自林丰的关于你的实名举报信。举报人有班子成员、机关干部、水管所的人和村民，事实清楚，数据翔实，我把它按下来了。你还是夹夹尾巴、保持缄默，服从任命吧。"

白灵峰、王土城、朱小理、小汤、鲁氏兄弟，等等，从脑子里一闪而过。他们能够举报自己什么问题呢？刘家垸闸溃口，难道他们的道德大堤也溃口了吗？看郑书记的样子好像掌握了让自己致命的"杀手锏"，不说穿、不捅破是给自己天大的恩赐一般。他不想蒙受不白之冤，不想接受这种莫须有的恩惠，更要看看这帮人能够编造出什么花样来。他倔强地坚持道："愿闻其详！"声音短促而有力。

郑书记一副不情愿的样子，但在宋水生眼光的逼视之下，不得已地说："举报了你五个问题，突出有三个方面：第一，和情人许佳雯勾结，以办'爱心院'名义在镇直单位敛财。第二，霸占洪口民垸内村民的土地，交给情人许佳雯种，从中牟利。许佳雯就是那天以死相逼的那个女人吧，挺厉害的。第三，在明知刘家垸闸已经和大堤脱节的情况下，逼迫刘大成下水抢救，导致刘大成毙命。"

宋水生使劲捶了一下桌子，愤而站起，头发直竖，青筋猛暴，说："诬蔑陷害，屁话连天！"

郑书记指着宋水生，厉声警告道："宋水生，请你对领导有起码的尊重！"

"你不去核查，听信谗言，值得我尊重吗？"宋水生伸直食指，右手成手枪状，点着郑书记，"我受够了，我憋够了，我压抑够了，我不跟你们玩了！"

"你想干什么？"郑书记警惕地缩缩身子，怕他扑过来做出过激行为。

"我要放你的鸽子！我要做回我自己！我要去和你们给我匹配的情人许佳雯到洪口民垸种地！"宋水生像一尊顶天立地的铁塔，凛然而立，字正腔圆。想到自己再也不会像"小媳妇"那样低眉顺眼、忍气吞声，也不会像"好学生"那样循规蹈矩、唯命是从，更不会像"哈巴狗"那样摇头摆尾讨好主人，心中就有一种冲破牢笼的开阔，放纵的滋味在荡漾。什么打躬哈腰，什么谄媚讨怜，什么曲意逢迎，都统统地见他娘的鬼去吧！剥掉裹在身上的层层"伪装"，恢复遗弃的人格尊严，找回久违的自由快乐，还原紧裹的天生本性，他感到快意无比，浑身轻松。

他旁若无人地走出郑书记办公室，掏出手机，特想告诉许佳雯这个消息。只是他不确定这算不算是给她的一份惊喜。

作者简介

郑局廷，男，湖北仙桃人，1963年出生，现任仙桃市文化局局长、党组书记。中国作家协会会员。迄今发表小说、报告文学、杂文等200多万字。已出版长篇小说《巨额贷款》《破蛹》《青之末》及中篇小说集《国家投资》《阳光总在风雨后》和长篇报告文学《在那桃花盛开的地方》。中篇小说《预约爆炸》获第三届《长江文艺》完美文学奖，长篇小说《破蛹》获中国人口文化奖，中篇小说集《国家投资》获屈原文学奖。

胡雪梅

一豆的春天

来自北京的志愿者香哥到湖北偏远山区支教，言传身教给孩子们造成了深远的影响。一豆等淳朴的农村孩子一直保持着纯洁的心灵，坚守着传统美德与做人的尊严。若干年后，已经出落成美丽女孩的一豆却为此付出了生命的代价。

那一日，是个秋天，在北京当大学美术老师的香哥，背着黑色行军包，包里有面包、画夹，还有帐篷，走了七七四十九天，才走到这座叫作水幕子的山窝窝里。山窝窝里面的秋天，黄的树，白的树，红的树，爬满纯净彩阳，又亮又闪，像妖精撒了一万只媚眼。香哥被媚到竹海，迷了路，再回首，还是竹海。

没法往前走。香哥在竹海支起帐篷，栖身。那晚，水幕子峡谷下了一场急性子秋雪。鹅毛片子似的雪花，落在竹林里。落了。化了。化了。落了。都不屈不挠。香哥支起画夹，画里落了雪，真真切切的雪竹。

香哥大名叫香文军，在北京城里长大，耳朵里早塞满汽车喇叭声，重重叠叠的脚步声，人声鼎沸这个词是香哥的哀痛。可能吧，他平生第一次听见雪落竹叶的声音，噗噗的，就放下画笔，聆听。

香哥听见了，风从竹林里捎来的读书声，忽而远，忽而近，读的是，白日依山尽，黄河入海流。他以为是幻觉，荒山野岭的幻觉，要不有野狼，要不有美人。香哥是这样的俗人。踮着脚，冒过竹林尖尖，望见了孩子，两个，三个，五个，在雪花里奔跑。

香哥走拢去，雪花早已把头发化湿。28岁，阳刚、帅气的香哥，像顶着一口咕嘟嘟冒气的开水锅，蒸蒸日上。他没别的意思，只是想在雪竹里，画一个苹果脸蛋的野丫头，两根丫丫辫，翘着，是落满雪的燕子尾巴。

孩子们穿着大棉袄，似撒在地下的弹珠儿，滚来滚去。香哥来了，只是他们眼里的一片雪花。香哥笑着，往房子走去。

房子也是他在电视上就已经见过的，泥巴糊的，盖着青瓦。烟熏火燎的墙上写着两个字，一个是春，一个是天。

在门口站了一会儿，要是贸然闯进去，很不礼貌。这样，香哥就听见了里面的说话声，声音尖细、稚嫩，"输了活该。"

说话的这个人，圆圆的脸上，两块红团团，正是香哥想找的野丫头。两只闪闪发亮的眼睛，忽冷忽热，"老师，再挨，狼就出来了！吃了活该。"她扔的纸团，滚了几滚。老师们迟迟疑疑，盯着纸团，不敢伸手。小圆脸把竹木教棍拿起来，磕，粉笔灰扑扑掉，厉声道："快捡！"

原来，镇上要调一名老师回去，两个老师都想走，在抓阄。那裁判，正是他们的学生，叫一豆。

一豆办完事，面无表情，"驴在外面等。"

香哥这才看到，等在雪花地里的，除了驴，还有一个花白头发的老汉，他是村长江福叔。江福叔见一豆走来，小心翼翼，"一豆娃娃，让他们都走了吧？留下来天天哭丧，教不成书咧！"

于是，画竹的大学讲师香哥成了这所学校唯一的老师。

从前，这所学校名叫窝头学堂，几年前，来过一个志愿者，南京女学生，留披肩发，穿超短裙，名叫肖春芽。她用自己的名字给学校改名，从此窝头学堂就有了新名叫春芽小学。春芽小学有27个学生，一个老师，一间教室。一豆是大班长，除了香哥，一豆是个二号人物。

香哥在大学里讲美学。他上课，阶梯教室挤得满满当当。才华横溢的香哥面对参差不齐的小学生，愣得发不出声。就问，"黑墙上的两个字，念什么？"孩子们齐声说："春天。"

一个缺门牙，黄不拉叽的小女生站起来，"老师，那是春芽老

师给我们冬天装的……"在头上抠了抠，又一个黑皮缺牙的女孩子抢着说，"空调！"

香哥知道了她们的名字，一个叫小欢，一个叫果子。香哥说，"好的，好的。真是很暖和！"

那时，一夜北风，把雪花锁在山上、树上、房顶上，动弹不得。云层很低，要是雪花再犟，北风就要把她们冻住，一点儿不客气。第一节课，香哥不知道说什么好，便把孩子们排成队，拉到竹林里，香哥说："我教你们画竹子。"

那些是风雪里的竹子，迎风而舞，沐雪而歌。香哥讲竹子如何美，如何欣赏竹子美，还讲了一个画竹子的大师叫郑板桥。香哥严肃地说，"记住就好，世上只有四根竹子，一根是眼中之竹，二根是胸中之竹，三根是手中之竹，四根是画中之竹。"孩子们奇怪的眼睛在竹林里寻找，不懂。最后香哥说，"嘿嘿，我有一个亲爱的，名叫雪竹。"

亲爱的，名叫雪竹的人，是香哥的未婚妻，大名叫郑雪竹，比香哥大两岁，那年她已满30岁了，是北京一家公司的会计。雪竹那时在北京，正和三姨一起买嫁妆。在王府井大街上，三姨和她一人背着两床羽绒被。这是雪竹的妈妈托付的，要把雪竹和香哥的爱情，捂出小芽儿。三姨说，这么厚的被子要捂得流鼻血。雪竹说，三姨，你像嘴里吐出一颗狗牙来。

孩子们因"亲爱的"笑得前仰后合，果子举出苍白的小手，"老师，那是第五根竹子。"一豆吐了吐舌头，"恶心！"

香哥的屋子，在竹海里，连着学校破旧的教室。北风，总是跑进屋子炫耀。江福叔来修过几次，他只能把北风从屋子赶到教室，又从教室赶进屋子。香哥早起，瓦盆已结厚厚的冰。

因为有香哥，雪天也没拦住孩子们，翻山越岭都来了。小欢从大棉裤里摸出一个热乎乎的鸡蛋，捧给香哥。香哥以为，是孩子的母亲发给他的奖赏，幸福地放在手心搓动，得意得像捡到宝贝。鸡蛋破了，蛋黄蛋清滴了半身。果子噘着小嘴，嘟嘟哝哝，"是一豆管的鸡蛋，她要拿去孵小鸡。"

蛋是用来生蛋的，好像往银行里放了钱。香哥这才知道，孩子们要从鸡屁股里，抠出一栋小两层的教学楼。那晚上，北风呼啸，香哥批改一豆的作文。她详细地写了教室、宿舍、食堂，像一幅用文字表述的建筑设计图。香哥叫绝。便举着烛火，跑回教室，在黑板上画了一幅画，是一豆设计的楼房。上面住着27个孩子，下面住着教师，还有烫卷发的胖大妈和蒸馒头的食堂。香哥在又黑又冷的黑板前，笑。想起来，又在草坪上画了放风筝的女孩，是一豆的小跟屁虫，春春。

阳光又明明亮亮地出来了。雪花化成水，流成清亮亮的小溪。小鸟儿扑棱棱飞出来，在竹海浪一样的歌声里，合唱。一豆跑到香哥跟前，兴奋得两眼闪闪发亮，"老师，这是真的吗?"

香哥拍拍胸，"真的！真的!"信他的，是27个小天使，哦哦哦哦哦！围着香哥，踏出整齐划一的脚步声，是他们快乐的舞蹈。

给春芽小学盖楼房，好难好难。江福叔的头，摇得像只拨浪鼓，"香老师，送走一豆这批娃娃，学校就关门算了。"香哥急了，"小吉、大破、橘子、银宝、谷面、浆子、春春、瓜拉、豆架、黑皮才五岁六岁七岁，关了门，这十个孩子就没地方上学啦!"

江福叔的手，摇得像蒲扇，"为了这个学校，我做狗汪汪汪，汪了几年，汪了百十里地，汪回两个老师都跑了。你说的，那一豆的楼房，就算我下世变狗，汪汪一百年，也做不起来!"

香哥那天收拾衣服，打好背包，反正是要关门的，不如早点回北京，见雪竹，结婚。

香哥要走的消息，先是被豆架听到了。拖着清鼻涕的豆架，就像听到地震的消息，最先告诉了小欢，小欢告诉了果子，小耳朵一个传一个，一下子就传到一豆耳里。二号人物一豆，不容分说，整好27人的队伍，齐唰唰跪在香哥的土屋前。竹海沙沙沙沙响，香哥从门缝见此情景，吓得不敢开门。

从此，香哥发誓要盖一栋"一豆的楼房"。

个中的艰辛自不必多说。只说有一天，是初春季节。山下，阳

光明媚；山上，白雪皑皑。香哥带着一豆和果子进城。香哥负责进城去讨钱，买钢筋、买水泥。一豆和果子进城，是为了打电话。

打电话的钱，是雪竹寄来的。她还把结婚用的钱，换成27双运动鞋寄来了，跟鞋配套的，还有足球。她原本不想寄，是香哥赌气，说不寄就永远不回来。

果子的布包包，装着一个写满电话号码的本子。香哥给她俩找好电话亭，一豆管投币，果子管打电话。一豆的钢儿哗啦一响，果子就郑重地大声喊，"喂！我是果子，山窝窝里的果子，你们家银宝身体健康，学习进步。"只说这一句话，果子果断挂断电话，话筒摔得一响，再拿起来。一豆再投币，果子再喊，"喂！我是果子，山窝窝里的果子，你们家瓜拉身体健康，学习进步。"

果子打出的最后一个电话才是自己的，"喂！我是果子，你们的果子，你们家果子身体健康，学习进步！"

果子很公平，对爸爸妈妈也只说上这一句话。撂了电话，便嘤嘤哭泣。

一豆说，"果子，你个没良心的，我们有了香老师，不知过得有多好！你哭得比驴子放屁还难听。"

果子一把抹了泪，"我承认，好吧！我放了一个驴屁。"

香哥一行三人，去了很多厂，找了很多老板，这一趟，没有化到一分钱。因为谷面要买眼药水，还把香哥带来的钱也花光了。

那时，天快黑，最后一趟进山窝窝的班车，也要发车了。一豆说，"老师，你在车站等，我带果子去讨钱。春春的妈妈就在深圳讨钱呢！"香哥拉住一豆，"瞎说！老师留在山窝窝，就是为了不让你们做乞丐。"摸来摸去，香哥摸出几张一元纸币，"还有几块钱，买一本白纸，一支铅笔，我保证，一定能回我们的窝窝。"

一豆飞快买来。香哥铺纸说，"五代时期有个李夫人，常夜坐床头，见竹影映在窗上，就自创了墨竹，她是千古传诵的大师。"果子眼珠一转，抢着说，"我长大了做果夫人，她做豆夫人。"香哥说，"好的好的，我的夫人们。"

画完了竹子，正是，墨竹。竹子清秀，瘦而有劲道。一豆惊喜交集，"老师，你画画，我卖画。"香哥说，"好的好的！车票三张，十五块。你看着卖。我来画。"

欣喜地拿过画，一共三幅竹子。一豆粉嫩的嘴唇笑出两排糯米样的牙齿，就算涂了墨水也不会变色的牙齿。有些热，一豆脱了棉袄。香哥看到了，他的一豆刚满 12 岁，粉嫩的脸蛋浮现两朵桃红的霞光，刚刚破芽的娇美小胸脯，有了一点儿青春柔美的线条，两只青涩的果实正在悄悄长大。这小小的果实，便把站在她身边，才九岁的果子比得黯然失色。一豆雀跃着跑出去，香哥命令她，"带上果子！两人有个照应，我放心。"

果子纤细而弱小的身体便风一样地刮了去。

香哥画竹子，是他画了多年的竹子。要不是为竹子，香哥不会住进竹海，住进水幕子。要说香哥还能钟情什么事物，那便是画竹。香哥的竹子，在白纸上一节节长，雪花一朵朵飘，墨竹，一丛丛，一片片，令香哥沉醉。

一豆和果子进了一家店铺，一豆问，"老板，买竹子画吗？大学教授画的，才 15 块钱。"

果子凑上去，瞪着眼睛，很认真，"竹子是我们水幕子的，老师画的，跟真的一样，真的！是李夫人创造的墨竹呢！"

有个男人拿过来看一眼，不要。有个胖女人看也不看，给了两元钱，一人一元。果子惊喜地把钱攥住，一豆抢了，扔回去，小眼睛一翻，"我们不做乞丐。"

画，一张也没有卖出去。最后，一豆和果子走进一家门前种着樟树的卖副食品的小店里。

一豆喊，"老板，买张竹子画吧！教授画的，才 15 块钱，好划算啊！"

老板出来了，一个 40 多岁的男人，上身穿着呢子外套，脖子系着格子围巾，眼睛大，眉毛浓，是电影里的好人。男人说，"这破画就要 15 块钱，我不要。"

一豆说，"不是破画，是教授画的，北京来的教授，画的是古代李夫人创造的墨竹呢！"

男人把画放到桌子上，"小妹妹，你等钱用吗？"

果子抢先说："我们没钱回家啦！"

男人说，"好啦！小妹妹，我摸你一下，给 10 块钱，行不行？"

一豆和果子交换眼神，一豆问，"你摸哪里？"

男人说："摸小咪咪。"

果子勇敢地冲上来，"摸我的，摸我的！"

男人望果子一眼，这一年，果子才九岁，营养不良的果子，头发硬得像草，小脸蛋更是面黄肌瘦，身上一点油水都没有。"嗯！"男人说，"你还没有长咪咪，站一边去。"

男人直视一豆，"小妹妹，可以赚到钱呢！你又没有损失。"

一豆眼睛低下来，想了一下。果子捅她的腰，附在耳边叽咕，"比爸爸还老，摸一下有什么关系呢！只是，不能让男生万财有和李大旗摸。"

12 岁的一豆，刚来过初潮，卫生巾也是香哥进城买回来的。花苞苞，嫩苞苞一样的一豆，穿一件桃红色的毛衣，毛衣领口微黑，针线松了，张着，露出细嫩的颈脖。天气冷，她很多天没有洗澡，脖子上几条黑垢，排得沟壑一样。虽然有些不情愿，但是又迫不得已点了头。一豆说，"只能摸左边。"

男人说，"行。"

一豆说，"只能摸两下。"

男人说，"行。"

一豆便走到他眼前，男人的手，肥厚、鲜红、微凉，从一豆的衣领处伸进去，摸了一把一豆刚刚长出、又小又硬、毛桃子一样的乳房。手退出来，又伸进去，摸了第二下。

果子迅速捂住一豆的胸口，张口喊，"两下了！两下了！给二十块钱！"

男人笑，拿出四张五块的钱，一豆接过来，拉着果子飞快地跑了。

香哥知道这件事，已经是半个月后。一豆叮嘱果子不准说出去，她只是隐隐觉得这事儿有点丢脸。是果子心里一热，把一豆当成英雄，说给小欢听。小欢跑到香哥跟前，咬了一阵子耳朵，欣喜地说给香哥听了。香哥刚刚端起煮好的面条，手里的土钵子啪地一响，摔在地上。

那天，来了倒春寒。水幕子的倒春寒，跟三九天一样寒冷。细雪，已经落了整整一夜，初发的绿芽儿，埋了；鲜草儿，也埋了。虽然水幕子峡谷听过了滚滚春雷，细雪下起来依然顽强，山里的春天，跟懦夫一样。

香哥咬着嘴唇，穿了蓑衣，一头扎进细雪里。

下山，下山去！

雪，沙沙沙；竹海，沙沙沙。放眼一望，原野茫茫。路过豆架的家门口，一个人也没有。香哥顺手抄了一把砍柴刀。

天色，已越来越晚，再晚，就赶不上最后进城的班车。香哥在竹林里疯跑，雪，竹叶上歇息的静静的雪，碰下来、翻下来、撞下来，香哥眼里竟然再没有怜香惜竹之情，只管冲撞、践踏，连雪竹，他的最爱。

香哥赶到县城，天已黑透，山下竟然没有下雪，只是冷飕飕的。到了果子说的，卖了二十元画，门口有棵大樟树的店子，香哥把砍刀提在手上。他没有想法，见那男人，砍一刀就回。

可是，香哥没能如愿，他看见店里面放了几个大花圈，袅袅青烟里，供着一个男人的照片。是的，就是果子描述的戴格子围巾的男人。他死了，车祸。

香哥将砍刀揣好，趁着夜色回山。路上，他先后扒了两辆运蔬菜的三轮车，在水幕子峡谷下了车。雪，细雪，下得很轻，偷偷摸摸地洒几粒儿，像知道香哥生气似的。

等到香哥走进竹海，雪，完完全全住了。竹林里的雪，层层叠叠，一轮清月高挂半空。山里雪后的月亮，银盘似的脸，温柔宁静。香哥走得很吃力，鞋子早就湿透，浑身冒着热气。月亮伴着香哥，映照一片美丽的竹海，是人间奇观。月亮，肯定是想安慰香哥的，叫醒几只鸟儿，从雪竹里飞出，在清辉里起舞。

香哥却没有看见。他一直黑着脸，像抹了锅巴烟子，牙齿也

是，不由自主地咬出咯咯响声。竹林的静夜，太静了。都说山里有狼，香哥却把这事早忘了。竹笋儿正在春雪下剥剥地生长，他听见了，竹笋破土的呢喃。小心翼翼地踏脚，他仍然踩到一根小竹笋，断了。他心痛，剧痛，狠狠地咳一声，吐出的，竟然是一口鲜血。他吐了一口又一口，都是鲜血，在雪地里。

走了一夜，整整一夜，把月亮从半空走到西边。迷路了，香哥。

天亮时，香哥才找到方向。等他赶回学校时，孩子们都来了，齐齐地站在门口，呆呆望着远方。香哥突然热泪奔涌，爆发一样大声喊，"一豆!"

孩子们听见了，大声回答，"在的，老师!"

27个孩子从高高的山坡上冲下来，小小的蝗虫一样，把香哥吞噬。只有一豆显得心事重重，眉目间有几丝忧伤，"老师，干什么去了呀?"

香哥说，大声说，开心说，"太好了，太好了，一个老板答应送我们20吨水泥啊!"孩子们欢呼起来。香哥举起右手，"同志们，冲啊!"

春芽小学全体师生又冲上山坡，香哥是一只领头羊。

放学时，只有一豆没有走。香哥在炉膛煮面，一豆蹭进来，"老师，你没去化水泥。"

香哥愣了一下，瞒了，"化水泥了。"

一豆低下头，两只手儿绞着衣服角，"你……还拿了砍刀。"

面条煮开，水潽出来。香哥揭开盖子，热气腾腾，隔住了他和一豆。很好，香哥正在为难，不知道要怎么说这件事。一豆愤然，"果子说出去的，撕她的嘴!"

面条锅的水蒸气，蒸住香哥的屋子，像山里的雾，漫了。香哥把面盛出来，忘了放盐，煮得稀烂。"带砍刀，是怕遇到狼。"一豆答非所问，"从此，就是，坏女人了吧?"又补了半句，"是的吧，老师?"

香哥顿了一下，一豆原本就是一张白纸，此时，她心里的白纸就要撕碎了。而香哥，是那守护白纸的人，只是那张白纸，被他不小心撕破了。一豆热切地望着香哥，想找老师要回她的白纸；而香哥，真的，只要说一句话，就能还她的白纸。香哥几乎脱口而出，"没关系啊，他是一个……长辈。"

这也是当初，一豆和果子的理由。一豆果然吐出一口长气，如释重负，露出羞涩又灿烂的笑容，"老师，明天能向全校同学宣布吗？"

香哥摸了一豆的头，脑袋后的辫子，光滑似水，他的一豆，是天养的宝贝，得从零开始。香哥说，"能的。"

当晚，香哥给远在北京的雪竹写了一封信，要她马上来，耽搁一分钟，立即分手。

请假有些困难，郑雪竹便辞了工作，坐飞机赶来了。雪竹来的那一天，水幕子的雪，正在融化，雪水滋润着竹林里新生的笋子，一片连着一片，到处都是毕毕剥剥破土而出的声音。香哥站在讲台上，化雪的天气很冷，香哥说，得开空调了。孩子们一齐跺脚，一齐拍手，一齐跟着一豆大声诵读，春天！春天！春天！

站在窗外的雪竹，头上裹着大红围巾，幸福得泪流满面。

27个孩子看见老师的第五根竹子，嘻嘻哈哈笑成一团。

香哥在雪竹的注视下给孩子们发白纸，"告诉老师，你们想画什么？"

果子说，"我画鸡蛋。"

李大旗说，"我画天安门。"

万友财说，"我画香港。"

大破说，"我画竹子，老师教过的。"

谷面说，"我画、我画一百块钱，红票子。"

六岁的春春站起来，涨红着脸，尖声喊："我也要画钱，我妈妈在深圳讨饭，她专门讨钱。"

豆架说，"你妈妈不要脸！"

春春一点不示弱，"我妈妈是瞎子，江福叔说我妈妈该讨的！"

香哥敲桌子，响亮地问："一豆，你要画什么？"

阳光正从破窗漏进来，照得一豆的皮肤透出细密的桃红，像用

针线挑过的精致五官，玲珑有致。如果她是香瓜，那隐隐的香味，便已透了出来，是淡淡的女孩子香，天香。甜甜的嘴角微翘，那真是一只美人的翘嘴巴，"老师，我画太阳，太阳好温暖，好灿烂。"

雪竹这时知道，香哥宣布的那个结果，重新颁发了一张白纸给一豆。可在香哥心里，他弄丢了一张白纸，愧疚不能释怀。

那以后，一豆就把摸胸的事情忘记了，又恢复大呼小叫的功能，重占领头羊的地位。小女生们一如从前，跟在一豆后面效仿。果子、小欢，还有春春，是一豆最铁心的粉丝。一豆彻底忘了。一豆还是一张白纸。香哥这才放心。

香哥照例把孩子们拉到竹林里，画竹。一豆的模样，一天天出落，像竹笋，把美人的坯子展露在春色里。热时，孩子们脱了衣服，在竹林疯跑。只有一豆犹犹豫豫，香哥就微笑着点头，鼓励一豆脱下来，在阳光下。香哥眼里，他的一豆是一张白纸，纯洁无瑕。一豆脱了衣服，露出她小小的铁锈红秋衣，袖口和领口都掉着白线。孩子们玩老鹰捉小鸡，一豆扮演着鸡妈妈。小鸡们一串串，将一豆的红秋衣扯出漂亮的线条。香哥看见了，一豆的小胸脯，长大了，长大了，是掌心里的宝。于是，香哥把每月按时给父母打电话的任务，交给了男生李大旗和万友财。香哥出去化水泥、化钢材，也只是一个人，不管风里来，雨里去。

终于有一天夜里，香哥找一个企业捐助了钢材，20吨。拿了提货单回来时，是一个月光暗淡的夜晚。

水幕子峡谷的夜晚，风啸啸，紧密的丛林里，抬头望不见天。若是走大路，进水幕子要走几十里山路，是碎石子铺起的路。没有车，也没有扒到车，香哥走了小路，丛林之路。

异常美丽的峡谷，即使在夜晚，无月，也美丽。画竹的香哥打着火把。火把的光，在风里忽闪，像要被吹灭的样子。森林、竹海，映在火光里，整个水幕子峡谷都睡了，睡死过去了。香哥，揣着虔诚的、漂亮的心，在森林里愉快地穿行。他一定想起了李夫人，倚在床前，望月下窗映竹影的情景，便情不自禁走进竹海。竹林里的月光，从叶缝里漏进来，斑斓、灵动，那是千年再现的、李夫人的墨竹啊！呼吸，这墨竹便吸进肺腑，香哥的竹子，在心里长出一节又一节，恨不得，听见竹子拔节的声响。香哥醉了，忘了，火把熄灭了。照见他的，是淡淡的月牙儿。

香哥不知道，有一群野狼，正在山里觅食。水幕子峡谷的狼，长得矫健硕壮，威武不屈的身影，成群结队在峡谷里出没。竹海也是它们的天堂。暗夜里，狼的眼睛，像闪烁的绿光，像宝石，像梦幻，把竹海装饰得像万花筒。孩子们抢着看过的万花筒，雪竹从北京寄来的，有三个。

饥饿的狼，遇到了香哥。

不得而知，香哥是否经历过惨烈的搏斗，总之，那无边无际的竹海，是他投奔天堂的走廊。他的孩子们找到的香老师，有一条腿，香哥修长而健壮的腿，被狼，啃得稀烂；有一只手，是完完整整的，香哥才华横溢，画竹的手，攥着，一把翠绿的竹叶捏碎了，叶汁，染绿了手心；还有他的小皮包，掉在竹林里，那张钢材提货单，在，一个字都不模糊。

雪竹那时正在水幕子，替香哥管教女孩子，教她们用卫生巾，教她们洗澡，教她们，拒绝。香哥严肃地下过死命令，"郑雪竹，你要对每个女生都说到，不少于三十遍，五个字，不许男人摸。"

香哥的丧事，是江福叔代表村里操办的。下葬时，乡亲们把香哥的坟，堆得圆润而庞大。又是秋天，竹海里的竹，莽莽苍苍。秋雪，比往年来得更早，迫不及待地把青翠的竹林，变成漫山的雪竹。雪，下，一直下。一豆，披麻戴孝跪在坟前，在雪地里，像一盏香炉。江福叔问，"其他娃娃呢？"一豆咬牙切齿，"去打那群吃了老师的狼。"

十年，日子如烟如霞。

鄂西北的水幕子峡谷是这样过了十年，她，春夏秋冬，周而复始。从前的树叶儿，落了，又长出新的；从前的鸟儿，飞了，又生出小鸟；从前的竹林，老了，又生出新笋；从前的溪流，干了，又

流出新的小溪。不能回来的，只有画竹子的香哥。

那一年，郑雪竹把香哥留在水幕子峡谷的竹海，她离开的时候，坟上的黄土，才刚刚翻出来的新鲜黄土，已长出几颗地菜，贴着香哥的坟，像淡绿色的菊花挽扣。是个晴天，一豆送她下山，分别时，痴痴目送的一豆，突然挥手大喊，"春天开野花，每个坟头都有，紫色的，漂亮的!"

雪竹回过头去，一豆挥着手，好像，正信心满满地召唤春天。雪竹看了一眼，那些紫色的坟头花，忽然开放在心头，一朵又一朵，将香哥的坟，掩埋。走了很远，忍不住又看了一眼，群山里的一豆依然倔强地挥手，她，还在征召春天。

雪竹和一豆留下的，如果说情义也有一个载体，那就是香哥的坟，会开紫色花朵的坟。

就是这样了，结局。

雪竹一个人回到北京。不久，从前三姨妈买给她的羽绒被，捂住了她和另外一个男人，叫晓磊。又过了一年，雪竹提着羽绒被，背着孩子念竹，离开了。因为念竹，是香哥的女儿。

北京城好大好大，男人好多好多，渴望有家的雪竹尽心尽力地寻找，高楼大厦里却长不出一根竹子。只是她的念竹，眉眼儿越长越像香哥。她睡着时，雪竹便偷偷地吻她，仿佛就是她的香哥。北京城的雪，下了一年又一年，下得干枯枯，一点儿没姿色。女儿念竹趴在窗台，为雪花雀跃。而母亲雪竹，总是听见香哥在雪中声嘶力竭地喊她，雪竹! 雪竹! 竟是十年如一日。

香哥，是孤单的。该是，到了让念竹见到父亲的时候了。

这一年的郑雪竹，已经整整四十岁了。

选了一个日子，四月，清明，想是漂亮的紫花正开遍香哥的坟头，想是念竹也这样想着，父亲的长眠，很美。买了去水幕子的车票。九岁的念竹扎着丫丫辫，那是香哥生前喜欢的野丫头的模样儿，像一豆。她总是昂着头，笑，掩饰不住欣喜。

土地开发大潮，像一把无情的刀，把山窝窝的城，刻出了另一个面容。城，已不是当年的城，酒楼、饭店、酒店，张扬着，开放着。城里的樟树已经被砍掉，换上紫荆树。四月的紫荆，灿烂绽放，整条街上，都是红粉。念竹好奇地张望，嘴里一直哼着歌儿。最后，她看到了水幕子峡谷的广告，惊喜交集，"妈妈，原来水幕子是个风景区啊！是这么好玩的地方！"

是的，那里的竹林，海一样辽阔，谁说不是呢！

果然，已成风景名胜区的水幕子修通了柏油马路，看竹，是水幕子峡谷的主打旅游项目。沿途的旅游车，载满了游客，他们兴致勃勃地奔向竹海。

春天的晚霞，涂得水幕子峡谷一片金黄，似一幅油画。当年上山的丛林小路，已修通马路，把香哥的足印掩埋。郑雪竹先到水幕子村找江福叔。江福叔家幽暗的电灯，在黑黑的屋顶，在春风里摇曳。堂屋里的江福叔，已是满头白发，镶嵌在遗像里。

去了，都去了。

江福叔的儿媳妇小莲送她们出村口。她说道，那一年，香哥被狼吃掉的消息，从村里传到乡里，乡里传到镇上，镇里传到县城，几乎一夜之间，爱心人士涌进春芽小学，他们请来最好的设计师设计了图纸，最后被一豆否决。一豆拿出作文本，一锤定音，"我们香老师要盖这样的楼房。"

两个月后，学校就按一豆作文的设计建起来了。当时的梁县长走了十里山路来挂牌，江福叔涕泪横流要给学校改名，最后县长拍板，叫文军小学。

黄昏的余晖，把水幕子峡谷染成金色，山涧里层层叠叠地长满金黄的油菜花，一排排农家山庄，正开门接客，热闹非凡。门口的招牌菜都是野猪肉、野兔肉、野鸡肉，连山上的野草也入了菜名。游客像鱼，一群群游来游去，就算再凶猛的狼群也不敢来犯了。

母女俩背着行李赶往文军小学，那是凝固在她们血液里的学校，心中的圣地。远远地，雪竹已望见月光下的竹海。春天的月光，月牙儿倒挂。群星，把天幕拉到跟前，恨不得伸手便摘下串串星星。竹海的风，沙沙沙，是刚刚长成的嫩竹儿吹起来的，喊出来的。那一望无际的竹海啊，香哥，她的丈夫、孩子的父亲，在这

里，丢了，没了。

念竹并不知，这是父亲的生死场，她与狼结有天仇，兴奋地丢开母亲的手，张开双臂，在竹海里飞翔。竹，迎风而舞，漾出念竹咯咯的笑声，那月光，斑驳映在头上、身上，像母亲的手抚摸疼爱的孩子。十年前的竹海，十年前的月光，狼正是这样悄无声息地吃掉了月光下，飞翔的香哥。

雪竹不让女儿看见眼泪，父亲长眠的地方，美。

来到一座两层小楼前，天已黑下来。暗夜里的小楼，灯影绰绰，没有读书声，没有孩子们的打闹声。门楣上的红灯笼，照着一个牌子，上写"竹林客栈"。而雪竹记得很清楚，学校门前有一道坡，有两道坎，还有一棵树，树上挂有铁钟，都有。不用猜，这小楼，正是一豆的楼房，刻在心里五百年也不会丝毫闪失的学校。

念竹早就跑远了，她一直以为，父亲，就在那里面，写字，或者批改作业。父亲有扔下她的道理，他是老师，他有学生。念竹奔回来，果然激动不已，"是文军小学，在那边，有牌子。"

雪竹速速跑到"那边"，竟是香哥从前的旧校舍，没有拆，风雨侵蚀，年久失修，几近废墟。那正是，孩子们齐声念诵春天的学校。小小的，文军小学的牌匾，挂在坍塌的墙柱上，晃荡，像一条风干的咸鱼。这没有关系，香哥的气息，已春天一般，扑面而来。

记得很清楚，香哥的屋子靠北边，冬天的寒风才会吹冻他的瓦钵。那面小窗，望得见教室的角落，一豆每天从窗里递进来，学生们的考勤表。一豆不许迟到。走进香哥的屋子，床，还在，已不是香哥睡过的。床边挂着一个牌子，牌子黄了，字迹淡了，草草地写着：山村贫困学校展览。

展览用的床，破旧不堪，黑烂心的被褥凌乱地铺在稻草上，蛛网一个连一个，像兜肚，兜满干死的小虫。床边摆着桌子，摇摇晃晃，红墨水、毛笔，还有一只缺口的瓦钵和掉瓷的茶缸，都是贫穷的有力证据。沿泥巴墙，用铁钉紧铆一个捐款箱，几个没有扔进去的零钱，滚在四周，已落满灰尘。山村学校的贫穷，也是一景，桌上的灰尘写了几行字，某某到此一游。

女儿好奇地问，"我爸爸，也是……游客？"

母亲认真地答，"是的。不过，他不是来欣赏贫穷的。"

雪竹心疼地擦掉那些字，擦去尘埃，拂出香哥的幸福岁月。在这里，她曾对女孩子们一个个说，说了三十遍，"不让男人摸"。孩子们咯咯笑成一团，尤其是刚满六岁的春春，以为是一个游戏，说完就钻进床底嬉闹，"快来摸我呀！"那娇嫩的声音还在耳畔回响。也是在这里，雪竹铺了北京带来的，印满鲜红玫瑰花的床单，相亲相爱，他们有了念竹，亲爱的念竹；还是在这里，孩子们背书，作题，给爸爸妈妈写信，这是亲情的驿站啊，半点儿也不贫穷。

女儿念竹已点燃火把，教室如同白昼。破烂的桌子和凳子，东倒西歪。雪竹一个个摆好，一排排走过，印着香哥的足迹。一豆、果子、小欢、春春，大破、豆架还有李友财，那27个学生栩栩如生的脸，浮现在火光里，看得见，摸不着。雪竹定住，再往前走一步，她就要失声痛哭了。而，念竹一直很兴奋，"爸爸呢？在哪儿，在哪儿？"

雪竹哽咽，"你爸爸，在砖里、瓦里、水泥缝里、黑板里、课桌里，在……春天里。"

念竹一个劲摇头，她根本不信。

事实就是不容反驳。香哥的学校，一豆的楼房，已经变成竹林客栈，变成一只捐款箱，一个学生也没有了。

郑雪竹领着女儿投宿竹林客栈时，已经掌灯了。

并不是雪竹设想的，酒店那样地张狂。客栈，小小的，在竹海里，在许多浮华气派的度假山庄里，它隐秘、幽静。只有两层，小两层，是一豆的作文写到的，楼上和楼下。楼下的服务台，吧台大小，坐着一位四十多岁的女服务员，她正专心致志地做十字绣。听见脚步声才抬起头，"你们住宿吗？有空房。这里最便宜、最安全，身份证也可以不用。"

是香哥用生命换回的楼房，雪竹太有资格走进来。果然，跃入

眼帘的，是墙上的一幅墨竹图，白的纸，黑的竹，是，李夫人创下的墨竹，香哥最爱的墨竹。九岁念竹的嘴来得很快，"跟爸爸的墨竹一模一样，是仿画。"

昂首看，墨竹没有题款，画，技法笨拙。这，定是香哥的学生画的，一个叫大破的男孩，拖着鼻涕，爱哭，他爱画竹，画得像竹。雪竹松了一口气。毋庸置疑，这还是香哥的学校。服务员拿了钥匙，一小串，"这画，是峡谷那边山坳村的人画的，客栈的竹子，都是他画的。听说画这玩意儿，还能赚钱。"

雪竹激动得想哭。

服务员高兴地带她们去房间。月光照，轻风拂。曾经的、一豆的楼房，还有着学校的模样。一豆蒸馒头的食堂，是餐厅；一豆的教室，是活动室，可以KTV；一豆的宿舍，男女分开，有六间，都在；一豆的楼梯间、过道里，都挂着画，竹子。风中的，雨中的，雪中的，梅中的。雪竹认得那些竹子，香哥的竹子。泪水涌出来，她拼命咽下去。因为九岁的念竹，正好生诧异，在一幅幅竹子面前，流淌出成年人才能流出的泪水。她知道父亲早就死了，可是，在这小小的客栈里又亲眼见到，父亲，活了过来。

黑暗掩盖了雪竹和念竹，这对母女的悲伤，无人知晓。没人说话，服务员就絮叨，"原先这里是学校，撤了。现在的学生都到镇上读书，那里有老师，有宿舍，有食堂，有电话，有电脑。水幕子过去很穷啊，旅游开发后，几年就富了。把这间学校改成客栈，还打过老架。老村长把乡长打了，打了两个耳光子。老村长，就是江福叔，坐了半个月的牢房。从牢里放回来，没多久就死了。这客栈是斗争得来的咧！"

原来江福叔是为香哥死的。雪竹更牵挂香老师的孩子们，问，"学生娃娃呢？有个女孩叫一豆。"

服务员回过头，笑得很骄傲，"我不认得。我只认得乡长，他是我表弟。"

再没人说话。已经，走到房间门口，在楼房的最顶端。这间房，看得见竹海。门，大敞开，乡长的表姐望了两眼，嘴里嘟哝，

"谁家祖坟犯忌，养了这么个懒东西！"又大喊，"服务员，服务员！"再回头微笑，"我其实是客栈的老板娘。"

不知道她说的东西是谁，也不想知道。雪竹进去，说声谢谢，便掩上了门。

念竹的眼睛还是红的，她一直在哭。墙上的又一幅雪竹图，铺陈着九岁孩子的悲伤。她问，毫不客气，"我爸爸是病死的，还是累死的？"

雪竹不敢说，先摇头，后点头。念竹便追问，小脸十分庄严，"你告诉我，我爸爸是怎么死的？"

雪竹两腿打战，不由自主退到门后，抵住了，再也无法退后，才说，"病。他想我，他把我想死了。"

低下了头。念竹说，"都一样。他把我想死了，我把他想死了。"

坐了一天车，累。念竹很快睡着了。等念竹睡沉，雪竹就翻身起床，打开门，走到过道里。一豆设计的过道，是用来晒衣服的，长长的，宽宽的，正好作个观景台。竹海，迎面而来。一望无际的竹海，生机勃勃的竹海，那些十年前就存在的竹子啊，都认得彼此。雪竹对认得的竹子们，暗暗地说，"我来哭香哥的！"

雪竹的眼泪，蓄了十年，那是，思念与忧伤配兑的水库，苦的、咸的。开闸了，苦咸的泪尽情奔腾。在北京，遇到多少挫折，她没哭过，哭不出来。现在哭，是该没完没了。

直到，她听到说话声、嬉笑声，方才控制了情绪，是香哥的学校，她才会有聆听的兴致。她听见一个女的说，"这个价只能摸猪獾子。"

声音有点沙哑，但充满甜蜜的磁性，年轻、性感、陌生。男的说："哦，你真有意思。"

女的又说，"没意思的是你，开这个价，不要脸。"

男的又说："哟，你给人摸，倒说我不要脸。我加价，一百块钱。"

女的又说，"呸！加一处，加一百。"

男的没吭声。没有谈拢。

郑雪竹听到这番谈话时，隔壁又隔壁的房门打开了，走出一高一矮两个女孩。高的留长发，披肩；矮的留短发，板寸。月光正从

竹海升起来，把过道照亮，只是不如白天的亮，模模糊糊。两个女孩也看见了雪竹，视而不见。雪竹在高个女孩甩头发的瞬间，看见了她的脸。宽宽的，下巴有点尖，大眼睛，薄嘴唇，这眉眼儿一下子就翻开了雪竹的记忆。那年，她把六岁的春春叫来香哥房里，之前，雪竹问过香哥，这话，连六岁的春春也要说三十遍吗？她可是什么都不懂。香哥的回答，雪竹至今仍记得清清楚楚。香哥说，"一遍也不能少。因为，她会很快长大。"

这句话是——不许男人摸。

是的，是春春，长大的春春，虽然她的记忆里全然没了雪竹，但雪竹记得她，春芽小学最小的女生，香哥是如此地宠爱。画在黑板上的学校，校园操场上放风筝的女孩，就是她。

可是，雪竹马上否定了。不可能是春春，春春到今天才有十六岁，她应该在学校读书。镇上的学校什么都有了，食堂、老师、电话、电脑，她应该记得她自己曾经重复了三十遍的一句话———不许男人摸。就算为了香老师，她也该记得。就算她年幼，什么都不记得了，还有果子，还有一豆，她们在山村，她们会见面，她们会提起那句话。一豆、果子一定记得，因为她们会记得香老师。至少一豆，会永远记得。于是，雪竹必须澄清，她不是春春。

正好，过道上装了声控路灯，是给旅客照亮的。雪竹急中生智拍了一个巴掌，很响，路灯亮了。两个女孩回过头。雪竹再一次看见她，是的，春春，她长大了，超短裙，长丝袜，粉色的亮丽唇彩，眼神，顾盼生辉。她不敢相信，又拍了一个巴掌，比上次更响，路灯又亮了。这一次回头的只有春春，她嘀咕，"有病啊？"

雪竹怔了，要不要叫她一声，春春！香哥一直这样叫的，说她才六岁，得像父亲一样，叫她的乳名。她是，雪竹十年后见到的香哥的学生，第一个。千言万语涌进喉咙，无论她是谁。雪竹追着她们，赶了几步。两人并不知，依然往前走。就要下楼了，雪竹再也不能等待，张口要叫，突然背后的门哗啦拉开，男人粗门大嗓地喊："哎，妹子，依你的。"

春春回过头，短发女孩子嘻嘻一笑，推她一把，走了。春春，满心欢喜地转过身，与雪竹打了照面。那声控灯，是被男人喊亮的。雪竹站在灯下，把自己张扬地亮给春春看。春春迎着雪竹走来。孩子啊，香哥的宝，就一点儿也不记得了吗？雪竹的目光，热切地说着，一遍又一遍，连眼泪都流了出来。春春没听见，也没看见，交错时，擦肩而过。

门关上了。

雪竹站着没动，也不知如何才好。里面传出两个人的说话声，男的说，"真是很肉，饱满，像北方大馍，就是太贵了。摸两个乳，就要两百块。"女的，就是春春。春春说，"你都四十岁了，我才十六岁，收你两百块，便宜你了。"

雪竹的眼泪，断线的珠子样滚下来。声控灯灭了。在黑暗里，在月光下，连老竹林也不知所措。

天亮了。郑雪竹收拾行李，要走。念竹拉住行李包，"刚来，为什么要走？这是我爸爸的，地方。"

雪竹说，"去给你爸爸上坟。"

念竹说，"那不用带行李。我不走。"又说，"不是说还要找一豆吗？不还没去找吗？这只是一豆的楼房，你骗不了我。"

念竹的脸紧绷着，到水幕子扫墓，似乎一夜之间就成熟了。她太坚定。

雪竹无奈，放下行李。

去扫墓，去扫墓！这是雪竹离别香哥后的第一次。不是她不来，是不敢来，心里的悲痛，是纸糊的，一捅就破，悲伤逆流成河。

香哥的坟，在竹林深处，是江福叔生前请风水先生选定的，靠山、靠水、靠竹。香哥下葬时，十八个山民抬着他的棺材，绕着海一样的竹林，走了整整一圈，惊动了十里八寨。雪竹和念竹，拿了香、黄表纸，还有冥币。念竹说，"妈妈，这多山，这多沟，你能记起爸爸埋在哪里吗？"

雪竹把泪水咽了，"忘不了。"

真是忘不了。这条通往香哥坟地的路，是雪竹死死记住的。那时，她就想过，也许，会改变，这路、这山、这崖。

两人穿竹林。过竹林的念竹，总是无比快乐，她不知，这是父亲的黄泉路。雪竹总想抓住念竹的手，念竹，就是要挣脱。念竹的手，跟香哥一样，能画最美的竹子，在很多绘画比赛里，她画的竹子总是胜出，再胜出。竹，是她的贵人。

到了。竹林的最深处，背后，是崖壁；壁上，也长满青翠的竹子。香哥的坟，出乎意料，除了开满紫色的花，还开满了红的、绿的、黄的，乡亲们插的，也许是学生。纸花，还有灯，贡灯。香哥的坟，花花绿绿。

起先，雪竹是失望的，不，是绝望，因为春春。她以为，香哥的坟，寂寞，长满杂草，风吹雨淋，山洪冲刷，只剩下一点小土包，或者，连这点土包也没有了。因为一豆告诉过她，坟上会有紫色花，那一定是唯一的花，大自然给的，只有大自然心痛香哥。一豆早就预料到了。其实不是。雪竹为这失声痛哭。

念竹跪着，给父亲烧纸，她下的结论，"最最最伟大的爸爸。"

这时，默默地，走来了一个路过的乡亲，男的，戴草帽，背砍刀，手指粗的绳子，绕过蓝色的、洗得发白的中山装，看样子是打柴的山民。雪竹一心一意地哭，什么都没有看见。那山民走到她跟前，站了好久，看了好久，才说："师母，你不认得我了？我是大破啊！李大破啊！"

就像听到天堂的福音，雪竹立即止住哭，使劲看了一眼，已经找不到少年李大破的任何痕迹，他长了满脸胡子，眉毛又浓又黑，而头发却少年白了。

"大破，真的是你吗？你，会画竹子。"雪竹惊呆了。

"是我，师母。我都已经结婚了，你肯定认不得我了。"

憨厚的大破，粗糙的手，搓着衣服角。师母是一台时光机，即刻把他变回从前。香老师给他买画笔、颜料、宣纸，每次把画作交给香老师时，都垂头丧气，做错事的样子。买颜料和纸的钱，是一豆提鸡蛋换回来的，要是画得不好，一豆就叉着腰在坡上骂他是土阉鸡。

雪竹太激动，差点儿没站住，仿佛眼前的大破，血管里奔涌着香哥的血液，甚至，她闻得了香哥的气味，从大破身上散发的，淳朴和善良的芬芳。雪竹流泪，大破就搓着衣角再搓手指头，嚅嚅着，"对不起呀，师母！"

原来，自从香哥被狼吃掉后，虽然新校舍很快盖起来，却还是没有新老师来。江福叔要一豆带大家读书，把一年级至五年级的所有课本，都读得滚瓜烂熟了，才等来了一个叫吴清的天津志愿者。一年后，吴清回家结婚，没有回头，学校就散了。那27个孩子，一半辍学，一半进城找父母，还有一小半转到别的小学。喜欢画竹的大破，跟爸爸妈妈去了北京，可惜，他不是去上学的，是去吃饭的，吃饱了就睡，等着长大，长大了，干活，他画的还是十年前的那根竹子。

雪竹说，"我看见你的竹，在……"雪竹咽下客栈两个字，那是揭，他们自己心头的伤疤。

大破一如十年前，老老实实抠着手指头说话，"那是我们的学校，死都不能丢。花多少钱都要把老师的竹子挂出来。"

原来那些竹子画，是学生们凑钱给乡长送了礼，老板娘才让挂的。

大破绞着手指头，"师母，我觉得，我们不该盖那个新学校。要是不盖新学校，香老师就不会去化钢材，就不会遇到狼，就不会死。我觉得，香老师比房子重要一百倍。那两个月，一豆带我们读书，大家都骂她，就是她写的作文害死了香老师，就是她要楼房。我们打她，全校人都打她，把她的脸打肿了，牙也打掉了。"

雪竹急忙问，"在哪里，一豆！她在哪里？"

大破摇头，"多年前还见过她，在集市上卖鸡蛋。后来就没有消息了。我、大旗、有财、谷面，我们发过誓，见她一回打一回。"

雪竹的泪珠子拍地摔碎了，"不行，那不是她的错。"

大破说，"长大后才知道。我们说好了，谁要是见到一豆，就给她买糖吃。"

除了一豆，雪竹心里面，是想着春春的，她其实最想知道，春

春为什么要这么做？雪竹欲言又止，大破就掏心窝子说了，"师母，你记得那件事吧？就是，香老师叫你来，给女生们说的一句话，记得吧？"

雪竹点头。大破说，"那句话没让我说三十遍，但是我记得，不让男人摸。就是这句话。"雪竹又点头。大破说，"这句话，我们男生都记住了。大旗，师母你记得他吧？"雪竹茫然。大破说，"他爸爸包工程，他当富二代了，他从来不乱搞，他说香老师说的那句话，另一个意思就是，不许摸女人。对吧，可以这样理解吧？"

雪竹的泪水不由自主流出来，真没有想到。大破说，"我们都做到了。不过，那个死女子没有做到。"

雪竹料想，说的是春春。

大破说，"师母你记得她吧？长得又矮又瘦，头上黄毛稀稀的，最听一豆的话。"

两颗大大的泪珠从雪竹眼里滚出来。春春，香哥的宝！她心痛死了。大破说，"叫小欢，朱小欢。"

雪竹像被雷打了。小欢，在这个令人窒息的瞬间跳进记忆。是的，有一个小欢，黄毛婴子丫头，她那一年刚满八岁，喜欢模仿一豆。一豆扎丫丫辫，她也扎；一豆披头散发，她也披。雪竹突然想起来，原本，轮到小欢来说三十遍那句话时，香哥出事了，她，没对小欢说，因为过于悲伤，她忘了。

雪竹眼睛瞪得大大的，瞪着大破，大破显得更加难以启齿，但在师母面前，任何隐瞒都是背叛。他吞吞吐吐，"朱小欢在……竹林客栈做……导游，剃了一个平头，不男不女。我亲眼看到，有男人……摸她，给她钱。她专给男人摸，把……香老师的脸都丢尽了。"

雪竹眼前浮现出夜里见到春春的情景，春春身边的，矮个子，理板寸头的女孩，难道是小欢？原来，不仅仅有春春，还有小欢，她们俩在卖淫。

"怎么可能？"雪竹是在安慰自己，大破说，"师母，你记得果子吧？果子知道这事后，叫了我、大旗、有财、菊香，把小欢揪到香老师的坟前，就是这里。那天香老师的坟上开满了地菜花，白花花一片。果子扇她的嘴巴，小欢说她根本不知道那句话，把我们气死了。果子逼她把那句话重新说了三十遍。我们那天把小欢打得不成人样，小欢死脸了，没有流一滴眼泪，最后倒是，果子哭了。"

雪竹坐在坟边，五个手指头已抠进泥里。大破很傻，还坚持说了一句，"别跟她计较，我们都当小欢死了！"

小欢没死，她不仅自己卖笑，还把春春带来给男人摸，竹林客栈的生意都是她们俩闹来的。半夜三更，走道里传来高跟鞋笃笃的声音，就知道是小欢或者春春接客来了。雪竹两只手抓着床单，牙齿死咬着被褥，就像孕妇生产一样痛苦，她生出的都是血泪；而一墙之隔的房间里，春春或者小欢正在为男欢女爱讨价还价。

雪竹接连偷偷哭了两个晚上，这两夜，是为了等到果子，等果子是为了找到一豆。大破去找果子了，还没有消息。这两夜，隔壁的门，和隔壁又隔壁的门，开了又关上，关上又打开，是小欢或者春春在客人房间出入。雪竹瞪着眼睛，望天花板，听竹海风，爬起来又睡下，浑身血液山洪样倾泻。如果不亲口对春春和小欢说点什么，怕是会死去。想来想去，终于总结出一句话，还记得被狼吃掉的香老师吗？一定要说。

天终于亮了。水幕子峡谷的亮，一如十年前，亮。竹海，太亮，越发望不到边。亮了，游客坐着大客车，来了。

雪竹听到有人拿着喇叭喊，"游客们，这个景点，由我来做讲解员，请大家跟上。"念竹也听见了，愤愤然，"好过分，他们又来欣赏贫穷了。"

雪竹在窗前看清，拿着喇叭的讲解员正是小欢，于是她飞奔下楼，混进游客队伍里。今天，此时，她想了两天两夜的一句话，无论如何都要说给小欢听。

小欢带着游客，与雪竹打了照面，不认得。小欢白天做导游，晚上做妓女，脸上抹了厚厚的粉，疲倦还是从眼睛里漏出来，无精打采。她先讲了窝头小学，有个导游词，是事先背好的，背过无数次，讲得流畅又清楚。话音未落下，游客已经不满，有说，"这有

什么看头?"有说,"哎,导游,你们穷疯了吧?这也叫景!"小欢急了,"你们千里迢迢地来,不看这个景,真是白来了水幕子,里面的故事,听了能断肠。"

小欢的劝说,换来哄笑。有说,"肠子早就断了,再断就成粉了。"又有说,"正好,就嫌肠不断。"小欢带着一群"嫌肠子没断的"进去了,雪竹在其中,她是为这个断肠的故事,来质问小欢的。

雪竹与小欢隔了半个肩的距离,她屏了气息,要问,要问,一定要问,你还记得被狼吃掉的香老师吗?要问得庄重,像棒槌一样简短有力。雪竹还没说出口,小欢的喇叭对着嘴,只管继续讲,"后来,从上海来了一个大学生,叫肖春芽,她用自己的名字给学校改名叫春芽小学。墙上春天两个字,是空调。"

有打邪,"什么什么?豆芽小学?"

有打趣,"切,秋天也可以做空调。"

果真,本应断肠的故事,因为气氛热烈没能让游客们断肠。小欢就绝然推出断肠的结局,"北京来的香老师,狼,把他吃掉了。"有说,"鬼信!"又有撇嘴,"编个悲惨故事,骗我们捐款,这叫雁过拔毛。"有说,"爱心款都从工资里扣了,你们,去找政府要吧!"

小欢仿佛没听到这些话,或者她听得太多了,她嘴巴依然固执,坚持讲着香老师,"他真的是被狼吃掉了,那时,我就在这所学校上学,我八岁。从此,我们就没有老师了,我们都辍学了。"游客们的大笑合唱一样,游客说,"导游,你想钱想疯了。"有游客又说,"你辍学了还能当导游呢!"小欢很倔,很纯,一点儿不像晚上出入客房的卖淫女,还要争个赢,"是真的,我们的班长叫一豆,那边的楼房就是她设计的……要是说了假话,我……我就不得好死!"

游客们一定听过无数毒誓,嗤嗤笑,半点儿也不信。小欢又软软地说,"真的,我们香老师会画竹子。"

可能这句话,太像真的,游客们再没吭声。一个年轻妇女,掏出一枚硬币给孩子,"快,去捐给香老师。"

此时,雪竹正站在捐款箱边上,箱子底下的课桌是香哥用过的,垮过,用铁钉钉着,绳子绑着。小朋友肉乎乎的小手举着一枚硬币，踮起脚尖，巴心巴肝要塞进箱子里。香哥是为施舍的钢材死去的，这施舍，会不会又痛了香哥的灵魂？于是，雪竹拿起捐款箱，不知道她是想拒绝，还是要接受，箱子却是锁在墙上的，动不了。雪竹的泪珠儿就滴在箱子上。

这样，小欢和雪竹，两人一眼对望，都噙了泪水。只是，小欢依然没有认出雪竹，对流泪的雪竹，眼神充满虔诚与感激。使得雪竹想问的话，冲到嘴边，被逼回去。她是，千真万确记得的，永远不会忘记的，记忆，却不能阻止她卖淫。

小欢吐出两个字："谢谢。"

等过了三天，大破传来消息，香哥的几个学生几经周折找到了果子。

果子赶来时，已是晚上。聚会，在大破的家里。雪竹事先设想过，见到学生们的许多场面，动人的，或者悲伤的。自从见到春春，她再也不敢想了。所以，果子走到她面前，她都没有抬眼看，没有勇气看果子一眼。果子，却是畏首畏尾地挪到雪竹身边，先把雪竹抱住了，从背后抱住的，什么都没说，身子骨暖暖的，两只胳膊温柔敦厚，尤其是贴在雪竹背后的乳房，青涩的，硬的，然而是成熟的。良久，良久，才说，"我是，香老师的，果子。"

果子伏在雪竹背上，嘤嘤地哭。自从学校解散后，果子就跟父母进了城，跟着父母的建筑队，换了好多个城市，进了几所农民工子弟学校。最终，她读完高中，考取了大学。

雪竹好激动，果子的结局，上好，太好了。说什么都是多余的。她只叫，"果子！"果子就"嗯"，应一声；雪竹又叫一声，"果子"，果子又"嗯"，应一声。反反复复。再无语，雪竹就在果子身上摸，从头发摸到肩，从肩摸到背，又摸到果子的腰和屁股。她这样摸过九岁的果子，瘦弱的果子，真的像，没有晒过太阳的青橘子，又酸又小。现在，果子已经十九岁了，大二学生，像一条河，流动的、生机的河流，春天来了，河水涨满春池，喷着女儿香。香哥的果子，身姿婀娜，胸前突起的少女乳房，是两座生机益

然的青峰，从没开采过的青峰，就是这样，骄傲得像梅花鹿。果子，露着九岁孩童的笑容，像跟一豆去集市换了鸡蛋回来，玩得很尽兴。

晚餐很丰盛，大破身怀六甲的妻子做的，大旗、友财他们都提了酒菜来。雪竹不知道吃了什么，锅巴粥，香；灶柴菜，香；竹米饭，香。师母吃一口，他们就吃一口，眼巴巴望着，等待师母的筷子，像一群傻孩子。雪竹把碗里堆得满满的，使劲地吃，其实她根本咽不下去，但这没有关系，她要吃给孩子们看。

分手的时候，繁星点点，已是深夜。接果子的车，就等在门外，是果子的男朋友，长得很帅。果子临走，把一个信封交给雪竹，果子说，"这上面有一豆的地址。"

雪竹展开，一豆居然在北京。果子说，"香老师走后，我特恨一豆，她写来的信，我也没回。后来，我想找她，却没有消息了，连她爸爸妈妈也没了消息。但愿，他们在北京有个安稳的家了！"

雪竹牵着果子的手，一刻也舍不得松，感觉果子的手心里，有香哥的气味，有香哥的力量。上车前，竹海正沐浴在月光里，长大的果子，成熟动人。她放眼一望，突然说，"每每看到月光下的竹海，就要想起香老师，他说的，创造了墨竹的女人叫李夫人，香老师总是这样叫我，叫我果夫人。"

果子的眼泪默默流到嘴角，她舔了，咽了，"读大学后，我才知道，夫人，是多么高贵的称谓。香老师，把我看得像天上的星星，那般明亮、高洁，只能搭着云梯才能采摘。我知道，我这一生都要做夫人，无论权势与金钱，我都不会低头。"

雪竹拼命点头，香老师不仅有叫人伤心的春春和小欢，他还有果子，令人骄傲的果子。果子的眼睛闪闪发亮，又说，"我记得，那天，你对我说，不许男人摸，当时，我就明白了，一豆被人摸过了。那是一件很大的事，很严重的事，所以香老师才会带砍刀下山，他要杀人。后来，香老师说没事，他其实是怕一豆受伤害，怕她从此变坏了。学校关门后，爸爸妈妈带着我到处打工，换住址，换学校，他们本不想让我读书，可我偏要读书，我坚持读书。在很困难、很困苦的时候，我就想一豆，想香老师，我要做男人不敢摸的女人。"

悄悄透口气，终于，雪竹可以透口气了。

大早，雪竹母女离开了水幕子。春雨潇潇，大旗开着帕萨特送她们。车过了一座座山峰，一道道峡谷，一块块坟地。清明刚过的坟地，隐在山林间、田野里，望得见的，是坟头的紫色花朵，七彩纸幡。那紫色花朵，成片开放，这景象，一豆是最熟悉的、最把稳的，她知道，香老师睡在紫色花丛里，最美。只有一豆，从无感觉香老师永远走了，走就是死。从头至尾，她都在坚守，无论，香老师在教室上课，还是，在墓穴长眠。

火车进站，大旗突然拿出一个包裹，低头说，"师母，这是同学们给一豆带的，糖。"

北京的街，正是灿烂春光。其实十年来，雪竹常常想，香哥的孩子们，到北京来了，打工，或者上大学，有一天，会相遇在地铁站、公交站，在超市门口，在大街上，在面馆里，在天安门广场……偶然相遇，一定热泪盈眶。事实是，十年，偶然从未发生。所以，雪竹只看过一眼，便把一豆的地址，记住了。一豆在北京，于是，一直慌张而疏远的北京，便在忽然间，变成亲切的家，真正的家，故土。这一刻起，雪竹和念竹，有了亲人。

整整一个夏天过完了，雪竹没有找到一豆。信封上的地址，因拆迁不复存在。雪竹哪里肯放弃，千辛万苦找到拆迁办，那里，没有一豆的名字。

确实，一豆，小小的一豆，怎么会在北京留下名字，更何况是房产上的名字？雪竹求到好多拆迁居民的电话，寻找认识一豆的人。无果。寻找一豆的时候，念竹常常跟着，四处张望，总爱问，"这个，是不是？""那个，是不是？"雪竹说，"不是不是！一豆是个大美人。"

念竹就想到了，用她的画笔，画个美人一豆，张贴在电线杆、公交站、小巷口，一豆总有一天会看到吧！这样美丽的期许，凭什

么看不到呢？

母女俩印了寻人启事，在离他们租房 30 米地方的公交站台上，到处贴。城管把寻人启事视为牛皮癣，撕了，雪竹再贴；风吹掉了，再贴；雨淋湿了，再贴。不屈不挠。白天，雪竹和念竹从这里，起点；晚上，又在这里，终点。贴在墙上的一豆，仿佛站着的、活生生的，将娘儿俩迎来送往，是，相亲相爱的一家人。

这是大海捞针，或是守株待兔，方法有点笨，必定也是一个法子。雪竹算算，这年的一豆已经 22 岁了，可能，已嫁为人妻，连一豆这个可爱的名字也嫁掉了吧！念竹说，"那可不好，姐姐不能结婚。"雪竹说，"最好的。要是她做了母亲，就更好。"念竹说，"有什么好，不能随便玩儿。"雪竹说，"我不让她漂泊。"

买给一豆的糖开始融化，雪竹放进冰箱，宝贝样爱怜。起初，她一直带着同学们的糖，她以为，一豆马上就可以找到，迫切地，要把同学们爱她的消息，带到。雪竹判断，以一豆的学识，她只能是工厂的女工，或者保姆。雪竹走访了无数纺织厂、成衣厂，没有一豆的踪迹，便转战保姆市场。后来，在一个保姆中介所，一卷发妇女告诉她，几年前，有过一个叫一豆的女孩儿。

这个消息，令雪竹和念竹兴奋不已。雪竹请假去找，念竹在窗台挥手喊，"妈妈，你忘了带糖！"

都以为，一定可以找到，一豆，是见证香哥幸福时光的人。根据妇女提供的地址，雪竹找到一个高档住宅楼，费了九牛二虎之力才打听到，一豆在这里做过保姆。不过半年后，她走了。

雪竹提着水果，找到一豆原来的雇主，才知道，原来，一豆一直在走。她的雇主，有七十岁的老奶奶，有一岁的娃娃，有三十岁的植物人，有五十岁的病号等等。雪竹都把他们找到了，一点一滴里，一豆就这样出落了：她，说话少、手脚勤快、脾气耿直，做事有主见。雪竹暗喜，这，仍是十年前的一豆，没有改变。做保姆，她应该是最称职的。可这么好的一豆，却一直频繁地更换东家，只有一个雇主告诉雪竹，说她，长得太漂亮，比范冰冰还范儿，谁都不敢多留待她，大美人。

这原本也是雪竹想到的缘由。雪竹就追着一豆的踪迹，一直追。无果。再追。提着糖果，一次次，奔波在大小医院、生活小区、临终关怀中心。寻找一豆的路上，那些糖果，就一颗颗，这样地化了。

直到有一天，入冬了，北京正在下雪。北京的雪，片儿大，落下来便融。满满的天空，全是糖一样，等待融化的雪。雪竹接到一个电话，陌生女人打来的，慌张地说，"一豆不好啦！出大事啦！你救救她吧！"

没料到，这竟是雪竹日思夜想盼来的消息，一下子就蒙了。念竹，从作业本上抬起头，很镇定，"救，就是好消息。"

陌生女人来了，是一豆的母亲。她的话当然千真万确，一豆因一桩刑事命案，正关押在北京第二看守所等待判决。

雪竹这才知道，是为了一豆的官司，她母亲才从东莞一家制鞋厂来北京，租房住下。念竹的寻人启事，她其实早就看到了。在这里租房的几个月里，她每天从这个站台，站着一豆的站台出发，再归来。她，去一家律师事务所门外，等着，等待指定的、给予一豆法律援助的女律师，赐给她各种消息，好的或坏的，她除了接受，就是哭。看到寻找一豆的启事，她起先也兴奋极了，像抓到一根救命绳索，兴高采烈去看守所告诉一豆。一豆冷冰冰，管是谁，不求；管是谁，不见，要死了去。

一豆就是这么倔。

说完这些的时候，一豆的母亲，眼神切切地望着雪竹。雪竹说，"你都没问我是谁？你凭什么相信我？"

一豆的母亲惊愕地张大嘴，"你不是……那香老师的……老婆吗？"

雪竹的鼻子一个猛酸。有了念竹，养了念竹，十年了，这是人生第一次，堂堂正正做了香哥的老婆。一豆的母亲又说，"一豆被人赶到奈河桥上去了，求求你，看在香老师的面上，把一豆的命抢回来吧！"

无论发生过什么，抢回一豆的命，对雪竹来讲，就像火烧眉

毛，像死而复生，像英勇就义。雪竹催她快讲，一豆的母亲说，"一豆才多大，22 岁；那男人多老，55 岁。我一豆说，他污辱她，摸她奶子，我一豆好看不是，我一豆不干不是，摸一次又要摸二次，没完没了不是，我一豆杀了他个坏种。他该死不是？现在倒反了，坏种的老婆，还有邻居，还有小区保安，还有大学生，还有大学老师，都护着坏种，证明他是个什么什么，道德品质好、研究成果高、口碑载道、受人景仰的大学教授不是，联名上书法院要杀我一豆不是！"

一豆的母亲瞪着眼睛，一直说，泪珠儿就从她眼眶里串串地掉下来，像破了的装满黄豆的袋子。雪竹说，"别急，别急！"

雪竹说不急，其实心里急得不得了，脸色铁青，嘴巴乌紫，她根本没了呼吸。香哥的一豆，香哥的一豆啊！念竹早扔了纸笔，眼睛瞪得铜铃大，"妈，我们借钱去买，把一豆的命买回来，可以用钱买的，妈！"

雪竹的气，还是没有吐出来，眼睛是直的。念竹推摇雪竹，"妈，你莫怕！他们联名上书，我们也联名上书，找全北京市的保姆，跟他们一拼。北京的保姆不够，就找上海的、天津的、武汉的，全国的保姆，看是他们人多，还是我们人多。"

雪竹哇地哭出来，哇哇地哭。说实话，雪竹孤身一人带着念竹在北京，过的叫"讨生活"。原本是指望香哥的，香哥能养家，香哥有事业，她是要相夫教子的，是要夫唱妇随的。在奈河桥上抢一豆，雪竹真的不行。

一豆的母亲一边抚着雪竹，一边跟念竹说，"联名信我们也写了，没有用，他们势力大，他们都是有钱的、当官的，最不行的也是拿国家工资的。我们全是打工的乡下人，不拿炮打拼不过。"

雪竹从悲痛里挣扎出来，"是的，可以赔钱的，他们要多少，我们去筹钱。"

一豆的妈妈突然站起来，扑通一声跪在雪竹面前，喊，"香老师的人哪！"

雪竹拉住一豆母亲的手，她沉沉地跪在地上，拖也拖不动。雪竹说，"只要他们要钱就好办，香哥老家的祖屋，我也舍得卖。"

一豆的母亲一个劲摇头，仍然执着跪着，"不是钱的事。他们先提出要一百万，我当时就撞墙，打算死在一豆前头算了。法官和律师都说好话，降到七十万，又降到五十万，给五十万就谅解一豆，留她一命。我没钱不是，就降到三十万，三十万我也没有不是！他们的人说我这点儿钱也没有，还不如卖淫女，我也认了不是。我给他们下跪磕头，从坏种的大学学校，磕头，一直磕到坏种住的小区，在小区门口磕了一天一夜，见人就磕，后来把坏种的老娘磕出来了。这老婆子，就是我一豆侍候的，不是为她，我一豆就不会进那坏种的门不是。老婆子说，钱不要了，只要我一豆在报纸上登报致歉，说清楚摸奶子这个事是一豆污蔑，证明坏种清清白白，她就留我一豆的命。"

念竹抢过话，"那还等什么？快登报啊！"

一豆的妈妈咚咚咚磕了三个响头，"我一豆死也不肯哪！香老师屋的，求你，把一豆拽回来吧！"

雪，在下。这场雪，落了十天半月，不歇，讨嫌。雪竹要见一豆了。之前，设想许多见到一豆的欢乐、幸福、机缘和巧合，都碎成了豆腐渣。雪竹来到了看守所。接见室开了暖气，带来的糖，放在包包里，雪竹不时用手摸一下，生怕糖，掉了，化了。

一豆出来了，漂亮的一豆，香哥的一豆，脚上拖着镣铐，这是重刑犯特配的。坐在雪竹对面，隔着一层玻璃。灯大开，那层玻璃，其实什么都没有隔住，雪竹的泪光，紧紧抱住一豆。

一豆的齐耳短发，轻巧地弯着，贴着嘴角，妩媚动人的脸颊，像春风轻拂的柳丝。她的眼睛，一如十年前那般明亮、纯净，闪闪烁烁回应雪竹，她认得，她从无忘记，香哥的，第五根竹子。

一豆先拿起电话，其实是对讲机，用手指指，雪竹也拿了起来，两人几乎同时喊了对方。

雪竹喊的，"宝贝！"

一豆喊的，"师母！"

一豆先说，"妈妈说有人找我，我就猜到是您。"

雪竹说，"还有念竹，香老师的女儿。"

一豆说，"嗯。真好！"

雪竹说，"事情，我都知道了。"

一豆说，"我不能向他道歉，他不是清白的。"

雪竹说，"没有人相信我们的话，退一步就可以换来生命，我们就要退。"

一豆说，"不，我不行。记得您曾经对我说过的一句话，您教我重复了三十遍，那句话叫，不许男人摸。师母，你绝不会忘记，是香老师要您坐飞机来说的，每个女生都要说到。您记得吧？师母？"

雪竹吞了一口泪，"记得。"

一豆说，"那事发生后，香老师说没事，叫我忘了。我听他的话，我真的忘了。我长大了，到北京打工，做保姆，我用劳动赚钱，没赚过一分亏心钱。那天，朱教授，就是被我杀死的那个男人，头一天晚上，老奶奶先睡了，我在阳台晾衣服，朱教授突然抱住我，一只手伸进我的衣服里，摸了我的乳房，左边。我当时吓蒙了，他说，哦，好硬，从没给人摸过吧！就在那一刻，我突然想起来，十二岁那年，香老师带我和果子下山打电话，我被人摸了，在左边，是左边的乳房。后来香老师带着砍刀下山去，他是去杀人的，教训那个摸我的男人。这一刻，我突然明白，香老师不是为了我的乳房被人摸了一下要杀人，而是捍卫我的尊严，我是有尊严的，香老师把我的尊严看得至高无上！这才有了叫您来，教全校女生说的那句话——不许男人摸！香老师怕我受伤害，说那不要紧，他是长辈。香老师是保护我的，因为我还有右边的乳房，我不能丢失！他给我重新画了一条底线。我做保姆，吃住在别人家里。我年轻漂亮，我需要钱，需要温暖，需要房子，但是我，不许任何男人摸我！无论多少钱，无论多少好处，都不能换走我的尊严。第二天，朱教授趁老奶奶睡着了，又抱住我，这一次，他偷摸了我的右边，右边的乳房。我对他说了，我不许男人摸，他又强行摸了一把，说摸了给钱，钱比什么都好，你这个破玩意儿，我摸过一火车。我，随手抓起水果刀，捅了他。"

雪竹哭成泪人，哀求说，"一豆，我的孩子，已经发生了，救命要紧啊！你先活下来啊！"

一豆的眼泪流下来，"师母，我问您一句话，当尊严与生命只能选择一样时，你选哪一个？"

雪竹愣了一下，答，"当然是生命，生命只有一次。"

一豆飞快地擦去泪，"我选择尊严。"

雪竹说，"人活着，才有尊严，才能追求尊严。"

一豆说，"尊严都没有，还活着干什么？"

雪竹哑了，马上想起包包里的糖，掏出来，捧了一把。虽然隔着玻璃，这些糖依然花花绿绿。雪竹说。"你的生命不仅仅属于你，还有父母亲，还有我、念竹、香老师，还有果子，还有大旗、还有大破……还有这些糖，这是，同学们托我带给你的，糖，糖啊！生活是甜的，就跟这糖一样，这是同学们带给你的一句话啊！"

一豆的眼泪突然泉涌，"我不骗自己。"

一豆说罢挂了电话，站起身，拖着镣铐，决然走了。雪竹扑上去，扑到玻璃上，对着一豆的背影喊得声嘶力竭，"香老师错了！香老师错了！给男人摸一下有什么关系，那不值得用生命换取……香老师错了！"

一豆坚信，香老师是对的。第二年的春天，她被执行死刑。

一豆的名字，鲜明好认，跟在名字后面的那个字，女，简直就是锦上添花。如果这是选美公告，一豆，无疑是最抢眼的。然而，这是法院张贴的公告，白纸黑字，打了一个红钩钩。这是，往年一样，下雪的日子，过年的日子，收债的日子，躲债的日子，结婚的日子，团圆的日子，也是处决罪大恶极的犯罪分子的日子。处决公告唯一的"女"字，像飘扬的死亡之旗。在一豆的名字前，行人的眼睛火一般、焰一般，灼灼燃烧，年轻女人、勾引、杀人犯、注射死刑，这是多么激动人心的事啊！那天的某晚报，说一豆是第一个

享受注射死刑的人。

念竹是在学校外的院墙上看到处决一豆的公告的。那晚上放学回家，她坐在灯前，作业一个字也没写。雪竹拿了苹果给她吃，念竹咬了一口，却没有咽下去。抬起头，已是泪痕满面，念竹说，"妈妈，把爸爸的坟迁回来吧！那里的人会说，爸爸的学生是个杀人犯。他本来一个人在荒郊野外就很孤单，还要被人骂，不好。"

雪竹搂住念竹，苹果滚到地上，雪竹说，"我就去，我就去，把爸爸接回来。"

当又一个清明节到来的时候，郑雪竹又上路了。一年前，她领着女儿给香哥上坟时，水幕子峡谷正沉醉在春风里。春天，水幕子峡谷的春天，曾经，因为香哥，因为竹海，因为一豆、果子、春春和那些天真无邪的孩子，是天堂，是仙境。那些，就像峡谷里开过的映山红，谢了，谢了，连满地的落英，也不再见。

雪竹带了很多钱，这些钱，原本是营救一豆时筹集的，没有花出去。迁坟也需要不少钱，得请人，把香哥的尸骨收了，回北京，买块墓地，立个碑。

雪竹的心，幸福过了、悲伤过了、绝望过了。再一次踏上奔向香哥的路，春天，在她心中已经凋谢。顺着去年来过的路线，她很快找到了水幕子峡谷的客车。车，依然因为旅客没坐满，在城里打转。四月的城啊，紫荆花全开了，粉红的街，靓丽的人，满街，都是繁荣。雪竹一直望着窗外，寻找，找那些像一豆一样美丽的女孩。

照例是，黄昏时分，到了水幕子峡谷。天气阴沉，已经黑了。雪竹原本想给大旗打个电话，大旗会来接她，或者他忙的话，也要叫大破、瓜拉、菊香或者谁来接她。清明节到了，孩子们一定都等着她，这是去年的约定。但是，雪竹执意没打这个电话，她怕他们问，糖，带到了吗？一豆，好吗？

糖，是带到了。一豆没吃。雪竹和一豆母亲拿到的遗物里，有一包糖，已经化了，像泥土。最后的日子，陪伴一豆的是这包糖，是，友谊和爱。可是，尽有人间珍贵的宝物，一豆，仍然丢了。

雪竹还是先去江福叔的家，带了香、纸和冥币，托江福叔的儿媳烧给江福叔；却只见门上，挂了一把大铁锁。邻居说，他们一家都去福建做运动鞋了。又下起了雨，雪竹没地方可去，想先去学校的，香哥的学校，竹林客栈，可想到春春和小欢，她只得打消这个念头。

撑着雨伞，踉踉跄跄走在雨中，春天的雨，把水幕子峡谷洗得一尘不染。竹海，扮得新娘一样，一切都是新的，新发的笋，已认不得了，自顾地享受春雨，没有半点儿关于香哥、关于一豆的记忆。再也不用到这里来了，不来，自有道理。

雪竹找到山脚下一家旅行社，住下来，打听，哪里可以找到帮助迁坟的人。依雪竹的社会经验，应该有殡葬公司专门做这项工作，但山高水远，也不是那么容易找到的。住了两天，有个人说，他的亲戚是跳大神的，熟悉这行当，主动为雪竹联系。这样，雪竹就获知了一个消息，三个月前，香哥坟墓所在的那块地方，风水先生选定的，水幕子峡谷风景最美丽的地方，政府批准在此地建一个五星级宾馆。为这块地，水幕子的村民和拆迁的人，打起来了，连公安局都出动了。

雪竹愕然，才知道，开发商要平了香哥的坟，因为他在这里生前没有户口，没有工作关系，没有土地，也没有任何亲人。是一座无主墓。

幸好，雪竹来了。

雪竹请人联系迁坟事宜，不管花多少钱，她，只想带香哥离开这个地方。一切安排妥当，念竹从北京打来电话，"妈，等把我爸的坟打开，你要用衣服包好，莫掉了爸的骨头，要我爸，回一个全人。"

雪竹挂了电话才失声痛哭，香哥哪有全尸，那坟头埋的，只是，狼吃剩下的半条腿和一只手！

雪竹迁坟的决心很大，都跟她说，迁坟是要开发商赔钱的，三两万，都可以要。雪竹摇头，不要。有人说，你总得要点儿什么吧，要不然太便宜他们了。雪竹再说，不要。

雪竹要，办一个盛大的迁坟仪式。为香哥的半条腿和一只手，

她要按水幕子峡谷风俗的最高规格来办，一个程序也不能少。要吹吹打打，要热热闹闹，要把香哥的半条腿和一只手，英雄一样迎回家。

正式迁坟这一天，雪竹穿得整整齐齐。水幕子峡谷的春天，极美。阳光，是透明的，透着水青，竹青，山青；峡谷里盛开的花，各色的，有一树，有一朵，有一丛，有一抱。香哥，已经在美丽里睡了十年，十一年，花开花落，都知道的。所以，那紫色的坟头花，在这个季节里，占尽风骚。

迁坟的队伍浩浩荡荡，喇叭、唢呐、锣鼓，吹着，敲着，打着，寂静的峡谷到处都是回声。地里，山里，坡里，摇曳七彩纸花，一片片盛开的紫色花朵，在坟墓上怒放。那便是一豆吧，傲立着，迎风而舞。雪竹戴了孝，发上系着白绳。白绳，在春风里，飘荡，为香哥，也为一豆。

穿过竹海，竹海在春天里；穿过竹林客栈，客栈在春天里；穿过香哥的学校，学校在春天里。游客又来了一批，在残破的学校门口合影，春光映着他们的笑脸。雪竹耳边却响起一豆的朗诵声：春天！春天！春天！

到了，香哥的坟地。雪竹一生都不会忘记的地方，正是一片花海。粉的花，白的花，一大片，把香哥的坟里里外外围了好多层。坟上，是巨大的花圈，还有，大大小小，长长短短的纸幡。雪竹来到香哥坟边，坟堆，跟十年前一样，庞大而圆润。她不在香哥身边的十一年里，有人，一直护着香哥的坟，这花、这幡就是见证。

"挖不挖？"有人催促，锣鼓就敲起来，敲得震天响。应该，是不能挖的，香哥，不是雪竹一个人的，可是，香哥睡在这里还有意义吗？连一豆都死了，她不挖，开发商也要给他铲平。

雪竹咬咬牙，要挖。仪式开始了，唱的、念的、跳的。没有人哭，也没有人笑。这时，雪竹看见一群人，从田间地头跑来，他们提着扁担、镐头、锄头、铁锹，蜂拥而来。他们的身后，不断地涌来手持械斗器具的山民，杀声震天。锣鼓停了。人群气势汹汹地冲到跟前，为首的那个大汉，脸膛黑黢，怒目圆睁，他，就是大破。

大破冲到香哥坟前，举起镐头，拼命一样，号，"香老师的坟，谁敢挖！"

没人敢动一下。雪竹拨开铁锹和锄头，轻轻地叫一声，"大破，我是师母啊！"

大破的镐头举在头顶，看见雪竹，愣了，扔了镐头放声大哭，"师母啊，你怎么要挖香老师的坟啊？为这个坟，我们水幕子村民打了三场架，伤了十多个人，为香老师的坟，大旗送了钱，人家嫌少退回来，大旗又送，前前后后送了二十万，他实在无能为力了。后来，小欢去了，人家不要；春春去了，人家也不要；再后来，果子回来了。果子……果子……这坟是果子保住的……"

雪竹抓住大破的衣服，"果子，我的果子，她……"

大破瞪着眼珠子，"她，她……她就是天上那颗星星，她掉下来了！"

……

雪竹离开了水幕子峡谷，她一个人。她没能带走香哥。香哥的坟地，政府又改批了森林公园，那坟，作为文物保留。村民们自发在森林公园种了无数花，这花，是野生的，叫恩多花。春天一来，花便开放，是第一个，迎接春天的花朵。

在北京的天空下，雪竹仰望苍穹，那满天漂亮的星星，闪烁着、美丽着。念竹说，"妈，你好幼稚，怎么爱看星星？"

雪竹答，"我在找，你是哪一颗。"

作者简介

胡雪梅，女，湖北省鄂州日报社记者。湖北省作协会员。在《北京文学》《啄木鸟》《百花洲》发表中篇小说多部，其中《花朵》《去天堂的路上》分别由《小说选刊》和《北京文学·中篇小说月报》转载。

杨晓升

介　入

　　郭老头在体检时被查出肝癌晚期。长女郭秀英出于孝心对父亲隐瞒病情，而远在美国的妹妹则力主尽快把病情真相告诉父母，以便父亲配合治疗。两种意见尖锐对立、激烈冲突。郭老头到底该何去何从？

1

　　郭丁昌老汉是本单位组织退休老员工体检的时候被查出肝癌的。当然，对于这样一个结果，郭丁昌并不知道。因为体检的那天，他有孝顺的大女儿陪着。郭丁昌这年刚好七十，虽已是古稀之年，但干一辈子钳工出身的他身体依然硬朗，手脚麻利。退休之后他每天都到附近的公园与众多同龄拳友伸展腰身，挥拳劈腿，切磋拳艺。往年厂里组织体检，他每次都不屑参加，每次面对老同事和老伴的催促或劝说，郭丁昌总是叉腰挥拳，擂鼓一样捶着自己尚且壮实的胸脯大声嚷嚷："你们都睁眼看看，我这把身子骨还用得着体检吗？"眼看郭老汉固执又虎虎生威的样子，催促和劝说者都只好偃旗息鼓。但这次体检，对郭丁昌老汉是个例外。近一段时间，不知怎么的他总感觉有些疲乏，精力和体力都大不如前。踢腿，腿像灌铅。挥拳，拳如沉锤，迈步扭身仿佛都有无形的阻力掣肘着。以前他练起拳来健步如飞，身轻似燕，练上一两个小时体力都不成问题，可最近十几天来，他练不上十分钟就气喘吁吁。更要命的是，有时候他还感觉腹部右边的某个部位隐隐作痛，以致睡也睡不好，饭也吃不香了。一向对自己身体充满自信的他，不得不在有一天晚上睡觉躺下来时，低下高傲的头颅，如实将这些情况向老伴交代。老伴听后大惊，然后手指鸡啄食般频频点着老头子，一个劲抱怨："你瞧瞧，你瞧瞧，平时老提醒你注意身体，老逞能不是？这回也知道自己早不是大小伙子了吧！"话虽这么说，老伴却心急火燎，半夜三更的立马就打电话给大女儿郭秀英，将情况向郭秀英说了。郭秀英还没听完电话，就打断母亲的话说："妈您甭说了，我马上安排时间带爸到医院检查！"

郭秀英在郭家是长女，大学学财会专业的她如今是一家贸易公司的财务总监。郭秀英下面还有一弟一妹。弟弟郭英俊在某机关给领导当司机，虽然与大姐生活在同一座城市，但终日屁颠屁颠地跟着领导早出晚归，辛苦不说，月工资也只有两千多一点。妹妹郭秀梅在国内学完牙科硕士，五年前远赴美国旧金山攻读博士，毕业后已经留在那里的一个研究所工作。郭家的这三个孩子，可谓阴盛阳衰，两个女儿都上了大学，工作学业都春风得意顺风顺水，男的却连大学都没考上，眼下只能干苦力勉强养家糊口。论生活条件，目前当然是郭秀英最好，她自己是财务总监，丈夫唐建设则是某房地产公司的销售经理，她家不但早已经有房有车，儿子唐诗学习还挺争气，目前在本市上重点中学。俗话说长女如母，让郭家老两口一直感到幸运和欣慰的是，长女郭秀英是典型的孝女，打小她就爱家顾家，孝敬父母，前几年就发达了的她二话不说在自己居住的小区附近买了一套二居室房子，置了席梦思、沙发、彩电、冰箱、洗衣机等一应俱全的全套崭新家具，将原本居住在郊区的老爹老妈接到市中心来。郭秀英自己住的是一套一百八十平米的房子，与父母住的小区只有一条马路之隔。虽然她忙于工作，平时与父母各自生活，但一有空她也三头两天来看父母，每次来手也都没空着，都是大包小包送来吃的喝的用的。可以说，郭家老两口即使自己不上超市，东西也是应有尽有，吃的用的都不缺。当司机的儿子虽然也隔三岔五来看父母，但来时往往是两袖清风，囊中羞涩。对此，郭家老两口也充分理解，从不抱怨，心想儿子如今也拉家带口，活得也

不容易，能惦记着来看父母就不错了，还计较什么？相反，老两口还明里暗里让儿子离开时带东西给孙女……

接到母亲电话的第二天，郭秀英一早就赶到父母这边来，风风火火地敲开门，说是上午要带父亲去医院检查。正巧父亲单位又来电话通知明天组织退休工人体检，郭秀英当即改变主意，推迟一天陪父亲随大流前去本市第二人民医院体检。那天，或许冥冥之中有种不祥的预感，临检查前，郭秀英还多留了一个心眼，她找到父亲工厂组织体检的厂工会主席，特意叮嘱他："如果体检情况不好，无论如何绝不能将结果告诉我父亲。"末了还不放心，又进一步叮嘱说，"尤其是 B 超，胸透等重要环节，事先一定要同相关大夫先打招呼。"眼看她恳切而又忧心的样子，姓王的工会主席拍胸脯说："小郭你放心，我一定照办，我马上去同相关的大夫打招呼！"

世事有时候就是如此捉弄人，越担心的事似乎往往越亲近你，越怕的事偏偏就越落到你的头上。郭丁昌随着大伙排队，按照事先安排的体检程序和环节一步步检查下来，B 超的结果发现肝部有强回声，疑是肿瘤。只有肝功能检查未出结果。但前一项的结论都已经让郭秀英一下子吓得半死，拿着父亲体检表的双手霎时抖得厉害，双腿也软软的像忽然泄气的车胎，眼看就将要歪斜下来。幸好父亲厂里工会的那位王主席早有准备，一把扶住并一个劲提醒她"小郭你别着急别着急，镇静，镇静"，她这才慢慢回过神来。好在这时候父亲不在身边，郭秀英攥着父亲的体检表强制着自己镇静，然后才慢慢又抬起头，盯着对方，按住自己急促的心跳一字一句地说："求求你，千万……千万……不能让我父亲知道！"待喘了口气，又忧心忡忡问："接下来，我……该怎么办？"王主席道："医生说，你父亲需要再做加强 CT，必要时还要做核磁共振，以便进一步确诊。只不过……只不过这两项是自费。你知道，厂里经费有限，每年职工体检只做必要的常规检查。"郭秀英一挥手说："这个您甭担心！钱不是问题，我自己出，这两项检查都做！问题是我现在需要尽快让父亲再做检查，越快越好。你赶快帮助联系吧！"

在工会王主席的协调下，院方很快安排郭丁昌单独做加强 CT 和核磁共振。

郭秀英将父亲从人丛中接出来，准备前去检查的时候，郭丁昌开始是懵懵懂懂跟着，走到 CT 的检查室前这才开口问女儿："秀英，怎么……怎么就我一个人检查，厂里其他人不来吗？"女儿说："对，就你一人检查，因为往年你没来体检，我跟你们工会的王主席说了，你好不容易来一趟，这回给你特殊照顾，查详细些。"

郭丁昌听罢，这才跟着女儿进了检查室。

第二天一早，郭秀英开着她那辆红色雅阁匆匆赶到医院取父亲的检查结果。

CT 的结果显示，郭丁昌的肝部发现一处大小 2.5 cm 的肿瘤，疑为肝癌，但医生仍不敢确诊。又看看昨天做的核磁共振，结果同样是肝部有同样大小肿瘤，初步确定为肝癌。虽然两项结果诊断一致，肝功能检查结果多项指标也都呈阳性，尽管如此，郭秀英还是心有不甘。面对这个可恶可恨的结果，她压抑住自己的心跳，惴惴不安地问医生："这……是确诊吗？会不会是误……"话未出口，医生便打断她："你要是不放心，那就再穿刺做病理活检吧，早诊断早治疗。若是癌症的话，做介入治疗也是这样的途径。若不是癌，那岂不是可以彻底放心？"

医生这么回答，是郭秀英所希望的。毕竟前面又出现一道检查的关卡，只要这个检查的关卡还未到达，就还有一线希望，郭秀英希望前面所有的一切结果都是误诊。

然而，什么是穿刺活检？什么又是介入？郭秀英对此一无所知。她想问刚才的那位中年医生，医生却忙着要接待其他患者，于是指了指检查室外面楼道的宣传栏，"呶，那边有介绍，你去那边看看就知道了。"医生的口气冷冰冰的，很职业，似乎丝毫不理解也不同情正心急火燎的郭秀英。

郭秀英只好走到楼道，楼道两边的墙上果然是琳琅满目的宣传栏。郭秀英很快找到了"穿刺活检"的介绍——

　　肿瘤是严重危害人类健康及生命的疾病。正确的诊断需要临床、影像及病理三结合。其中，病理诊断对治疗方案的选择起着关键作用。穿刺活检是获取病理诊断的主要途径。不正确的活检，往往因取材时造成肿瘤对局部重要结构如血管、神经束的污染，使肿瘤无法彻底切除。因此穿刺活检前，应对肿瘤的性质、分期及治疗有充分的了解，进行充分的术前计划，并确保取材的针道位于手术切口上，以便能在手术时完整切除。所以大量文献均强调穿刺活检应由经验丰富的专科医师操作，且最好由主刀医生亲自进行活检操作，以提高穿刺活检准确率，减少并发症……

　　郭秀英睁大眼睛一字一句看上述内容时，内心翻江倒海喜忧参半。喜的是上述的简介说明 CT 和核磁仍然不能百分之百确诊肿瘤，也就是说父亲郭丁昌已经疑似的肝癌还存在误诊的可能，这是她内心一直所期望的。忧的是穿刺活检危险性高，手术要求也高，更重要的是眼前所面临的局面，自己该如何向父亲说明，又该如何动员父亲同意穿刺活检呢？一想到这儿，郭秀英头都大了，脑子乱糟糟的，感觉既像被人塞进一团乱麻，又像是被人灌进一盆浆糊，活了四十几岁，她可从未遇到这种难堪局面。

　　郭秀英本想回到诊室找刚才的那位医生，问一下何时能做活检，要不要事先挂号约定时间。可一想到父亲这一关还没过呢，问也是白问，她便掉转身离去，回到自己那辆红色的雅阁车上，她决定先回家做父亲的工作。发动汽车引擎的同时，她也开动脑筋，极力盘算着如何将检查的结果告诉父亲，糟糕，还有母亲呢，这么大的事，对两个老人可怎么交代呀？

　　郭秀英开车往回走，一边琢磨着对策。可脑子乱糟糟的，怎么也理不出个头绪。忽然他想到应该先与弟弟郭英俊见个面，父亲可能得的是绝症，自己昨天到今天还顾不上将情况告诉他呢。这么想着，她就转了方向盘，向弟弟单位的方向开去。

　　郭英俊上班的单位位于市中心，不算远。大约开了二十分钟，郭秀英的车就到了郭英俊单位的楼下。郭秀英将车停下，拨通弟弟手机。正巧弟弟没出车，在办公室待着呢。不一会儿，郭英俊就从楼上下来。

"大姐，你怎么来了，有事吗？"郭英俊躬腰低头，探望着座驾上的姐姐。

"我不下车了，你赶紧上车吧，车上说。"郭秀英打开车门，示意弟弟坐到副驾驶的位置上。

"大姐，都到午饭时间了，你下车一起到食堂吃饭，边吃边说吧。"

郭秀英急了："哎呀！现在哪儿有心情吃饭，叫你上来你就上来吧！"

郭英俊满脸疑惑。他感觉到姐姐今天有些异常，便不再争辩，听话地坐到副驾驶的座位上。扭过头问："姐，出什么事啦？"

"大事！咱爸得……得了绝症。"郭秀英咬了咬牙，说出了这句本来不愿意说的话。

"什么……这，这怎么可能！？"郭英俊像挨了当头一棒，瞪眼张嘴的，就差没从座位上弹起来。

郭秀英将检查结果——拿出来，递到弟弟怀里："这是检查结果，全都在这里，你都看看吧！"

郭英俊感觉"嗡……"的一声，脑袋像要被炸开了。他斜歪着脑袋，愣愣地望着正心急火燎的姐姐，将信将疑。又低下头翻看着父亲的病历和检查结果，耳边仍然"嗡嗡"乱叫，似山呼海啸，如天旋地转。他感觉天和地黑压压的像不断挤压着他。他急促地喘气，脸涨得通红。半晌，他才又扭转过脸，蹙着眉看着身边的姐姐。"姐，这……这可怎么办？"

郭秀英瞟了一眼弟弟，喘着气，咽着唾液，将医生建议穿刺做活检的事说了一遍。末了，她说："这事太大，我在考虑该怎么做咱爸咱妈的工作，让咱爸同意去做活检。"

"大姐，这事……不能跟咱爸咱妈说吧？"

"你觉得能说吗？说了他们怎么受得了！"

"那……到底该怎么办？"

"我来找你，就是想跟你商量。你觉得应该怎么着好？"

"大姐，你看你……嗜！你怎么问我呢，我……我哪里有什么主意！嘿嘿，你说怎么办就怎么办吧。"郭英俊搓着手，涨红着脸，讪讪地似笑非笑，似哭非哭。

郭秀英瞥他一眼，冷静下来，这才意识到自己问错人了。这事怎么能问弟弟呢！自打有这个弟弟，家里的事弟弟从来都是没主意的，主意从来都是郭秀英她这个姐姐拿。妹妹郭秀梅倒是有主意的，可郭秀梅远在美国，远水救不了近火，有急事也不好商量。眼下家里出的这件急事大事，只有和弟弟商量了。虽然郭秀英也知道弟弟不会有主意，但不知怎么的这事她首先想到了要与弟弟商量，至少要先让弟弟知道。毕竟父亲是她与弟弟共同的父亲，母亲也是与弟弟共同的母亲，眼下父亲可能得的这个绝症，她能不告诉弟弟么！

冷静下来的郭秀英，终于拿主意了："英俊，咱爸这个体验结果，千万千万，不能让咱爸知道。也千万千万，不能让咱妈知道。"郭秀英说这话时，一字一句，都加了重音，仿佛生怕弟弟郭英俊听不进去似的。

"没问题，我听你的。"郭英俊拍着胸脯答，忽然又说，"那我二姐呢，这么大的事，是不是得跟我二姐说，也听听她的意见？"

一句话，提醒了郭秀英。心想，秀梅虽然远在美国，但父亲得了绝症，怎么说都得通知秀梅，也听听她的意见。"我这就给秀梅打电话。"说着，郭秀英掏出手机。郭英俊急忙阻拦："大姐，你怎么用手机打，这多贵呀！要打也……也得用电话卡，找个固定电话啊。"

郭秀英瞥一眼弟弟，不耐烦说："哎呀都什么时候了，我哪儿还顾得了那么多！"说话间，手机便拨通了大洋彼岸那边妹妹的电话。

对方的铃声至少响了十声，话筒才传出秀梅的声音，声音还懒洋洋的。

郭秀英说："秀梅，你怎么才接电话呀，急死人的！"

郭秀梅道:"哦,是姐呀,三更半夜的,什么事那么急啊?"声音仍懒洋洋的。

郭秀英这才意识到,美国那边正是午夜,是这个电话将秀梅吵醒了。她缓和口气说:"秀梅,是有急事要同你商量,不然我不会在这个时候打电话吵醒你。"

"什么事那么急啊?"

"坏事。"

"什么,坏事?姐你可别吓唬我……"那边的声音明显升高,还传来窸窸窣窣的杂音,像是秀梅在掀被子。

郭秀英沉住气,冲手机的话筒喊:"告诉你一个不幸的消息,咱爸得了……得了绝症!"

"什么?姐你说什么……"手机传出的声音骤然提高了八度,而且"叭嗒"一声,像是一骨碌从床上爬了起来。

郭秀英竭力控制自己的情绪,用低沉的声音,一字一句地将父亲体检发现肝癌并准备活检的事简单地说了一遍,末了强调:"秀梅,这事千万千万要保密,千万千万不要对咱爸咱妈说。我给你打电话,是想将事情告诉你,听听你对咱爸治疗的意见。"

手机那边沉默片刻,才又响起来:"天呐,咱爸怎么这么倒霉呀!……姐,我知道了。可是,是否要对爸妈保密,咱们还得慎重考虑。"

郭秀梅这句,让人丈二金刚摸不着头脑。郭秀英和郭英俊面面相觑,满脸疑惑。少顷,郭秀英冲话筒说:"秀梅,你刚才说的是啥意思,这事对爸妈保密难道还有异议吗,这事难道还要让咱爸咱妈知道不成?!"

郭秀梅说:"姐,咱爸得这病,是飞来的横祸,我跟你一样从没料到,也很难过。但是咱爸是当事人,他应该有权知道自己的病情。只有让他知道自己的病情,他才能好好配合医生治疗。"

郭秀英没好气地说:"秀梅,亏你想得出,怎么能让咱爸知道自己得的是绝症?就是咱妈,咱们也绝不能让她知道!"

"为什么不能让他们知道?"

"这还用说吗？这种事他们要是知道了，能受得了吗？"

"怎么受不了？他们又不是小孩！"

"你……你简直是胡闹，你想将咱爸咱妈吓死啊！"

"姐，话可不能这么说。在美国，得绝症的人都有权知道自己的真实病情，即使是自己的家人也从不隐瞒……"

"你疯啦？这是在中国！你别读了几年书，喝了几滴洋墨水，就忘记自己是中国人，忘记你爸你妈都生活在中国而不是美国。你没听人说：得癌症的人，首先是被吓死的，其次是被治死的，再次才是疾病本身致死的！"

"姐，你听我说……"

"你别说啦。保密的事绝无商量余地，你要是敢向咱爸咱妈透露一点儿风声，我可跟你没完！你就说说咱爸这病该怎么治疗吧。"郭秀梅是学医的，虽说学的是牙医，与医治肿瘤风马牛不相及，但怎么说也沾了个"医"字，多少比与"医"不沾边的懂些吧，因而郭秀英想先听妹妹的意见。

不想郭秀梅却嘟囔道："姐，你听都不听我说完，我……我还能说什么呀！"

"你爱说不说，咱爸这病可是火烧眉毛，我可没工夫同你废话！"郭秀英说着将手机通话掐断，对一直愣在身边的郭英俊说："甭理她，再说远水救不了近火，指望不上她了，咱们商量着自己拿主意吧。"

望着大姐期待的眼睛，郭英俊神情怯怯的，眼里一派茫然。此刻他嗫嚅道："大姐，你说怎么办就怎么办吧，我……我听你的。"

2

其实，到底如何过父母这一关，直到现在郭秀英自己也还心中没数，她只有一点拿定了主意：那就是无论如何，一定不能让父亲知道自己得了癌症，也不能让母亲知道父亲得了癌症。两位老人都已年过古稀，心理和身体都那么脆弱，要是让他们知道病情真相，无异于家里冷不丁折了房梁，屋顶真要垮塌下来，他们怎么承受得了？

可到底如何瞒住两位老人，又让父亲心甘情愿按医生要求配合检查与手术呢？

郭秀英对郭英俊说："那好，你听我的，现在咱俩回家看爸妈！"

郭英俊说："那我……我得上楼跟领导请个假！"

郭秀英瞪了他一眼，说："你还上什么楼呀，你给你们领导打个电话不就得了？"

郭英俊面露难色，犹豫了一下，还是拨通了领导手机："王局长，我……我爸得了癌症，我得赶紧回家，跟你请个假。"那边的王局长一听，先是惊讶，然后满口答应，还一个劲安慰郭英俊先别急，该怎么办就怎么办。郭英俊脸上的难色这才缓缓消失。

郭秀英开着车，带着弟弟朝着家里的方向行驶。她原本打算到家里去见父母的，可一想到自己迄今都还不知道该怎么应付两位老人。又觉得不妥，应当先找好医院，拿定医疗方案再说。车到十字路口，她忽然将方向盘左打，往市肿瘤医院行驶，边开车边将刚才的想法跟郭英俊说了。

市肿瘤独院是专科医院，也是全市医治癌症患者最好的医院，她想一定要为父亲找到最好的医院和专家，让父亲接受最好的治疗。然而，车到肿瘤医院，望着肿瘤医院大门口赫然树立的医院名称，郭秀英感觉"肿瘤"那两个字忽然间像两头张着血盆大口的怪兽，嗷嗷地冲她怒吼，让她不寒而栗……她下意识踩住刹车，左打方向盘，继续前行。

坐在副驾驶的郭英俊侧过脸看姐姐，满脸疑惑："大姐，肿瘤医院不是到了吗，你这又是要上哪儿去？"

郭秀英没有马上回答，她鼓着气一个劲踩着油门，逃逸似地只顾一溜烟向前跑。待轿车跑出了数百米，这才喘着气说："我改变主意了，绝不能让咱爸到肿瘤医院来治！"

郭英俊心中的问号被郭秀英这句话撑得更大了："为什么呀，你不是说肿瘤医院是最好的医院吗？"

郭秀英说："是，没错。可你想没想过，肿瘤医院门口那个大

牌子，肿瘤这两个字有多么可怕。咱爸要是到这儿来，病没治恐怕就得被吓死！"

郭英俊一听，觉得这话在理，再说大姐不是说绝不能让父亲知道病情真相嘛，真要让老头儿到肿瘤医院来，到看到"肿瘤"二字，病情可还怎么保密呀。这么一想，郭英俊就越发佩服自己的这个姐姐，便说："大姐，你说得对，咱们不能让老爸看到肿瘤这两个字。只是不上肿瘤医院，咱们……咱们上哪儿呀？"

郭秀英说："还是上市第二人民医院吧，咱爸是从那儿体检发现绝症的，让爸在那儿接受治疗，不易引起咱爸的怀疑，也能减少咱爸的心理负担，再说那儿是咱爸单位的合同医院，医疗费报销也方便些。"

郭英俊使劲点头："大姐，你说得对。"

说话间，车就开进了市第二人民医院停车场，姐弟俩下了车。郭秀英走到医院挂号处，想挂个专家号，不想却吃了闭门羹。她看了一下手表，拦住从楼道正匆匆走过的护士，问："已经是下午两点半，专家挂号处怎么还不开门呀？"那护士收入住步，白了她一眼："嗤……专家号上午早挂完了，下午从来就不挂专家号！"扔下这一句，护士又匆匆赶路。

郭秀英一愣，心想自己平时都不怎么上医院，只是老听说现在看病难、看病贵，从来就不知道下午挂不上专家号啊。她瞥了眼弟弟郭英俊，无奈地摇了摇头。寻思片刻，她决定重新找上午的那位中年医生再咨询咨询。这么想着，她后悔上午忘记问那位医生姓甚名谁了。好在她运气不错，来到放射科，郭秀英又找到了上午那位中年男医生，瞅准他的诊断间隙，她上前问："大夫打扰您一下！我是上午来取检查结果见过您的，我还是想问问，您说要是做了活检之后，该怎么办？"

医生瞥她一眼，想起自己上午的确见过这位女士，便耐着性子说："那得看活检的结果。"

郭秀英说："我想知道，如果活检结果真的确诊是……是绝症，那该选择哪种治疗方案？"

医生说:"上午我不是跟你说过了吗,如果活检确诊,最好用介入法治疗,因为已经做穿刺了,介入治疗顺理成章。不过,我这只是参考意见,至于治疗,你还是去找肿瘤科的专家吧。"

郭秀英说:"这我知道,只是现在专家号挂不上了,我想先找您咨询。我想知道,您说的介入法治疗到底是怎么治法?"

医生有些不耐烦了,他指了指楼道:"上午我不是告诉过你了吗,那边有介绍,你去看看吧!"说完,他招呼一位早已在身边等候的患者,不再理会郭秀英。

郭秀英一拍脑门,记起上午医生是同她说起穿刺活检时也说过介入法治疗了,而且也告诉过他楼道里的宣传栏有介绍,自己怎么只看活检介绍而忘记看介入法治疗的介绍了呢?看来父亲这事也将自己急糊涂了。

郭秀英一边责怪自己,一边招呼郭英俊来到楼道的宣传栏前,很快找到介入治疗的有关介绍——

介入治疗(Interventional treatment),是介于外科、内科治疗之间的新兴治疗方法,包括血管内介入和非血管介入治疗。简单地讲,介入治疗就是在不开刀暴露病灶的情况下,在血管、皮肤上作直径几毫米的微小通道,或经人体原有的管道,在影像设备(血管造影机、透视机、CT、MR、B超)的引导下对病灶局部进行治疗的创伤最小的治疗方法。介入治疗其特点是创伤小、简便、安全、有效、并发症少和住院时间明显缩短。正是由于以上诸多优点,介入治疗方法成为了一些疾病(如:肝癌、肺癌、腰椎间盘突出症、动脉瘤、血管畸形、子宫肌瘤等)最主要的治疗方法之一……

郭秀英睁大眼睛一字一句看完上述介绍,似乎隐约看到绝望之后的一丝希望。因为这是她第一次知道癌症还有介入治疗这种方法,以前她只知道癌症患者需要做肿瘤切除手术或者化疗,而且知道癌症患者的肿瘤切除手术成功率很低,因为手术不久癌细胞又将扩散,难以根除,癌症患者一般都经不起一而再再而三的反复手

术；而化疗给癌症患者带来的痛苦，以及脱发等副作用让患者丑陋不堪，变了人形，想起来都让人不寒而栗。郭秀英公司的一位年轻女同事，原本眉清目秀，身体阿娜，秀发飘逸，前年不幸患上子宫癌，做了肿瘤切除手术还不断化疗，不但飘逸的秀发谢了个精光，人也形销骨立，瘦成了丑八怪，可悲的是她新婚没多久的那个老板出身的新郎官也另寻新欢离她而去，万念俱灰的这位女同事一气之下从十七层楼高的家中跳楼自尽……

郭秀英觉得，假如父亲真的做穿刺活检确诊是绝症，介入法治疗对父亲来说再适合不过了，因为介入法最能减少父亲做手术的创伤和痛苦，还有利于对父亲隐瞒病情真相。如果按传统方法做肿瘤摘除手术，甚至是化疗，那么大的动作，那么多的痛苦，那么明显的痕迹和特征（比如脱发等等），怎么能够对父亲和母亲隐瞒真实病情呢？当然不能，绝对不能！这么想着，郭秀英就把这些想法同郭英俊说了。郭英俊听了，连连点头，说："大姐你说得对，就按你说的办吧。只是到底如何能让咱爸来做活检，甚至做介入治疗呢？"

郭秀英瞥一眼弟弟，若有所思，招手说："走吧，咱们回家，路上咱们再想想，总会有办法的。"

开车回父母家的路上，姐弟俩边走边聊，一个隐瞒父亲病情的想法渐渐形成了。

3

门依然是那道门。家也依然是那个家，老爸老妈的家。

这是一套80平米的二室一厅房子，朝向正南。晴天且有太阳的时候，光线充足，屋里明亮通透。这套离自己仅一路之隔的楼房，是郭秀英这个孝女几年前购买，用来孝敬父母让老两口安度晚年的安乐窝。

因为只有一街之隔，郭秀英每天都要往这里跑。因为父母在这里，这里成了她的另一个家。所以每次来这个父母住的家，她也像回自己的家那样小鸟归巢般的，脚步轻快，心情舒畅。

可眼下她又一次来到父母居住的这个家时，却心情压抑。原本只是位于二层的房子，她却步履沉重，双腿像是灌满了铅，每迈一步都像有一股无形的力向后拽着她，使她爬得气喘吁吁，仿佛那二层高的楼是珠穆朗玛峰。就连她举手按门铃的时候，那手似乎也像拉伤了似的，小心翼翼，缓慢迟钝。倒是弟弟郭英俊眼疾手快，抢先一步将手按在门铃的按钮上，那熟悉的音乐铃声随即响了起来。

门开了。

"爸，妈……"郭秀英的愁容瞬间藏了起来，脸上竭力堆出笑，装作若无其事的样子。

郭英俊也若无其事地叫了一声"爸，妈"，将刚才与姐姐在自由市场买的一条鲈鱼、一袋菜和一袋水果交给了母亲。当然，他的若无其事也是装出来的，路上姐姐一再交代他，一定要严密封锁父亲病情真相的外露，见到爸妈一定要与平时一样，尽可能装得若无其事。

要是在平时，母亲见到郭英俊来，肯定会喜上眉梢笑声朗朗。但这一次，母亲只是轻描淡写地回应儿子，说了声"英俊你也来啦"，便接过儿子手中的鱼、菜和水果，一声不响地进了厨房。

父亲郭丁昌坐在沙发上，举手招呼他俩落座。姐弟俩在沙发的另一侧坐了下来。

父亲问郭秀英："怎么样，我的体检结果出来了吗?"

郭秀英说："爸，结果出来了。您是不幸中的万幸，医生说您的肝部长了个囊肿。"

郭老汉"噢"了一声，问："囊肿，啥……啥是囊肿?"

这时候，母亲也端着两杯水过来了。听到"囊肿"二字，忽然收住步愣在那里。

郭秀英呵呵笑着，赶忙起身接过母亲的两个水杯，一个给了弟弟，一个端到自己手里，似乎很专业地说："囊肿呀，通俗点说就是水泡。肝囊肿就是肝脏中长了水泡。医生说，囊肿都是良性的，不要紧，摘掉就好了。"

郭老汉"噢"了一声，点了根烟低头吸着，若有所思。

郭老太满脸疑惑，看看女儿，瞧瞧儿子，又瞅瞅老伴。嘟囔道："奇怪，肝里头也长水泡，敢情肚子里也着火，把肝给烫着了？"

郭秀英一听乐了。她强制自己将水喝下，抹着嘴说："妈您说话真逗，我爸肚子里又没装柴火，可怎么烧呀！"

她瞅了瞅母亲，又注视着埋头吸烟的父亲，开始贩卖刚才与郭英俊在大街网吧上临时查阅的知识。"爸，妈，你俩听我说，早上我到医院取结果，刚刚听到囊肿这两个字的时候也紧张，以为囊肿就是肿瘤呢。我拿着结果去问医生，医生说得一清二楚。医生说，囊肿不是肿瘤，囊肿只不过是水泡。囊肿是怎么形成的呢？医生也说了，绝大多数的肝囊肿都是先天性的，就是说，是因先天发育的某些异常导致了肝囊肿的形成。后天性的因素少有，比如在牧区，如果有人染上了包囊虫病，在肝脏中便会产生寄生虫性囊肿。还有，外伤、炎症，甚至肿瘤也可以引起肝囊肿……"郭秀英说这番话时，如数家珍，胸有成竹，侃侃而谈，俨然像一位医学专家。他的这番表现，令在一边的郭英俊暗暗叹服，心想大姐就是聪明，就是记性好，在网吧那么一会儿的工夫怎么就将囊肿的知识记得一清二楚，难怪她当时考大学时那么轻而易举。相比之下，他自己考了两年却还是没有考上。

听了郭秀英这番话，两位老人还是将信将疑，但原本紧蹙的眉头明显比刚才松驰了一些。

郭秀英瞥了一眼弟弟，示意他说话。

郭英俊心领神会，趁热打铁，他说："爸，姐说的都是实话。我大姐早上去医院取体检结果的时候，开始也有些担心。她给我打电话，恰好今天我们单位的头儿也不外出，我就跟大姐一块儿到医院了，而且从头到尾跟我大姐在一块。医生说的我也全都听着，我大姐刚才说的全都是医生今天说的，有我作证呢，这您放心。"

郭秀英趁机又加了一句："而且医生说了，囊肿是常见的病，百分之十的人都有肝囊肿。也就是说，普通人当中，每一百个人就有十个人有囊肿，这……这不跟感冒发烧一样普通吗？"

"嗯……"郭老汉吐着烟，点了点头。问："那……囊肿有啥症状，有啥害处，医生怎么说的？"

郭秀英道："医生说，肝囊肿一般是没有症状的。可当囊肿长大到一定程度，可能会压迫胃肠道而引起症状。比如上腹不适，饱胀，也有因囊肿继发细菌感染而有腹胀，腹痛，发热，乏力，食欲不振……爸，您最近一段时间不就是腹胀、腹痛、乏力、食欲不振吗？这些症状与医生说的囊肿的症状一模一样啊！"郭秀英说得头头是道，但她说的这些症状并非均属于肝囊肿，比如腹痛、乏力、食欲不振等等，她描述这些症状时并非像前面那样完全依照网上查到的有关肝囊肿的症状说，她是尽量对照父亲最近出现的症状说。总之她连哄带骗，目的是千方百计想让父亲和母亲消除顾虑。

母亲听罢，忙对女儿说："可不是嘛，你说的这些症状你爸这几天都有过。"又扭头安慰郭老汉，"老头子，我看这回秀英给你查清楚了。虽说这囊肿呐，也是个病，可幸好不是恶物，更不是什么大病，只不过像普通的感冒发烧。咱就听大夫的，尽早摘除就好啦。尽早摘除，也好了却你这些日子心头上的一块心病。"

郭老汉吸了一口烟，将烟头往茶几上的玻璃烟灰缸用力一拍，笑呵呵地对老伴吞云吐雾："知道啦。这个肝囊肿啊，是得尽早摘除，不然不仅我自己睡不着觉，你更是睡不着觉呀！"侧转脸又问女儿，"秀英，那接下来你怎么安排，上哪个医院治疗？"

郭秀英说："就在市第二人民医院吧，囊肿是在那儿查出来的，咱们就在那儿治。再说那儿也是三甲医院，水平没问题。爸，您说行吗？"

郭老汉道："你们……看着安排吧。"

这时，站在一旁的母亲不置可否。她嘴角嗫嚅了一下，说："刚才秀梅来电话了。"

"啊……？"郭秀英睁大眼睛，心忽然悬了起来："秀梅……秀梅来电话了，啥时候打来的？"

郭老太道："就你们来之前的半个小时。"

"秀梅她……她都跟你们说什么了？"郭秀英忽然站了起来。

郭老太说："你不是也跟她打电话说你爸的事了吗？"

郭秀英一听更紧张了："我是跟她打过电话，她……她都跟你们说什么了？"

郭老太说："嗐，还不就是问问你爸的身体情况。"

"哦，她没再说别的什么吧？"

"没说。"母亲答，看秀英表情有些异常，老人有些诧异，又问："怎么啦，你跟秀梅那边，有啥事吗？"

"噢，没……没啥事，我只是问问。"郭秀英似乎意识到自己有些失态，赶紧将自己紧张的情绪藏了起来。又扭头对父亲说："爸，那我明天一早就到市第二人民医院挂专家号。挂上号，我就接您到那儿住院，等待手术。您看行吗？"

郭老汉咳嗽一声，审视着女儿，半晌才说："秀英，我这病，真的是肝囊肿？"

郭秀英内心"咯噔"一声，愣了，心扑扑狂跳，一跺脚说："哎呀爸，刚才我说了半天您还不信呀，就是肝囊肿，而且是医生说的，可不是我说的！您……您要是不信，明天到医院亲自去问医生。"

郭秀英说这话时，口气斩钉截铁。郭老汉望着女儿，将信将疑。

郭英俊见状，赶忙说："爸，您……您就一百个放心吧。我和大姐又不是小孩子，说话哪敢瞎编？姐说得对，您要是不信，明天，您……您到医院亲自问医生不就得啦？"

郭老汉没说话，看看儿子，又瞅瞅女儿。

郭老太忙说："哎呀，老头子，您就听儿女们的吧。明天到医院，问问医生，什么也就知道啦。"

郭老汉这才"哦"的一声，若有所思，点了点头。

4

郭秀英告别父母回到自己家的时候，外套都顾不上脱，就火急火燎地扑到客厅的沙发，抓起茶几上的电话筒"嘀嘀"地在电话机上按键，往美国拨打电话。

刚一接通，郭秀英就没好气质问妹妹："秀梅，你是不是给咱爸咱妈打电话了?"

郭秀梅说:"是姐啊,怎么啦?"

郭秀英绑着脸,一字一句问:"你给咱爸妈打电话,是不是把咱爸的病情都说了?"

郭秀梅诧异,答:"没有啊。"

"到底说没说?"郭秀英的声音大了起来。

"哎呀姐,我倒是想说的,可你还没同意我能说吗?"

"你真的没说?"

"我真的没说!"

"好,没说就好。我可丑话说在前,你要真敢将真实病情告诉咱爸咱妈,我可饶不了你!"

"哎呀姐,你放心,你不让我说,我……我可以不说。可我还是觉得,你还是应该将病情如实告诉咱爸。"

"你给我闭嘴!"

"哎呀姐,我是学医的,你听我说几句好不好?"那边的声音也大了起来。

郭秀英愣了一下,耐住性子:"行,你说吧。"

郭秀梅说:"从医学的角度讲,一个病人如果想得到有效治疗,必须知道自己的真正病情,然后在医生的指导下,按照医生的治疗方案,一步步配合医生治疗。这就像任何单位里的任何一位员工,你要让他去完成好一项工作,如果他对所要完成工作懵懵懂懂、一知半解,甚至是一无所知,只知道蛮干,姐,你说他能干好吗?"

"这……我没想过。"郭秀英一时语塞。治病怎么就如工作?她还是第一次听到这样新鲜的比喻,她想反驳,却又觉得妹妹说的似乎有那么一点儿道理。

郭秀梅继续说:"而且,从人的角度讲,人对自身都应该有充分的自主权,无论是对自己的前途、命运,还是疾病的治疗,他都应该有权自己选择、安排、追求,也就是说他应该有权主宰自己。否则……"

"得了得了,你别又跟我讲美国的那一套逻辑!"郭秀英又不耐

烦了，"我只知道眼下咱爸得了绝症，急需手术，你别烦我了!"

"姐，你听我说……"

"我没工夫，我等着做晚饭呢!"说完这句，她"咔嚓"一声，将话筒扣回到电话机座上。

这时候，郭秀英的丈夫唐建设也刚好下班开门进来。见妻子气哼哼的样子，关心地问："怎么啦，冲谁发脾气呢?"

郭秀英说："还有谁呀，还不是秀梅这死妹子，她自己又不回来，却站着说话不腰疼，尽给我出馊主意添乱!"说着，便拎上刚才带回来的菜和肉，进厨房洗菜做饭去了。

唐建设也放下公文包，脱去外套进厨房帮忙。平时别说进厨房，就是晚饭他也很少回来吃，因为他在房地产公司负责销售，每天几乎都有应酬。今天上午妻子第一时间给他打电话，得知岳父得了绝症，他也放心不下，推掉应酬早早回家来了。

唐建设一边帮助妻子洗菜，一边问今天她去医院的情况及父亲治病安排。郭秀英一一将情况说了，又说了刚才跟妹妹郭秀梅通电话的情况。

唐建设说："咱爸的病，是不能让爸妈知道，他们都这把年纪了，说了怎么能受得了? 不过，咱爸治疗的事，你最好还是同秀梅和英俊商量，毕竟，父母是大家的，可别让他们闹出什么意见。"

"英俊倒好说，我也已经同他商定了。秀梅那边还真没来得及说。"

"那你今晚应该打电话跟她说，这么大的事，不说不适合。"

"嗐，晚上再说吧。"

不一会儿，饭菜做好了：辣子鸡丁、土豆烧牛肉、青炒油菜、西红柿鸡蛋汤，三菜一汤和一锅米饭热腾腾端到了餐桌上。郭秀英一边收拾着餐桌，一边招呼一直在房间里做作业的儿子唐诗快出来吃饭。唐诗以前上小学时，郭秀英每天都要接送他上下学，自打他上了初中，郭秀英就不接送了。是唐诗自己不让送的，他说我都长成大小伙子了，再送丢不丢人啊。当妈的拗不过儿子，只好随他。好在唐诗所在的中学并不远，离家不过三四站地，唐诗也不坐公交车，他自己每天骑车上下学。开始郭秀英挺不放心的，可唐诗每天快乐而去高兴而归，而且每天比母亲回得还早，郭秀英慢慢也就习惯了。

这时候，一家三口像往常一样围坐在餐桌上享用晚餐，只是少了往常的热闹。要在往常，无论是三口之家还是只有母子两人，饭桌上都是有说有笑。但眼下，一家三口只埋头吃饭。或许是觉得沉闷，唐建设问起儿子今天的学习情况，不想儿子不但没有回答，反转移了话题，问起了妈妈："妈，我外公，得了绝症？"

这一问，郭秀英像触了电，筷和碗突然停在嘴边，眼和腮鼓着，整个人瞬间木在那里，怔怔地看着儿子。鼻子忽然一酸，眼泪又扑簌簌冒了出来。

唐建设也愣了。他看看妻子，又望着儿子，问唐诗："儿子，你……你怎么知道的？"

唐诗说："我妈一进家们就跟我姨通电话吵架，我能不知道吗？"

郭秀英一听，抬手抹了一把眼泪，将碗筷放到桌子上。苦笑着，抱歉地说："儿子，对不起。是妈不对，妈不应该让你知道，妈一时忘记你已经放学在家里做作业了。"

唐诗将碗筷往桌上一墩，说："不，你应该告诉我！我已经十四岁，个子比你都高了，家里的事你们都不应该瞒着我。"

郭秀英说："儿子，不是妈不想告诉你，妈是怕影响你学习。再说，有些事完全是大人的事，你帮不上忙的，你知道了也没什么用，只会分散精力。"

"谁说我知道了没什么用？你太小看人啦！"唐诗反唇相讥，母亲反倒被问住了，半晌找不到话说。

唐建设忙出来解围："儿子，你妈确实是怕影响你学习，她完全是为了你好。"

"不，我知道了，也是为了你们好，同时也是为外公好。"唐诗有些执拗。

唐建设满脸疑惑，他望着妻子，妻子也满脸疑云，不知道儿

子到底要说什么。于是，唐建设又将目光落到儿子脸上："儿子，那你就说说，大人的事你知道了，怎么就为我们好，又怎么就为外公好？"

唐诗说："就说我外公得的这病吧，我觉得我姨说得对，不应该对外公隐瞒病情，应该将真实病情告诉我外公。"

郭秀英一瞪眼，说："哟，你怎么跟你姨一路货色？你要知道你外公得的可不是发热感冒，而是癌症，是绝症，这你懂吗？你想将你外公吓死啊！"

唐诗据理力争："妈，你怎么就知道我外公会被吓死呢？"

郭秀英说："这还用说吗？你没听人说：得癌症的人，首先是被吓死的，其次是被治死的，再次才是疾病本身致死的！这你懂吗？"

唐诗执拗地说："这个我懂。可我觉得我姨说得很有道理，治病就像是工作，要想收到好的效果就必须事先知道实情。所以，我还是觉得你应该将病情告诉我外公。"

郭秀英急了，声音大了起来："得得得，你给我闭嘴！你小孩子懂个什么，我本来就够烦的了，你别给我添堵了好不好？"

见妈妈生气，唐诗不作声了。但他噘着嘴，满脸不快。

唐建设忙安抚儿子："行啦行啦，儿子，你外公得了这个病，你妈急着呢，她心情不好，你别惹她了。她不愿将病情真相告诉外公，也是为了你外公好。"

唐诗说："哼，你们大人都自作聪明，都强奸民意，剥夺别人自主权，却口口声声说为谁好。我怎么没觉得？"说完这句，他不再说话，只埋头吃饭。

郭秀英瞪着儿子，还想说他几句。丈夫却拿眼色阻止她，郭秀英只好作罢。屋子顿时静了下来，只有一家三口此起彼落的吃饭声音。

郭秀英内心却并未平静，反而是波澜起伏、翻江倒海，脸色也阴沉沉的。刚才儿子的话刺伤了她。她觉得自己辛辛苦苦将儿子养了十四年，一直以来呵护有加，他要什么给什么，吃的穿的用的乃至上学所需要的东西，一切都给他安排好了，怎么到头来换了这么一句话，真没良心啊。儿子刚刚十四岁，要说也还乳臭未干，翅膀却先硬起来了？真让人担心呢！

　　吃完晚饭，洗刷完碗筷，收拾完房间。郭秀英原本想给妹妹郭秀梅再打个电话，将父亲明天要去医院做活检的事详细说说，并非要征求妹妹的意见，只是出于情理要向她通报，可一想到儿子唐诗在家，不便说话，她又犹豫了。

　　丈夫提醒她："要不你到卧室，用手机打，关上门。"

　　郭秀英听罢，觉得有道理，遂进了卧室。她随手关上卧室的房门，一头躺倒在柔软的席梦思上，拿着手机开始一键一字拨打妹妹郭秀梅电话，刚刚拨了一半号码，却又按了取消键。

　　丈夫唐建设这时也推门进了卧室，见妻子躺倒在席梦思上正望着天花板发呆。问："咦，怎么还不给秀梅打电话？"

　　郭秀英噘着嘴答："不打了。"

　　丈夫一头雾水："怎么啦，不是都说好了要打的吗？"

　　郭秀英说："打了我跟她说什么呀，该说的我下午都跟她说过了。"

　　唐建设说："那……治疗的事怎么安排，你跟她说过吗？"

　　"没有。"

　　"这么大的事，你还是再打个电话说清楚吧。"

　　郭秀英一骨碌坐起来："打不打明天我都得带爸去做活检，她能帮上忙吗？她又不能一下子飞回来！再说，我担心她又纠缠那几句话，什么要把病情跟我爸说清楚啦，什么……嗐，反正是越缠越乱。"

　　唐建设正要说什么，客厅的电话铃这时却响了起来。他赶紧到客厅接电话："喂——你好！哦，是秀梅呀，你……"他还没往下说，话筒却被妻子一把抢了过去。妻子一屁股墩在沙发上，冲话筒说："秀梅，是我。唐诗正在屋里写作业呢，我怕吵着他，你重新拨一下电话，打我的手机吧，我到卧室里面接听。"也不由对方分说，她就将话筒扣了，重新回到了卧室。不一会儿，她的手机响了，果真是郭秀梅打来的。

郭秀梅这回开门见山："姐，咱爸的病，你打算怎么安排治疗？"

郭秀英说："我跟英俊商量好了，明天一早带咱爸去医院做活检。"

郭秀梅问："上哪家医院？"

郭秀英说："上市第二人民医院。"

郭秀梅说："怎么不上市肿瘤医院呀，那儿是专科医院，咱爸这种病还是上专科医院好。"

郭秀英说："做活检是为了进一步确诊。我咨询过了，市第二人民医院的活检做得更好。"她灵机一动，撒了个谎，她不想同妹妹说出自己的真实想法，她怕妹妹又搬出美国的那一套逻辑跟她纠缠。

郭秀梅说："姐，我不在家，咱爸的事就靠你多操心了。请你一定给咱爸找最好的医院，请最好的医生，用最好的药。钱的事你甭担心，我随时可寄来。咱爸的病情，也请你及时告诉我，我会视情况找时间回国看看咱爸咱妈。"

妹妹的一席话，让郭秀英内心忽然间酸酸的，也甜甜的，骨肉之情的那种温暖倏忽间从内心深处冒出，慢慢地弥漫全身。大难当前，虽说她这个当大姐的就是家里的主心骨、顶梁柱，自打父亲被诊断出绝症，她心急火燎，里里外外忙碌，潜意识中觉得全力以赴为父亲治病义不容辞，责无旁贷，还从没有想到过要弟弟妹妹更多操心。刚才妹妹的这番话，却触动了郭秀英内心深处的柔软，让她不由得有些感动。此刻她心一酸，感觉眼眶倏忽间也热热的，她清了清嗓子，有些哽咽地对妹妹说："秀梅，你放心，家里有我呢。咱爸的病，我会千方百计，全力以赴。有事我会及时同你通电话。"

岳父得了癌症，身为女婿的唐建设也很着急。他一方面安慰妻子，另一方面帮助妻子出谋献策，为岳父寻找治疗方案。当他得知妻子准备安排岳父到市第二人民医院治疗而放弃选择去市肿瘤医院治疗时，他当即表示了支持。他说："咱爸的病，不仅不能让他自己知道实情，也不能让咱妈知道实情。否则他们心理压力太大，吃吃不香，睡睡不着，身体还不得急垮了？"

郭秀英说："就是嘛，可秀梅这死妹子真不懂事，非说得将真相告诉咱爸，这不是添乱嘛！"

唐建设说："不过，你也不能跟秀梅急，有话得慢慢说。咱爸这病怎么治疗，也得同她沟通，免得她有意见。刚才你是不是跟她都说清楚了？"

"该说的我都说了。"说这话时，郭秀英又打了埋伏，她也不想让丈夫在这件事上过多纠缠。她觉得大难当头，自己作为长女跟在父母身边，父亲治病的事虽说要同弟弟妹妹商量，但说一万道一千，大主意还得她这个当大姐的拿。如果因为意见不一扯皮，耽误了父亲治疗，岂不更对不起父亲？这么想着，她内心又焦躁不安，便转移话题，对丈夫说："明天一早我得去市第二人民医院挂专家号，也不知道能不能挂上。"

唐建设说："你别急，我也正在想办法，看看能不能托关系找到医院的熟人，不仅是挂号，咱爸住院、手术什么的，眼下要是没有熟人，麻烦着呢。要是能够找个熟人关照一下，岂不是更好。"

郭秀英说："那最好啦，你能找到熟人？"

唐建设说："我试试看吧。"说着，他拿着手机不断翻阅着通讯录，走进卧室接二连三给朋友打电话。不一会儿，他果真找到了一个朋友，这位朋友的表姐叫刘艳霞，在市第二人民医院财务科当科长。

唐建设如获至宝，他立即记下刘艳霞的名字及电话。

5

第二天一早，唐建设自告奋勇到市第二人民医院，赶在医院八点钟上班前找到了医院的财务科长刘艳霞。见面时，唐建设将一张面额两千元的购物卡交给了她，接着将岳父的病情并急于做活检的打算向她一一介绍，恳切希望她能帮忙挂上专家号，帮助安排岳父住院和手术。由于有朋友这层关系，也由于有两千元购物卡这张见面礼，刘艳霞很热情，对唐建设的帮忙请求满口答应。

　　财务科长是医院的实权人物，把持着医院的财政命脉，挂号安排住院对她来说还不是小菜一碟？当着唐建设的面，她一个电话就把事情办了。

　　挂上话筒，刘艳霞对唐建设说："没问题了，已经给你预约了孙树德主任的号，他是我们医院肿瘤科最好的专家。你到挂号处去办理挂号吧，提我的名字就可以，我已经打过招呼了。"唐建设连连致谢，并表示日后一定再谢。

　　有了刘艳霞的帮忙，唐建设不但避免了排队之苦，还避免除了吃苦还可能挂不上专家号的窘境。他一路绿灯在医院挂号处挂上了孙树德主任的专家号，并立即通知妻子郭秀英安排接岳父准备入住医院。

　　接下来，一切都顺风顺水。当天上午，郭丁昌老汉接受了孙树德主任的检查诊断，入住了市第二人民医院的单人间病房，护士为老人进行了血常规、凝血功能等方面的术前体检。为了尽可能减少穿刺后肠道细菌引起的传染、发热，甚至败血症，医生还让老人口服抗肠道菌群的抗生素数天，以便术前需灌肠排尽大便……

　　做这一切准备工作的时候，郭秀英每天都忙前忙后来回奔波。她既要上班，又要给上学的儿子唐诗做饭，还要时不时去照顾独自在家的母亲。当然，更多的时候，她都将精力和时间都放在已经住院的父亲身上。白天，她请了一位护工守在父亲身边照看陪伴。晚上，她安排丈夫唐建设和弟弟郭英俊轮流陪床，为的是减少父亲对手术的恐惧与寂寞。按说，医院是不准许家属陪夜的，但由于有医院财务科长刘艳霞的疏通，纸上的刚性规定也被轻而易举化解了。大难当前，丈夫和弟弟都很配合，他们自觉地承担起了家中男人的应有职责，这一点让郭秀英颇感欣慰。

　　虽然一切都安排得井井有条，顺风顺水，郭秀英也不惜花钱自费为父亲争取到了医院最好的各方面条件，入住医院单人病房的父亲却仍然是心事重重，每天都沉默寡言，这与他以往开朗乐观的性格形成了明显的反差。

　　事实上，入院之前，郭秀英已经通过刘艳霞跟主治大夫孙树德主任沟通过了，希望严密保守父亲郭丁昌的真实病情，协调一致，统一口径，一律对老人说他得的病是肝囊肿，并非什么大不了的病，摘除就好了。开始孙大夫并不同意，说自己并不愿意欺骗患者，最好是让患者知道真实病情以利于配合治疗，后经郭秀英再三恳求，加上刘艳霞的反复劝说，孙大夫总算答应了。但孙大夫纠正了郭秀英"摘除就好了"的说法，他说如果穿刺活检进一步确诊出老人患的是肿瘤，紧接着就要为老人实施介入手术，跟摘除肿瘤是两种不同的治疗方法。如果是恶性肿瘤，不可能"摘除就好了"，因为癌细胞会继续扩散，肿瘤也得多次摘除。介入治疗法也是反复多次，但创伤要比肿瘤摘除小得多，患者的感觉也不大一样。即使不告诉患者介入治疗的真实情况，至少也应让他知道个大概，免得弄巧成拙、适得其反。

郭秀英说："孙主任，只要能对我父亲隐瞒病情真相，该怎么对老人说您尽管看着办，千万千万拜托，谢谢您了！"说着，她将一个准备好的信封递到孙大夫手里，信封里面装着事先准备好的两千块钱。

孙大夫心领神会，他见这时候周围没有其他人，顺势将信封装到了身上穿着的那件白衣大褂的衣兜里，微笑着对郭秀英说："这你放心，我不但不会向老人透露病情真相，还会让我的助手和护士也对老人保密。"

郭秀英感激地说："那就太谢谢您了！"

虽然孙树德信守谎言，让自己和其他医护人员一开始就对老人保守病情真相，还不断开导老人，让老人放松，不要紧张，甚至哄老人说穿刺活检就像蚊子叮咬一样，不会太疼的，可老人依然是心事重重，沉默寡言。开始郭秀英很不放心，担心父亲是不是知道实情了。可转而一想，又觉得父亲的这种变化也是理所当然，毕竟他从来都身体强壮，平时连感冒发烧都很少得，更从未住进过医院，突然间让他住院手术，没有一点儿心理负担显然是不符合常理的。

手术的前一天，孙树德的助手林大夫递给郭秀英一份肝脏穿刺活检签字同意书。郭秀英仔细一看，上面写着这样的文字：

患者因病情需要进行肝脏穿刺活检，该项检查有如下风险：

1.麻醉意外如心跳骤停、过敏等；

2.穿刺部位出血、感染、损伤神经；

3.肝脏撕裂；

4.气胸形成、胸膜性休克；

5.胆瘘，胆汁渗漏，胆汁性腹膜炎；

6.周围脏器损伤如肾、肾上腺、结肠、胃、胰腺等；

7.穿刺失败；

8.其他不可预料的意外。

以上风险已经向患者或者患者家属（监护人）详细说明，患者或者患者家属（监护人）表示理解，并同意进行该项检查。签字为证。

看着上述这份签字同意书，郭秀英感觉那一行行字仿佛柄柄重锤，一次次撞击着自己的心房，令她内心阵阵疼痛，心情异常沉重。她抬头注视林大夫，仿佛罪犯面对警察或法官，眼前的林大夫既威严又狰狞，她忽然感到有些紧张、害怕，握在手里的笔不由自主微微颤抖起来。林大夫见状，忙安慰说："你别紧张，这是例行公事，手术前按规定必走的程序。上面所列各类风险出现的概率很低，而且不会同时都出现，放心。"

郭秀英满脸疑惑地看着林大夫，问："真的概率很低？"

林大夫说："真的很低。"

郭秀英依旧茫然，喃喃道："那……不签字不行吗？"

林大夫答："不签字肯定不能做手术。"

郭秀英看看站在一旁的丈夫和弟弟郭英俊，又看看跟前的林大夫，一咬牙，狠心地握紧笔，唰唰地在同意书上签上了自己的名字。

第五天，郭丁昌老汉接受了孙树德主任的活检手术。

为了不让郭丁昌老汉过于紧张，术前孙大夫有意对老人开了个玩笑："老人家，你先上卫生间方便一下吧，好轻装上阵，一会儿蚊子就要叮咬你了。"一句话，让身边的助手和护士都笑了，唐建设、郭秀英、郭英俊也都笑了。见大家都笑，郭丁昌老汉原本紧绷的神经明显松弛，多日阴郁的脸也掠过一丝笑容，只不过那笑容不大自然，讪讪的，有些尴尬。但他还是"嘿嘿"笑着，乖顺地回答面带笑意的孙大夫："好吧，我去方便。"

从卫生间出来，穿着病服的郭丁昌老汉被护士带进手术室，儿女和女婿被挡在手术室外面。

林大夫让郭丁昌老汉取仰卧位、稍向左侧躺到铺着白色床单的手术台上，背部被护士垫了枕头，并预先铺好的腹带，右臂举于头后。护士给老人肝区局部消毒。孙树德主任也笑容可掬地走过来，对老汉说："老人家，别紧张，请一定放松。现在你先深吸气，再呼气，然后屏息五至十秒钟。"老汉听话地跟着深呼吸，呼气，屏息。孙主任连声说"对，对，就这样。你再反复练习几次。"老汉还是很听话，反复做了几次。孙主任说："很好。现在给你局部麻醉，一会儿给你扎针就不痛了。"

老人说："真的跟蚊子咬一样？"

孙主任微笑着说："我跟你说过了，你又不是小孩，我骗你干嘛？"

郭丁昌老汉见孙主任笑容可掬，怦怦的心跳渐渐趋于平静。

按照孙主任的要求，郭老汉老老实实地躺在手术台上。身边的几位白衣天使开始忙忙碌碌。接下来，手术在 B 超的引导下逐步推进。开始，他感觉到肝部有点刺痛，但很快觉得麻木，慢慢感到不那么疼痛了，转而是有些压迫感……

6

郭秀英一直祈盼的那丝希望和奇迹到底还是没有能够出现，穿刺活检的结果，进一步印证了郭丁昌老汉肝部长的是中晚期恶性肿瘤。

按照穿刺活检诊疗恶性肿瘤的医学要求，紧接着应该进行肿瘤介入手术，这也是郭秀英为父亲事先了解并选择的医治途径，对此

她已经有充分的思想准备。尽管如此，父亲确诊肝癌这个消息最终从孙树德主任的口中发布出来的时候，郭秀英内心原本的那丝希望被无情掐灭了，她感觉到自己的心霎时掉进了冰窟窿，一股冷嗖嗖的寒气刹那间侵入她的躯体，令她不由得打了一个寒颤，天和地瞬间也阴沉下来。幸好理智不断提示着她，父亲的病不但已经成为事实，还等待她尽快决策找医生救治，作为家中长女，她没有退路，她必须承担起救治父亲的职责。

依然要在手术前做出抉择，依然要在医生递上来的手术风险同意书上签字。同意书上依然列出手术可能出现的各种风险，包括麻醉药物过敏反应及意外，术中或术后咯血，空气栓塞，穿刺部位血肿、感染，活检针等器械损坏、甚至断裂，可能需要多次、多点穿刺，并有操作失败……每一种风险都像一柄利剑悬挂在你的面前，令人不寒而栗，而你却无法躲避。

经历过活检术前家属同意书的签字，郭秀英这次内心虽然也忧心忡忡，但比先前镇定多了，也从容多了。因为弓已发力，箭已弹射，前面纵有万千荆棘，也只能奋勇前行。因为病不饶人，时不我待，她必须尽快安排父亲接受介入手术。

不过，接过手术风险同意书的时候，郭秀英还是下意识地望了一眼弟弟郭英俊。弟弟的眼神是迷离的，有些听天由命、不知所措的意思，郭秀英对此已经习以为常，家里的大事小事，向来都是她这个大姐拿主意，也向来都是她这个大姐说了算，郭英俊对大姐也从来都言听计从、百依百顺，也充分信任。所以，但凡家里碰上什么事，尤其是大事，郭秀英都用不着征求弟弟的意见，因为每每都会得到"大姐你定吧"的回答。眼下父亲急于做介入手术，事关重大，郭英俊当然也只有听大姐的，何况郭英俊也不会有什么主意。

郭秀英又注视了一下身边的丈夫唐建设，唐建设的目光是坚定的，充满了信任与支持。唐建设知道妻子此刻的压力，也知道妻子此刻在想什么。于是上前一步，一只手拍着妻子的肩膀说："都这个时候了，签字吧，要不就让英俊签一次。"

郭秀英内心一亮，觉着这个主意不错，毕竟父亲是他们姐弟共同的父亲，大难当前，也该让弟弟分担部分责任了。再说，她自己上午已经代表家属在父亲的活检手术同意书上签字，眼下父亲的介入手术让弟弟签一次字，也无可厚非，自己怎么从没有想到这个主意呢？这么想着，郭秀英深情地瞥了一眼身边的丈夫，内心浮出一丝感激。

郭秀英让郭英俊签字的时候，郭英俊很是意外，甚至有些惊诧，他蹙眉睁眼久久地直视着大姐，一副大惑不解的样子。同时，他有些紧张，有些害怕。他用颤抖的声音问郭秀英："大姐，你这……这是怎么啦，咱爸是不是快……快不行了？"

"哎呀，你胡说什么呀！"郭秀英嗔怪道，"你不是咱爸的儿子吗？咱爸的手术是大事，医生要咱们签手术风险同意书，我是女儿，上午我已经签了一次。你是儿子，现在你也签一次。手术是咱们已经了解选择确定了的，你别胡思乱想了。"说着，郭秀英将笔和同意书塞到了郭英俊手里。

郭英俊被动地接过来，不由得有些颤抖，手中的那支笔似乎不听使唤，那张薄如蝉翼的同意书颤动着，发出轻微的沙沙声，如泣如诉。他有些惊恐。他哭丧着脸本能地将笔和同意书推回给郭秀英："唉哎呀，大姐，还……还是你签吧，咱爸手术的事，你比我了解，你就全权决定吧，我听你的。"

郭秀英说："你听我的是吧？"

郭英俊说："我听你的。"

郭秀英说："那好，那这次你就在这张同意书上签字。你是男子汉，也都是有老婆孩子的人了，理该分担家里的责任，别什么都让我担着。"

郭英俊傻眼了："这……"

一直站在一旁的唐建设看不下去了，他上前搂住郭英俊肩膀，给他打气："英俊，你姐说得对，咱们是男人，男人就该承担起家庭的责任。上午你姐已经签了一次字，这次由你来签，也天经地义。手术是事先你姐和你一起商定了的，只能听大夫的了，现在签字只是例行公事。有什么问题，也不会让你一个人担着，该怎么办

咱们就怎么办，这你放心。"

郭英俊听罢，凝视姐夫，姐夫目光温和而坚定，透着信任。他又看看大姐，大姐的目光灼灼逼人，五味杂陈，那里面既有责备，又有信任，既有抱怨，也有期待……他张着嘴，目光迷离，欲言又止，心事重重。少顷，他一咬牙，将父亲的手术风险同意书铺在医生值班室的写字台上，抓起笔"唰唰"地在上面签下了自己的名字……

郭丁昌老汉的手术终于如期举行，主刀的依然是市第二人民医院肿瘤科的首席专家孙树德。手术进行得还算顺利，大约六个小时之后，郭老汉被推出手术室送回病房。但按规定，术后病人穿刺一侧的下肢制动24小时，为便于观察须禁饮食6至12小时。还须密切观察病人的呼吸、血压、脉搏等变化，刀口有无渗血，注意小便的量及颜色，肝癌介入治疗术后补液及抗生素预防感染治疗3至5天。因此，回到病房的郭丁昌老汉依然被限制在病床上。

7

中国银行短信通知，郭秀英在该行的银联卡账户多出了一万美元。

郭秀英知道这肯定是妹妹郭秀梅为父亲治病汇来的。接到银行短信的时候，刚刚经历父亲手术煎熬的郭秀英，内心不由升起一丝暖意，这丝暖意氤氲着，慢慢弥漫开来，逐渐溢向全身。妹妹虽然远在美国，却心系父亲，钱说寄来就寄来了。兄弟姐妹，情同手足，血浓于水，有福同享，有难同当，家的感觉就是好啊，这么想着，郭秀英不免有些欣慰。

郭秀英正要发短信给妹妹，告诉她钱已经收到了，不想手机铃声这时却迫不及待地响了起来。郭秀英赶紧按下手机的接听键，是妹妹郭秀梅的声音。

"姐，咱爸活检的结果如何，顺利么?"

郭秀英说:"还算顺利，只是……结果不好。"

"怎么不好？"郭秀梅的声音流露出焦灼。

郭秀英叹了口气："唉，活检结果印证，咱爸肝部的肿瘤还是……还是恶性的。"

"是吗……"沉默。片刻，郭秀梅又问："那……是不是紧接着做介入手术了？"

郭秀英说："是。手术大约进行了六个小时，还好，总算顺利，已经回到病房。"

郭秀梅说："介入还是在市第二人民医院？"

郭秀英说："是。活检与介入手术过程是一个整体，很紧凑。"

郭秀梅说："这个手术，市二院水平到底行不行啊？"

郭秀英说："哎呀……这个你就放心，事先我都咨询好了。再说，你姐夫也有熟人在这所医院，我们请的都是最好的专家，有什么事他们也能关照。"

郭秀梅"噢"了一声，又问："咱爸现在的感觉如何？"

郭秀英说："还行吧，才刚刚回到病房，正在休息。"

郭秀梅说："病房的条件怎么样？"

郭秀英说："我们找医院的熟人要了间单人间，虽然房间小了一点儿，但带卫生间，还行。"

郭秀梅说："吃饭怎么办，医院食堂行吗？"

郭秀英说："医院有食堂，但饭菜肯定好不了。再说咱爸现在也吃不了干的，我准备回家煮点粥、熬点鸡汤什么的送过来。"

郭秀梅说："姐，你受累了。我刚刚去银行汇了一万美元，请你注意查收。"

郭秀英说："钱已经收到，刚才银行已经发来服务短信提醒。你怎么寄那么多啊，其实我这儿现在不缺钱。"

郭秀梅说："不是缺钱不缺钱的问题，而是我应该负的责任。我这段时间确实太忙，暂时回不去，咱爸的手术让你和英俊费心了，我于心不安呢！我能做的，就只能先寄些钱回去。咱爸的手术肯定少不了用钱，还有营养什么的，反正该花就花。医生一定要请最好的，药也要用最好的。术后的营养品更不要省，咱爸愿意吃什

么就给他买什么吧，钱不够我随时汇来。"妹妹的这番话，郭秀英听起来很受用，内心暖融融的。

郭秀英说："秀梅，你有这番孝心，这就够了。我会转告给咱爸咱妈，你放心忙你的吧。有事我会及时给你打电话。"

与妹妹通完电话，郭秀英回到病房看望父亲。丈夫唐建设和弟弟郭英俊都守候在父亲床边。

父亲刚刚从昏睡中苏醒过来，但神智依然模糊，也依然半醒半睡。刚刚经历手术的他此刻脸色憔悴、苍白。此刻，他右手臂的血管还挂着藤蔓一样长长的输液管，一位年轻护士正在观察吊针的刻度。

郭秀英走到父亲床前，伏下身来轻轻地叫了一声："爸……"

郭老汉没回应。郭秀英握住父亲的一只手，又轻轻地叫了一声："爸……"

郭老汉苍白的嘴唇稍微动了动，没有吱声。睫毛却抖了抖，眼睛慢慢地睁开了。

郭秀英悬着的心放了下来，又叫了一声："爸，我是秀英。"

过了一会儿，郭老汉才慢慢将眼珠转向外侧，斜视着大女儿，微微点了点头。

郭秀英忙问："爸，您现在感觉怎样?"

郭老汉轻轻地摇了摇头，艰难地抬起左手，指了指自己身上手术的伤口，又艰难地张了张嘴，说："疼……"

郭秀英的心揪了一下，捏了捏父亲的手，安慰道："爸，没事，刚开始肯定有点儿疼，慢慢会好的。您先忍一忍吧。"她又扭头问身边的护士："大夫，我父亲大概什么时候能出院?"

护士说："如果伤口恢复得快，用不了一周就可以了。"

郭秀英对护士说了声"谢谢"，转回头又对父亲说："爸您听见了吧，大夫说了，您如果身体恢复得快，用不了一周就可以出院了。您好好休息，慢慢调养吧。一会儿我去买只鸡给您炖鸡汤，您还愿意吃什么?"

郭老汉无力地摇了摇头。

唐建设见状，对郭秀英说："秀英，要不买鸡的事我去吧，还需要买什么你说。"

郭秀英转身望了望丈夫，刚要回答丈夫。郭英俊却抢先说："姐，要不你和姐夫都走吧，我在这儿照看咱爸。"

郭秀英看了看弟弟。问还在身边的护士："大夫，我父亲这儿还有事吗？"

护士答："输完液就没什么事了，让病人休息。你们留一个人就可以了。"

郭秀英对弟弟说："也行，那你就一个人留这儿照看咱爸吧，我和你姐夫一块去买东西。晚饭我给咱爸和你送来。"

唐建设又对郭英俊说："晚上我来接替你照顾咱爸，你可以回家。"

郭英俊说："不用，你忙吧，我在这儿照顾就行了。"

郭秀英说："别争了，这一周晚上反正得你们俩轮流陪护咱爸。白天咱们请护工和护士就行了。"

8

整整一周，郭秀英忙得不可开交。

每天上午，她上班忙于工作，中午下了班便匆匆赶到医院看望父亲。下午一点半，她又回到单位上班。下午下班，她马不停蹄到自由市场采购，买鱼买肉，回家做饭炒菜。为了不让母亲一个人留在家寂寞，这一周，郭秀英也将母亲接到自己家里来了，吃住都在这边。这样一来，郭秀英既可以照顾儿子，又可以照顾母亲，一举两得。只是她的确太忙，太辛苦了。每天从早到晚，她神经都像上足了发条，绷得紧紧的，家务与工作，公事与私事，一件件接踵而来，让她应接不暇，让她忙得快要透不过气来。

丈夫唐建设和弟弟郭英俊也没闲着，他们俩白天上班，晚上轮流到医院照看岳父或父亲。远在美国的郭秀梅则每天打电话来询问父亲的状况。

这段时间，郭秀英上中学的儿子唐诗似乎也懂事不少，他白天上学，晚上也安安静静躲在自己的房间做作业。不像以前，回家没事时爱与母亲或父亲说东道西，争论抬杠。

唯一让郭秀英操心和担心的是自己年过七旬的母亲。自打父亲患病，母亲也像打了霜的南瓜秧一样蔫蔫的，本来就话语不多的她变得更加沉默寡言，整天心事重重。郭秀英虽然将母亲接到自己身边住了，母亲三餐不用操心，晚上有女儿陪着，但她依然心神不安，魂不守舍。她整日愁眉苦脸，偶尔说话，问得最多的问题是："你爸到底得的什么病，能治好吗？"郭秀英最怕回答母亲的，也是这个问题。母亲却偏偏哪壶不开提哪壶，她最想问、时常问的就是这个问题。母亲每次提出这个问题，郭秀英都心如针扎，阵阵刺痛，然而她却无法回避。她竭力掩饰自己，竭力将自己的压抑、沉重和担忧藏匿起来，代之以一种轻松和若无其事，她总是淡然一笑，耐心地对母亲说："妈，我不是早就给您说过了吗，我爸只是长了个肝囊肿，很常见的一种病。没事的，摘掉就好了。"这种回答，母亲其实听过好多次了，可每次听完，她还是愣愣的，似懂非懂，又喃喃说："囊肿……囊肿到底是什么东西呀？"这话从老人嘴唇挤出来，既像问女儿，又像自言自语。

郭秀英不放心，总是又耐心地给母亲解释："哎呀妈，囊肿这东西，我早先也跟您说过了嘛，囊肿呀，通俗点说就是水泡。肝囊肿就是肝脏中长了水泡。医生说，囊肿都是良性的，不要紧，摘掉就好了。"

郭老太听罢，似信非信。她既不点头，也不摇头，而是换了另一番口气说："你爸一辈子可没做过亏心事，但愿老天开恩，不要跟你爸过不去。"

郭秀英听了，心酸酸的。可她强抑着自己，安慰母亲："妈，您就放心吧。我爸不会有事的，他过几天就可以出院了。"

如郭秀英所言，没过几天，郭丁昌老汉果真出院了，他被郭秀英接回到老两口自己的家。本来，郭秀英想将父亲接到她自己的家，方便她每天照顾，可当她将主意说出来，父亲却执意不肯，母亲也不同意。老两口的意见不约而同：郭老汉身体不好，老辈与晚辈生活习惯不同，更主要的是人多嘈杂，既影响外孙唐诗学习，又影响父亲休息。这个意见，郭秀英、唐建设夫妇都觉得在理，也就不再强求。只不过二老回到自己的家，郭秀英会更加忙碌，她每天得照顾两个家，自己的家和父母的家，买菜须买两份，下了班要两头跑。好在母亲从来就是烹调的好手，她炒得一手好菜，炒烧蒸炖，咸甜香辣，稀的干的，清淡的浓香的……她无所不能。父亲一辈子被母亲照顾得心满意足，也一辈子离不开母亲做的饭菜和口味，这一点让郭秀英很放心。郭秀英唯一需要操心的是每天到自由市场的买菜采购，而且是事先按照母亲的菜谱安排采购。

自打郭老汉出院回到家中，郭老太原本压在心里的一块石头总算落了地，虽说大病初愈的老伴脸色依然苍白，身体依然羸弱，说话还都缺少先前的底气。但老伴毕竟已经回家，一个陪伴自己几十年的大活人回到自己身边，每天又朝夕相处，形影不离，郭老太感觉就像从缥缈的空中又回到地面，脚一着地，内心就踏实多了，也舒坦多了。虽然整天要为照顾老伴操心忙碌，但郭老太的心情却比老伴住院时好多了，她整天不再愁眉苦脸，也不再沉默寡言。她最关心的事依然是老伴的身体。老伴刚出院那几天，她时常问老伴："做手术的时候你到底什么感觉？"

郭老汉开始不说，两片厚厚的嘴唇哼哼唧唧蹦不出几个字。郭老太并不急，她深情地注视眼前这个与自己生活了近半个世纪的丈夫，浑浊的双眸却像当初恋爱时那样溢出柔情，也充满期待。郭老汉虽然只瞥了一眼，却感觉到了老伴灼人的关爱。最终，他拗不过老伴的期待，喃喃说："唉，就是……"他刚要说"就是疼"，忽然记起手术前孙树德主任哄他时说过的话，又改口说："就是像蚊子叮咬一样，有点儿疼。"

郭老太瞪大眼睛："啊，怎么……怎么可能只跟蚊子叮咬一样呢？现在的蚊子可不少，谁每天不都叮个一次两次的。依你这么说，每天被叮咬，岂不等于每天都在做手术哇？"

郭老汉"扑哧"一声，禁不住笑了，但笑得有些苦涩。他觉得老伴这比喻真逗，仿佛当年恋爱时那般天真、那般傻，但傻得可爱。其实但凡做手术，都出针动刀、伤皮破肉的，怎么可能只像蚊子叮咬一样呢，哄孩子哩！手术前，他被孙大夫这样哄了，现在他又哄老伴，目的都只有一个：让对方减少心理负担。虽然穿刺活检时手术是麻醉的，但麻醉不可能是万能药，何况他只是局部麻醉，手术时不可能不感觉疼，只不过这种疼并不像想象的那么厉害，还可以承受罢了。

郭老太见老伴笑了，似乎也感觉到自己刚才的比喻有些不伦不类，也哑然失笑，自嘲地说："哟……你瞧我，怎么又没头没脑的乱说。唉，不说了不说了，反正手术已经过去了，但愿老天开恩，帮助你尽快恢复身子，尽快好起来。"

郭老汉无力地望着老伴，安慰道："放心吧，我会好的。"

9

美好的愿望人人都有，只是世间冥冥之中似乎有一只无形的巨手总在与芸芸众生作对。

郭丁昌老汉手术回到家里不到一个月，病情又复发了。其实手术回家之后，刚开始的时候，郭老汉虽然也身体虚弱，恶心，食欲不振，但经过服药尤其是老伴和大女儿郭秀英的精心调理，身体开始有些好转。比如，每餐的食量日渐增加，食物的品种也日渐多起来，开始的时候只能是喝汤喝粥，慢慢地肉蛋鱼甚至水果也能吃一点儿。最明显的是他的睡眠越来越好了，力气也逐渐恢复，不但能在屋里走动，还时不时下楼到户外散步，甚至见到昔日的拳友时还有点儿跃跃欲试，不由自主地要抬腿挥拳，拉开架势想比划几下，无奈他力不从心，感觉浑身缺少底气，四肢也不听使唤。陪伴他、紧跟在身边的老伴也及时嗔怪地制止了他，他只好作罢。所以每次下楼，他只是跟着老伴慢慢地在楼下小区里，绕着自家居住的楼房在林荫道上溜达，甚至连小区的大门都未迈出。尽管如此，相比于整天窝在家里，郭老汉已经感到一些满足，因为这样他可以呼吸户外的新鲜空气，欣赏小区里的绿树红花，看看猫狗追逐、小孩嬉戏，还时不时还能见到左邻右舍和昔日拳友。他已经逐渐习惯这种慢生活。他感觉每天能够到楼下转转，对于他自己已经称得上享受。只是这种享受，只给了他半个多月的时间。

半个多月之后的一天。早饭后，郭老汉还想跟往日一样下楼，忽然却感到腹痛，痛得他下楼时抬腿都觉得艰难。以致他刚走下两级台阶，就力不从心，迈不动腿了，浑身打颤。惊得身边的老伴瞪大眼睛，赶紧搀扶住他，关切地问："你怎么啦?"郭老汉没有回答，他一只手紧紧地抓住楼梯护栏，另一只手捂着右腹部，转回身说："我……我怎么觉得这儿有点儿疼。"他怕老伴担心，忍着疼，竭力掩饰自己，尽可能说得轻描淡写。其实，他已经疼得额头冒汗，浑身发软。老伴看在眼里，急在心头。她使劲搀扶住他："疼就回家，咱儿别出去了。"说罢，她搀扶着他，老两口一步一瘸，艰难地回到了屋里。

郭老汉在自家沙发上歇着，气喘吁吁，脸色苍白。老伴风风火火地给他端来一杯开水，让老汉慢慢地喝了下去。本以为忍一忍，疼痛就会过去。但不痛只是短暂的，而且是身体不活动的时候。只要身体一活动，郭老汉就还是感觉到那个部位隐隐作痛。

郭老太急忙拨打电话给郭秀英，将情况说了。郭秀英听罢，当即向老板告了假，急急地赶回到父母家看望父亲。

郭秀英见到父亲的时候，父亲仍然倚靠在沙发上，有气无力、没精打采。母亲陪伴在一旁，愁眉苦脸。

郭秀英关切地问父亲："爸，您怎么啦?"

父亲一手捂着做过手术的腹部，艰难地说："唉，不知咋回事，腹部……有点儿疼，也有些胀。"

郭秀英摸了摸父亲的手心，又摸了摸他的额头，感觉发热。说："爸，我看咱们还上医院看看吧。"

母亲说："不行吧，你看他这个样子，能下楼吗?"

郭秀英一愣，问："爸，我扶您，您能起来吗?"

父亲犹豫了一下，一手撑着沙发扶手，一使劲，在女儿的搀扶

下艰难地站了起来。

母亲说："秀英，不是还得下楼吗，你一个人不行吧。是不是打电话让英俊过来？"

郭秀英说："爸，您行吗。如果还行，我扶您下楼，不行我就打电话叫英俊过来。"

父亲紧咬牙根，紧锁眉头，强打精神，慢慢挪动步子。

郭秀英抬起父亲的左手臂，让其搭在自己臂膀上。自己的右臂楼住父亲，用力搀他。父亲继续挪步，比刚才稍微轻松，步履却依然沉重。

母亲一串碎步，挡在女儿跟前，焦急地说："秀英，这不行。还是叫英俊过来吧！"

不想郭老汉却倔强地说："算了吧，英俊正上班呢！我……我能行。"

郭秀英说："爸，我扶您。你紧搭我肩膀，咱们再试试看。不行我就叫英俊过来。"

郭老汉说："我……能行。"他用力抓住女儿肩膀，凭借女儿的搀扶，一步一步挪动脚步，一步步走出房间，又一步步走下了楼梯，终于来到女儿开的那辆红色雅阁面前。

一直忧心忡忡紧跟在后面的郭老太发现，老头儿此时已经气喘吁吁，脸色苍白，额头青筋鼓胀。内心既担心又嘀咕：这倔老头儿，一辈子就爱逞能，这一下可又累得不轻呢。

虽然好不容易将父亲扶上车，郭秀英打开发动机的那一刻，又意识到自己一个人带父亲到医院，既要挂号又要照料父亲，跑前跑后肯定忙不过来，何况父亲病情紧急，没人商量相互照应，单打独斗的的确不行。于是掏出手机给弟弟郭英俊打电话，让弟弟赶快到医院来。

不料接电话的郭英俊支支吾吾的，说："姐，我……我这会儿正送我们局长外出呢。能不能等会儿啊？"

郭秀英一听火了："等什么等！你也不看看到底是啥事儿，咱爸急着看病，你知不知道！"

郭英俊愣了，他没想到姐姐这么火急火燎，内心也不由得起急，可他眼下正开车在半途，只得告饶："姐，你……你先别急。这会儿我正送局长外出，实在难以脱身。送完我马上赶过来，你稍等会儿，啊？"

郭秀英听罢，急得直想臭骂对方一顿，却不知怎么的骂不出来。她狠狠地按掉手机通话键，仿佛那按键是郭英俊的一块肉，非得掐痛他才能解气。反正，她感觉自己此时有一肚子气从内心深处不停地往上蹿，却无从发泄。可恨这个所谓的弟弟，不说平时将照顾父亲的事全甩给了她这个姐姐，就是关键的时候也都指望不上，哪儿像男子汉啊！她正想发泄出来，骂几句，忽然意识到父母亲在身边，便强忍着咽了回去。

郭秀英发现母亲这时仍紧跟着，便回头对母亲说："妈，您回去吧。我带爸去医院。"

母亲说："我跟你去，好陪你爸，你一个人忙不过来的。"

"妈，您……"郭秀英还想劝母亲回去，不想母亲已径自打开车门，钻进车来。郭秀英有些感动，又有些不落忍。她还想说什么，却听父亲说："秀英，就让你妈一起去吧，好有个照应。"

郭秀英拗不过，也觉得父母说的不无道理，毕竟自己单枪匹马，要忙着挂号交费取药什么的。有母亲在，好在一旁陪伴父亲。这么想着，她也就不再说什么，只顾发动汽车带着老爸老妈，急急地向市第二人民医院的方向开去。

到了医院，郭秀英将父母安置在大厅的椅子上等候，自己穿过人丛来到挂号处，想挂孙树德主任的号，转念一想，觉得这号肯定挂不上。她又径直到了肿瘤科找孙树德主任，不想却扑了个空，安排候诊的护士说孙树德主任今天没出诊，让明天再来找他。郭秀英一听就气急，觉得这护士真是站着说话不腰疼，父亲急着检查呢，哪儿等得起呀！转而一想，又觉得今天真不走运，父亲最需要的时候孙树德主任怎么就不出诊呢！

幸好这医院她有熟人，郭秀英找到了唐建设朋友的那个表姐，先前已经用两千元购物卡拉近了关系的医院的财务科长刘艳霞，将

父亲的情况向她说了，请她帮助想想办法。刘艳霞依然热心，听罢，她当即打通了孙树德主任的手机，问她现在在哪儿，孙树德说正在青岛会诊，明天回来。刘艳霞看郭秀英焦急的样子，将郭老汉的情况向对方说了。孙树德说让老人家先住院吧，我安排助手先给老人家做常规检查，其他的明天我回来再说吧。说完孙树德就将电话挂了。

挂上电话的时候，刘艳霞嘀咕道："嗤，什么会诊啊，冠冕堂皇，他们专家整天尽东奔西跑，走穴到外地挣外快呢！"又对郭秀英说，"没办法，孙主任在青岛，他的意思是先安排你父亲住院，怎么治疗明天他回来再说。"

郭秀英说："行吧，那我该怎么办理住院手续？"

刘艳霞说："你先去挂个肿瘤科的普通号，我马上跟肿瘤科和住院部打个招呼。"说着，她立即打了两个电话，当即就把事情办妥了。

郭秀英千恩万谢，她按照刘艳霞的吩咐，先到肿瘤科挂了个普通号，又到肿瘤科开具住院单，最后领着父母到住院部，很顺利地住进了医院。

将父亲安顿完毕，郭秀英打电话让郭英俊晚上到医院陪护，又电话告知了丈夫唐建设。然后，按医生安排带着父亲先做常规检查，血压、血常规、肝功能、心电图等等，医生还给郭老汉先开了点止痛药。

做完这一切时，郭英俊刚好也急匆匆地赶来了，他气喘吁吁地对姐姐说："姐，对不起，我……我陪着我们局长，实在脱不了身，来晚了。"

见他一脸负疚的样子，本来一肚子怨气的郭秀英气也消了，她对郭英俊说："什么都甭说了，你在这儿陪伴咱爸吧，我带咱妈回去买菜做饭，晚饭给你和爸送过来。"

10

第二天上午，孙树德主任如期出诊。

早上八点钟，他就到病房探望查询，询问了郭丁昌老汉的病情，察看了昨天常规检查的结果，为郭丁昌老汉安排了 CT 复查。

复查结果显示：郭丁昌肝部肿瘤复发，腹水，上次介入手术伤口有渗血迹象。孙树德主任的意见是马上进行第二次介入手术。这个治疗方案，孙主任说的时候轻描淡写，郭秀英内心却电闪雷鸣，这种强烈的闪电和雷鸣一阵阵撞击她的心房，使她感到内心不停狂跳，眼前忽然间有些晕眩。直到她定了定神，才屏住呼吸，一字一句问："孙主任，这……这到底是怎么回事？我父亲不是已经做了介入手术了吗，怎么又复发了，怎么还要做第二次？"

孙树德审视着脸色煞白的郭秀英，平静地说："这很正常，因为肝部肿瘤所在部位血脉丰富，营养充足，癌症容易复发，介入手术通常都要做两三次甚至更多次，迄今为止一次成功的很少。"

郭秀英的脸由白转红，争辩道："这……我并不了解，您事先没有告诉我啊！"

孙树德不高兴了，他沉下脸说："我不可能没有告诉你，是你没听清楚吧？"

见这阵势，郭秀英强抑自己的激动，唯恐惹孙主任生气。她"嘿嘿"苦笑，说："对不起孙主任，您别误会，也许……也许真的是我没听清楚。我是……我是担心我父亲这么大年纪，再要经受一次手术实在是太遭罪，我担心他身体吃不消。"

孙树德说："那也没办法，现在的介入治疗手术就这个水平，全国甚至是全世界的医院都一样，不信你可查一查有关资料，看看肝癌介入治疗手术是不是需要多次。"

郭秀英说："那……那我们现在应该怎么办呢？"

孙树德说："我不是告诉你了吗，得进行第二次手术。"

郭秀英满脸愁云："没有别的办法吗？"

孙树德说："我们这儿只有这种办法，做不做你们自己决定吧。"

郭秀英说:"孙主任,这……这太突然了,我没有思想准备。我得跟家里人商量一下,再做决定。"

与孙树德说这番话的时候,郭秀英一直强忍着自己的愤怒与冲动。一方面,她没料到父亲术后的状况如此糟糕,更没想到介入手术还需要多次。另一方面,她为孙树德态度的冷漠和太过职业化而愤怒,自己的父亲大难当头,他这个主治医生怎么就如此硬邦邦的,一点儿人情味都没有呢?更要命的是,如果没有其他选择,只能选择做第二次介入手术,她该如何在隐瞒病情真相的情况下,继续说服父亲?又如何对远在美国的妹妹交代?活了几十年,郭秀英还从没碰到过这么棘手的事,也从未面临如此难堪的局面。此刻她感觉到自己的心仿佛掉进了冰窟窿。

就是在郭秀英心乱如麻、还理不出头绪的时候,她的手机又响了,是远在美国的妹妹郭秀梅打来的。

"姐,咱爸复查结果怎样?"显然,妹妹是从妈妈那里得到消息的。

"不好。"郭秀英说。沉默,她真不忍心、也不知怎么往下说。

"姐,怎么不好啊?"听得出,妹妹声音有些着急。

郭秀英没有马上回答。她走到医院楼道的一处窗户跟前,压低声音说:"咱爸的肿瘤又复发了,大夫说……需要进行第二次介入手术。"

"什么……复发了?你……你不是说市第二人民医院肿瘤科水平不错,你找的也是最好的专家吗?"

"在咱们市里,这医院是不错,孙树德主任也是该院最好的肿瘤专家,可穿刺介入目前就这个水平,全国其他医院,甚至全世界其他医院也就是这个水平,不然癌症怎么叫绝症?"郭秀英有些惊异于自己说话的口气像刚才的孙树德,她觉得人真是不可思议,不同时间可以说不同观点,全看说话时的对象与需要。

郭秀梅说:"姐,你这话说得太绝对了。同样是医治肿瘤,不同的医院水平肯定不一样,不同的医生水平也肯定不一样。虽然迄今为止癌症依然是世界性难题,可同样的癌症患者经过不同的治疗，效果有好有坏，患者存活期也有长有短，否则大家就不用选择好医院和好大夫，都就近治疗得了。"

郭秀英觉得妹妹的话无可辩驳，但自己说话也并无不妥，于是据理力争："反正咱们市里的医院就是这个水平，第二人民医院的确也已经是咱们市里的最好医院，孙树德主任的确是这所医院最好的专家。"

郭秀梅说："在美国，专科医院的专科水平往往高于综合性医院。咱们市里的肿瘤医院是不是比市第二人民医院更好些呢？"

郭秀英说："那是在美国，咱们国内情况跟美国可不一样。我跟你说过，第二人民医院我好歹有熟人，咱爸在这里治疗能找到熟人照顾。你不知道现在在国内看病有多难，没个熟人连专家号都难挂上，还治个什么病啊！"

郭秀梅说："你现在打算怎么办？"

郭秀英说："恐怕没别的办法，只能按照孙树德主任说的，进行第二次介入手术。"

郭秀梅说："那你打算怎么跟咱爸说？"

郭秀英说："我……还没想好呢。"

郭秀梅说："姐，你听我说，把实情跟咱爸如实说了吧，好让他有个思想准备。"

郭秀英说："你又来这一套！你不仅想吓死咱爸，还想气死我啊？"

郭秀梅说："姐，看你这话说的！你不能老这么认为，你怎么就断定咱爸一听癌症就会被吓死？你为什么不断定咱爸要知道了真实病情就能更好地配合治疗？你为什么不能给咱爸一点儿主宰自己命运的权利呢？"

郭秀英说："得得得，你别站着说话不腰疼，你要能你就赶快回来吧！"

"姐——"郭秀梅还想说什么，郭秀英却掐断了通话，她有些气急败坏。

掐断了通话，郭秀英也有些后悔。原本，她是想与妹妹郭秀梅商量一下再拿主意的，可妹妹的主意郭秀英听不进去，也不爱听。

何况在郭秀英看来，妹妹说的也不是什么具体主意，都是些堂而皇之的观念，甚至是废话。归根结底，父亲的病还是要治疗的，现在的介入治疗，所选择的医院和专家，也都是经过深思熟虑的，如果不这样治疗，难道还会有其他选择吗？谁还会有更好的主意呢？

郭秀英依然心乱如麻、拿不出主意的时候，弟弟郭英俊却对她说："姐，我觉得你先前的选择和所做的一切都是正确的，咱爸的介入治疗也没什么问题，问题可能出在咱们的工作做得不细、不到位。"

郭英俊这话让郭秀英精神为之一振，忽然间睁大眼睛久久审视眼前这个素来出不了什么主意的弟弟："噢，你倒说说，咱们的工作怎么不细，又怎么不到位啦？"

郭英俊没有直接回答，而是说："我们的局长说，现在干什么事都是舍不得孩子套不得狼。"

郭秀英竖着耳朵，等着郭英俊往下说，郭英俊却闭嘴了。郭秀英急了："咦，你没头没脑地说了这么一句，啥意思呀？"

郭英俊苦笑，说："我们局长最近想提副市长，我拉着他到处烧香拜佛，一开始希望挺大的，可现在没戏了，整天唉声叹气，到处骂娘。"

郭秀英问："噬，不是说开始希望挺大吗，怎么又没戏了啊？"

郭英俊说："嘻，这还用说吗？他送的钱不如人家送得多啊！"

郭秀英说："你们局长，到底送多少呀？"

郭英俊说："这我哪儿知道？他只是说，舍不得孩子套不得狼，真后悔送少了！"

郭秀英眼珠转了转，似乎明白了什么，问："英俊，你是不是说咱们给孙树德主任送少了？"

郭英俊说："是。"

郭秀英说："那……你觉得给孙树德送多少才合适？"

郭英俊没有直接回答，而是说："昨天你给我打电话，火急火燎催我回来的时候，我正开车拉我们局长在路上。局长似乎也听到了，他问起咱爸的手术情况怎么样，我说不太好。局长说看病别舍不得花钱，医院啊医生啊用药啊什么的，都要选最好的。特别是医生，可得打点好了，不然他不给你好好治，那可划不来。"

郭秀英睁大眼睛，像听天方夜谭："连你们局长都这么说啊？"

郭英俊点了点头。

郭秀英问："那，你们局长，是不是给你出主意了，他觉得应该给主治医生送多少钱啊？"

郭英俊说："局长哪会说这个呀！"

郭秀英拉下脸，不高兴了："瞧你这德行，你说了半天等于白说，瞎耽误工夫！你说咱们到底该给孙树德送多少啊？"

郭英俊说："依我说，至少得五千。我一哥们的媳妇在二院做阑尾炎摘除手术，都给主刀手术大夫送了三千呢，何况咱爸这种手术。"

郭秀英有些惊诧："这么多？！"

郭英俊说："开始我也这么觉得。可我哥们说了，不送不放心，现在的大夫都是爷，要伺候不周到他给你留个线头或纱布什么在体内，你能吃得消吗？再说花钱买平安，人人都在送，你要不花这钱，能放心吗？"

郭英俊最后这句话，说到了郭秀英心坎上。是啊，花钱买个放心，不然总觉得心理不踏实。这么想着，郭秀英说："英俊，啥都别说了，咱们也送。五千就五千，这一回，手术只能成功，不能失败，可不能再让咱爸受委屈了！"

11

郭秀英想遵从孙树德的安排，让父亲做第二次介入手术的时候，躺在病床上的郭老汉问女儿："秀英，我……我得的到底是什么病啊？"

郭秀英说："爸，我不是跟您说过了嘛，您的肝部长了个囊肿。"

郭老汉说："囊肿？不是已经摘除了吗，怎么又……"

郭秀英说："爸，虽然上次将囊肿摘除了，但这次复查发现上次摘得不够干净。孙主任说了，这种情况很常见，因为肝部囊肿所

在部位血脉丰富，营养充足，囊肿容易复发。"

沉默片刻，郭老汉说："秀英，我……我想看看我的病历。"

仿佛触电一般，郭秀英一激灵，感觉浑身的血往上涌，心怦怦狂跳。她与郭英俊都不约而同瞪大眼睛，面面相觑，又不约而同将惊诧的眼睛转向父亲。

郭秀英强迫自己平静下来，故作镇定地对父亲说："爸，您看病历没啥意义。有我和英俊在呢，您就不用操心啦！何况……何况病历在大夫那里，大夫也不会让您老人家看。"郭秀英一边说，一边朝郭英俊挤眼。

郭英俊心领神会，附和说："爸，我姐……我姐说得对，病历都在孙主任那儿呢。"

郭老汉说："你们不能将病历要回来吗？我自己的病历，要回来我自己看看总可以吧？"

郭秀英说："爸，病历要回来也是可以的，关键是没什么意义。我和英俊两个大活人，自打您第一次进医院我们俩就忙前跑后的跟医生打交道，为的就是尽治好您的病，难道您还不相信我们不成？"

郭老汉瞥了一眼女儿，又瞅了瞅儿子，说："不是这个意思。我……我就是想看一下自己的病历。"

郭秀英说："爸，我不是说过了吗，您真的没必要看病历，看了也真的没啥意义。反正有我和英俊在，您就甭操心了。您只管配合医生治疗就可以了。"

郭老汉躺在床上，眯着眼睛，沉默。一会儿才说："唉，依我看哪，我这身上长的，十有八九是恶物……"

郭秀英急了："哎呀爸，您胡思乱想干什么呀！"

郭老汉毫不理会，继续喃喃自语："如果我身上长的是恶物，就……就甭治了，治不好的，别花冤枉钱。"

父亲的话，像一根无形的线，霎时将郭秀英的心揪起来，很悬，很痛。她心一酸，眼泪夺眶而出，幸好父亲并未发现。她强抑自己，迅速用手捂住脸，抹了抹眼泪。待镇静下来，她叹了口气说："爸，您要是胡思乱想，我……我就去找孙树德主任，把病历找来给您看看。"这句话，郭秀英并未多想，便随口说出，为的是安抚父亲。说出了，她自己都有些意外，有些震惊，就连弟弟郭英俊和父亲郭丁昌都不约而同睁大眼睛看着她。当然，弟弟与父亲眼里的意味大不相同。弟弟是震惊于姐姐的举动，搞不清她是为了哄住父亲还是真的要告诉父亲病情真相。父亲的眼神，则是平和的，多了几分信任，少了几分担心，因为他真想知道自己的真相。而郭秀英，意外和震惊之后，她很快淡定。说出去的话，一如泼出去的水，是没法收回的。她迅速开动脑筋，竭尽全力寻找对策，并很快有了主意。

郭秀英对弟弟说："英俊，你在这儿照看咱爸，我去想办法找孙树德主任。"

说完这句话，她抬腿就往外走。刚走出病房，郭英俊便追了出来，一个箭步挡到郭秀英的面前："姐，你真打算让咱爸知道病情呀？"

郭秀英收住步，审视弟弟，淡定地说："怎么可能啊！"

郭英俊咽了口唾液，说："那……你打算怎么办？你都跟咱爸说要让他看病历了！"郭英俊满脸通红，看得出他内心的焦急。

郭秀英说："放心，我是在哄咱爸。我不可能让咱爸知道真实病情的，我正在想办法，你先回去照看好咱爸吧。"说完，她抬腿绕开弟弟，不由分说往前走。

郭英俊被晾在后面，愣愣地目送姐姐远去，消失在医院楼道的拐角处。他搞不清姐姐葫芦里面到底要卖什么药。

郭秀英原本想直接找到孙树德主任的。但转念一想，又觉得这事不妥，谁都知道熟人好办事，还是先找丈夫朋友的表姐、那个在这家医院当财务科长的刘艳霞吧。毕竟最初入住这家医院，找的就是刘艳霞。

在医院的财务室，郭秀英很顺利找到了刘艳霞。因为是财务科长，刘艳霞自己一个办公室，郭秀英找她办事说话也很方便，没有顾忌。

刘艳霞听完郭秀英的陈述，说："你是说，要请孙树德做一份假病历，专门哄你父亲？"

郭秀英说："是。"

刘艳霞面露难色："这个……恐怕不好办。孙主任不会同意的。"

郭秀英说："刘科长，我知道这个不好办，所以想求您设法帮忙，做孙主任的工作。"说着，她从自己背着的挂包里摸出一个事先准备好的信封，笑呵呵地递给了对方。"我父亲特别固执，他非要看病历，那怎么行啊，我都快急死了。求您无论如何再帮帮忙吧。"郭秀英的声音近乎恳求。

刘艳霞接下了对方递过来的信封，呵呵笑着，态度有所松动："哎呀，你太客气了！不是我不想帮忙，主要是这个事办起来，难度比较大。这样吧，我找孙树德试试，成不成可不好说。"

郭秀英说："太谢谢您啦！请您先帮忙跟他说说，我不会亏待他的。"

刘艳霞看了看表，时间已经是中午十一点半，说："我这就跟孙树德打电话，看他在不在。"电话很快拨通了，孙树德刚好还在办公室。刘艳霞说："孙主任，我有急事找你，请你等我一下。"

刘艳霞领着郭秀英来到肿瘤科孙树德办公室门口。她对郭秀英说："你在外面等等，我先进去跟孙主任说说。"

不到五分钟，刘艳霞就从孙树德的办公室出来了。她表情轻松地对郭秀英说："我同孙主任说了你的意思，他开始不同意，经我劝说，他同意先跟你谈谈，你进去吧。成不成就看你了，我那儿忙，先走了。"

郭秀英千恩万谢，连声说："刘科长，您忙吧，已经非常感谢您啦！"

郭秀英进入孙树德办公室，将一个首先准备好的信封放到了对方的桌面上，信封厚厚的，像块小砖头，里面装了一万块钱。其中的五千块，是为父亲的第二次手术准备的。另外的五千块，是请孙树德为父亲作假病历的酬劳。舍不得孩子套不得狼，弟弟郭英俊说的这句话，这回在郭秀英内心扎下了根，长出了芽。

　　孙树德顺手将信封拿起，很熟练地放进桌子的抽屉，面带微笑说："听说你想让我为你父亲做假病历？"

　　郭秀英说："是的孙主任，自打我父亲诊断出得了……得了这个病，您不知道我和我们一家有多担心！我们最担心的，倒不是这个病本身，因为谁都知道得了这个病……最终治好的希望是很小的。我们只希望通过您的手术和治疗，能够尽可能延长父亲的生命。所以，我们最担心的是父亲万一得知自己的病情，还不得绝望，甚至被吓死？要真是那样，他恐怕活不了多长时间。我们一家只希望，给他找最好的医生，尽全力提供最好条件，让他配合医生治疗。所以，无论如何，我们都不想让父亲知道他的真实病情。所以，最初找到您为父亲做手术的时候，我就请求过您替我们保密。可现在父亲面临第二次手术，他却提出要看自己的病历，我实在是没办法，才想到请您再帮忙建立个假病历。您看行吗？"郭秀英说这番话的时候，言辞恳切，近乎恳求。

　　孙树德听罢，说："哎，你真是个孝女！"说完，他转动着眼珠，皱了皱眉，又问："你想怎么隐瞒你父亲呢？"

　　郭秀英说："还是早先我同您说过的一样，肝囊肿，就在病历中写成肝囊肿吧！治疗方案，程序和药物什么的都跟真病历一样就行。反正我父亲又看不懂。"

　　孙树德注视着她，说："跟你说实话，我当了几十年医生，可从来未做过这种事，按说欺骗病人，有损医生的职业道德，这绝对是不允许的。看在你这位孝女的份上，我就违一次规，帮助你建立个假档案吧。不过，我只给你写出假病历，不可能给你盖章，你看如何？"

　　郭秀英千恩万谢，连声说："孙主任，那就太感谢您啦！不盖章没关系的，只要有医院的正式病历本，有您写的病历内容，就已经很好了。反正我父亲不懂，也不可能那么细心。"说着，他连忙从包里摸出父亲的真病历，递给孙树德。

　　孙树德接过真病历，又从抽屉拿出一本空白病历，对照着写出了一份假病历。不到十分钟，他就将那份假病历交给了郭秀英。

郭秀英接过假病历，像过去的大臣接到皇上的圣旨，她有些激动，连连道谢。

郭秀英回到病房，将假病历递给了父亲。

躺在病床上的父亲在儿子郭英俊的帮助下，艰难地撑起身子，靠着病床床头坐了起来。郭秀英赶忙给他将枕头竖起来，垫到父亲的后背上，然后帮助父亲将病历打开，说："爸，您看好了，这是我刚刚从主治医生孙树德主任那儿取回来的病……"她先是指着第一页市第二人民医院病历的印刷体和郭丁昌的名字，又指着病情诊断及检查结果"囊肿"两个字，最后指着孙树德的签名，一一给父亲看，"怎么样，这回您该相信了吧？"

郭老汉捧着病历，睁大眼睛，左瞧瞧，右看看，从前往后，翻了又翻，不置可否。

郭秀英问："爸，这回看清楚没？"

郭老汉紧锁眉头，既不点头，又不摇头。一会儿才说："既然是囊肿，为啥还那么难治呢？你们不是说，囊肿跟……感冒一样，很常见吗，怎么……怎么那么难……"他开始咳嗽，一边还捂着疼痛的肝部。

郭英俊赶忙端过水杯，一边让父亲喝，一边对父亲说："爸，您甭再说了，这回您亲眼看了病历，甭再胡思乱想了。您就按孙大夫说的配合治疗吧，不然时间再拖下去，耽误了治疗，可更不好。"

郭老汉喝完水，嘟哝着说："你们都说是囊肿，还说这囊肿，跟……跟感冒一样常见，可为啥那么难治。"

郭秀英说："哎呀爸，医生不是说了吗？囊肿摘除手术反复多次，这种情况很常见，因为肝部囊肿所在部位血脉丰富，营养充足，囊肿容易复发。您就别再固执，听大夫的吧，再做一次手术，我们都是为了您好，为了您尽快治好康复！"郭秀英说这番话时，坐在父亲的病床边，言辞恳切，眼睛都闪着泪花。

郭英俊也说："爸，我姐说的都是实话。自打您得病以来，您不知道我们有多着急，有多操心。特别是我姐，不惜代价一直跑前跑后的，既要四处找人帮助联系为您找最好的医生治疗，又要照顾我妈，真不容易。这一切，都是为了您好，为了您身体能够尽快康复。您就听……"

郭老汉打断儿子，说："我知道你们的孝心，也知道你们都是为我好。我只是……只是想，这病要真是那么难治，你们……你们就别费心了！这种手术，太……太遭罪，又……又费钱，再说也治不好。"

"哎呀爸，您看您怎么还这么固执！"郭秀英只感觉父亲的话像针扎一样，她再也控制不住自己的感情，眼泪夺眶而出……

郭英俊见状，焦急起来，以拳击掌说："哎呀爸，您看您……您就别再固执了，听大夫的，听我姐的吧！"

郭老汉像做错了事一样，满脸惶然："行行行，我……我听你们的……"说着又咳嗽起来。郭秀英和郭英俊赶紧扶着父亲，帮助他躺下……

12

就在郭秀英找孙树德主任商定郭丁昌老汉做第二次肝部肿瘤介入手术的第二天，郭秀英的妹妹郭秀梅突然从大洋彼岸的美国飞回家乡，而且还带来了那位高鼻梁蓝眼睛的美国丈夫皮特·约翰逊，约翰逊是郭秀梅的博士生导师、美国著名的牙科医生，他比郭秀梅大十五岁。郭秀梅考上他的博士生没多久，约翰逊这位本已有妻子和两个孩子的美国佬一下子就爱上郭秀梅这位漂亮、聪慧且勤奋好学的中国女孩，并不顾一切地对郭秀梅展开一轮又一轮攻势。比如，周末的时候他以外出考察为由诱骗郭秀梅，一个人开车拉着郭秀梅到风景秀丽的海边兜风。又比如，郭秀梅感冒发烧的时候，约翰逊再忙也会放下自己手头的工作，开车带着郭秀梅到医院，忙前跑后地帮助她挂号看医生。再比如，每逢郭秀梅生日，约翰逊总不忘为郭秀梅预订花篮，并且早早地将花篮送到郭秀梅的宿舍。刚开始的时候，心性高傲的郭秀梅总是想方设法回避着约翰逊的追逐与殷勤，但约翰逊毕竟是自己的博士生导师，像她自己的影子一样很

难甩掉。何况，约翰逊对她的追求与殷勤一如他对待专业那样孜孜不倦，坚定而又执着，温情而又浪漫。更何况，郭秀梅对自己这位导师的学识与才华也打心眼里敬佩。最终，郭秀梅的情感防线就像被汹涌海浪不断冲刷剥蚀的沙丘，一点点溶化，日积月累，最终被溶入约翰逊情感的大海。

当初，郭秀梅将自己与约翰逊恋爱的事告知姐姐郭秀英的时候，遭到了姐姐的强烈反对。郭秀英说你找个洋人，生活习惯和文化背景都不同，以后能过到一块去吗？再说这洋人是二婚又有两个孩子，那么重的负累以后许多事都扯不清，你们的小日子能过得安稳吗？得知小女儿要嫁给美国佬，父亲郭丁昌更是暴跳如雷，他抓起郭秀梅打来的越洋电话声如洪钟地嚷嚷，美国鬼子那么坏，老欺负咱们中国，你偏偏找个美国鬼子当丈夫，你自个不怕受欺负，我这个中国父亲还怕丢人呢！郭老汉并不知道约翰逊是二婚，还是两个孩子父亲，这些郭秀梅都不敢告诉父母，只告诉了姐姐郭秀英。如果郭老汉知道这些，那还不得气出病来！

对于姐姐和父亲的反对，郭秀梅开始的时候也犯嘀咕，觉着姐姐和父亲的反对并非没有道理，并且也有意回避并减少与约翰逊的见面。但约翰逊对郭秀梅的爱情攻势一如既往，百般呵护，锲而不舍，持续不断，一浪高过一浪，让郭秀梅内心防线土崩瓦解。甚至从内心深处，她也开始慢慢接受这个温存浪漫、固执专一的美国男人，郭秀梅感觉自己已经离不开他。没多久，郭秀梅背着姐姐和家人，稍稍与约翰逊住到了一起，也稍稍地办理了结婚手续。对于这个既定的婚姻现实，郭秀梅后来给姐姐和父母亲的说法是自己最近大病一场，如果没有约翰逊的悉心照料精心呵护，恐怕命都保不住。当然，这是郭秀梅挖空心思为自己编造的一个理由，为的是好对家人有个交代。对于这么个理由，无论是姐姐郭秀英还是父母亲，听了都无话可说。毕竟说一千道一万，郭秀梅的健康和生命安全是他们最最挂心和关心的，只要能为郭秀梅的健康和安全提供呵护与保护，无论是美国鬼子还是日本鬼子做郭秀梅的丈夫，都已经无关紧要。毕竟郭秀梅孤身一人远渡重洋，有人照顾是多么重要！

沉默即默认。对于家人的这种反馈，郭秀梅喜出望外，她回报家人的第一个举动便是当即寄了一万美金给自己的父母，特意说这是约翰逊孝敬岳父岳母的，同时还寄来了自己与约翰逊的结婚照片……

郭秀梅夫妇的突然到来，让郭秀英既高兴又感觉困惑。高兴的是妹妹已经几年没回来了，父亲病重她能不远万里带美国丈夫回国看望，证明妹妹也有着拳拳孝心，父亲住院手术的照料无疑也增添了强援。郭秀英感觉困惑的是，妹妹事先没有打电话给她，甚至也没有通知姐姐到机场接机，直到飞机落地的时候妹妹才给她打了电话告知。郭秀英接到妹妹电话的时候，开始还以为是妹妹在跟她开玩笑。妹妹说咱爸重病我急都快急死了哪还有心情开玩笑？郭秀英埋怨说那你为什么不早点儿说，我好安排到机场接你啊。妹妹说你为父亲都忙成那样，我哪忍心给你添乱，一会儿我们打个出租车就到家了。

郭秀英接到妹妹电话那会儿，她正从孙树德主任的办公室走出来。她刚刚与孙主任商定为父亲做第二次肝部介入手术，时间是两天之后的星期三。与妹妹通完电话，郭秀英来到父亲病房，将手术的时间告诉弟弟郭英俊和父亲，同时将妹妹郭秀梅夫妇从美国回来的消息告诉了他们。父亲和郭英俊听了也既高兴又意外。郭秀英让郭英俊陪着父亲，自己要回家迎接妹妹夫妇，打算订一餐馆雅间，晚上安排一家人团聚，并说争取跟大夫通融将父亲也接到餐馆一块吃饭。

离开病房前，郭秀英打算先与护士长和孙树德主任说一声，申请晚饭时接父亲到餐馆吃饭。不料前脚刚走出病房，郭英俊就从后面追出来大声说："姐，咱爸又嚷嚷痛，出去吃饭恐怕不行。"一句话如槌击心鼓，郭秀英只感觉内心怦怦直跳。她跟着郭英俊回到病房，发现躺在病床上的父亲神情痛苦，脸色苍白。她一边说爸您怎么啦，一边揭开父亲被窝，发现父亲的一只手紧紧按着肝部。这样子，郭秀英感觉接父亲出去与全家团聚是不大现实。遂改变主意说："这样吧，晚上我安排给咱爸送饭，让你姐夫来陪咱爸。你们

一家子都到餐馆来一块吃饭，地点等我订好了通知你。"又俯身对父亲说，"爸，您甭着急，再忍一忍，我这就去跟孙主任说，请他来看看您。"

郭秀英来到孙树德诊室，发现等待孙树德看病的患者还很多，根本不可能离开去病房去看望她父亲。只好瞅机会将父亲伤口疼痛的事同孙主任说了。孙主任听罢，抓过空白药方开了消炎药，让郭秀英回病房交给护士，让护士给打吊针。

安排完这一切，郭秀英才动身离开医院。她一边打手机联系订晚上吃饭的餐馆，一边开车直奔父母的家。

刚进母亲家门，郭秀英就与妹妹郭秀梅夫妇撞了个满怀，郭秀梅带着约翰逊正要出门去医院看望父亲。郭秀梅娇小纤弱，约翰逊人高马大。郭秀梅面带倦意，约翰逊笑容可掬。他们夫妇俩在郭秀英面前构成了一道独特风景，让疲惫的郭秀英精神忽然为之一振。

郭秀梅笑呵呵地上来搂住姐姐，连声说："姐，这些日子你受累了。"紧接着挽着丈夫向姐姐介绍："呶，这就是约翰逊。"

郭秀英审视着约翰逊，礼貌地笑着："欢迎你跟秀梅一块来中国！"

约翰逊耸了耸肩，狡黠地笑着，用夹生的中文说："秀梅是我的妻子，我是中国的女婿，我要跟秀梅回家看看岳父。"一番话，将郭家姐妹都逗笑了。

郭秀英说："你们刚下飞机，旅途劳累，先歇口气吧，晚上再安排去看咱爸。"

郭秀梅说："不，我们现在就得去看看咱爸！"

郭秀英见拗不过，便说："那我开车送你们过去吧。"

郭秀梅说："姐，不用了，我们自己叫出租车，你告诉我们咱爸的病房号吧。你在家歇一会儿，也陪陪咱妈。"

郭秀英伸手看表，时间已是下午五点。便说："也行。我安排订今晚吃饭的地方，回头到医院接你们，晚上除了你姐夫在医院陪咱爸，咱们全家聚一聚，我让英俊他们一家也来。"

13

这天晚上，郭家的聚餐除了住院的郭老汉和陪护的女婿唐建设，其他人都悉数到齐。郭老太，郭秀英和儿子唐诗，郭秀梅和约翰逊，郭英俊一家三口。这也是郭秀梅第一次带约翰逊回到家乡与家人团聚。按说，这样的团聚应当喜气洋洋。然而，由于郭老汉重病住院，团聚原本应有的喜气荡然无存，代之以淡淡的焦虑与忧郁，郭家的大人们都有些沉默寡言。郭秀英精心安排的丰盛菜肴，也没有消除郭家大人们心头的焦虑与忧郁。他们只是默默吃饭，礼节性地说话，但大都是无关痛痒的，内容大都是郭秀梅和约翰逊旅途中的情况，颇像一场公事公办的外事工作餐。只有约翰逊夹生的中文和他那丰富并且多少有些滑稽的表情，才时不时给郭家这顿特殊的聚餐注入些许难得的轻松与笑声。只有一个人自始至终不但没有一丝笑意，甚至是愁眉不展，那就是郭老太。

由于母亲郭老太在场，有关父亲郭老汉治病的话题，郭家的大人们都有意回避、压抑着不提。直到晚饭快结束的时候，郭秀梅提议由弟弟郭英俊先送母亲、弟妹和两个孩子回家休息，自己和约翰逊与姐姐暂时留下。这一提议很快得到大家赞同，郭秀英也满口支持，毕竟与妹妹两年不见，父亲第二次手术的事又迫在眉睫，她有太多的话要与妹妹说。

郭英俊离开之前，郭秀英不忘嘱咐他，让他送完之后回到餐厅来。

郭英俊带着母亲、媳妇和两个孩子走后，餐桌只剩下郭秀英和妹妹郭秀梅夫妇。雅间里顿时安静下来。

郭秀梅说："姐，这些日子你真是辛苦了！"

郭秀英说："唉，天经地义的事，说这些干嘛！你们能回来看看咱爸，我已经很满意了。"

郭秀梅说："姐，下午我们也都见到咱爸了。我没想到，他的身体状况，比我想象的还要糟糕，我真是担心啊！"

郭秀英说："唉，是啊。老天真不长眼，天底下千千万万的人，

偏偏要跟咱爸过不去!"

郭秀梅说:"姐,我这次回来,一方面是为了看看咱爸咱妈。另一方面,还是想同你沟通,希望能将咱爸的真实病情告诉他老人家,不要再隐瞒他了。"

郭秀英睁大眼睛:"你……什么意思?"

郭秀梅说:"姐,我知道你是为咱爸好,生怕咱爸知道实情之后会吓着他。可请你相信我,我也是为了咱爸好,我认为咱爸知道实情之后,开始可能会有一点儿心理负担,但随着时间的推移,他的心情会平静下来,也会慢慢接受现实,这有利于他配合治疗。这一点,我与约翰逊都坚信不疑。这一点,也是西医秉持的治疗原则,这在美国等西方国家都非常普遍。"说完,郭秀梅将脸转向丈夫,示意他说话。

约翰逊心领神会,他笑着清了清嗓子,用夹生的普通话说:"OK!姐,秀梅说的都是实话。在我们美国,医生都必须尊重患者的知情权,将患者的真实病情告诉患者本人,否则就有悖医生的职业道德。更重要的是,患者知道自己的真实病情之后,在配合医生的治疗时会有一种心理暗示。也就是说,当医生与患者的想法和意见一致时,比较有利于疾病的治疗。相反,如果医生与患者的想法不一致,或者医生有想法患者没有想法,就不利于疾病的治疗和患者身体的康复。"

约翰逊说这番话时,郭秀英一开始有些抵触,但出于对这位初来乍到的美国妹夫的尊重,她没有打断他说话,而是静静地听着。慢慢地他觉得这位美国妹夫的观点挺新鲜,似乎还有些道理。治病好像跟做事一样,当医生与患者想法一致时,就像两个人一起做事同心同德一样,两个人的力量形成了合力,一加一等于二。可是,这样的比喻对吗?治病与做事情能一样吗?

想到这里,郭秀英说:"约翰逊,谢谢你能不远万里跟秀梅一块回来看看我父亲……"

约翰逊打断郭秀英的话,比画着说:"Sorry,姐,你父亲也是秀梅的父亲。我是秀梅的先生,秀梅的父亲是我的岳父,也是我和秀梅共同的父亲，or right?"他睁大眼睛，一本正经地等待着郭秀英的回答。

郭秀英感觉到自己的口误和约翰逊的幽默，原本心情沉重的她差点儿被逗笑了。她表情忽然轻松下来，用英语回答说："I am sorry！你说得对。"

约翰逊笑了笑，比划着继续说："OK, you keep go on!"

郭秀英继续说："OK。约翰逊，你刚才说的那些情况是在美国。美国有美国有文化，可中国有中国的国情。就像你们美国人喜欢西餐，我们中国人却喜欢中餐一样，有些事情不能简单等同。"

郭秀梅说："可这并不能证明美国人就不喜欢中餐，中国人就不喜欢西餐。比如，中国餐馆在美国很受欢迎，西餐厅在咱们中国生意也不错。就说西医吧，当初如果中国人拒不接受，西医就不可能传入中国。可事实是，西医现在在中国比中医更加普及。"

郭秀梅这番话，一时让姐姐无话可说。郭秀英看看妹妹，又瞅瞅约翰逊，他们两人四只眼灼灼逼人，理直气壮，似乎让郭秀英无路可退。但她沉着应战，很快，她反唇相讥："我给你们举个例子。我们公司原来的一位年轻同事，体检时发现了子宫癌，她自己一开始就知道了实情，心理压力非常重。开始时，她也是配合医生治疗，让医生给做化疗的。但随着化疗的不断进行，她原本美丽飘逸的长发渐渐脱落，心理压力越来越大，最终跳楼自杀了。对于这样的悲剧，你们又该作何解释呢？"其实，郭秀英这位年轻女同事跳楼的最主要原因，是因为化疗脱发之后被当老板的丈夫抛弃，万念俱灰而自杀。郭秀英故意隐瞒了最关键的这个环节。

郭秀梅说："这，应该属于极端个案吧！"

郭秀英说："不，这应该属于普遍现象！我早就说过，在中国有一句众所周知的俗语：得癌症的患者，首先是被吓死的，其次是医治死的，最后才是被癌症本身折磨死的。所以，在中国，被癌症吓死的人比比皆是！"

约翰逊说："OK！姐，我相信你说的是事实。但是，那么多癌症患者被吓死本身，说明中国的癌症治疗环节还做得不够好。首

先，一个人被诊断得了癌症，非常重要的一个环节，首先应该是进行心理治疗，无论是医生还是患者的家人，都应该开导他，告诉他癌症并没有那么可怕，只要选择好医生和正确的治疗方式，癌症也是可以治疗好的，至少是可以最大限度地延长生命的。如果没有心理治疗的环节，让患者最大限度地减轻心理压力，再好的药物和治疗手段，都不可能收到好的治疗效果。我前面所说的，当医生与患者的想法和意见一致时，比较有利于疾病的治疗，这也是在首先要做好心理治疗的基础上来说的。在美国，癌症的患者很多，但同时，很多癌症患者活得时间都比较长，就是这个道理。"

郭秀英认真听着约翰逊的陈述，似乎觉着有些道理，可内心却不断拒绝，潜意识不断寻找着反驳的理由。待约翰逊说完，她立即反问："如果将真实的病情告诉癌症患者，你如何能保证你的心理治疗环节有效呢？"

约翰逊说："不能保证百分之百有效。但只要努力去做，并且开导得当，肯定会有效。"

郭秀英说："那如果是赶上那百分之几，没有效果呢？"

"这……"约翰逊目瞪口呆，摊开手，不住摇头。

郭秀梅拔刀相助："姐，话可不能这么说！凡事都不能保证百分之百，但如果我们不努力去做，就肯定什么效果都没有！"

郭秀英反唇相讥："我不是一直在努力吗？"

郭秀梅毫不示弱："可效果如何呢？"

郭秀英涨红着脸："你……！好，秀梅，你要有本事我就把咱爸交给你好了，你能保证将咱爸的病治好？"

"你……"郭秀梅脸倏地红了，一时无言以对。她转过脸，向约翰逊求助，约翰逊苦笑着，摊开手摇了摇头。郭秀梅掠了掠头发，极力控制着自己的情绪，耐心期待自己内心深处的风浪从高处跌落低处，渐渐趋于平息，这才平心静气地说："姐，对不起，刚才我情绪有些激动，惹你生气了，导致你将话说得那么绝。其实，咱俩的初衷都是一样的，都是为了咱爸的病能尽快治好，只是……只是你我的观点不太一样。我也知道，这些日子你最累最苦，咱爸的治疗方案也是按照你与医生的想法确定了的，包括对咱爸一直隐瞒病情。可事实证明，这对爸的治疗效果并不好。按说，第一次介入手术做的时间并不长，可因为效果不好，导致那么短时间又得做第二次手术。虽然许多情况下，肝部肿瘤的介入手术的确需要多次，但咱爸那么短时间又要进行第二次，这种情况是很少见的。下午我和约翰逊看了看咱爸目前的身体状况，感觉很糟糕，他能否经受住第二次手术的折腾，甚至第二次手术的效果如何，是否能像你期望的那么好？我都很担心……"

郭秀英说："那……你说有什么更好的办法？"

郭秀梅说："能否转到市肿瘤医院？毕竟，专科医院一般来说要比综合性医院更好些。回国之前，我也上网查看了，咱们市肿瘤医院专家水平总体要比市第二人民医院的水平高，网友的评价也不错。"

其实，郭秀英也承认市肿瘤医院专家水平总体要高于市第二人民医院，因为她在网上也查过了。但当初为了更严密地向父亲隐瞒病情真相，她选择了市第二人民医院。这一点，郭秀英当初没告诉妹妹，现在她更不想说。她只是说："秀梅，我告诉你。市第二人民医院的孙树德也是咱们全市最好的肝癌肿瘤专家之一。何况，通过你的姐夫，我在里面也找到了熟人关系，否则恐怕连号都挂不上，更甭说遇上什么事的时候可以找熟人关照了。你说可否转院？当然，也不是不可以，可是你能挂上最好的专家号吗？你能保证到在肿瘤医院找到最好的专家吗？再说，即使真挂上专家号了，你能保证找到的专家就一定比孙树德好？"

约翰逊说："难道，在中国看病就真的这么难吗？秀梅，要不咱们明天到肿瘤医院去试试，看看能不能挂上专家号？"

郭秀英完全没有想到，约翰逊会出这种的主意。在她看来，这完全是一个傻主意，约翰逊完全不了解中国的国情。可为了不伤这个美国妹夫的面子，郭秀英哈哈大笑，大度地说："好啊，约翰逊，好主意。明天，你就同秀梅去肿瘤医院试试看吧，如果真能挂上。咱爸就可以转院，那样我也就省心了。"

郭秀英这番话，在郭秀梅听来，是赌气说的，是话里有话，是绵里藏针。可约翰逊听了，却一扫刚才的不快和沉闷，高兴起来。他满脸笑容，表情丰富地拉着郭秀梅的一只手说："亲爱的，我们明天一早就去挂号！"

看着情绪高涨的约翰逊，郭秀梅有些尴尬，有些哭笑不得。可她不忍心扫约翰逊的兴，更不愿在姐姐面前服软，也心想不妨到市肿瘤医院去试试。于是顺水推舟对约翰逊说："好啊，咱们明天去试试。"

其实，郭秀梅这番话，也是随便说的，也说得有些赌气。可郭秀英急了："你们明天去试试可以，可丑话说在前，市二院这边我可与孙树德主任确定做第二次手术的时间了，是下周的星期三。"

郭秀梅急了："哟——姐，刚才可是你同意的呀，你可别出尔反尔，自作主张！"

郭秀英也急："你这完全是废话！我怎么是自作主张了，咱爸的病火烧眉毛需要治疗，我能等你们回来再确定吗？你们怎么不早点儿回来侍候咱爸啊?！"

"你……！"郭秀梅正要发作，弟弟郭英俊回来了。郭英俊一推门进来，郭秀梅正想说出的话被噎了回去。

郭英俊睁大眼睛，像摄像机一样来回睃巡，感觉气氛不对。他呆呆地问："大姐，二姐，你们……你们怎么啦？刚才那么大的声音，在吵什么呀？"

没有人回答。郭秀英和郭秀梅都气哼哼的。约翰逊冲郭英俊做着鬼脸，耸了耸肩，一脸无奈。一会儿，郭秀英才打破沉默，她清了清了清嗓子，将刚才争执的内容简单给郭英俊介绍了一遍，末了她说："咱们姐弟三个，都血脉相连，谁也都孝敬父母。可父母是咱们共同的父母，咱爸接下来到底怎么治疗，在座的除了约翰逊，谁都表个态吧，少数服从多数。同意星期三咱爸在第二人民医院做第二次介入手术的，请举手！"郭秀英话音刚落，眼睛便紧紧盯着弟弟郭英俊。她自信郭英俊会举手，毕竟父亲从得病到治疗的整个过程他都知根知底，何况在这个城市，他需要郭秀英这位大姐的关照，他对大姐也一直言听计从。

郭英俊没有马上回答，他似乎有些为难。无论是大姐还是二姐，打小都一块长大，也一直都情同手足。从内心上讲，他谁都不想得罪。何况父亲大病当前，需要他们兄弟姐妹之间同心协力，共渡难关，干吗非得将关系搞僵呢？这种非此即彼的表态方式，他打内心拒绝。但此刻大姐的眼睛一如夏日正午的太阳，正直射着他，灼灼逼人，他又无法回避。窘态之中，他灵机一动，将脸转向郭秀梅："二姐，你们俩这次准备在家待多长时间？"

郭秀梅满脸疑惑，不明白弟弟为何转换话题。郭秀英和约翰逊也都一头雾水，也都疑惑地看着郭英俊。

郭英俊却目不转睛，期待着二姐的回答。

郭秀梅不得不说："我就待十天，没办法，我们正在赶一个课题，工作确实太忙了。约翰逊更忙。我俩都是请假专程回来的。"

郭英俊"哦"地一声，清了清嗓子说："二姐，啊对啦——还有二姐夫，听我说，你俩能够在百忙中抽时间回来看看咱爸，这就够了。但这么短时间，陪咱爸治病根本不可能，依我看，咱爸的病怎么治，如何治，就听大姐的吧。毕竟，大姐常年在家，凡事都知根知底。她是咱郭家的顶梁柱，她对咱爸咱妈的孝顺，多年来对咱爸咱妈的照顾，大家都有目共睹。自打咱爸得病以来，大姐既要忙工作又要顾家顾父母，整天疲于奔命，忙得团团转，几乎是操碎了心。所以，依我说，有大姐在，咱爸治病的事，你们就别操心、别介入了。你们如果有钱，留下点儿钱帮咱爸治病，就行了。"

郭秀梅怎么也想不到弟弟说的会是这番话，郭秀英当然也没有想到。郭秀梅觉得弟弟说的不是没有道理，却似乎又藏着玄机。郭秀英则觉得弟弟说的入情入理，也正是她所需要的，此刻她有些感动，甚至开始对弟弟刮目相看，她感觉这是有生以来她听到郭英俊说出来的最有水平的话。

只有约翰逊对此无动于衷，一脸茫然。他不明白郭秀梅的弟弟为什么要说父亲治病的事他们就别介入了，难道就因为秀梅远离家乡，父亲就不是秀梅的父亲了？

听了弟弟这番话，郭秀梅的内心一开始风起云涌，但随着时间的流逝，很快又风平浪静。她长叹口气，说："英俊，你说得对，咱大姐长年在家照顾咱爸咱妈，确实很不容易。咱爸治病的事，就……就听大姐的吧。不过，是否马上做第二次手术，我觉得最好跟咱爸说一声，征得他的同意。"

郭秀英说："你这话说了等于白说！咱爸要不是老喊伤口痛，我和英俊吃饱了撑的，干吗送他进医院啊？现在复查都复查过了，孙树德主任那边也都好不容易商定好了，下周三做第二次手术，还折腾个什么呀？你们别再给我添乱了！"说这话时，郭秀英很果决，完全是一家之主的口气，丝毫没有商量余地。也难怪，她是郭家的长女，是英俊和秀梅的大姐，她有这样做的底气。

14

郭家长女郭秀英一锤定音之后，郭丁昌老汉的肝癌第二次介入手术就箭在弦上。虽然时间在一步步临近，虽然郭秀梅口头已经表示一切听从大姐的安排，实际上她内心却仍存忧虑。作为美国的医学工作者，她打内心反对对父亲隐瞒真实病情，她对市第二人民医院孙树德的肝癌介入手术水平，也心存疑虑，甚至还担心是否存在过度医疗。作为女儿，她恨不得接父亲到美国去治疗，这样自己可以找最好的医院和最好的医生，悉心陪护、照料父亲，可父亲现在的身体状况，根本就经不起漫长的路途折腾，何况自己工作那么忙，即便父亲到了美国自己哪有时间照顾呢？作为郭家中的一员，她又觉得弟弟郭英俊说的不无道理，自己在家只能待十天时间，父亲治疗的事并非她力所能及。她爱莫能助，只能服从大局、服从大姐，只能听天由命。她所能做，所要做的事，就是利用在家这不长的十天时间，多陪伴父亲和母亲，同时分担起平时由大姐负责的买菜做饭做家务等照顾父母亲的责任。

约翰逊却心不有甘。那天晚上，从餐厅争吵回到岳父母的家，他与秀梅聊得很晚，用英语继续讨论晚饭聚餐时争论的问题。他说他不明白郭秀梅弟弟说的那些话，为什么父亲治病的事就不让咱们介入了？难道父亲就不是咱们的父亲？

对于约翰逊的疑问，郭秀梅只得耐心解释，告诉他你说的没错，可弟弟郭英俊说的也没错。约翰逊说为什么都没错，咱们却不能介入，只能妥协呢？郭秀梅说因为咱们在这里的时间太短，如果按照咱们的意见给父亲办转院手续，许多事情咱们力不能及。约翰逊说时间长短不是理由，谁的意见更加正确就服从谁，这才是理由。郭秀梅说我刚才不是说我们的意见没有错，可他们的意见也没有错嘛。有时候，世界上有些事情是分不清对错的，只能是因地制宜审时度势，必要时做出让步。就像世界上既有硬的东西又有软的东西存在，如果仅仅都是硬的或者都是软的东西存在，那肯定要乱套。处理事情也是一样，需要刚柔并济、软硬兼施，你中有我，我中有你，互相配合。只有这样，才能将事情办成。也只有这样，大家也才能友好相处。

约翰逊一知半解，却听得入迷，末了他问妻子："这是不是你们中国人信奉的老庄哲学，或者形象点说，也有点像你们中国人打的太极拳？"

郭秀梅被约翰逊缠得脑子发胀，希望尽早睡觉，只好敷衍着说：就算是吧。

距离父亲第二次介入手术还有两天时间，郭秀梅主动跟郭秀英说："姐，你和姐夫安心上班、照顾好唐诗吧，我和约翰逊来照顾咱爸咱妈。"

郭秀英说："你们照顾咱妈吧。咱爸那边，医院你们不熟悉，还是我来吧。"

郭秀梅说："没事，开始不熟悉，很快不就熟悉了？再说有事我会找你。"

郭秀英开始不置可否。想了想才说："也行。不过，我可丑话说在前，你们这些天在家里，无论是对咱爸还是对咱妈，可千万千万不能透露咱爸的真实病情！"这句话，郭秀梅听起来如骨鲠喉、极不舒服，觉得大姐说这话未免太过啰嗦、太过霸道，本想反击，

不想说出的话却是："姐，你……你就放心吧！"话一出口，她都有些惊异于自己的隐忍，这与自己的个性南辕北辙啊。说完，她自嘲地苦笑。

接下来的日子，郭秀梅与约翰逊成双成对穿梭于家里、超市和医院之间。他们采购、做饭、做家务，在家的时候陪母亲说说话，去医院送饭并陪护父亲的时候，给父亲进行心理辅导，告诉父亲如何看待疾病和抗击疾病，同时不断给父亲讲述美国的各种见闻。晚间的时候，约翰逊也主动提出陪伴岳父，可郭老汉死活不同意，一是因为打心眼里他对这个美国女婿还是有些排斥，二是约翰逊毕竟是美国人，人生地不熟的，郭家的人都不放心。所以，晚间到医院陪护，仍由郭英俊和唐建设两人轮流。

对于父亲没能按自己的意见治疗，约翰逊却还是耿耿于怀、心有不甘，他甚至在星期二的时候还执意拉郭秀梅一大早到市肿瘤医院，看看能否挂上他们在网上查到的专家号，结果却大败而归。

星期三上午，郭丁昌老汉肝癌第二次介入手术如期进行。主刀的还是市第二人民医院肿瘤科的首席专家孙树德，程序跟第一次手术一样，花耗的时间则长达七小时，比第一次手术整整多出了一个小时。术后的郭老汉疲惫不堪，脸色苍白，可按规定，术后病人穿刺一侧的下肢还必须制动 24 小时，为便于观察还得禁饮食 6 至 12 小时。不但如此，术后的郭老汉还必须进行一系列的观察。因此，像第一次手术的经历一样，回到病房的郭老汉又一次被限制在病床上，整整 24 小时不能动弹。经历了地狱一般的第二次介入手术，郭老汉从昏睡中醒来后说出的第一句话是："太难受啦，我……我真是生不如死啊！"这声音，虽然低沉嘶哑，甚至有些脆弱，却几乎是歇斯底里从内心深处喊出来的。而且喊出之后，他老泪纵横，令在场的郭家子女惊悚不已，因为这是他们平生以来第一次看见一向铁骨铮铮的父亲的哭泣……

15

一周之后，郭老汉出院回到家中。郭秀梅本想继续精心护理父亲，也多陪伴母亲，但由于归程在即，她爱莫能助。因为第二天，她和约翰逊就要启程回美国了。走前的这天晚上，原本大姐郭秀英还想张罗着到外面餐馆聚餐，但由于父亲不能前往，郭秀梅不同意。她和约翰逊守候在父母家中，精心为父母做了最后一顿晚餐，清蒸桂鱼，红烧猪蹄，酸甜排骨，青炒菠菜，还有一份西式的苏伯汤，这些都是郭老汉和郭老太爱吃的。

郭秀梅和约翰逊在厨房做饭的时候，郭老汉对陪伴在身边的郭老太嘀咕了一句："老伴，秀梅这次回来，我怎么觉着她跟她姐不大……不大说话哩。"郭老太"哦"了一声，说："不会的，是你胡思乱想吧？"郭老汉听罢，望了老伴一眼，既不表态，也不再追问，而是半眯着眼睛，若有所思。

晚饭后，郭秀英和郭英俊两家人都来了，一是前来看望出院的父亲，二是为明天返回美国的郭秀梅送行，屋里一下热闹起来。郭老太陪伴着郭老汉，坐在沙发上观察着满屋活动的儿女子孙，发现秀梅与秀英姐妹的确不像以前那样亲热，她俩之间话语不多，大都还是礼节性的。不仅如此，秀梅与姐夫、弟弟和弟妹，说话也都是礼节性的，客客气气的，简直不像是一家人。这死老头儿，病得那么重，还鬼机灵呢！郭老太这么想着，却没与老头儿说。

这天晚上，弟弟姐姐两家人都离去之后，郭秀梅和母亲一起忙前护后帮助父亲洗漱，然后扶他上床休息，之后便一直陪伴母亲在客厅说话。郭秀梅所说的，无非是些安慰母亲的话，同时将一些护理常识告诉母亲。事实上，关于父亲的真实病情，两天前她和约翰逊就已经鼓起勇气，如实告诉母亲了。他们是经过了激烈的思想斗争，再三考虑才决意这么做，为的是日后父亲万一身体不行了，好让母亲有个思想准备。母亲听知父亲的真实病情，开始是震惊、悲伤，后来在秀梅和约翰逊及时的开导和心理辅导下，慢慢平静下来。直至今天父亲出院前，母亲已经能坦然面对了。不过，郭秀梅再三告诫母亲，此事万万不可让大姐知道，因为大姐不让说，要是大姐知道了，她们姐妹之间就将彻底闹掰了。母亲当然明白秀梅说这话的轻重，她当场表态说："放心吧，我不会说的。"

第二天一早，郭秀梅和约翰逊离家要赶飞机，大姐郭秀英和弟弟郭英俊都前来送行。临行前，郭秀梅为母亲留下了一万美元，让母亲一定保重，好好照顾父亲。又搂着父亲说："爸，你一定保重，乐观些，好好疗养，过些时我还会回来看望您！"

遗憾的是，父亲并没有等到郭秀梅再次回来的那一天。

郭秀梅和约翰逊走后，郭家的日子渐趋平静。尽管郭秀英对父母的照顾无微不至，可郭老汉的身体不但没有半点儿恢复，相反像北方冬天的庄稼一样一天天干枯下去，直到满身的落叶纷纷扬扬飘零在凛冽的寒风之中。

弥留之际的郭丁昌老汉，生命的最后几天是在医院度过的。由于肿瘤的折磨，由于伤口的疼痛，由于腹水的鼓胀，由于吃不下饭睡不着觉，等等，原本身体健壮硬朗的他已经苟延残喘、形销骨立，肚子却鼓胀得像一个硕大的皮囊。总之，郭老汉整个儿都变得失去了人样……

郭老太每天守候在目光呆滞、整天昏昏欲睡的老伴身边，几乎寸步不离。她握着老伴枯树枝一样的手，为他轻轻按摩，轻轻揉搓，轻轻摩挲，甚至为他唱着童年的歌谣。她知道，眼前这个与她生活了近半个世纪的男人，生命已经像一盏行将燃尽的蜡烛，随时都有熄灭的可能。

那一天，郭老太眼见老伴忽然醒来。心一激灵，赶紧托住老头的额头，抓住时机伏在他的耳边说了一句一直憋在心头的话："老头子，你知道……你得的是什么病吗？"

郭老汉转动眼珠，朝着老伴的方向，艰难地问："你说，到底……到底是什么病啊。"

郭老太赶紧说："肝癌。"

郭老汉睁了睁眼睛："什么……你说什么？"

"肝癌，就是不治之症。"郭老太重复了一遍。

郭老汉"哦"地一声，喃喃说："我……我早猜着了。可他们，偏偏……要……骗我，早知道是……得了这个，我……就不让治了。既费钱，又……治不好，还……还让我遭……这么多罪！"

郭老太心一颤，紧握老伴的手，眼泪汪汪说："都怪秀英一直不让说！"

郭老汉眯着眼睛，摇了摇头，嘀咕道："也……不能怪她。秀英是……是个难得的……孝女。"说完这一句，郭老汉头一歪，再也没有醒来。

是年，郭丁昌老汉整 71 岁。

作者简介

杨晓升，男，籍贯广东省揭阳市榕城镇。1984 年毕业于华中师范大学生物系，同年被分配至《中国青年》杂志社工作，现任《北京文学》杂志社编审，中国作家协会会员，中国报告文学学会理事。1987 年开始发表文学作品，著有小说、报告文学、散文、随笔、评论等 200 余万字，出版长篇报告文学《中国魂告急——拜金潮袭击共和国》《告警——中国科技的危机与挑战》《中国教育，还等什么》《只有一个孩子——中国独生子女意外伤害悲情报告》《六月风暴——拷问中国教育》等。《只有一个孩子——中国独生子女意外伤害悲情报告》获 2004 年度"正泰杯中国报告文学奖"和第三届（2004—2008）"徐迟报告文学奖"，《21 世纪，巨龙靠什么腾飞——中国科技忧思录》获"新中国六十周年全国优秀中短篇报告文学奖"。

古

宇

十诫之杀人短片

优雅的女人白夕月有一个特殊的职业，她已经处死了 16 个人，这 16 个人无法从她的记忆中抹去。她能够正常地面对自己的生活吗？她的职业带给了她什么？

白夕月给四岁的儿子洗脚，她蹲在儿子面前揉着他的脚丫。儿子自己胡乱刷着牙。

白夕月不到四十岁，举止优雅，我们还不了解她，印象就是这样，她不是那种喜形于色的女人。

妈，有了七色花，我到了七岁牙能不掉吗？

不能。

为什么呀？

人都要换牙，换上结实的牙。

你的牙结实吗？

结实。

白夕月用手指敲敲自己的门牙，儿子笑了。

七岁，你就上小学了。

我上小学回来你还在吗？

在。

你不死吗？

白夕月看着儿子，儿子认真地等着她回答。

不死。

你什么时候死呀？

不知道。人都不知道自己什么时候死。

人都不知道呀？

哦。有的人知道。

谁知道呀？

白夕月不说话。

那些死因犯，判决书放在衣袋里，清楚地知道明天必须去死。即使判决书没有下来，在看守所里戴着与人不同的"案情链"，也隐约知道自己可能逃不过死罪。

那他怎么办呢？知道的人？

没办法。

再加一点儿热水吗？

加一点儿，一点点。

儿子把脚搭在盆边上，等白夕月续了热水，又小心地放了进去。水洒出来一些，石砖湿了，颜色变得不一样，很好看。

那你会死吗？

会。

你死在哪儿？

不知道。人不知道自己死在哪儿。

为什么呀？

有些事，人决定不了。

那，你会在哪儿死啊？

你说呢？

你死在路上。

不。我不想死在路上。

那你想死在哪儿？

死在家里。死在自己的床上。

不。我不让你死在家里。

为什么呢？

你会把家弄脏的。

儿子坐在那儿，说话的声音有些颤，眼睛湿了，但他忍着，脸

上努力保持着应有的平静和坚决。

你是不想我死，是吗？

是。儿子一下子释然了。

我会陪你长大的，上小学，上中学，上大学。

那，你不会死了吧？

不，我会死。

哦，人都会死的。

是。

这天是腊月初八，特别冷，白夕月一个人睡，一个人的卧室就更冷些，人更容易惊醒。

夜里，醒的时候，离死最近，身体没有了，只有胃在，又凉又有点儿疼，主要是凉，紧紧地贴在死的脸上，这真让人受不了。

白夕月坐起来，慢慢走到儿子的房间，躺在他身边，闭上眼睛听孩子飞蛾般的呼吸声。

小孩子的身体是香的。

垂死的人不同，生命的气味已经嗅不到了，只等着第二天早上法官来"验明正身"，"昨天对你们的判决，今天要执行了！"听到这句话，犯人满脸惊恐，稍后，有人可能会故作镇定："昨晚想了一宿，都想开了。"更多的人则气数散尽，像死了没埋一样。

"验明正身"后，手铐脚镣就被打开，女警为女犯穿外衣、梳梳头，然后捆上法绳。

白夕月每次都不会忘记将女犯脖根处的纽扣系上，把领子翻起来，这样绳子就不会直接磨着她们的皮肤。其实白夕月也知道这点儿皮肉之苦对于一个将死之人简直微不足道，但每次她都会按部就班地完成这一道程序。

20分钟后，死囚被押出去，人几乎是被拖上车的，面对近在咫尺的死亡，人连迈一小步的力气都没有了。

白夕月记得她们每一个人。

第一个是一个不堪虐待而杀夫的中年女人，她看着白夕月：要上路的是我，你怕啥？她近乎耳语，脸上浮现出一丝笑，白夕月嗅到临死的味道。

那女人穿了七件衣服：

人结婚的时候要穿双数，死的时候要穿单数。

不能算帽子和鞋子。

鞋子要穿青布的，好投胎。

那几分钟，空气似乎凝固住了，没有人打断这个将赴死的女人。

白夕月不知道别的女警是怎么面对执行完任务后的心理问题的，她们对此避而不谈，决不交流这个问题是她们之间的默契或者说是禁忌。

白夕月也不很清楚自己的真实感受，那部分生活完全不能拿出来与另外的人谈论，对亲近的人也不能说。甚至不能在经历之后回想。面对那一部分生活，只能当它没有发生过。不去想，好像也没感觉了。这样好，这样简单，简单就可以忍受。

身体恢复了知觉，失眠又来了，白夕月撑起头看了一会儿熟睡的儿子，起身回到自己的卧室。

夜里睡不着的时候，白夕月读简·奥斯汀的小说《傲慢与偏见》或者别的什么，随便从哪儿开始，很快进入那些细碎的日常生活，温暖的气息弥漫开来。

想想上高中的时候她是多么厌烦奥斯汀，厌烦她的絮叨，在日记里写下了那么多反对她的话。人真是奇怪，现在白夕月喜欢上了奥斯汀。"直到这一刻，我从来都不了解自己。"伊丽莎白·班奈特小姐意识到她错误地判断了求婚者——傲慢的达西先生时，发出了这样自我反省的叹息。奥斯汀真是一个机智的女人，具有自省精神。

失眠时白夕月对奥斯汀有了新的认识。

可能是白夕月身上那种寡淡的气息让婆婆终于起了疑心，在老太太的追问之下，白夕月说了实话。

你儿子想离婚。

为什么，他跟你说是为什么了吗？

他说，他还没有玩够，让我再给他两三年时间，然后就回来和我复婚。

你呢？那你怎么想？

要不就由他，让他去玩。

你还真信啊？他是我儿子，我都不信，他玩够了还能再回来和你结婚？

他外面有人了？

他说不是因为她，他离婚不是为了和她结婚。

他就是想看一眼那张离婚证，看一眼他就踏实了，他觉得自己自由了。

简直是放屁。

从今儿起，把你儿子留在这儿，我给你看着，你们俩回你们自己家住着，你得负责把我儿子给抢回来。

那以后丈夫几乎每天都回家，他回家就是磨着白夕月和他离婚。

我不是不爱你了，我心里对你还和以前一样。我只是想离婚，你就让我离婚吧，我还会回来和你结婚的，你就让我看一眼离婚证什么样。

她是什么样一个人？

我不了解她，她前夫找过我，他说，现在的女孩整天就是想着怎么傍上一个有钱的男人养她，他说他老婆就是这样的女人。他在MSN上跟我说的。

那你呢？

我爱你呀，我不爱她，我爱你。

你和我结婚的时候都没有说过这么多你爱我，现在想离婚了反倒这么爱了。你觉得我能相信你吗？

我说的都是真的。

离婚证就对你那么重要？

我就想看一眼，我现在想的就是看一眼咱们俩的离婚证。你要什么我都给你，所有的钱、我的公司、孩子，都是你的，我扫地出门都行。

我要你证明你的确爱我，你说过的。

怎么证明？你说什么我都答应你。

做爱也可以？

当然。可以。我的确是爱你的。只要你同意离婚。

那天一早白夕月就觉得不对，去七处（城西的看守所）提人，男男女女警察来了好几个。其中有一个是新人，白夕月不认识，可能是新从别的部门轮过来的，他自我介绍他叫鞠红林，鞠红林的眼神让白夕月浑身不自在。白夕月他们都面无表情，唯独鞠红林眼里闪着光，他特别兴奋。

嘿，哥们儿，打活靶子过瘾吧？

话虽是对着那些男警说的，鞠红林却不时扫上白夕月一眼。

见没人搭茬，鞠红林也不扫兴，更可能是他根本不需要答案，他自有答案，他继续说着：

我哥他们那会儿赶上"文革"，他有一杆气枪，原来打鸟的。后来天下大乱，也不上学了，改打人了，瞄着人脑袋打，人都怕他。他整天扛着个气枪满大街转，人见了他老远就跑开了。真他妈太过瘾了。你说我怎么就没赶上啊。

要赶上了你丫小命早没了。

到了看守所后，没有人再说一句多余的话。

一切就绪，犯人们被转到白夕月他们手上，那里面有一男孩，他非常年轻，可能还不到二十岁，他显然已经被将要发生的事情吓坏了，他还是个孩子，生命之路还没有来得及在他面前展开，就已经被撕成了碎片。他杀了人，现在轮到自己被杀，被枪毙，行刑的人已经在眼前了。那孩子惊慌失措的眼睛让人不忍对视。白夕月真想走过去，拍拍他的脸，告诉他，孩子别怕，很快就好了。没有人说一句话，这个时候谁都不能说什么，很多人，认识但不相熟的人在一起，大家都紧裹自己，不说一句话。

他们和犯人们一起下楼，犯人的腿上绑着细麻绳，走不快，一般这种情况，谁都不会说什么。但这次不同，新来的鞠红林说了好

几遍"快点儿、你快点儿"。白夕月听着挺心烦的，走到最后一段台阶时，谁也没有想到，鞠红林一脚把那男孩踢下了台阶，看着男孩顺着台阶滚下去，大家都站住了。那孩子试图爬起来，因为被捆着，试了几次都失败了。

让你快点儿你不快点儿。瞎磨蹭什么！

鞠红林居高临下地指着那孩子说。

白夕月大脑里一片空白，当她看到鞠红林被自己一脚端下了台阶，滚落在那孩子旁边时，还在疑心自己怎么抬的脚，端到他哪儿了。

所有人都停住不动，也没有人说话。鞠红林滚落到死犯身边，他一骨碌爬起来，怒视着白夕月，也就是说他知道自己是被白夕月端下来的。鞠红林眼睛里的光像冻住了，阴冷地盯着白夕月看，白夕月也盯着他看。最后，鞠红林拍拍裤子上的土，什么都没有说，扭身走了。

那天夜里白夕月和丈夫做爱，丈夫非常尽职认真，白夕月的呻吟声逐渐变为抽泣，然后她失声痛哭起来。最后泪无声地流淌，像失控的水龙头。白夕月哭了一夜，哭累了睡过去，醒了又哭。丈夫从未见过白夕月这样，他手足无措，不知道怎么安慰她，渐渐地他在茫然中睡去，那以后他很久没有回家。他跟白如冰说：你姐姐真让人绝望，绝望的女人真让人绝望。

发生这件事情，所有人都觉得白夕月是因为压力太大了，才做出这样非理性的行为。

丫也就是一个女的，我也不能和一女的一般见识啊。鞠红林逢人便说。

从刑场回来以后，鞠红林人一下就蔫了，但却更爱说话了。很多人都从他嘴里知道了他那天晚上的情形。这在这个圈子里可不同寻常，以前没有人知道别人在经历了这样的事情以后是怎么样的，鞠红林却毫无保留，或许他是在用不停地诉说来缓解焦虑？

哥们儿那天晚上一个人在值班，风吹得门嘎嘎直响，真他妈挺吓人的，我起来几次，用桌子、椅子顶住，还总觉得有鬼，你说这世上真的有鬼魂吗？

那以后几天哥们儿都不敢喝一口汤，一想就觉得那是他妈人的脑浆子。真不知道你们丫干这么久，是怎么挺过来的。

幸亏要改注射死刑了，要不这真不是人干的活。

人们原来还以为出那种事情，白夕月肯定干不下去了，但最后调走的是鞠红林，他回原来的部门去了。他走的时候，几乎所有的人对他那祥林嫂式的诉说都厌倦了。

白夕月照常上班、下班，队里试点注射死刑，她也按部就班地参加培训，回家抱着大厚本的医书研究，像什么都没有发生过一样。

直到有一天她怀疑自己可能怀孕了。

虽然有思想准备，但化验结果呈阳性，白夕月心里咯噔一下。

医生拿着那张盖着红色加号的化验单：

就是怀孕了。做了吧。

后天吧。医生没等白夕月回答，很快又说。

回到家，白夕月简直不知道怎么对家人说起，这事听起来真是奇怪，你丈夫不是死了心要离婚吗？怎么闹离婚闹出个孩子来？是啊，白夕月也在想，这桩离婚案中该是那个第三者怀上个孩子更加贴切些。

去医院做手术那天有丈夫陪着，白夕月依然觉得自己面目可疑。按理说白夕月是个已婚妇女，育有一子，在这个计划生育的国度，白夕月目前的状况，去医院把肚子里的孩子打掉是再合理不过的事情了。但白夕月就是觉得自己此刻面目可疑，她想前天去检查，如果用一个假名字就好了，也许那样她会心安理得些。

白夕月和丈夫路过西海，西海水面已经结冰了，一只黑皮鞋被冻在冰上，鞋带儿已不知去向，鞋大张着嘴在那儿，像一只求生的鱼。白夕月站下来盯着它看，丈夫站在她身后，等着。

白夕月记得上次她和丈夫来这儿的时候，西海还没有结冰，风很大。那是个周末的中午，兰黛酒吧里没有客人，他们按了门铃叫开了门，靠窗坐着，沉默不语，看着外面，西海水面干净极了，丈

夫第一次跟白夕月提了离婚的事。

走吧。丈夫在白夕月身后轻声说。

好。

在医院，白夕月看到那么多年轻的面孔，那些故作镇定的男孩分散地站在计划生育门诊外面的走廊里，彼此甚至不看上一眼。都是些面目可疑的男女。

手术室的门开了，女孩子一步一挪地出来，她脸色惨白，弯曲着身体，双手捂在肚子上。一个男孩冲过去扶她，手忙脚乱地什么忙也帮不上。

白夕月看着那个男孩，想，他们永远是被隔离在女人的痛苦之外，即使有一天他们做了丈夫和父亲。

其他的男孩显然也是被这样的场景惊动了，他们的身体更加僵硬不听使唤，他们无法想象里面的情景，因此可能感到更加恐惧。

护士大声叫白夕月的名字，她吓了一跳，忘了应声。丈夫碰了她一下，替她答应了一声，然后帮她脱大衣。

白夕月跟着护士走进了手术区。这是里外两间大屋子，外间屋横竖摆着几张床，白夕月向空着的那张走去。里间就是手术室，手术室的门敞开着，从里面传出女人痛苦的呻吟声。一个护士站在门口。

把下身都脱光，盖着被子在床上等着。

她声音很大，隔着口罩听起来有些闷。

白夕月脱了外裤坐在床上，她估摸着轮到她还要有些时候。

萧北京准备。萧北京。萧北京！

护士叫了好几声，见一个女孩答应了，才返回手术室，她没有关门。

护士的声音消失之后，外屋一片静寂，大家都不说话，里屋手术器械碰撞发出的声音都听得很清楚。

里面的女孩叫了起来，白夕月吓了一跳。

这时候知道疼了，早干吗去了，快活的时候怎么不想着有今天啊？一个中年白衣天使的声音插了进来，女孩叫喊的声音立刻小了。

我不怕这种疼，我觉得和怀孕比起来，这不算什么，我上次做完一下子就觉得清爽了，你不知道我怀孕反应有多大，恶心、吐、睡不着觉，做完流产这些症状都消失了。这疼忍一下就过去了，一想到怀孕那种难受要 10 个月，我就不想活了。你是第几次做？

第一次。不过都生过孩子了，这点儿罪就不算什么了。

白夕月转向说话的两个人，她们也很年轻，但显然不一样，她们是少妇，有结婚证书，可以合法堕胎，她们在这里有一种优越感。白夕月发现屋子里除了她转头看她们之外，其他的女孩动也没有动一下。

显然她们俩的对话在白夕月被叫进来之前就开始了，没有做过流产的少妇向做过的请教经验。白夕月陆续知道那个有经验的是个老师，她的丈夫也是老师，他们住房紧张，且都正忙于学术，近年不打算要孩子，也许一辈子也不会要。

说实话，我一点儿也不喜欢孩子。女教师说。

屋子里只有她们在对话，其他人像塑像一般，凝固着。

和白夕月相邻的床上躺着一个女孩，她紧裹着被子，曲身躺着，长发掩着她苍白的年轻的脸。两个少妇对话声音响起来的时候，她就会把眉头皱得更紧些。

年轻的护士又出来了，她多走几步，走到白夕月旁边对那个躺着的女孩说话，她声音小了一些，像是商量的口气：

你，时间差不多了，到外面休息吧，刚才进去的马上要出来了。

那女孩顺从地起身，看得出她还是很疼，她坐在那儿慢慢地穿裤子。护士转向那个叫萧北京的女孩说，该你了，进去吧。

时间过得太长了，白夕月也懒得动一动了，两个少妇的谈话变成了耳边的风，只是一些声音，已经不能在白夕月的大脑里合成词义了。

20 分钟一个手术，一个上午十几个胎儿就被计划掉了。很快，那些年轻稚气的脸又会恣意高兴起来，重新荡漾起春光。很简单，这个小手术很简单。

终于轮到白夕月进入手术室了。被叫进去之后，白夕月站在门

口附近，等着。

找找，有没有脊柱。大夫坐在那儿等着。

有了。已经断了。护士看了一眼，手术床脚地上的盒子里有一大团黏稠的血块。

好了，下来吧。

要是脊柱不全就还得刮。大夫对年轻的护士说。

手术床上的女孩无力地翻下来，她蹲在地上半天起不来。

歇会儿吗？护士问。

叫下一个吧。大夫说完从手术床前站起来，两个护士过来，准备器械。

没有人理会蹲在地上的女孩，女孩蹲了一会儿，起身挪着步子出了手术室。

白夕月上了手术床，躺下，她感到冷得发紧，头也木木的，没有反应。

屁股往外点儿。护士不耐烦地说。

就怕这个，连个棉球儿都塞不进去！你到底结没结婚啊？

白夕月紧闭着嘴，一声不吭。白衣天使本来也没打算听她的回答，她们已经转而唠叨她们孩子的趣事了。孩子是妇女永恒的话题，对于天使们更有一些可以炫耀的理由。

鼓肚子。随着天使的一声命令，"哗"一杯冷水浇了下来，白夕月抖了一下，脚有些抽筋儿，她后悔该穿着袜子。

水怎么凉得这么快。

天使轻声自语道，听起来似有些歉意，白夕月有些受宠若惊。

这是开水。护士又补充道。

你千万别动啊，再疼也别动。

又一个声音说，是那个大夫。大夫的到来让白夕月一下子很绝望，那孩子的死期到了，她心里大喊着不，但人却顺从着大夫，她点点头，手更紧地抓住手术床两侧的铁环。

当白夕月感到那个金属的长杆碰到她的身体的时候，她的身体醒了，她反悔了，她不能忍受那个铁器伸向她的孩子，那孩子的脊柱已经发育完好了。

不！我不做了！

白夕月毫不迟疑地关闭了通向她孩子的大门，她迅速坐了起来。

怎么回事儿，你这人，让你别动，出了事故算谁的啊？老护士大叫一声。

大夫制止了老护士的发作，她看着白夕月轻声地说：

你可想好了。过了4个月就要引产了，你会更受罪。

哦。

白夕月含糊地答着，走出手术室，她听见护士在她身后高声说：

下一个。脱衣服。

丈夫看着白夕月健步走出手术室觉得奇怪。

怎么了？

我不做了。

你不做了？

对。

那怎么办？

我要这个孩子。

你怎么要？你生了二胎工作就没了，你想过么？

你不是有钱吗？你不是要把你的钱都给我吗？我不需要工作。

没这么简单，你想好了。你不是真的吧？

白夕月没有说话，她是认真的吗？要这个孩子？那么多现实问题，怎么解决？那个第三者知道了会怎么想呢？她肯定不开心，这样想着白夕月笑了一下。

你还笑。真不知道你脑子里每天都想什么？我真是太不了解你了。

你了解你自己吗？你说的那些自相矛盾的话。

我说的都是真话，我怎么想就怎么跟你说。你不是，我从来不知道你怎么想的。

我也不知道我怎么想的，我不想。

白夕月说的也是真的，她是那么不了解自己，她不去想。

白夕月一直在拖延，丈夫不再劝她，他几乎每天回家，他没有再提过离婚的事，但人总是一副闷闷的样子。

儿子从幼儿园回来念叨着说，小朋友得得的妈妈又给他生了一个妹妹。

他为什么就可以有小妹妹啊？

白夕月还没想好怎么回答儿子，丈夫张口就说：

他妈是美国人，她当然可以再生了，她想生几个就生几个。

她是谁呀？谁想生几个就生几个呀？

得得妈呀，美国人。丈夫说。

白夕月赶紧插话：你都被搞糊涂了吧，这是大人的事。你去玩吧。

私下和儿子在一起的时候，白夕月开玩笑似地问儿子：

妈妈也给你生个小弟弟或者小妹妹，好吗？

不好。

为什么呀？白夕月有些吃惊。

因为我现在感冒了，不能帮你照顾她。

不用你照顾，你是小孩子，你还要大人照顾呢。

儿子点头。

那好吧，你就生吧，等我好了，和你一起照顾她。

白夕月笑。

你想要小弟弟还是小妹妹啊？

我想要小妹妹。

为什么呀？

因为小妹妹还能给我生个小妹妹，那个小妹妹还能给我生小妹妹，我就老有小妹妹了。

那小弟弟呢？

小弟弟不会生小弟弟，女孩才会生孩子。

白夕月笑了，怀孕以来她第一次感觉到一种很暖心的支持，这种感觉是儿子给的。

第二个让白夕月有这种感觉的人是大舅妈。

白夕月的大舅和大舅妈从农村来玩，白夕月带着儿子回娘家去看他们。几年不见了，白夕月觉得舅舅和舅妈没有见老，可能是一直在农村劳动的缘故，他们像颗坚硬紧巴的果核，黝黑硬朗。

你舅妈现在信了教了。大舅说。

什么教？

就是那叫什么，基督教。每天上教堂。

你们村里有教堂？白夕月很吃惊。

是啊，前年间大伙集资盖的，有钱的出钱，有力的出力。像你舅妈就是出力的，筛了三个多月的沙子。那玩意儿真够虔诚的，盖教堂的沙子全是她一个人筛的，三个月，大夏天，胳膊都晒掉了皮。她一声没吭。大舅妈坐在一边听着，她腼腆地笑了笑。

你信吗？白夕月问大舅。

我还没信，没你舅妈信得虔诚。我有时也陪她看教堂，教堂晚上没人了，她负责看，有时我陪她，夏天晚上那里头凉快。

还是得相信党，我反正是无神论的。

白夕月的妈妈忽然插话道。

老姐啊，信那玩意儿不好使，信它有啥好处？

你信基督有啥好处？你别反动。

姐，你还是老脑筋。信教好，你看艳芹人精神多了，身体也好，不像前些年光生病。脾气也不像以前，以前光爱发脾气，生气。现在基督教你做善事，不计较吃亏。她心里敞亮多了。打信了教以后就没吃过药。

那你怎么不信？

我快信了，我还没太搞明白那里边的事迹，我笨些嘛。

你真信你这人是上帝造的？

妈妈和舅舅争执起来，大舅妈一直没有参与他们的谈话，她一直面带微笑地坐在一边，安详满足的样子。白夕月想舅妈还真是不一样了。白夕月特别想和她说话，她转向舅妈，问：

你们教堂里有神父？

没有。兴隆屯有一个，他各个村转。

信教的人多吗？

挺多的。

每个村都有教堂吗？

基本上都有，咱村去年才建了。

上次来还没听你们说起这事。

是，就这几年，远近村都有教堂了。

上教堂，神父都讲些什么呀？是叫做弥撒，对吗？

是，弥撒。

临走时，舅妈悄悄跟白夕月说：

听你妈说你又怀上了小老二，你要真想要，生下来舅妈给你养。

好。

白夕月轻声答应着，她眼睛有些湿了，舅妈先看向别处，过了一会儿她们相视而笑。

你不用担心没有人帮你。

我知道，舅妈。

春天到的时候，白夕月怀孕快四个月了。

在单位运动会上，白夕月参加了400米比赛，她得了第三名。

婆婆知道白夕月去跑400米，说她简直是疯了。

白夕月说自己大小也算是领导，集体活动得带头。

借口。带什么头啊，你有那么先进？当我不知道，要是真跑流产了，你就解脱了。

白夕月不说话。

你这是何必呢，多危险，会出人命的。跑的时候你一点儿感觉没有？

是啊，这孩子命大。

在跑道上奔跑的时候，白夕月就想，如果孩子还在就是他命大，那就把他生下来。这是天意。

什么孩子，胎儿不能算孩子，你怎么就想不开？

一条命啊。我想要她。我觉得是女儿。我真想要这个女儿。

现实问题怎么解决？谁给你养？工作怎么办？

我舅妈说帮我，把她送到农村去，没人知道。

你舍得，让她一生下来就离开娘？这几个月怎么办？婆婆瞥了一眼白夕月的肚子。

我不能杀她。我不能杀人。

这怎么是杀人啊？我的老天爷。

都一样。是一样的。白夕月说得很轻。

真不明白你怎么会有那么多犹豫，你没有别的选择，还有什么好犹豫的呢？

白夕月不说话，真的没有选择吗？那是谁替我作了选择呢？

你不是用这个孩子要我儿子不和你离婚吧？你可别真闹得生下这孩子，你可怎么办啊？我都替你着急。

你到底要什么呀？

是啊，到底要什么啊？

白夕月的妈妈问的是：你到底要干吗？我这身体这么不好，可再也经不起折腾了。人家能把孩子打了，你怎么就不能呢，孩子生都生过了，流产是个小手术，有啥可怕的。

这样的话白夕月只是听着，一声不吭地听着，像小时候一样只听不说。

这个周末，白夕月带儿子回娘家之前，儿子曾说：

妈妈。我不想去姥姥家，一去姥姥家我就恶心，老想吐，你知道吗？我在姥姥家呆一会儿，像呆一百年一样。

我知道你的感觉，但她是我妈妈，我得去看她，咱们在姥姥家就待一会儿，好吗？

那好吧。

真的到了姥姥家，白夕月看儿子也玩得挺欢实，没有一点儿度日如年的感觉，白夕月都疑心刚才自己是不是听错了。但儿子的感觉印证了自己从童年以来的内心感受，她一下子释然了许多。

他们在姥姥家吃过午饭就出来了，在出租车上白夕月还在想着妈妈的话，"我身体这么不好，可再经不起折腾了。"这话几乎是妈妈的口头语，在艰难繁杂的家庭事务面前，她都会拿出来说给肇事者听。

儿子坐到白夕月旁边，他拍了拍她打断了她的思绪，儿子说：

妈妈，你还记得箫箫姐姐说的话吗？她做的花是手工课上学的，箫箫说手工课老师做得也不好，是她姥姥帮她做了，箫箫才做得那么好看的。你还记得箫箫上次给我花的时候说的吗？

箫箫是白夕月朋友的女儿，她送给儿子一束皱纹纸做的玫瑰花，做得非常逼真。箫箫妈说是跟手工课老师学的，箫箫马上说是跟姥姥学的，手工课老师做出来也没有这么好看，后来是姥姥帮她改进了，才这么好看的。

你是觉得箫箫的姥姥好，对吧？白夕月问儿子。

对。

我也觉得她姥姥好。但人和人不一样，不是每个人都有箫箫那样的姥姥的。对吗？

对。

停了一会儿白夕月说：

我保证，将来要做箫箫姥姥那样的妈妈，让你愿意到我家来，好吗？

好。儿子心满意足地笑了。

妈妈，箫箫说人能从耳朵里生出来，还能从嘴里面生出来。

白夕月笑着没说话。

我觉得人还可以从眼睛里生。儿子说着揪自己的眼皮，笑着滚到白夕月怀里。

白夕月和他一起笑。

妈妈，你什么时候才给我生小妹妹啊？

快了。

她在你肚子里了吧？儿子把手放到白夕月的肚子上，看着白夕月问。

对，她在这儿。

白夕月抚摩着儿子的头，一时间心里非常宁静。

妈妈，那天我们在幼儿园发现了一只死鸽子。

是吗？你们什么时候发现的？

就是我们散步的时候。

你们在路边发现的？

不是，在垃圾桶里。是杜沐发现的。

是吗？它怎么会死在垃圾桶里？

它的脖子断了。

那你们怎么办呢？

我们把它埋了，是杜沐埋的，他戴着手套，我们都没有动，我们没有手套，我们怕细菌，死鸽子会有细菌的。

老师当时在吗？

在。

她怎么说。

她说杜沐你干吗不用鸽子当午饭。

她怎么能这么说？

老师是开玩笑。杜沐老挑食，他还趁老师不注意把饭倒进马桶里。

白夕月不知道说什么好。儿子安静了一会儿，又说：

我和大丫丫听见它在嗓子里咕咕叫了两下，特别轻，咕咕。

你觉得它没有死，是吗？

只有我和大丫丫听见了，别人都说没听见。

老师怎么说呢？

它的脖子断了，老师说是被人拧断的。

它死了。你们把它埋了，我觉得你们做得对。

是杜沐埋的，老师叫他，他也不听。

杜沐做得对。应该把它埋在土里。

我没有埋，我怕有细菌。

如果有工具，或者你也像杜沐那样戴了手套，你也会帮他埋

的，对吗？

对。我们都没有手套，只有杜沐有手套，他的手套都破了。

真够难过的。

白夕月轻轻抚摩着儿子的后背。

大丫丫哭了，只有她哭了。

妈妈也很难过。

我也很难过。我没有哭。

你们做得对，你们把它埋好了。

儿子的手还放在白夕月肚子上，白夕月忽然觉得胎儿动了一下，有轻轻的敲鼓的感觉，儿子也感觉到了。

我觉得你的肚子在动。

她在打嗝呢。

我在你肚子里的时候也动吗？

是。

妈妈你为什么哭了？

我想起你在妈妈肚子里时候的事儿了。

你是不是也有了好吃的就不哭了？给你糖吃，姥姥给我的。

白夕月笑了，眼泪却流得更厉害了。

妈妈。我想去玩，不想回家。

好。咱们去植物园。

出租车掉头向西，西山越来越近了，儿子指着窗外大声喊着：

山。妈妈。我看见山了。

春光明媚，山色如黛，白夕月不知道自己已经多少年对这些景色视而不见了，儿子的激动多少感染了她：

多好的天啊。

植物园的桃花都开了，游人如织，争相和绚烂的鲜花亲近合影。傍晚时分还陆续有人流涌入。

白夕月和儿子离开大路，沿着一条小径向西走，回头望去，桃花渐渐浸淫成一片浅淡的粉色，每朵花的面目淹没在其中无法分辨了，显出大气之美。而由那一带浅粉色抬头望去，蓝天明净透亮，大朵大朵的白云就在头顶很近的地方悠闲地飘着，闭上眼睛，任温暖的阳光晒着脸，人不由得也飘飘然起来。慢慢再睁开眼来，黛色的西山环绕，树的嫩绿和天的宝蓝映衬得山色也透亮清爽。白夕月禁不住大声说：

你看，多美啊！

我简直不敢相信自己的眼睛。

儿子大声说着从故事里学来的话回应着白夕月，说完他就跑开了。

白夕月仰面朝天重又闭上眼睛，时间停滞了，阳光在她的脸上流连，她感觉到光都集中到她的嘴唇上，她觉得自己会因此被点燃。我是谁呀？我到这个世界上来做什么呀？我已经结束了16个人的生命了，她们不能再看到这样的蓝天和美景，生命终结得如此简单。她们到哪里去了？我呢？我将到哪里去呢？所有这些念头没有一点儿预兆地汹涌而来，白夕月措手不及，她感到一阵眩晕，胃里忽然翻腾起来。她紧闭上嘴巴，使劲咽了口唾沫，但胃却更使劲地翻腾着，只一瞬间，胃里正在消化的食物如洪水一样冲了出来，食道、嗓子、口腔一起大开通道，食物的残渣喷了一地，白夕月鼻孔里堵满了酸臭的食物渣滓。白夕月一下子蹲在地上大口喘气，胃已经空了，没有什么可吐的了。

不知道什么时候，儿子已经站到白夕月身边，他捂着鼻子向后缩着身子看着她。有几个游人加快脚步绕开走远了。

白夕月收拾停当，拉起儿子要走，儿子轻轻但坚决地甩开她的手说：

你先走。

儿子躲开她几步远，边走边看着她。

妈妈让你丢脸了吧？

儿子没说话。白夕月觉得这话不对，她马上改口说：

妈妈让你难过了吧？你第一次看见妈妈这样。

儿子点点头，说：

你特别臭。

你小的时候还吐在妈妈身上呢。妈妈都没嫌你臭。

白夕月笑着说。

你是晕车了吧？

就像晕车的感觉。

你吐完就好了吧？大丫丫晕车每次吐完就好了。

我也觉得好多了。

白夕月又伸出手，儿子慢慢靠上来，拉住白夕月的手。

很多天之后，白夕月几乎都忘了这事了，她接儿子从幼儿园回家，她又觉得难受，儿子立刻跑出几步开外：

你又要吐了。你自己走。

白夕月好不容易把儿子叫回来，白夕月忽然意识到自己那次的样子一定给儿子很大的刺激，他可能突然意识到原来大人也有很狼狈无助的时候。

放心，妈妈不会再那样吐了。

说这话的时候，白夕月心里忽然有一种强烈的担心，更糟的事情或许还在后面呢。白夕月只允许这念头一闪，她夸张地挥挥手，给了儿子一个大大的笑脸。

白夕月感觉到肚子里有小鱼轻轻漂动，几年前怀孕时的感觉一下子都回来了，白夕月不由自主地把手叉在后腰上挺起了肚子，忧虑和担心似乎也一扫而光。忽然之间她并不担心再次怀孕的后果，也不在乎别人看出她怀孕了。

其实单位里早有人注意到了白夕月身体的变化，比如她的女上司邱红英。有一次办公室没有别人，邱红英忽然跟白夕月说起了这个话题，白夕月没有回避，她承认是怀孕了，而且她特别想把孩子生下来。

要不然再过一个月你就休假吧，我跟他们说你去做引产了，引产按规定也可以休息三个月呢，做不做是你的事，你要是真想生，坐完月子你就上班，别人也发现不了。

能行吗？

我帮你瞒着，能瞒多久就瞒多久呗。

邱姐，那是让你替我担风险了。

风险还是你担，瞒不住了，我也不管。白夕月说去引产，谁知道这丫头鬼大把孩子给生了，我怎么知道？到时候我有的是可说的。

谢谢你，邱姐。

谢什么呀，都是女人。

如果不是自己怀孕的事儿，白夕月可能永远看不到邱红英这一面。在工作中邱红英给白夕月的感觉是她是没有性别的，也许自己在别人眼里也是这样？刚性十足？

邱红英的强硬在单位是有名的，比如在试行药物注射执行死刑的筹备会上，她不赞成增加隔离这一步（流动执行车或者在注射死刑室，犯人通过一个洞把手伸过去接受注射，中间是隔开的），她就一定会跳出来表达自己的观点，不管有多少人反对：

犯人看不到法警，法警也看不到犯人，有点儿太不严肃了，法律惩罚是要有承担者的，行刑必须面对面才有法律意义。

惩罚者。有人小声嘟哝道。

法律体现在判决上，执行是形式，死亡是真实的。不用太拘泥形式。看不见彼此，对大家心理减压都有好处。

如果只是心理问题，还有一种做法，用4支液体量及颜色完全相同的针剂，由4名行刑法警随机取用，其中只有一针是致死性药物，一针为辅助性药物，另两针为生理盐水。法警并不知晓是谁推入了致死性药物。这样做有利于减轻行刑者的心理压力。

邱红英很快地说出上面一番话，不容置疑的口气让男警们有压力，有人小声说：

还是女人心理素质好。

但另一方面来看，四个人都可能是推入致死性药物的人。

只要死刑存在，行刑者就避免不了这个问题。这不应该在我们的讨论范畴。

邱红英毫不迟疑地反驳道。

我同意邱队长的意见，行刑的时候看不见犯人，安全上也是个问题。

白夕月在这种场合一般不发表意见，这次她明确表态站在邱红英一边。白夕月很高兴有机会回报邱红英对她的关照。

邱红英温和地看了白夕月一眼，补充道：

对，安全因素我们也必须考虑。

其实白夕月对邱红英关于惩罚的法律担当观点不以为然，她感觉更强烈的是犯人在最后那一刻独自待在挡板后面，独自承担迫近的死亡，像是大活人躺进了棺材一样，没有任何其他生者与之最后交流。这是法律之外的惩罚——恐惧。白夕月不敢和任何人交流这个想法，她知道自己这么想是多么的政治不正确。她有时也怀疑自己为什么有这么多不着边际的想法，太反动了。

直到这时，白夕月觉得生活还是在自己的控制之内，失控是从什么时候开始的？冲到下水道的死金鱼？老肥之死？也许早就开始了，只是她自己浑然不觉。

小金鱼是儿子自己捞的，拿回家没两天，4条小金鱼就陆续死了，白夕月看到小金鱼翻了肚皮漂在水面上，心里又一阵恶心，她顺手把它们倒进了马桶，使劲冲了下去。听到冲水的声音，儿子跑了过来，他也许早就看到白夕月拿着小鱼盆往卫生间走，他跟了过来：

妈妈，你干吗呢？

他声音听上去非常紧张，白夕月一下子意识到自己在做的事情，她慌忙盖上了马桶盖儿。但已经晚了，儿子立刻打开马桶盖儿，同时说：

你把小金鱼冲到马桶里了？

白夕月看到儿子眼睛里满是惊慌和恐惧，白夕月瞥了一眼马桶，有一只比较大的死金鱼没有被冲下去，它转着圈儿漂着，白夕月知道自己是掩盖不住了，她说：

对，我把它们冲下去了，我觉得鱼死了应该回到大海去。

可下面不是大海，下面是下水道！

你还记得《海底总动员》吗？小丑鱼不就是从下水道逃回大海的吗？

白夕月看到儿子脸上恢复了平静，他相信了，不再追究。他去干别的了。

白夕月近乎虚脱，她坐在儿子洗脚用的小板凳上，她心里在什么地方裂开了一条细缝。

那天夜里，白夕月梦到了枪，她在擦枪，但每次都抬不起手来，好不容易抬起手了，枪却拿不起来了，它像是热巧克力做的，化掉了，像在达利的画里面。子弹不在那里。一切都很无力的样子。忽然，一颗子弹向着白夕月的眼睛飞了过来，迅速而尖锐，她措手不及，她大叫着醒了。是个梦，但身体的体验都是真实的，身体在那一刻的确濒临死亡。她在梦里一定真的大叫过，醒来的时候嗓子冒着烟似的很疼。

那以后，行刑的细节总会混入白夕月的梦里，这在以前从没有发生过。在这样的梦里，每次她都变成了那个被行刑的人，被枪毙，在判决书上签字，笔无数次地落在地上，或者化掉，像那只化掉的枪一样。每次白夕月都被吓醒，一身冷汗坐在黑暗中，努力让自己回到现实。

老肥的死猛地撞到了白夕月心里的那道细缝，缝隙越裂越大，再难愈合。

白夕月开始并不知道那人就是老肥，因为她并不知道老肥的学名，判决书上的名字对白夕月是一个陌生人。

在白夕月的记忆里，老肥永远是那个胖胖的男孩子，天冷的时候就拖着鼻涕，看见胡同里的傻子舅舅坐在古树旁的水泥高台上晒太阳，准会绕到他身后一把将他推下去，惹得傻子舅舅的外甥女小蓉追着老肥打。

老肥家住在胡同口，听老人们说原来那儿一大片宅子都是老肥家的，后来家败了，就剩下胡同口几间矮房。

老肥的爷爷和白夕月的爷爷同岁，他们大概是胡同里最老的两位了。在白夕月的印象里，老肥的爷爷似乎永远穿着毛料的藏蓝色中山装。而自己的爷爷则永远是白色粗布大襟衫，夏天就光着膀子。白夕月那时候虽然小，但也看得出来他们是来路完全不同的两种人，除了年龄一样老之外没有任何相同之处，但他们俩的默契很深。白夕月不记得听到他们俩说过什么话，即使是爷爷在老肥爷爷的小屋坐上半天的时候，他们也不说话。

老肥爷爷的屋子很小，黑色的八仙桌上摆满了雕刻着各种图案的桃核、杏核或者核桃，桌上放着几把大小不同的刻刀，刻刀上缠着的白胶布已经泛黑了。

白夕月有时跟爷爷去那间小屋玩，爷爷坐在床上不动也不说话，老肥爷爷坐在八仙桌旁就着窗户透过来的亮光雕刻他那些宝贝。白夕月转来转去抚摸那些刻好了的作品，那些刻上了动物、花卉或者其他一些白夕月叫不上名的图案的硬核，经过了老肥爷爷的把玩和琢磨，变得温润而有灵气了。遇到白夕月喜欢的，不用她开口，老肥爷爷就会说：喜欢就拿去玩。

印象里老肥爷爷的屋子又黑又小，两个老人在沉默中度过了一个又一个下午时光。

记忆终止在那年夏天，那年爷爷 84 岁，他身体非常好，白夕月清楚地记得他拎着凳子、光着膀子，跑着过马路的情景。后来爷爷死活要回老家，因为他说 73、84 是两道坎，他觉得自己活不过 84 岁，他要回老家入土为安。父亲拗不过他，就送他回去，在火车上爷爷染上了急性黄疸性肝炎，回家就病倒了。老人认为是他的命数，他拒绝吃饭，没几天就死了。爷爷走后，另一位老人的身影也在胡同里消失了，白夕月记忆里没有再留下任何关于他的印象。长大以后再想起爷爷，白夕月总会想到那位老人，她问了父亲和母亲，他们都不记得有这么一个老头，无论白夕月怎么启发，他们都想不起来了。白夕月总会想起他们，他们肯定是彼此一生中的最后一位朋友了吧？让白夕月觉得可惜的是，老肥爷爷送给她的雕刻作品都被她丢失在成长的路上了，她不能向母亲他们证明老肥爷爷确有其人。

你总钉着问这个干吗呢？母亲说。

我只是想知道他的下落。

肯定死了呗。那么大岁数了还有什么下落？

是啊。人的最终结果总不过是死啊。

人死了还剩下什么呢？

这是儿子的问题，白夕月似乎从来没有思考过这样的问题，也许像儿子这么大时她也常为此困惑？

人死后还留下什么呢？

他们做过的事儿和他们的孩子。白夕月不知道这样回答是否让儿子满意。

提到死，白夕月会常常想到爷爷，想到爷爷的朋友老肥爷爷，进而想起少年老肥以及他的恶作剧。

白夕月怎么也想不到他们第一个实行注射死刑的犯人是老肥。

白夕月被选为业务骨干参加第一次实际注射死刑，可能是男人学习注射比女人困难吧，4个警官中有3个是女的。

白夕月是最后一位执行人，她像往常一样让自己尽量保持心平气和。因为是近距离执行，他们都戴着口罩，白夕月找到血管，试图将针头扎进去时，她听到有人很小声地说：姐，我是老肥。

白夕月抬起眼来，看到了长大了的老肥，他又胖了不少，几乎让人认不出来了。白夕月觉得以前自己从来没有看过老肥的眼睛，光记得他鼻涕邋遢的样子了。老肥的眼睛因认出白夕月而闪闪发光：

谢谢姐送我。

老肥用极小的声音说，白夕月几乎没有看到他嘴动。

有什么问题？

后面的刑警问。

老肥看着白夕月，不易察觉地轻轻摇了摇头，恳求地看着白夕月。

没事儿，犯人可能有点儿紧张。

白夕月没有回头，她看着老肥的手臂，用食指按了按他的血管。

人的血本来是蓝色的，只有遇到氧气之后，才变成红色的了。

白夕月把针扎到老肥的血管里，慢慢推进去。

一滴泪珠滴在老肥的手上，老肥松开了紧攥的手，闭上眼睛。

白夕月看着心里那条细缝猛地崩裂开了，就好像一个人站在铁轨中间看着列车扑面而来，她本来是可以躲开的，不是吗？她可以根本就不在铁轨中间站着，不是吗？她为什么不离开呢？

邱红英说，白夕月的崩溃是因为夫妻关系不好，所以身体特别不好。邱红英到处散布白夕月休假是要去做引产。5个月后白夕月再回来上班时，看到每个人都非常怜悯地看着她，看得她也觉得自己非常可怜，恨不得揪住一个肩膀，扑上去大哭一场。

当然这些都是后话。

白夕月心里知道自己最终的崩溃是由老肥之死引发的，她昏厥倒地的那一刻，清楚地看到老肥的影像。在医院清醒过来之后，她搞不清她脑子里的那些事情是从判决书上读来的，还是老肥的灵魂向她诉说的。

判决书上的说法是情杀。那个女的比老肥大8岁，和白夕月同岁。

老肥一直以为她对他是真的，没承想她和原来的男人合伙欺骗他。老肥说他去找那个女的，只是想要回以前给过她的那十几万块钱，并没有要杀她。

老肥被那女的扑倒在地掐住脖子的时候，也没有想杀她，他快要窒息了，随手抓到了一个哑铃，朝女人后脑砸去。女人掐在老肥脖子上的手松开了，老肥看到一个讽刺的笑留在女人嘴角，他似乎听见那女人还在不停地说：也不瞅瞅你那肥样儿，谁真看得上你啊？

一下又一下，老肥举起哑铃狠狠地砸在那个笑上面。血流淌出来，是鲜红色的，然后变成褐色。老肥不明白为什么血在人的身体里会是蓝色的。

那些夜里，白夕月总是梦见一只疯狂的哑铃砸向自己。

医生说，那是脑供血不足造成的。

后来，有一夜白夕月看见老肥站到她的面前，老肥说：

姐，谢谢你，我能有这样的死法也是造化。托姐的福。

那以后老肥再没有出现过。

医生建议白夕月没事儿的时候可以学习画画儿，丈夫赶紧买来了全套的油画工具。白夕月把颜料挤到画布上，用力刮开，疯狂的色彩在画布上跳跃旋转，宣泄着她内心的狂乱和恐惧。白夕月画画儿时的状态让丈夫看着心里害怕，他从没见过白夕月这样，医生说她这样没事儿，只有发泄出来她才可能会好。果然，几次绘画之后，白夕月看上去平静了许多。

单位里盛传白夕月疯了，鞠红林逢人便说：

丫早就疯了，你想啊，丫要是一正常人，会把哥们儿从楼上踹下来吗？

有一次鞠红林正说得起劲，让邱红英碰上了，她大声说：

鞠红林，你小子别瞎忽悠了，你一大老爷们儿，人家小白干吗要踹你啊？我是没看到，早听人家传，我就没相信过，为什么呀？人家踹你。

见鞠红林说不出话来，邱红英接着说：

我看小白挺文静个女孩子，是不会打你的。你也别疯疯癫癫地到处说了。

那以后，邱红英到处替白夕月散布她怀孕了要去做引产的消息，并且说他们夫妻关系不好，所以白夕月心情特别不好，身体也不好。

邱红英去看白夕月，并告诉她这一切，邱红英说：

看，我把你名声毁了，我说你们夫妻关系不好。

你说的是事实。

我不能让他们把你说成疯子，我不能让这些话毁了你。

我觉得自己已经毁了。

你不能疯。

白夕月淡然地笑了一下，说：

疯了好啊，我觉得疯的这阵子是我活得最轻松、最简单的时光。

疯一会儿得了，也痛快了，可不能再疯了。

我跟他们都说你休假要做引产，我还是那句话，做不做，你自己定。我替你瞒着，瞒到哪天算哪天。

说完邱红英就去看白夕月画的画儿，邱红英说：

这些画。我看得懂。我心里就是这个样子的。这些颜色。就是这样。

可我们不能疯了，我们是妈妈。

想想孩子们。

白夕月不说话，听着，她第一次看见邱红英哭了。

邱红英走后，白夕月和丈夫谈起她小时候住过的胡同、胡同里的人，还有少年老肥。

白夕月第一次对自己以外的人打开心里最深的那扇门，哪怕这个人是她的丈夫。

我一共杀过 16 个人，算上老肥 17 个。

白夕月语气平静地说出这些话，她不看丈夫的眼睛，她不知道他听到这样的话的反应。她只是把这些话说出来。

白夕月后来想，是老肥打开了她和丈夫之间的通道，让她能够把一些话说给他听，并接受不再能和他一起生活这个事实。

我同意离婚。

你去玩吧。

白夕月声音很小但很清晰。

丈夫无言以对。过了很久，他说：

我觉得你在讽刺我。

没有。你该有你的自由。

丈夫离开了，他没有和白夕月去办理离婚手续，他只是离开了。

女儿出生时他没有在场，直到这个孩子死了，他这个被动的父亲也没有见过她一面。

女儿满月的时候，白夕月给她断了奶，准备把孩子送到大舅妈那里去寄养，大舅妈亲自过来接孩子。

临走前孩子病了。

送去医院的路上，她烧得都抽了，所有人都吓坏了。

你们都别慌，小孩能感觉得到的。必须让她保持平静。

白夕月对着一车人说这话的时候，还觉得局面是她能够控制的。

白夕月迅速解开她的衣服，同时让大舅妈打开水瓶沾湿小毛巾，白夕月接过毛巾为女儿擦着前胸，孩子的小脸呈现出非常紧张害怕的样子。

宝贝，别怕，妈妈在这儿呢。

白夕月一边给女儿做物理降温一边看着她说了上面的话，她以为自己可以救她。

白夕月看着怀里的孩子渐渐地不那么抽搐了，她面部肌肉松弛下来，她平静下来，她甚至看着白夕月微笑了一下。看到她那谜一样的微笑，白夕月一下子害怕了，她知道她留不住这个孩子了，孩子眼睛仿佛变成了一大片水，里面的光渐渐浮出水面，连同她那神秘的微笑一起漂远，消逝了。

她死了。

这个还没有来得及报上户口的婴儿死了。

这个女儿生下来，没有看见她的父亲一眼，就死了。

白夕月不愿打掉的小女婴死了，她选择了离开，这也许是个明智的选择？

她在白夕月心里留下谜一样的微笑。

怎么和另一个小孩子解释这样的死亡呢？

妈妈，你以后别给我看这个动画片了，我怕那个变大的老鼠。

黑暗中，儿子躺在被窝里说。

你是怕它呀？白夕月撑起头，看着儿子。

它在我脑子里不走。

我帮你把它哄走。白夕月使劲吹了一口气。

它走了吗？

走了。儿子笑了，他快要沉入梦乡了，但还努力睁着眼睛。白夕月想哭，她翻转过身去。

我不想睡觉。儿子说。

我也不想睡。白夕月没有动。

那你转过脸来。

白夕月转过脸来看他。

它又来了。儿子轻微地说，他眼睛都睁不开了。

白夕月又撑起头来，说：

别怕。我看着，不让它回来。

儿子摸到白夕月的手，紧紧地抓住，然后微笑着睡去。

白夕月想起女儿临死前那谜一样的微笑。

白夕月看不清儿子的脸了，她怕自己哭出声来，她低头亲吻着他的小脸。

他的肌肤又香又甜。

大舅妈告诉白夕月：

主说，生命是件礼物，哪怕生命短暂。

我不知道主是不是这么说过，我不知道这句话能给失去孩子的母亲多少安慰，时间都会一如既往地流淌着，无论发生什么样的事情，永恒的只有时间。

对此我真是无话可说。

时间在黑夜飞快地跑走，有人无法安眠。

我在白纸上第一次写下白夕月名字的时候，想起当初去她在郊外的大画室看到的情景，那时候她已经辞职当律师很久了，挣了一些钱买下这个大画室。

白夕月的画室里供着 17 个灵台，每个灵台中央是一个很大的白色蜡烛，烛光柔弱安静地燃烧着，白色的绸子悬挂在两侧，没有一个字。周围凌乱地放着巨幅的画，看久了，那些诡异的颜色会爬出来缠住你。

其实，我对她知之甚少。

几个月过去，她从这些文字中站起来，并将准备远去。即使我大声喊她——白夕月，她也不会回头。

想到这些我不免有些欣喜。

另外，可以补充的是，邱红英非常赞同白夕月辞职，她希望白夕月开始另样的生活，但她本人不打算这么做。邱红英是我所见过的最有使命感的那种人，她觉得她是那些女犯临终前与这个世界相连的唯一道路。她不愿这条路上微弱的光亮被鞠红林那样的人的背影全部挡住，她要默默地留下来。

白夕月是在重又回去上班的路上决定辞职的。

走在上班的路上，白夕月看见一个白胡子的老头，一袭黑衣，打着黑色绑腿，骑着自行车飞也似地从白夕月眼前一闪而过，白夕月一惊：爷爷！白夕月定睛去看，只看到一个黑衣人骑车的背影，凭着他健硕的背影，白夕月无法把他想象成一个老人。

恍惚如在梦里，但白夕月觉得明明是看到了爷爷，他那经典的有些上翘的白胡子。

黑衣人彻底不见了。

白夕月呆立在那里，泪流满面。

那一刻白夕月决定改变。

作者简介

古宇，女，1994年起在《青春》《中国作家》《十月》《当代小说》等杂志上发表小说，主要作品有《双月》《流年》等。现居北京。

柳

岸

无枕黄粱

崔梦了有两个梦，一个是升迁梦，他希望能杀出重围，当上一把手；他还有一个春梦，希望和一个叫迎春花的网友能美梦成真。他做了能做的一切，最后发现，这一切都是一场黄粱梦。这梦，破碎在哪里呢？

一、迎春花开

崔梦了是唯一骑着摩托出入区委大院的正科级领导。

区委院其他正科级领导早已经换乘四个轮了。崔梦了也想换，但只是想想而已。进出区委大院的都是四个轮，而骑摩的他好像脑残似的。说到脑残，那是崔梦了的一个伤疤。因为有一次老乡聚会，会长胡小车在酒场上公然说的。胡小车是宣传部副部长，老乡会会长。那次聚会是为了推荐副处级后备干部，胡小车受人委托组织聚会。当然，以胡小车的性格不会直截了当点明主题，他只说：某某给老乡聚会提供了平台，以后老乡加强联系，多推人。而后挨个点评，某某这次最有希望，要集中推……说到崔梦了时，他说：这货，有点脑残，区委大院待了几十年，也该挪挪窝了。你说你，啊，整天进出区委大院，跟领导贴皮蹭脸的，好好奔奔啊。

自此，"脑残"二字，就烙在崔梦了的心里，听到脑残，好像就是说他的。想想胡小车说的也不无道理，他进区委院已经25年了，除去挂职的3年，整整22年了。政研室一待就是13年零9个月。

胡小车说崔梦了脑残，他自己确实不脑残，绰号"小诸葛"。可是胡小车面临着和崔梦了同样的困惑，这是对他不"脑残"的一个挑战。他在宣传部也很多年了，早就想找个好单位出去。他和崔梦了一样，一听说动班子就惶惶不安，到处找人、找关系，结果还是没有找到一个帮他出去的人。胡小车爱面子，动不了就说自己不想动。只有崔梦了最清楚，胡小车做梦都想出宣传部。

春天来了，崔梦了窗外那棵迎春花，不停扫荡着玻璃窗，媚惑女人一样撩拨他。他突然有了亵渎的念头，这东西要是抚在他的脸上会是一种啥感觉？大概和"她"的唇一样柔软滑润吧？他摇头笑了，笑自己下作。崔梦了对这棵迎春花再度热衷，也是近两年的事儿。一个叫"迎春花"的网友，让他爱屋及乌，对窗外的迎春花有了亲密的感觉。有时候，他呆呆地望着它，那嫩黄娇艳的花瓣变成了花仙子，飘入他的脑海。不知此迎春是否彼迎春也？

说起这棵迎春花，已经有些年头了，它是崔梦了当年花了两块钱请花工栽上的。那时，他还在区委办，为了不引起人们的注意，他还特意安排老花工在办公大楼的两侧各栽一棵。后来，他想弄死它，曾给它浇过热水。第二年花果然死了，可是第三年它又发了新芽。他想，也许天命不可违，就不敢再造次。说来也怪，这棵迎春花死而复生后，却丝毫没有影响生长，竟然长得比东侧那棵还旺。当然，那时候这里不是崔梦了的办公室，是区委办的打字室，主人是花迎春。

残寒未退，崔梦了不能打开窗户，只能隔窗赏花。隔窗赏花，就有了镜中花的感觉，这正是他处境的写照。

"短消息来了"，崔梦了心里一动，连忙掏出手机，以为是胡小车给他发过来的信息。他刚给胡小车打了电话。胡小车摁了，可能他正开会。

"胡锦涛总书记关于提选干部的三句话：对那些长期在条件艰苦、工作困难的地方工作的干部要格外关注；对那些不图虚名、踏实干事的干部要多加留意；对那些埋头苦干、注重为长远发展打基础的干部不能亏待。"是12371发来的信息。

近段时间，他的手机不停地收到来自12371发来有关换届的宣传信息。大概全区的科级以上及以下的干部，只有崔梦了才把这种

信息看完。

这次，崔梦了却没有把信息看完，上火着急地给胡小车发了一条信息：方便时回电话。

崔梦了想在见组织部长之前，让胡小车安抚他乱蹦的心。他原本没有计划见部长，胡小车说直接见部长是条捷径，你通过别的关系再找就绕远了。更重要的是崔梦了还没有找到别的关系，就依了胡小车的指引。

胡小车跟崔梦了关系非同一般。崔梦了比胡小车进区委早，胡小车教师转行进宣传部时，崔梦了已经进区委好几年了。那时胡小车处处依靠崔梦了，包括吃的住的都是崔梦了帮忙。崔梦了是个没有主张的人，遇事爱和胡小车商量，胡小车就自称是崔梦了的"导师"。虽然胡小车不怎么看得起崔梦了，而崔梦了对胡小车的某些做法也不以为然，但两人的关系一直很铁。

最近，崔梦了和胡小车联系相对频繁。主要是崔梦了想从胡小车那儿打探一些信息。崔梦了也只能从胡小车这儿得些消息，与其他正科级干部真正交往的并不多，为数不多中能掌握调整信息并能交流的也就胡小车了。胡小车本来消息就灵通，加上热切关注，信息流量很大。据胡小车说，他已和宣传部长摊了牌，历数了他对区里的贡献，从正面的宣传到负面的消除，耗尽了他半生心血，不动他天理不容。他把笔生的花挪到了舌上，说得宣传部长动心动容，应诺力挺他出去。他自己也穷其所有，去北京找到了一个记者朋友，给主要领导打了招呼。可是胡小车心里仍旧不踏实，世事无常，官场诡秘，"剜不到篮儿里不是菜"。所以他也乐意和崔梦了聊聊，以舒缓焦虑不安的情绪，度过这调整前的煎熬。

胡小车终于回了电话。他说：你不是认识他吗？直接去找他就行了。要淡定，要从容，把该说的话都说出来。再一个，一定要有个目标，而且不止一个。目标要高一些，不可能你想去哪儿，就去哪儿，得让领导有平衡的余地。还有，你不能空嘴说空话，眼下办啥事儿不舍本能成？胡小车露出了诲人不倦的"导师"本色。

胡小车的话让崔梦了愣了半天。他认识部长，部长不一定认识他。他倒是和部长在一起吃过一次饭。那是部长刚来时，胡小车给部长接风，喊上了崔梦了。胡小车和部长是党校研究生班的同学。老同学来当部长，胡小车当然高兴，准备大宴宾客，风风光光地为部长接风，以宣示他和部长的关系。可是，人家部长低调，不想让人知道他这里有熟人，日后毁了他秉公的"圣名"。胡小车的盛情实在难却，部长就让他小范围邀几个人坐坐。胡小车恩赐似地拉上了崔梦了，当然去的人仍旧不少，宣传部抓宣传的副部长，即便再小心，声势也不会小。那天，还没有等到崔梦了敬酒，部长接了一个电话就匆匆地离开了。尽管如此，崔梦了散场回家后，仍旧激动不已，连睡觉都是笑眯眯的，感觉和部长近了很多。像他这样的单位负责人，能和部长一起吃饭，真是莫大的荣幸。后来，果然再无缘和部长见面。部长能认识他吗？

至于说目标，崔梦了早就想好了，就是文化局。这些年，他除了上网，看过不少闲书，大概也算是个文化人了吧。文化人去文化局人尽其才。当然，往更高里说很容易，什么财政局、教育局、民政局，随口都能说几个，关键是说了又有什么用？

见了部长怎么说，他已胸有成竹。这几天他一直在打腹稿，反复推敲，把自己多年的积累都挖出来。回到家里，向他那教小学语文的老婆背了一遍。"语文老师"倒是拍手称好，说这句造得太有水平了。她班上的一个同学用"十三陵"造句："我家有个十三陵。"数学老师笑得尿了一裤子。凭你这水平，我要是组织部长，肯定满足你的要求。崔梦了不屑地说：说过你多少回，就是没长进。不要拿你班上学生那点破事儿当谈资，没品位。还你是组织部长，你要是组织部长，我就是省长了，还用你来说话。崔梦了在家里是绝对的权威，他的老婆孩子总觉得他是区委里的领导，对他相当敬畏。他也就是在家里能找到当领导的感觉，一出门就变了味儿。

唯从容淡定崔梦了难以做到。不过，胡小车的话确实起到了安定作用。他满怀信心地去见组织部长，当然，让他满怀信心的还是胡小车最后的叮嘱，实实在在的两万块钱在怀里揣着，那是他

全部的家底。若是胡小车的指导意见可行，崔梦了这次行动应该胜券在握。

崔梦了一边按着胸口，一边敲组织部长的门。听到"请进"，他的心再也按不住了，一下子提到嗓子眼。进了门，他磕磕巴巴地说：我是政研室的崔梦了……部长正在看文件，好像对着文件说话：哦，我知道了，你的事儿找你们分管领导说。

我……崔梦了就把手伸进怀里，这时，敲门声又响。部长仍旧对着文件说：开门。崔梦了就把手抽出来去开门，开了门他就出来了。不出来还能怎么着？这规矩，人家进去他就得出来，况且他的事儿也已经结束了。结束了？什么结果也没有啊？他就说了一句话啊。多亏他只说一句话，若是全说出来还不笑死人啊？还腹稿，还遣词造句，真丢人。不过，精心准备了这么多天，没有说出来终归是个遗憾。说不定说出来还真能打动部长。

崔梦了从部长办公室里出来，就觉得脚手不是脚手，心灵不是心灵，自己不是自己了，真想把自己蒸发掉。崔梦了陷入深深的自责中，人家平时在酒场、牌场、欢场上都把关系搞铁了，哪有临时抱佛脚的？凭你几句空话就能办成事儿？更窝心的是他怀里的家当，送去就是种子，送不出去就是秕子。

崔梦了像遭到了灭顶之灾，无力地拨了"导师"胡小车的电话。胡小车说：那你就去找主管领导。东西你还带着，只要能送掉，事情就好办了。

崔梦了长长地出了口气，呼出心里的滞重，总不能就这样放弃了？还得按胡小车的"战略"继续战斗。他把门拉开一个缝，看到主管书记门前排了很长的队，大概都是一个事儿，彼此心照不宣，谁也没有不好意思。崔梦了总觉得这不是光明正大的事儿，怎么也不能这样堂而皇之吧？他不行，心里有障碍。好在他和主管书记斜对门办公，他可以等到没人时再去，也算近水楼台先得月吧。

临近下班时，他见了主管书记。主管书记倒是很客气。他说，我肯定会尽力，但是，多年没动干部了，大家期望值都很高。僧多粥少，谁也没办法。叫你当领导，你也生不出位置来。咱们这口想出去的人多，能安排到好一点儿的单位，出一个就不错了。

我在区委二十多年了，就想换换环境。

你这种情况也不少，像花迎春，比你任职时间还长，在大院里也好多年了。

崔梦了毅然掏出家底，放在主管书记的办公桌上，说，我的事儿您得多操心。主管书记正色道：崔梦了，你这是干吗？赶紧拿起来。你不能给我施加压力，我尽量帮你，但是东西你得拿走，不拿走我就交廉政账户。你也不容易，拿起来吧，如果有可能，我建议你找找书记，人的事儿，我们副职也只能建议，最后还得他敲定。

崔梦了悻悻地回到了办公室。

花迎春？又是花迎春！

崔梦了赌气般打开窗户，一股冷风凛冽而入，他需要这种凛冽销蚀心中的燥气。窗外的迎春花也随着探头进来。他顺手折了一枝，放在办公桌上。灌进屋里的残寒让崔梦了打了一个寒噤，他随即关上窗户。

崔梦了颓废地看着那娇嫩的花瓣，在温室里渐蔫，沮丧像雾一样漫过。

一枝娇嫩的"迎春花"图像在显示屏上闪动，他知道"迎春花"在跟他打招呼。他点开一看，果然，她送来了一枝"迎春花"。他说：好娇嫩，但是我办公室里的那一枝已经蔫了。她知道他事儿并不顺利，就发来一只红唇。他再也没有往日的冲动，心不在焉地说，对不起，有事儿先下了。她发了一个挥动的小手。

两年前，这个虚拟的"迎春花"，进入了崔梦了的空间。她让他找回了自信。她欣赏他的文字、他的思想、他的冷幽默。她多次提出想见面，崔梦了迟迟不敢应承。虽然他心里无数次想象她的百变俏丽、万般柔情，这种想象也曾让他亢奋不已。他不敢应承，不是因为道德，也不是钱，而是心理。虽然他不太赞成从一而终，他也知道，那些科级干部很多人都有婚外情，那些倒下去的官员，无一例外都包养情妇。可他实在难以迈出那一步，大概一些责任感之类的东西成了他的羁绊。"迎春花"可能不会在乎他的钱和地位，

他们从没有问过对方情况，收入啊，工作啊，彼此知道一些情况，都是各自透出来的。他绝对不会要求视频，这也是"迎春花"对他另眼看待的原因之一。更关键的是他们有共同的语言。

通常他聊到兴奋时就下线了，"迎春花"大呼他是懦夫，他说真有事儿。她说：你是真有事儿还是真有病？不是身体有问题吧？"同志"？

他当然不是"同志"，他对她有着异常的渴望。他和"语文老师"早已没有感觉了，一两个月也没有一回房事。但是一和"迎春花"聊，他就兴奋，兴奋之后，就折腾"语文老师"。他一边做，还一边不由自主地嘟囔着说：我身体有问题吗？

"语文老师"冷静地说：你身体没问题，脑子有问题。

走出了虚拟，崔梦了才体会到，自己不过是个地地道道的俗物。他和"迎春花"的趣谈和儒雅都是装出来的。他同样超越不了男人的虚荣、官场的升迁。这次调整才是对他这个官场男人的挑战。如果失败了，他有何面目见"迎春花"？如果真能如愿，他决定和她见一面，亲历梦中的红颜知己，也好让他单调的人生涂上一抹异样的色彩。正像仓央嘉措诗里说的，"留人间多少爱，迎浮世千重变，和有情人，做快乐事，不管是缘是劫。"仓央嘉措，正是这个号称"情圣"的六世班禅，他和"迎春花"才有缘成为网友。

可是，那个花迎春，像根鱼刺，卡在他的喉咙里。

二、花开迎春

崔梦了和花迎春的关系实在纠结。

崔梦了大学毕业分到市里一所师范院校当老师，当时区委办缺少写材料的，就把他给调去了。

区委看大门的老师傅姓花，崔梦了没事儿时爱和他搁五道棋。那时候不像现在，有电脑、电视可以消遣。那时候的消遣就是搁大方、打扑克、喝闲酒。

老花的门岗上有台14英寸的破黑白电视机，崔梦了有时候在他那儿看电视，有时候写材料晚了，就出去买点儿花生米之类的小菜，和老花喝两盅。其实，崔梦了爱和老花搅和还有一个原因，就是老花除他之外，还有个"顶天"的棋友——区委书记。崔梦了想让老花在书记面前美言几句，给他换个更重要的岗位，为找对象增加点儿筹码。当时，崔梦了正为找对象的事儿犯愁，因为家境不好，见了几个女孩都吹了，成了剩男。

区委书记的家不在本地，闲暇时候爱在区委大院里转悠，收拾收拾花草，或者找老花搁五道棋。那天，一阵厮杀结束，区委书记说：老花，我可能要走了，和你搁了这几年棋，都是棋友了，你有啥事儿要我给你办的吗？

别看老花是个门卫，心里透亮着呢，麻利地说：我正要找您呢，我有个闺女，高中毕业没有考上大学，说啥也不想复读了，闹着要我给她找工作。我说，我一个看大门的，上哪儿给你找工作？要不我退休，你接班，去看大门吧？她说，你和区委书记恁熟，就不能找他说说？我寻思着，没有政策，也不好向您开口。

你闺女叫啥名字？

花迎春。

春天里生的？

不是，是夏天。

夏天生的叫啥花迎春啊？叫花袭人多好。

我老婆说，花袭人是个丫鬟仆女，迎春是个千金大小姐。

那咋不叫花元春？

元春是个娘娘，名字太大了，不好养。迎春是二小姐。

区委书记差点儿笑岔气了。他笑道：你老婆也看《红楼梦》？

老花说：看啥《红楼梦》！挡车工，斗大字不识一箩筐。听人家说书的说的。

书记掏出手帕，揾揾眼泪说：她单知道花迎春是贾府二小姐，却不知道她是个悲剧人物。她是贾赦与妾所生的，排行第二，人称贾府二小姐。她虽然是贾府的二小姐，但老实无能，懦弱怕事，有"二木头"的诨名。她父亲贾赦欠了孙家五千两银子还不出，就把她嫁给孙家，实际上是拿她抵债。出嫁后不久，她就被孙绍祖虐待

而死。

是这样啊，那得改了。

改啥啊，花迎春挺好的。你姓花，花儿都是迎春开放的，多好啊。何必假装斯文，攀龙附凤！

您说好，肯定好，不改了。

这样，我回头给你张招工表，你让她到打字室上班吧。

高中毕业的花迎春就这样进了区委大院。不久那个区委书记就调走了。

花迎春正是花样年华，说不上倾国倾城，但确实清纯可爱。特别是她的皮肤，如凝脂软玉，让人都不敢多看一眼，生怕目光会刺伤它。正所谓"窈窕淑女，君子好逑"，区委大院的小伙子便争相去打字室里打材料，原来遇上写材料的活大家都不想干，现在倒是抢着干。

崔梦了不再把时间都泡在老花那儿，而是泡在打字室里。崔梦了本来就是调来写材料的，当然有更多的机会接触花迎春。崔梦了有崔梦了的招数，他不像有的小伙子送电影票、袜子、手帕之类的东西。他送更实惠的，瓜子、糖果，而且还和小卖铺主说好，只要不开封还可以退回来。偶尔，他送些烧饼麻花之类的零食，送不掉就自己吃。电影票那种奢侈的东西他不敢买，送不掉就废了，不能退回去。因为崔梦了确实和那些年轻人不一样，他家里比较困难，母亲身体不好，经常吃药，他还得供养妹妹上学，工资多数接济给家里了。但他很执着，别人在时他耗着，别人不在时他放下东西就走。妙龄少女花迎春，自然喜欢浪漫、帅气的小伙子，虽然还不是名花有主，但是她绝对看不上崔梦了，崔梦了实在太一般了。当老花得知崔梦了也追他的宝贝女儿时，便气愤填膺。没有这事时，他真的觉得崔梦了这小子不错。有了这种情况，他就觉得崔梦了是个卑鄙小人。就凭你崔梦了，也妄想成为花家的女婿？那简直是对老花家的侮辱，真是"哈巴狗撵兔子——仗跑啊？仗咬啊？"依老花的观点，你是癞蛤蟆，就得找蟾蜍，对天鹅想想就是犯罪。特别是他家的"天鹅"，更想不得。于是，他见了崔梦了就指桑骂槐。可是，崔梦了从来不计较老花的态度，大有不达目的誓不罢休的劲儿。渐渐地，花迎春似乎对崔梦了有点儿感觉了，觉得他是可靠的人，过日子找个本分可靠的人也不错。老花知道他闺女的变化后，担心那小子得逞，就跟他闺女说，崔梦了家里有对象，前些时候他还见她来找过他，千万不能和他来往。

花迎春十分愤怒，她怎么能容忍"陈世美"式的崔梦了？陈世美还是钦点的状元郎，还有真才实学。你崔梦了不过是个写材料的，竟然也学着"陈世美"，自不量力地追求花家的"皇姑"。

面对花家的冷淡，崔梦了热度不减。花迎春见崔梦了像"煮不熟锤不烂的铜豌豆"，就把话说透了，骂他道德败坏，自己家里有对象，还追她。崔梦了赌咒发誓说不可能，他崔梦了和女孩儿说话都不敢，哪来的对象？花迎春差不多也相信了，就在这时，崔梦了被人打了一顿，当他包着伤继续给花迎春送东西时，花迎春真的感动了。女孩儿只要一感动，离爱上一个人就不远了，就在崔梦了丰收在望时，出现了变故。

那天，花迎春主动约了崔梦了看电影。崔梦了激动得手脚发凉，进了电影院眼盯着银幕，却不知道上演的啥。电影结束后，花迎春说陪她走走吧。他说：好，陪你走到天尽头。一句话，花迎春站住了，她眼里泪花闪闪，抱着他吻了一下。当他反应过来，反抱着她热吻时，她却拒绝了。她说，她是来向他告别的，她要去电大上学了，谢谢他对她的情谊，她和他只能到此为止。上大学一直是她梦寐以求的事儿，她本来想复读的，父亲硬是让她上班了。现在，她终于成了一名大学生，不想在上大学前谈朋友。

崔梦了傻了，他知道她不想在上大学之前谈朋友意味着什么，他没有陪她到天尽头，只到她家门口就回了。他很清楚，如果她只是个打字员，他还有一丝希望。她如果上大学，她视野里再也不会有他。花迎春能约他，说明她是个有情有义的女孩儿，更主要的是想让他分享她的喜悦。

三年之后，花迎春又回到了区委大院，安排到区委办工作，成了正式干部。不久，就嫁给了一个副区长的公子。那时，她丈夫在

区委当小车司机，跟着一个区委副书记开车。副区长的公子高大帅气，家境又好，美中不足的是没有文化。老花总算如意了，操办完女儿的婚事就退休了。

崔梦了和花迎春第一次纠结是在提副科时。那时，刚刚开始实行民主推荐。他们区委办要提拔两名副科。推荐的结果，崔梦了第二，花迎春第三。花迎春调动所有的关系，又获得一次推荐的机会。但是，结果还一样。花迎春的公爹去找书记说情时，书记说：你让我怎么办？再一再二不能再三吧？只有一个办法，那就是座谈，看座谈的情况再定吧。当时，崔梦了很有优势，他跟的那个董副书记也替他说话，同事都比较倾向他。

那天，崔梦了出乎意料地接到了花迎春的邀请，说她上学回来后他们就没好好说过话，找个地方吃点饭吧。在那个小酒馆里，崔梦了和花迎春每人喝半斤酒。花迎春为人妇后，像一颗熟透的樱桃，娇润欲滴，风韵饱满，粉嫩的酒晕像珠宝一样发出富贵的光泽。她醉眼迷离、风情万种地看着崔梦了，目光像神针一样定住了他。崔梦了的心都酥了，他无力而又悲情地看她一眼，再次端起了酒杯。他得把自己喝醉了，不然他的心就会成为粉末。那时候，崔梦了已经找了一个小学语文老师结了婚，说不上爱与不爱，大家彼此感觉还能接受，就是一起搭伙过日子。可是，语文老师一脸刻板，打死她也不会有如此的风情。待崔梦了喝下那杯酒后，花迎春说：梦了，别喝了。你知道我对你的感情，我决定放弃，成全你。

崔梦了确实喝多了，他不知所云地说：要放弃也是我，我是个男人。花迎春说：男人应该更看重前程。我其实并不想当官，都是家里逼的。

崔梦了说：你有优势，将来会有很好的发展。我决定放弃。

花迎春痛心不已地说：梦了，你咋就不明白我的心呢？

于是，崔梦了就哭了。不知道为什么，花迎春也哭了，后来他们可能还抱在一起。崔梦了不知道怎么回的家，昏睡了两天。醒来之后，怎么也回忆不起来当时的情景，就知道他和花迎春一起喝的酒。崔梦了第三天上班时，考核结果已见分晓。花迎春座谈的情况确实比崔梦了好得多，和第一名一起晋了副科。崔梦了并没有后悔，他想，如果他没喝多，他也会这样做。他对这个女人毕竟动过真情，他爱她，爱得无怨无悔。虽然没有轰轰烈烈，但也是刻骨铭心的。虽然只是一厢情愿，但他愿意为她付出。这就是年轻的爱情，纯粹、执着，历经了沧桑，爱就变复杂了。

他上班后，被董副书记骂了一通。董副书记说：崔梦了啊，崔梦了，你真是扶不起的阿斗。你平时不是不喝酒吗？就是喝，干吗非要等到这时候喝？你知道不知道，这对你意味着啥？一辈子的前途！梦了啊，人在仕途，机遇很重要，有时候多年还没有一回，你竟然白白错过了。算了，说啥也没用，你还年轻，等机会吧。

董副书记当然不知道另有隐情，在书记办公会上还据理力争，建议增加一个名额，终因职数限制，只好作罢。

崔梦了继续跟着董副书记当秘书。董副书记挺赏识他，他不但材料写得好，而且敬业爱岗，为人本分，就是不太上心自己的事儿。其实崔梦了不是不上心自己的事儿，而是不知道怎么做。他觉得那应该是领导考虑的事儿。

区委又更换班底，老书记走了，新书记来了。董副书记当了区长。新书记到任后开始创新体制，提出干部制度改革。所有正副科级干部全部公开选拔，竞争上岗。公开选拔让崔梦了看到了希望。若论考试，崔梦了绝对有信心，自接到通知，他就一心一意备考。

花迎春跟他一样，也是一心一意地准备考试，而且还向领导请了假，杜绝一切干扰，一门心思奔正科。

放榜那天，崔梦了简直晕了。他从下面开始往上找，找了半天，以为落榜了，结果全区第二。

花迎春名落孙山，纵然有多少人力资源，没有入围也无济于事，只好望考兴叹。

接下来是面试、考核，崔梦了都是遥遥领先。他以为这次绝对公正，所以就等天上掉馅饼。他不知道，书记公正，不等于所有的人都公正，特别是具体操作的人，总会有机可乘。一个利益集团不是书记一个"公正"就可以左右得了的。你可以公正，他也

可以打着你的公正谋点人情的。只要在中国，人情绝对有用。所以，入围的人在单位选择上就有猫腻了。崔梦了以为入围了，就可以稳坐钓鱼台了，名次靠前就可以去个好单位，而后就可以拼打一番事业了。

干部调整见面会上，他才知道，他仍旧在区委大院，只是去了政研室当了副主任。

政研室的主任老孟对崔梦了十分欣赏，同时也替他惋惜，他说：梦了，你来了我高兴。只是我不明白，你恁年轻来这儿干啥？这是个养老的地方。

崔梦了说：我也不明白。

老孟笑道：咱俩都是糊涂官。

老孟叫孟繁森，还给自己取了字"丘"，平时爱扯什么子曰诗云。学习孔繁森那会儿，大家开玩笑说：老孟改姓孔得了，反正孔孟一家，你随了孔姓也不吃亏。如果改为孔姓，不但成了大家现在学习的榜样，而且还成了历史名人。老孟正言道：孔是孔，孟是孟，道相同，人不同。我祖祖辈辈都姓孟，到了我这里岂有改姓的道理。

老孟也曾经是区委大院的才子，号称"孟一笔"。到政研室后，不研究政策，倒是研究《易经》了，没事时也弄几个铜钱扔一扔，卜上一卦，现在还是区"八卦协会"的副会长兼秘书长。

三、好梦成真

崔梦了去胡小车的办公室，把找主管书记的情况给"导师"汇报汇报。胡小车也把听到的一些消息透给了崔梦了。崔梦了一听傻了，和他争文化局的那几个人，随便拉一个出来都比他有实力。他跟胡小车说：算了，我觉得根本竞争不过人家。要不，我去哪个单位当副职也行。胡小车说：你说去哪儿就去哪儿？你本来就是单位的一把手，在区委这么多年了，要求去文化局也不过分。主管书记让你去找书记，你就去找，大家都在找，你的脸面就恁金贵？

从胡小车的办公室回来，崔梦了的心情十分沉重。胡小车跟他说的，和他自己想的没什么两样，只是他想让胡小车坚定一下自己的意志。可是，胡小车也没能让他的意志坚不可摧，经历了部长和主管书记后，实在没有勇气继续找下去了。

他打开电脑，"迎春花"还在线上。他送一束玫瑰，她没有回应，大概是挂着出去了。根据聊的情况，崔梦了推测，"迎春花"好像也面临着人事变动。换届年，哪儿哪儿都是一样。她可能也得到处活动吧？他感觉这个女人似乎很通透，很练达，大概不像他一样无助无奈吧。"迎春花"没有回应，崔梦了就点开了游戏，进入斗地主。可是他心里有事儿，老出错牌，人家就骂他，他下了线。崔梦了百无聊赖，心神不宁，看到办公桌上的一张请柬，眼球像被烫了一样收回目光。请柬，掏空了他的口袋，现在他看到红色就心慌。心慌归心慌，这张请柬他必须去，这是一个临近退休的老同志嫁女儿，人家该退了，去不去不是钱的问题，而是人品问题。这张请柬让他想起了老孟，这个老同志跟老孟关系不错，崔梦了在老孟家跟他一起吃过饭，其实崔梦了跟他并不熟。

想起老孟，崔梦了豁然开朗，何不向老孟请教一下，或者让老孟给他算一卦，是找书记还是不找？怎么找？于是，他打了老孟家的电话，没人接。老孟退休后活得很滋润，比他在任时风光多了。请他的人很多，大多是企业老板、高官达人，都是想在迷茫踟躇时让他指点迷津，掐算一下事业和前程。当然，人家不会亏待他，也不用砍价，都是随心意拿的。算得准拿得多；算不准，人家也不会亏了先生。眼下找老孟不太好找，他经常云游四方。这会儿，不定在哪儿泄露天机呢。其实，找不找老孟，结果他都清楚，找或许有点希望，不找就彻底放弃了，他只是想让老孟给他点找下去的力量。

除了胡小车，老孟大概也算是崔梦了的良师益友了。

崔梦了进政研室不久，政研室来了一个女孩，叫南囡，好像是一个师范专科学校的毕业生。关于她的背景传说纷纭，崔梦了无从或者不屑考究，反正能进区委大院的没有多少平民百姓。南囡进来时，政研室编制满员，当时大概是政研室人气最旺的时候。政研室

本来就没啥活可干，南囤上班后，崔梦了更清闲了。那时区委经常抽人下乡，或检查，或督察，或驻村。只要区委办抽人，必是崔梦了。因此，他虽然在政研室上班，干的基本是区委办的活，和区委办始终没有脱离联系。

那天，老孟把崔梦了叫到办公室。他说：梦了，你虽然是政研室的人，但干的都是区委办的活，眼下有个机会，你考虑一下。现在上面有政策，要求机关人员下基层挂职锻炼。如果表现好的可以在乡里任职。区委这边下去安排副书记，政府办那边安排副乡长。你考虑一下，我觉得你应该下基层锻炼锻炼。你还年轻，有了基层工作经验，以你的人品和水平将来准能成大事儿。你如果愿意，我找书记争取一下，按区委办人员安排。

说实话，崔梦了真没有下乡锻炼的想法，不是他没有野心，而是他对乡干部有偏见。因为有一次他回老家，正赶上乡里收统筹提留，一个副乡长竟然在广播会上粗话连篇，和痞霸没什么区别。那时候，他就觉得这些乡干部素质真差。所以，他不屑与他们为伍。不过，经老孟这样一说，他还真是动了心。他回去和"语文老师"一说，"语文老师"两眼放光，说，这么好的事儿你不争取，有病啊。

在老孟的力荐下，崔梦了到红卫乡挂职副书记。区委大院下来的干部，乡里高看一眼，报到时，班子集体给他摆宴接风。经历了接风宴，崔梦了才相信老孟说得没错，副书记在乡里是主要职务，比他这个"县官"风光实惠多了。

崔梦了分管政法、宣传，还挂了一个片。他接触的第一项工作就是统筹提留的征收。既是挂片书记，很多棘手问题他得解决。片里开会他得到场，而且还得作重要讲话。有了他老家的那场广播会，崔梦了讲话时十分注意，不让自己说粗话。片里动员会结束后，乡里毌书记问支书，崔书记讲话怎么样啊？人家可是区委下来的笔杆子。支书说：崔书记水平很高，就有一条，他讲话，俺听不懂。他不讲还好，他一讲，俺就不知道咋办了。

分工时，毌书记担心崔梦了没有基层经验，给他配了一个很棒的片长。毌书记问片长，片长说得很客观。他说：主要是崔书记对农村工作不太熟，讲话太书面语，农民就是农民，得说大白话，太文气他们听不懂。崔书记过去给县领导写材料，县领导对的都是科级干部，拿对科级干部讲的话给农民听，肯定不行，慢慢就适应了。

毋书记对崔梦了有看法，还不是因为讲话。崔梦了挂的那个片，本来是个红旗片，往年乡里布置的中心工作，都是率先完成任务。当时由于一个村上访，工作拖了全乡的后腿。这本来和崔梦了也没有多大关系，上访是崔梦了来之前的事儿。但是崔梦了确实没有基层经验，指挥不力。毋书记一看进度慢，就跟崔梦了谈，要沉下去吃透情况。于是，崔梦了就亲自披挂上阵，直接到村，找上访户了解情况。那些上访户欺他是新来的领导，把黑的说成白的。他们上访的借口是统筹提留不合理。崔梦了问怎么不合理？他们说：义务工这一项不能列入统筹提留里，出工不出钱，没有出工的才应该拿钱。崔梦了一听有道理，就问他们，这个问题解决了，你们是不是把钱都交了？他们说：只要说好就交。崔梦了当下表态，尊重他们的意见。其实，这些上访的人，"醉翁之意"不在钱，而是想把支书轰下台。义务工只是一张牌，崔副书记表态了也不行，其他的钱照样不交。

乡里开碰头会时，崔梦了就把做工作的情况一一汇报。他还没有说完，那些挂片领导和片长就炸锅了：你们把"义务工"免了，其他的村怎么办？钱都收齐了，都退了？毋书记面色铁青地说：崔书记，你做出这样的决定至少得给我打个招呼吧？你有想法班子会上怎么不提？你把整个工作盘子都搅乱了。这样，你怎么表的态，还怎么搬回来，连夜做工作，决不能造成影响。如果影响了全乡的进度，后果自负。散会！

崔梦了刚走出会议室，就碰上几个村子的支书围着毋书记嚷嚷：毋书记，听说某村的义务工减免了，究竟咋回事儿？俺村里群众都知道了，起哄要减免。毋书记说：没有的事儿，净听野鸡瞎叫唤，回去该干啥干啥去。

崔梦了一下子蒙了，他确实没有想到会是这样的结果。他回屋

推出自行车，叫上包村干部，一起去了那个村。包村干部说：崔书记，天都黑了，明天再去不行吗？

不行，赶紧推你的车子，现在就去。崔梦了直奔上访头头的家里，说，你赶紧把那几个代表叫来，要开个小会。那人说：啥事儿啊？三更半夜的。

崔梦了多了一个心眼，说：一会儿你就知道了。待那些人到齐了，崔梦了说了乡里的意见。那些人就翻脸了，说，你不能说话不算吧？你是乡里的书记，代表乡党委，你讲的意见就是乡党委的意见。崔梦了火了，喝道：放屁，我说话算话？你们说话算话了吗？你们谁家的钱交了？我谁也不代表，我把说过的话收回，还按原来的钱数交，你们不交就采取法律手段。说完，崔梦了就走了。到了支书家里，拧开喇叭，讲了一通。讲完之后，问包村干部：他们能听懂吗？包村干部说：他们听懂听不懂我不敢说，反正我听懂了。

你听懂管个屁用！

包村干部说：崔书记，农村工作就得这样，该硬的时候就得硬。这些人就是软的欺，硬的怕。

崔梦了这才想起，一个当作家的县委书记曾经说：我当作家时，看到都是贪官酷吏。我当县委书记时，看到的都是刁民。这就是多元世界的多元世态。

接下来是计划生育四项手术和超生子女费征收。之后是农田水利基本建设，挖沟修路。崔梦了简直忙得四脚朝天，但是他们片里的工作始终不靠前。第二年，班子分工时，他调到了另一个片。据说是片长和一个老支书向毋书记建议的。因为乡、村干部的奖金跟中心工作挂钩，而且是以片为单位核算，工作成绩牵涉到干部的福利。

崔梦了主管政法，年底综合治理检查时，想借此为乡里争取一些荣誉。毋书记也一再表态，需要协调的要做好工作。崔梦了信心十足地说：没问题，都准备好了。检查结束时，检查组的司机说：车没油了。组长说：没油加啊。司机说：没带钱。组长就掏出200块钱让司机加油。司机接过钱，组长骂道：死脑筋。不知道是骂谁的。崔梦了明白过来车子已经走了。送走检查组，毋书记不放心地说，还是去协调协调吧，每年都是这样。崔梦了说：咱们基础工作好，材料齐全，先进应该没问题。结果年初开大会时，差点亮了黄牌。毋书记气得要死，第三年又调整了他的分工，只让他管宣传。

一晃三年过去了，崔梦了总算找到一些感觉了，积累了经验，计划甩开膀子干一番事业。可是，他挂职的时间到了，面临着是走还是留的抉择。

他回到单位征求老孟的意见。老孟说：你要是听我的，就不要回来。你现在是副书记，已经三年了。再调整就是乡长了，乡长干几年当书记，当了书记副县级就有指望了。副县之后是正县，照这样算下去当副厅也不是没有可能。崔梦了当然也被这种算法激动不已。可是，这能是他想不回来就不回来的事儿啊？首先得组织部门同意，其次乡里书记认可。

老孟给他出主意，最好让毋书记向组织部申请他留下。崔梦了就去了毋书记家里，毋书记很客气：你想留下，我当然高兴，说明咱伙计搁得好。关键是副科级干部是区委组织部管的，乡党委不当家，你是去是留得他们说话。崔梦了去了组织部，组织部说：组织部是管干部的，领导最后拍板时得征求乡镇党委的意见。崔梦了跑来跑去，毫无着落，惶惶不安。

那天，他在回乡的路上，看到一个算卦的老先生，就停了下来。老先生说：按你的八字算，该是个七品的命。"七品"，崔梦了知道就是正县级。老先生又说：这要看你努力不努力，努把力，事儿就成了。老先生给崔梦了吃了定心丸，他下定决心留下。回到乡里，他又见了毋书记，说了组织部门的意思。毋书记说：我尽力争取，结果啥样我不敢保证。

崔梦了还是回到了政研室，终结了他的"七品"梦。虽然崔梦了没有了"七品"梦，但是他仍旧一如既往地工作，大部分时间还是干区委办的事儿。

不久，老孟退休了。崔梦了面临着新的机遇，可是，命运对他并不垂怜，一波三折搞得他焦头烂额。

崔梦了又拨了老孟家的电话，还是没人接，打老孟的手机不在服务区。这个老孟，和胡小车差不多了，都是关键时候找不到人。他打开了自己的QQ，那枝嫩黄的迎春花又在闪动，他点了一下，"迎春花"给他发过来两颗重叠一半的鲜红的心，上面还横穿一根箭羽。崔梦了心里一动，回了一串省略号。他实在没有心情，虽然他对这个虚拟的女人很真诚，甚至确定爱上了她。但是，眼下他心里确实装不下她，都是一些乱麻绳。"迎春花"发来了"??"，这就是他们的默契，有时候，他们完全不用文字，只是用标点符号聊，那才叫心有灵犀，趣味盎然。

他回了"！！！"。"迎春花"发过来一个笑脸。崔梦了发了"88"就下了。

又打老孟的电话，仍旧不通。这个老孟，究竟是上天了还是入地了？没有老孟指点迷津，崔梦了一时无措，怎么办呢？是直接去找书记还是托人找？是先托人再面见？还是先面见再托人？

四、成真好梦

孟繁森退休时力荐崔梦了接主任，四处奔走地为他游说。可是，一个即将离岗的区委政研室主任，从不停下来和他说一个有字义的词。

崔梦了很焦躁，本来顺理成章的事儿，一到他这儿就复杂了。其实，他是个简单的人，不想把事儿弄复杂。但把不住事儿本身往复杂里变化。他原想老孟退了，他接主任是自然的事儿，没人和他争，谁愿意到这清水衙门来？可偏偏节外生枝，不但有人争，还不止一两个。是啊，有办法的人不在乎清水不清水的，人家进来是鲤鱼跳龙门。能跳龙门的鲤鱼，肯定不会待在龙门里，跳了之后也不再是鲤鱼了，不像他进来就困住。

崔梦了一次一次地找老孟，老孟说：梦了，实在没有办法。你好歹读过不少圣贤书，咋就找不到门路呢？不过，我觉得还得往圈里找，四个班子里你都认识谁啊？

认识的人不少，都是我认识人家，人家不认识我。

突然，老孟一拍大腿说，梦了啊，梦了，你真是端着金碗要饭啊。

咋了？

找董区长啊。你过去不是给他当过秘书吗？你这人啊，就是不善钻营，如果别人要有这样的关系，早就攀上了。你啊，愣是想不起来。

不是想不起来，是不好意思。平时不走动，有事才找人家，是不是有点那个？

有事儿了才找他，没事儿你找他干吗？人家区长忙得要死，还能有空和你闲扯？就找他。

于是，崔梦了兴奋得像吃了百年老参，和老孟合计怎么去找董区长。

崔梦了按老孟的嘱咐，带两条烟进了董区长的办公室。那时候，两条烟对于崔梦了来说也算重礼了。董区长说：梦了啊，你咋有空来找我了？我当区长以后，你是唯一跟过我，没有给我祝贺的人。咋突然想起我了？

崔梦了窘迫地说：我是怕打扰您，才不敢凑热闹。

你就不是凑热闹的人。说吧，啥事儿？

崔梦了这才把烟放到了董区长的办公桌上，局促不安地说：也没有啥事儿，就是来看看您。董区长笑道：连崔梦了都学世故了，还会送礼，可见世道变成啥样了。直接说事儿。

崔梦了嗫嚅半天，也没有说出个所以然来。董书记说：说不出口？我替你说，是不是政研室主任的事儿？

崔梦了只好说：是的，我也不认识其他领导，想跟您说说。

梦了，我不是不帮你，你在机关待了这么多年了，应该知道，人的事儿，区长一般是不管的。看情况吧，如果能说上话，我肯定会说。现在不比我当副书记那会儿，说多了反而起负作用。

见了董区长，崔梦了就再也没有活动，都到了区长那儿了，还能再找谁？

不知为什么，主任迟迟不到位，崔梦了只好等。

没有主任，崔梦了就得主持工作。而且主持得名不正言不顺，因为既没有组织部门明确，也没有谁宣布。有一次会前点名，点到政研室时，领导就问，现在谁是主任？台上有人小声说，还没有到位。点名的领导就问，政研室谁来了？崔梦了只好举手说，我。崔梦了惭愧得连手指甲盖都是红的。再开会，只要不直接通知他，他就不去。崔梦了越是参加一把手会，心里就越别扭，他希望主任赶紧到位，是谁不重要，重要的是赶紧到位，免得再生尴尬。

那天，区里又开一把手会议，区委办通知到政研室的办公室，是南囡接的电话。南囡接了电话，过来通知他。他心里很烦，犹豫着去还是不去。刚好那天有个亲戚找他有事儿，他一忙就把开会忘了。结果政研室因缺会通报批评，批评就批评吧，还要去"补课"。崔梦了虽然愤懑，但还得去"补课"。原来区委办要抽人下乡搞党员教育，还必须是优秀的年轻干部，回来之后可能要提拔。"补课"回来，崔梦了就通知南囡到他办公室，征求她的意见。南囡刚到他办公室，"语文老师"一脚踢开了办公室的门，劈头盖脸地骂开了。南囡好半天才明白，原来是"语文老师"怀疑她跟崔梦了好。这岂不是奇耻大辱，于是两个女人大战起来。一时间，区委大院的人都聚集在他门前看热闹。崔梦了好不容易拉住"语文老师"，南囡的老公又赶来助战。实在是难解难分，不知谁叫了派出所的民警。民警走时和崔梦了开玩笑说：崔主任，前院好玩儿，别让后院失火。后院一失火，前院就不好玩了。崔梦了说：这都是哪儿跟哪儿啊？说完拉着"语文老师"回家了。

回到家，他审贼似地问"语文老师"：咋回事儿啊？

咋回事儿？你自己做的好事儿还有脸问我？

我做啥事儿了？人家南囡会看上我？你弱智啊？你以为你老公是个宝，人见人爱？现在我问你，你咋去了区委大院？

我弱智？我一点儿都不弱智。我观察你一段时间了，你一进家就没精打采，魂不守舍的，不是有外遇是什么？你确实不是宝，可把不住不识货的人把垃圾当宝贝。

垃圾不垃圾的先别说，我问你：听谁说的？

"语文老师"说：有人给我打电话。

谁给你打电话？

我没有听清楚，反正声音很熟悉，估计是区委院里的人。

电话里咋说的？

他说，嫂子，你家梦了最近是不是不正常啊？你现在就去他办公室，一看就知道为啥了？我还没问他是谁，电话就挂了。

你不是不弱智，是脑子里进水了。还区委院里的人，区委院除了胡小车你认识谁啊？一句话就把你给骗去了。你知道你干了啥事儿不？算了，谋事在人，成事在天，命该如此。我倒是真想有外遇，还得有那人啊！

南囡倒是外边真有人，可不是崔梦了，崔梦了在她眼里一文不值，人家攀的是高枝儿。

"语文老师"一听也觉得蹊跷，事到如今局面无法挽回，她就是去给南囡道歉，人家也未必原谅她。

崔梦了"外遇风波"不久，就接到了组织部的通知，让他到常委会议室开会。崔梦了给老孟打电话，说可能事儿成了。要不怎么让他参加会呢？肯定是董区长替他说了话。

崔梦了屏声静气地听着，直到调整的名单宣读完，也没有听到他的名字出现。花迎春这次晋了正科，是区委办另一个单位的一把手。虽然单位不是很好，但是比政研室强多了。团区委的一个不到三十岁的副书记到政研室任主任。通知崔梦了参加会，不是因为调整他，而是要他接人的。南囡也出了政研室，到乡里任职去了。

崔梦了毫无感觉地和年轻的主任握手，不知所云地把他领到老孟过去的办公室，把钥匙交给他。老孟是个明白人，自从组织部谈了话，就把钥匙交给了崔梦了，这是象征着权力和职位的交接。当然，那只是他个人的想法，领导不这样想。

很明显，年轻的主任只是在这龙门里跳一下，他的心思全不在班上。不过，他虽然在办公室的时间不多，办公室里的设施还是重新置换的。老孟的老式三屉桌换成老板台，破藤椅换成了升降旋转的老板椅，破旧的木质沙发，也换成了皮革的，又添置了电脑。置

办这些都不是用政研室的年度经费，而是另向区长要的钱。政研室还是崔梦了一个人守着，开会、抽借、看门。他一如既往地"主持"工作，所以大家都认为崔梦了胸无大志，过于老实。本来水到渠成的事儿，到了他这儿硬是改了道。改道就改道吧，你把不住改道，总得有个态度吧？找领导评评理，找同事发发牢骚，找组织怄怄气，也算对自己有个交代。可是，他竟然也没有一点儿异常表现，甚至还兢兢业业地工作，也忒没个性了。最让人不屑的是，崔梦了对新主任竟然很尊重，跟老孟当主任时一个样，事事请示汇报。

大概过了两年多，年轻的主任下乡任职去了。崔梦了又开始焦虑不安了，他给老孟打电话。老孟调侃道：这次你就稳坐钓鱼台吧。崔梦了说：未必。老孟，我真想放弃。老孟说：那哪儿成啊，你那一肚子学问，又是《治国方略》《资治通鉴》，又是《帝王权鉴》《御人术》不全废了？

我那是消遣，你当我真准备实践啊？要实践也是回家实践。

其实，崔梦了说是想放弃，心里还是放不下。只是经过年轻人之后，他对自己一点儿信心都没有。他和老孟说，也是想从老孟那里获得一点信心而已。果然，老孟道：你现在天时、地利、人和都占了，决不能放弃。

我怎么就没有你说的那种感觉呢？还是"狗咬刺猬，无从下口"啊。

崔梦了啊崔梦了，你是真傻还是装傻？董区长当书记了，你这事儿根本就不是事儿。再说，你都主持两回工作了，再不让你接天理难容。你直接去找董书记。

崔梦了去了董书记办公室几次，董书记都不在。

他想，这就是天意了？再跑再找除了给自己伤口上撒盐还能怎样？实在是伤不起。于是，他决定放弃。他想，董书记最了解他，若想帮他就是不跑不找也会帮他。也许，不在位有不在位的缺憾，在位有在位的难处，顺其自然吧。

崔梦了翻出《道德经》，读到"天道无亲""道法自然"时，心里略感平静。但是，那平静也是暂时的。名利对谁都一样，崔梦了再胸无大志、再淡定，蛋糕到眼前也不会无动于衷吧？况且，这本来就应该是他的。于是，他放下《道德经》又读《论语》，都说半部《论语》治天下，一部《通鉴》定乾坤。可是，读完《论语》，他什么也没找到。别说治天下了，连治自己的法儿都没有找到。他想，真正的智慧、真正的精彩，不在书上，而在书外。不然读书多的人，怎么都叫"书呆子"呢？崔梦了表面不动声色，心里却潮汐涌动。说不想，自己也管不住自己。

还是煎熬！崔梦了早些时候看过卡夫卡的《城堡》，觉得自己就像那个土地测量员K，怎么也进入不了城堡。

崔梦了在自己面前摆上《六祖坛经》，面壁打坐，以平静内心的骚动。

崔梦了终成正果，任了政研室主任。政研室还任命了几位副主任，都是领导的秘书，在政研室挂个名，具体工作还是给领导服务。

崔梦了搬进过去老孟、后来年轻人的办公室，像走进了太虚幻境。他伸手摸摸褐色的老板台，方方正正的电脑，才有了真实的感觉。

"语文老师"不知道政研室主任是什么级别，反正是她家梦了升官了。于是，便向人炫耀，她老公是副区长了。

后来，区委来了一位领导，把原有的一间开的办公室扩展成两间。崔梦了原来的办公室被"开"了进去。于是，他搬到楼下这间办公室，过去区委的打字室——花迎春起步的地方。窗前那棵迎春花，就是他为虏获花迎春的芳心而栽，如果不是花迎春考上电大，他可能就是花家的上门女婿了。

这间办公室，他一待就是十多年。迎春花早已长成了大树，把整个窗子都遮住了。

打不通老孟的电话，崔梦了从兜里摸出三枚硬币，冥思默祷，然后连掷六次，装了一个"水火未济"。他翻开《易经》对照卦文：未济，以未能渡过河为喻，阐明"物不可穷"的道理。未济卦是既济的综卦，下坎上离，离为火、坎为水，火向上炎，水往下润，两

两不相交。卦中也是三阴三阳，两两相应，有同舟共济之象，故此卦"亨"。但六爻位均不正，阴差阳错，若"小狐汔济，濡其尾，无攸利"。意为小狐过河尾向上舒，可刚要到河边尾巴就被沾湿了，没有过去，以此喻事情尚未完结，还要向前发展。

崔梦了想，既然是还要向前发展，自然还有希望，所以，他还不能坐以待毙。换届年，调整幅度大，应该有希望。

可是，了解他的董书记已经走了。现任书记来了几年，他只是在主席台上见过。人家根本不认识他。直接去找？崔梦了想想都觉得忐忑，还是想让老孟再给他讲讲卦辞，他心里会踏实些。

可是老孟仍旧联系不上。如果董书记在就好了，世界上哪有什么如果，只有既成。

五、黄粱无枕

崔梦了陷入怀旧情绪中。

他当主任时，真没找董书记，更确切地说，没有找到他。像崔梦了这样没有根基的人，就是一棵没有沃土的弱苗，不可能苗壮成长。他不跑不找能接上主任，搁到现在是不可想象的。因此崔梦了满怀激情地履职新岗位，上任第二天他甩掉多年的破自行车，推回一辆新摩托。那摩托跟随他多年，至今还是他的坐骑，是区委院里唯一一辆自由出入的摩托。

崔梦了骑上新摩托直奔老孟家，找老孟报喜。老孟正戴着老花镜研究他的手抄本《易经》。崔梦了兴冲冲地说：老孟，还是你的宝贝孤本啊？正好实践实践，给我算算啥时候能换小车啊？

老孟合起书本，慢悠悠地说：不用算，二十年以后。

二十年以后我退休了。

不退休谁给你小车坐啊？

退了休更没人给我小车坐了。

有啊，你儿子。

老孟，你老是打击我，就不能鼓励鼓励我？

有啥好鼓励的，等了多少年，才当上个政研室主任。一上任还鸟枪换炮，换了就换了，还来显摆。真是没见过世面。看看区直机关里还有多少单位没有小车的？你自己掏腰包买辆摩托有啥好显摆的？

老孟跟崔梦了从不客气，说得兴致勃勃的崔梦了顿时蔫了。

不过，老孟并没有影响崔梦了的情绪，他开始计划走马上任后的宏伟蓝图。当时正值第二轮土地延包，国家出台了稳定国家土地政策。崔梦了想就这个问题作个调研，提出全区土地延包中的问题及建议。崔梦了被自己的计划激动着，和几个副主任一商量，他们都说好是好，关键是你下乡调研牵涉到费用，还有人员，这不是一个小课题。上面又没有任务，咱们自己搞肯定有难度，要不先和主管领导汇报一下。

于是，崔梦了就和主管领导汇报了。主管领导说：我肯定支持你的工作，但是要抽调人员，得跟书记汇报。而且还牵涉到经费，区委办经费紧张，拿不出钱。要不这样，你们先自己下去，做做再说。

崔梦了并没有因此而气馁。他想，干什么都不是一帆风顺的，不能有点困难就搁浅了。于是，他打电话给胡小车。当时胡小车是宣传部的新闻科长，听崔梦了这么一说，嗅到了新闻价值，想就此做个有点分量的头题。

胡小车就到了崔梦了的办公室，和他商量怎么下去。胡小车建议崔梦了找辆车，然后让区委办通知乡镇，这样才引起他们的重视。崔梦了也想找辆车下乡，这样风光啊。他联系了一圈儿，实在借不到车。胡小车说：不行就租一辆车，你现在是一把手了，有支出权。又问：你一年经费多少啊？

崔梦了说，我还真不知道，我问一下。于是他电话问年轻的主任，年轻的主任说：具体预算多少他也不知道，反正有事儿就向区长要点。崔梦了又问老孟，老孟说，你去问区委办，政研室没有单独账户，经费和区委办的在一起。崔梦了去了区委财务科，科长说：每年两千块。你有特殊的事儿可以打报告向区财政要，不过得经常务副区长或区长批。然后，你拿报销单据找主管领导审批，才能出来现金。崔梦了说，我现在着急用钱怎么办？

你自己垫付。

崔梦了实在没有办法，就跟胡小车说：你将就着坐我的摩托车吧，咱现在是延安窑洞时期，等打进了北京城就有小车坐了。胡小车很不情愿地坐上崔梦了的摩托车，虽然觉得很丢份，为了露一小手，只得"忍辱负重"。

崔梦了和胡小车进了乡政府大院，被办公室的秘书拦下，问：干啥的？胡小车说：找你们书记的，这是政研室的崔主任，我是区委宣传部的。崔梦了补充说：胡科长。秘书说声，稍等。离他们而去。一会儿回来说，后排东头第一个门，你们去吧，书记等着呢。

他们进了乡党委书记的办公室，书记很热情，因为他们已经接到了区委办的通知。崔梦了就把整个想法跟他说了，让他安排人和他们一起下村。书记说：好，好，感谢两位领导对我们工作的支持，我这就安排人。于是，让通讯员叫来了分管农业的副乡长，嘱咐他全程陪好两位领导，有什么情况及时汇报。副乡长诺诺领命。书记对他俩说：我就不陪两位领导了，一会儿商副区长和教育局的陶局长来视察"普九"，有些问题我得当面给他们汇报，请二位领导理解。

崔梦了和胡小车被副乡长领到办公室，副乡长说：两位领导稍等片刻，我去一下。副乡长复回书记办公室，请示到哪个村。

反正是调研，当然去有问题的村。

他俩骑摩托来的，我只有自行车，乡里能不能派辆车？

一会儿我得陪商区长出去，乡里没有车，你自己想办法。

中午饭怎么安排？

就在大伙上吃，出去又得花钱。

副乡长回到自己的办公室，向他俩说：我请示一下二位领导，看这样安排行不行？上午我先把乡里的整体情况向你们介绍一下，下午咱们再下村。

副乡长介绍完情况，崔梦了起身去厕所，果然见一溜小车鱼贯而入，书记早就站在院子里等候。待小车停稳，乡党委书记连忙上去，一只手拉车门，一只手在车门的上方撑着，怕车门碰着商区长的头。待商区长悠悠地下了车，乡党委书记双手捧着商区长的手说：欢迎首长视察工作。

商区长并不看他，而是四下张望一下，所答非所问地说：你这小院挺干净的。不错。厕所旁边还摆上了花盆。

乡党委书记一脸媚笑地说：省级文明单位验收呢。

乡党委书记弯腰援手，把商区长一行恭恭敬敬地迎进办公室。崔梦了怕胡小车受刺激，回到屋里跟副乡长说：要不咱们还是上午下去吧？

副乡长说：马上就开饭了。

崔梦了和胡小车由副乡长陪同去大伙吃饭，出门看到乡党委书记恭送商副区长上车，然后自己也上了车，引领一溜小车相继离开了乡政府。副乡长怕他们有想法，不好意思地说：书记领他们到学校去视察了。

他们三个人，四个菜一个汤。副乡长一直劝他们喝酒，他说：你们正科级来了，咋也得正科级陪，不巧的是书记陪区长去了，乡长出差没回来，我只好舍命陪君子。为了表达我的诚意，先喝为敬。他喝干一杯，哈了一口气说：敬你们二位了。他一直劝酒，他们不喝，他就自己喝。人家喝人家自己的酒，崔梦了和胡小车也不好意思拦。不长时间，副乡长就喝多了，趴在饭桌上不能动弹。

崔梦了和胡小车只好把他架到床上，他烂泥一样倒下昏睡不醒，直到他们离开。崔梦了说：咱们怎么办？

胡小车说：怎么办？还能怎么办？打道回府呗。

崔梦了说：给他们书记打电话吧？让他再换一个人陪咱下去。

胡小车恼羞成怒地说：你是真傻还是装傻？你以为人家真喝多了？

崔梦了的雄心大志就此流产，给摩托车加油的钱还是"语文老师"给报销的。他由此委顿，好在年轻的主任走时还给他留了一部电脑，他开始学习玩电脑，申请了QQ、邮箱，建了博客。与过去的一间陋室、一张报纸、一杯茶、一本闲书相比，办公室设施现代多了，更可贵的还有一个虚拟的空间。崔梦了由衷地感到满足，他

想就在这个岗位上熬日子吧。

与崔梦了相反，胡小车有了大收获。写新闻报道，副乡长提供的信息足够做个头题了，而且还是在土地延包整体推进之前。于是，他的文章上了大报头题，几家报纸同时转载。区领导终于发现了人才，胡小车得到了重用，由新闻科长提拔为副部长，虽然还是一个级别，但是名分重了。

胡小车提拔为副部长，庆贺的、恭喜的接连不断，变着花样吃喝玩耍。胡小车有时候拉上崔梦了。人家指望胡小车的笔杆子撑门面呢，关键是哪儿"冒了烟"得请他救场。正是"往高坟头上添土"的时候，凡是觉得日后用得着胡小车的各单位头头，谁还不在这时候设上酒场，表一表弟兄情长。胡小车更是一副为朋友两肋插刀的义气，不是扳着这个的肩膀说着悄悄话，就是把那个拉到一旁耳语，说的什么谁也听不到，只听对方不停地说：那是，那是，咱弟兄，还用说。

崔梦了不但感受到了酒场上的酣畅，还感到了人气、财气、义气，混合气场的热烈。胡小车虽然财不大，但他玲珑通透，游刃有余，赚足了人气。一个局长喝多了，站起来和胡小车喝酒，大概站立不稳，胡小车起身抱住了他，两个人就啪、啪地亲开了。另一个局长说：胡部长，你把他当小三了吧？还有一个接着说：说不定是"同志"呢，现在这玩意儿正时髦，胡部长可是爱赶时髦的人。于是，气氛开始活跃，段子开始出笼，荤、素话一泻而出。那些喝多的人再也没有平时的矜持，一个个大人物就从他们嘴里说出来了，和谁谁啥关系，和谁谁喝过酒，和谁谁见过面，和谁谁怎么熟。崔梦了十分惊诧，怪不得人家恁大的能量，怪不得人家提拔重用，光听这些人物，就够吓人的。谁和那些人有联系能不提拔啊？之后，又道出了很多"八卦"，谁是谁的亲外甥，谁是谁的侄女婿，谁是谁的干爹，谁是谁的二奶并小三……某某该提了，某某出事儿了……而这大概就是那来风的空穴，但是，风却是真风。

崔梦了在这里生活多少年了，却不知道那么多复杂的关系，潜伏的背景，那么多盘根错节的人脉，这些都是官场上的人力资源啊。崔梦了着实汗颜，他上任时，除了在老孟家和老孟喝得小晕，再无别的酒场。谁还能在乎一个政研室的主任啊？他确实没什么可以炫耀的，他家所有的亲戚，上追三代，大概也没有比他官大的，他是别人的人脉资源。

不过，崔梦了还是有收获的，他确实感到了当正职跟副职的不一样。他当了正职，才接近了官场的核心。这大量的信息源，一下子涌进了他的生活，使他突然觉得自己分量增加不少，这些信息不管真假，总是谈资吧。"语文老师"听到类似的信息，总是两眼放光，连理发店的理发师都是她传播的对象，最后一句准说：俺崔主任说的。

崔梦了在酒场上放不开，说不能说，喝不能喝，就慢慢地退出来了。他退出酒场更重要的原因，是他不能回请。他单位没有经费，要请客就得自己掏腰包，偶尔一次还可以，请上个三回五回，一个月的工资就完了。那些胡吃海喝的，谁还能掏自己的腰包啊？崔梦了其实也很矛盾，这些场儿参进去不自在，不参进去很失落，反正怎么都别扭。

真正让崔梦了感到别扭的，还不是吃喝问题，而是红白喜事的请柬。不管单位大小，你好歹是个单位，这种事儿都是按单位通知的。一开始，崔梦了还有受人重视的感觉，人家请你是看得起你。这种良好的感觉没有持续多长时间，只因口袋渐瘪。他们单位没有经费，有请柬就得掏自己的工资，没有多得有少吧，只要人家请，你就得到场。到场时也很尴尬，人家都拿五百，他拿一百，就有些不好出手。就这样，有时候一个月下来兜里的钱所剩无几。

"语文老师"觉得他当这个主任并没有给家里带来多少实惠，除了工资卡上多了几十块钱，交给她的越来越少了，于是脸上灿烂的笑容就撤了。不但撤了笑容，而且还多了怀疑。人家当官越大，钱权越多，他崔梦了怎么越升钱越少？最大的可能，就是崔梦了变成了"陈世美"。但是，除了口袋渐瘪，也没有发现别的异常。她也吸取了上次的教训，不敢轻举妄动，只有静观其变。心里的疑虑，使"语文老师"日渐消瘦。最后，实在绷不住了，就跟崔梦了

摊了牌。崔梦了说，找女人，一是有钱，二是有权，三是有闲，四是有胆。我有啥？我就是一个干瘪的种子，没有水分、阳光、土壤，发不了芽。

崔梦了老婆的体重轻了，崔梦了的心事重了。

让崔梦了心事重的，还不只是红白喜事，还有过节的慰问。转眼到了春节，区委大院的人渐稠起来，出入的小车也越来越多。各单位、各乡镇的头头都夹着包包慰问领导来了。崔梦了开始坐不住了。他想，这来来往往的人，哪里是人在动啊，分明是钱在动。他没有钱，就动不了。可是政研室也是个单位啊，他也是个单位负责人啊。没这个钱，总得有这个心吧？光有心有什么用？总不能捧着自己的心到处去给领导看吧？区委大院来的人越多，崔梦了越着急，不几天，嘴上的燎泡就起来了。他回家和"语文老师"合计合计，"语文老师"也一筹莫展，家里没有积蓄，就是有她也不能拿出来让他办这事儿吧？她给他建议，向财政要钱。崔梦了说：竖子不足与谋，我还不知道向财政要钱，我向财政要钱财政就给了？到处都是慰问的人，他去要钱总不能空口空手吧？一只白蛋能孵出小鸡吗？

崔梦了找了老孟，因为年轻主任不会跟他一样束手无策，人家总有办法，人家那法儿，到他这儿不好使。老孟说，过去逢年过节，领导那儿他没有去过。他老了，没有啥想法儿了，去不去无所谓，谁也动不了他的正科级。但是，崔梦了跟他不一样，他还年轻，得跟领导多联系，平时没有机会，逢年过节总是个见领导的机会吧。其实，像他们这样的小单位去不去没啥意思，但是人家都去你不去，就有意思了。

崔梦了说：这我都明白，想透了，也看透了，可是钱从哪里来？

老孟说：你又不能抢银行，只有向财政要。

老孟也说向财政要，崔梦了就开始要钱计划。他找到财务上，科长说，你的经费早用完了。他找了财政局长，局长说，我不当家，你得找区长。他找常务副区长，常务副区长家门庭若市，都是慰问的。找区长更不可能了。崔梦了只恨自己没有及早动手，看到院里人员渐稠才琢磨这事儿，这就叫"没有远虑，必有近忧"。崔梦了单位没事儿，早早地放了假。可是，他身在休假，心却忐忑，总觉纠结不畅，想来想去，还是慰问惹的祸。

春节过后，胡小车打电话给他，让他到"天香茶楼"喝茶。他说，现在就来啊。崔梦了骑上摩托车去了"天香"，看到门口停了不少小车，放好摩托推门进去。进了屋，胡小车和陶局长、郑局长摆好牌局，三缺一正等他呢。他慌乱地说：不是喝茶吗？咋还打上了？胡小车说：茶随便喝，1680一壶的铁观音，比你的茉莉花茶好多了。光喝茶没意思，来，赶紧坐下，玩儿几圈儿。

崔梦了犹豫着，要知道打牌他就不来了。他看到他们跟前成捆儿的钞票，心里就发怯了，他口袋里装了不足千元。陶局长说，崔主任，坐吧，咱俩一拨儿，你赢了归你，输了归我。郑局长说，就这么多钱输完了就散场。

事儿到了这个地步，崔梦了只好"癞蛤蟆趴到鳌子上——鼓着肚子撑"。于是，牌局开始，他们打得豪气冲天、畅快淋漓。崔梦了打得战战兢兢，满头大汗。崔梦了心里已经盘算好了，口袋里钱输完就走。"语文老师"不但语文教得好，数学也好，连小数点都不放过。儿子要升高中，正是关键时候，花销比较大，她对崔梦了渐少的工资已经表现出明显不满，要是她知道他在外打牌输钱，还不把命拼了？

崔梦了的牌技不算太差，但是跟他们这些老手相比就差远了。他掏出最后一张钞票时，手已经发抖了。他说，不来了。胡小车说：这货，就是狗肉上不了席面，不就是打打牌吗？偶尔玩一回，"语文老师"还能吃了你？胡小车知道崔梦了老婆的厉害，故意激他。"语文老师"的绰号，就是胡小车开叫的。崔梦了不时地看手机，心里骂"语文老师"，这个傻婆娘，怎么还不来电话？救场啊！"语文老师"当真打来电话，说儿子已经两天没进教室了，要他赶紧回家找人。崔梦了接到电话，立马起身，说，对不住了，我得赶紧回去，儿子找不到了。崔梦了现在想的还真不是钱的问题，而是要找儿子。

区委办又催年终总结，崔梦了一到这时就犯难。他踩着点上下班，出满勤、干满点，不吃请、不请吃、不玩乐、不外出，循规蹈矩。可是，这些都不能写进总结里。他究竟干了啥，自己也说不出来。写不出东西，崔梦了很郁闷。他想，不是他人有问题，是岗位有问题，换一个岗位肯定不是这样。真要让他在这里终了职涯，实在是于心不甘。钱、权确实是一种诱惑。但是，崔梦了并不太看重这些。虽然身在官场，他好像觉得离这东西比较远。他就是想干点事儿，他上了十几年的学，拿着国家的工资，这样无所事事地等候退休，实在是浪费资源。他想，如果有机会一定要动动。

崔梦了刚敲了"年终总结"几个字，他表哥电话打过来，说机动车被扣了，让崔梦了找人要回车子。可是，有些事儿他真办不成。上次他姐夫的车被查，就是崔梦了拉着胡小车去找交警队副队长。副队长买胡小车的账，当场给那个交警打了电话，车子就回来了。崔梦了当时多了一个心眼，要了人家的电话，心想，日后如果再碰上这种事儿，就直接打电话给他，不能事事都找胡小车。

崔梦了翻出了那个号码，刚拨了个1，就停下了，不知道人家还认不认得他，罚款牵涉到利益，你说一个情，人家就少收入了，肯定不乐意。

表哥来电话催，崔梦了想，还是打一个吧，不买账算了。于是，他拨了人家的电话，然后报上自己的姓名。接电话的人说：谁？崔梦了说：政研室的崔梦了，上次我跟胡部长找你，我的亲戚……崔梦了还没说完，人家就说："听不清。"就把电话挂了，再打无人应答。崔梦了骂了一句粗话，只好再去找胡小车。胡小车说，你不是认识他吗？崔梦了说，他不认识我。胡小车于是就打电话给那个人，那边说胡部长啊，有啥指示？胡小车撇着腔说：啥指示啊，久不见兄弟了，想你了。没事儿还不能给你打电话啊？胡小车最大的特点就是假话说得比真话还真，虚话比实话还实，跟谁都是亲兄弟。

果然那边说：哥哥有事儿就安排，咱弟兄不客气。胡小车说：还真有事儿麻烦老弟，有个亲戚的车子扣了，看能不能行个方便？

好，没事儿，叫啥啊？你让他找我吧。崔梦了一脸灿烂地小声说了个名字，满心佩服胡小车。胡小车对着崔梦了使了个眼色。接着说：谢兄弟了，中午有事儿吗？没事儿咱弟兄们坐坐，好久没聚了。崔梦了心里随即又埋怨胡小车多事儿，说好了就算了，这家伙就爱节外生枝，一场酒下来怎么也得几百块钱，还不如崔梦了直接拿二百块钱替他交了算了，也不欠谁的人情了。

那边说：谢谢，谢谢，我中午有场儿了，改天吧。

胡小车借坡下驴地说，那好，等你空闲了再聚。

从胡小车办公室里回来，崔梦了倒了一杯水，长长地呼了一口气。他觉得他这个科级干部真是没用，还不如人家一个副科级，甚至不如人家一个股级。人家看轻他还不是因为没权、没钱。虽说他不在意钱、权，有时候不免被钱、权所伤。毕竟他离钱、权太远。崔梦了对调整的欲望渐渐地掺杂一些繁杂的东西。他真得想法换个地方，去哪儿呢……

崔梦了正胡思乱想时，手机响了。他一听，整个人都呆了，这熟悉而又陌生的声音，像旋风一样噎得他说不出话。

梦了，你在哪儿？你怎么不说话啊？喂？

哦。

你干吗呢？半天也不吭声？

没事儿，手机有毛病，听不清楚。崔梦了第一次和花迎春撒谎，他确实不知道该跟她说啥。她和他好几年都没有说过话了，偶尔开会碰上，也是点下头，从没有一个字出唇。他不知道花迎春怎么会突然给他打电话。

他突然想起一句话，"忘记一个人不是把她从心里剔除，而是再想起她时，心里波澜不惊。"他不知道是不是真的把花迎春给忘了，但是听到她的声音，心里确实不再激动，只是一时不知道该怎么面对。

手机有毛病没关系，只要人没毛病就行。我听说要推荐后备干部了，你也多年的正科了，有啥想法没？要不我帮你做做工作？

我？

不想也不对，你在区委大院混了这么多年，也够条件，没有几票也不好看。咱们互相帮衬点，入围不入围的是一码事儿，总得有几票。

花迎春还没等崔梦了说啥就挂了。她肯定着急地给别人打呢，崔梦了这儿她放心，只要点明就行啦。这个男人她了解，他这一票非她莫属。

崔梦了愣了半天，才明白花迎春的意思，他莫名其妙地拉动一下嘴角，不知是笑，还是哭。

第二天刚上班，胡小车就敲开了崔梦了的门。你这家伙整天关着门在屋里干吗？在网上泡妞啊？

崔梦了说，别的地儿泡不成，还不能在网上泡啊？

美的你，当心"语文老师"砸烂你的狗头。哎，说实话，接到多少红包了？不正等你送红包呢吗。

我还真给你送红包来了。不过不是我，是受一个亲戚之托。不是推荐后备干部嘛，给画一票。

胡部长亲自跑，肯定不是一般的亲戚啊。

那当然。

谁啊？

南囡。

南囡？你不会说她是你亲闺女？或者你亲妹子？或者你亲爱的？

胡小车不好意思地说：去你的，真缺乏想象力，我弟媳妇的表妹是她老公的表弟的媳妇。

呵，真够亲的。你得人家多少好处，恁卖劲儿？她不是才当书记不久吗，还想干吗啊？

人家是乡里最年轻的女书记，有优势。你这人思想不解放，这跟任职时间长短有关系吗？还有一个一天班都没有上过，组织部门都不知道是谁，照样上了提拔任用的名单。你倒是任职时间长，有屁用？这是给你的红包，她过去是你的下级，也不是外人，这一票一定给她啊。人家本来要专门拜访的，时间紧，顾不了，由我代理。一定啊。

一定？为什么啊？

因为咱俩好。

咱俩好跟推荐有啥关系？要是你有想法，我肯定推荐你。

崔梦了啊，崔梦了，你真是块榆木疙瘩，受人香火，替人消灾，菩萨都这样。你还扭捏啥啊？啥都别说了，你这一票我得当一半的家，我都跟人家打包票了。梦了啊，咱手里就怎些有价值的东西了，给谁不是给啊？我知道你也没有啥亲戚，也没有特别铁的关系人，咱就这样说定了啊，不能变卦。

崔梦了说：这南囡不简单，胡大部长都出山当幕僚，加上她的"那个"正当权，肯定有戏了。

胡小车说，这种事儿啊，不好说。

胡小车正和崔梦了瞎扯时，崔梦了的手机忙活开了，都是问候的，都是要拜访的，都是要帮忙的，都是一个事儿。胡小车有些担心地说：梦了，你这家伙容易变节。

崔梦了笑骂道：你才容易变节哩。

胡小车正言道：我得事先给你打预防针，不管谁打电话，哪是该的，哪是不该的，你都得保持清醒的头脑。有些东西啊，不是钱可以买到的。

那你还到处送红包。

可是，有些东西啊，没钱又不行。哎，听说花迎春也挺活跃的，力度很大。她离婚了，你知道吗？

崔梦了想到了他调整前的几次奇遇，随口说道，瞎扯。

胡小车对这类的花边新闻，掌握得很多，不过这回倒说得有理有据。真的，我一个伙计在法院上班，就是他帮他们办的手续，协议离婚。据说她跟县里那个领导在宾馆里被她老公当场捉住，他老公就跟她离了。其实，她那个纨绔子弟的老公在外边也有人，两人心照不宣，互不侵犯。没想到，玩过了，被老公当场撞上了，撞上了就明了。中国的事儿就怕明，明了就得按明的办。花迎春本来也是觉得老公不济，一直想离的。只是他家多少还有一些社会关系可

用，就那样不咸不淡地维系着。这回，俩人倒是痛痛快快地离了。

她老公不是某局的副局长吗？

是啊，还不是老爹的关系？一个开车的都混上副局长了，朝里有人好做官。哪像咱们，满腹经纶，却无用武之地。哎，梦了，据传你和花迎春有一腿，真的假的？

说啥梦话啊。

我还真不信，人家花迎春咋会看上你？她就是看上我，也不会看上你，我至少还仪表堂堂吧？

算了吧你，还仪表堂堂？道貌岸然的人多了。男人和女人，相貌和出身，都是自己无法选择的，有什么值得炫耀的？若是好的话，也是老天爷的厚爱。修养、学识、智慧、道德、能力、品位才是自己的，真正拥有这些东西的人，又不会炫耀。炫耀的人都是浅薄无知，没有品位修养的。

呵，这货，学会骂人了。哎，梦了，你这次不想办法动动？

我能想啥办法啊？

崔梦了确实没办法，有办法早就动了。调整之风又绿了崔梦了的心田，人家慌他也慌。人家都有目标，有门路，他是瞎驴进磨道，瞎转、瞎忙。他找了主管领导，找了主要领导，结果越找越慌。

又一次大调整，崔梦了和胡小车都没有挪窝儿。花迎春没有竞争过南囡，南囡进了后备干部库。胡小车说，他根本就没有想动，没什么意思，重要岗位固然好，但有时候寝食难安。

胡小车给崔梦了发了一条信息，表明了心迹：《咏权》：一、权是好，好在不言中。朝朝暮暮求者众，人来人往手不空。二、权是惑，惑在迷离中。月月季季真作假，垂杯夜夜酒当空。酒散曲已终。三、权是假，假在过眼云。年年岁岁花相似，红艳褪尽一场空。云烟飘朦胧。四、权是贵，贵在仕途中。生老病死一轮回，甘为清贫才轻松。来去一阵风。

崔梦了看完，就觉得胡小车试假，其实他最割舍不下。随即给他回了一条，《人生梦想》：拿沙特工资，住英国房子，用瑞典手机，带瑞士手表，娶韩国老婆，包日本二奶，做泰国按摩，开德国轿车，坐美国飞机，喝法国红酒，吃澳洲海鲜，抽古巴雪茄，穿意大利皮鞋，玩西班牙女郎，看奥地利歌剧，买俄罗斯别墅，雇菲律宾女佣，配以色列保镖，洗土耳其桑拿，当中国干部。

调整结束后不久，崔梦了突然接到了组织部干部科的电话。科长跟崔梦了很熟，他们过去一起下过乡。科长说：崔主任啊，恭喜了。

崔梦了心里怦怦直跳，他以为"芝麻开门"了，组织上对他委以重任。也许哪个局长出事儿了，领导临时想到他。

那边科长道：喂，梦了，你咋不吭声啊？让你去党校学习呢。调训通知在我这里，你过来拿吧。

好，好。

崔梦了看到调训通知，要求食宿自理。他找到了财务科，问这种情况怎么办？

财务科说，你找区长要钱吧，也可以多要点，反正你多要了你自己用。崔梦了依言打了一万块的报告，正像财务上说的，区长批了五千。他喜滋滋地回到了办公室，胡小车电话打过来了：要多少钱啊？

崔梦了说：你咋知道我要钱了？

我是谁啊？我不但知道你要多少钱，我还知道你要钱干啥。

嗨，真是邪了门儿了。

邪啥门儿啊，我跟你一个班。你要那点儿小钱顶啥用啊？

食宿费才两千多啊。

是两千多，可是，党校学习，广结人缘才关键。再说，还有外出考察呢。考察费不得几千啊？这次同去的还有教育局长陶局长、监察局郑局长，你说像咱们这种单位，嗨，要钱没钱，要车没车，学个啥啊？

报到时，崔梦了问胡小车怎么去啊？胡小车说：陶局长已经和我联系了，我蹭陶局长的车去。你要是蹭车的话，就在路口等。

崔梦了没有车，来来往往老是蹭人家的车，时间长了就觉得很不好意思。再说，他们几个都是大忙人，有时候去，有时候不去，

崔梦了要想蹭车就得打一圈电话。于是，他就住在党校，晚上住校的人很少，校园里很清静，崔梦了倒是真读了一些书，实实在在地学习了几个月。胡小车和两位局长不能到场时，就请崔梦了在签到或者点名时应个卯。班主任老师开玩笑说：崔主任，你不但是优秀学员，而且是"三个代表"实践者。正像胡小车说的，党校学习确实是结人缘的，那些局长们轮番做东请客，崔梦了和胡小车就跟着吃，吃着吃着崔梦了就不跟了。到了后期，班上组织到各县（区）"巡回实践"了。他们是市府所在地，当然首当其冲了。于是，他们就开始谋划在哪儿吃，怎么玩儿。崔梦了虽说是所谓的"优秀学员"，但这种事儿就没有发言权了。安排吃喝时陶局长和郑局长争相埋单，胡小车看他们争执不下，就说：反正花钱就是你俩的事儿了，我和梦了都没有实力，我俩搞好服务。要不这样，你俩一个安排吃饭，一个安排娱乐，反正下来花费也差不多。

各县"巡回实践"结束，接着就是外出考察，这一圈其实是崔梦了早就魂牵梦绕的地方：井冈山、龙虎山、三清山、婺源。可是，光组团费一人三千六。出去总不能身无分文吧？他本来出去的机会就少，真要出去的话，没有个三两千也下不来。崔梦了去找胡小车，想跟他合计合计怎么去。胡小车说，你想去就去呗，自己能当自己的家。我不行，我得向部长请假，交学费时，部长就嫌多，估计出去考察没戏。我要是你，就去，钱自己先垫上，回来再想办法。听了胡小车这话，崔梦了痛下决心，就是天塌也得去。

崔梦了找了财务科，科长说，确实机会难得。不过，你去党校学习，能批一次经费已经不错了，不可能再批第二次钱。崔梦了沮丧而回，再打胡小车的电话，关机。他想，肯定是胡小车没有请下假，气得把手机都关了。

回到家里，"语文老师"说，洗衣机已经不转圈了，该换一台新的了。儿子该升高二了，他们老师正偷偷地办补习班，班里前几名的都报了，她想给儿子也报上，这一段时间用钱的地方多。崔梦了的工资卡都交给"语文老师"了，要去就得伸手向她要钱。她已经提前向他提供了财政赤字的信息，肯定不会痛痛快快地把钱给他，让他游山玩水。班主任最后一次征求意见时，崔梦了说他老婆有病了，去不了。崔梦了把自己关在家里半个月没有出门，跟"语文老师"说，他胸闷气短，不能活动。"语文老师"倒是真把他当成了病号，伺候得舒舒服服的。

从党校回来，崔梦了回归原状。一间斗室，一个虚拟的空间，一杯低档茶水。为了省下每月的座机费，他把办公室的电话也掐了。科级干部的电话费有规定，可以报销，但是他账上没钱，也只能靠自己的工资。后来他把区委办的电话拉过来一根线装了一部分机，打电话时插上，不打电话时就拔掉，这样就省了他的电话费。

经过了党校洗礼，崔梦了似乎不再想调整的事儿了。可是，换届年像一支兴奋剂，注入整个公务员体系中。调整像一台搅拌机，让很多人找不到原有的自己。大家都像扑火的飞蛾，只要有一点亮光都飞扑过去。崔梦了怎么可能无动于衷？

崔梦了从怀旧的情绪中走出来，又陷入当下的困境中。老孟仍旧联系不上，胡小车去北京协调"翻车事件"了，崔梦了成了一颗蒲公英的种子在空中飞着。

六、无枕黄粱

大家都在热议，有的说马上就要宣布了。还有的说要到月底，名单都已经拉出来了……调整渗透了空气，空气似乎因此变得沉重起来。那些有想法的人，都惴惴不安，感到了呼吸受阻的纠结。

传言越多，崔梦了越焦虑。

待胡小车从北京回来，崔梦了就去了他的办公室。胡小车说：据传花迎春也跑文化局局长的位置，还有政协、人大的办公室主任，还两个乡党委书记，这些人都比你有实力。

说到实力，崔梦了最没有底气。去文化局只是他自己的想法而已，组织部长那儿他没说出来，主管领导忘记说了，区委书记还没有见到，这目标也只有他和胡小车知道。到目前为止，他还是在空中飘飞的种子，连土壤还没有接触到，离发育、成长、开花、结果太遥远了。

胡小车没提去北京的情况，估计他不单单只协调"翻车事件"，肯定借机让记者朋友帮忙调整，这对胡小车来说可是天赐良机，有些话胡小车是绝对不会和崔梦了说的。胡小车只是说，像政研室、地震局这样的单位他坚决不去，估计他心里已经有底了。

崔梦了长叹一声，像跟胡小车说，更像自言自语：咋弄啊？

胡小车说：你光愁有啥用啊？得想法儿。

我是真没法儿了。

胡小车说：法儿你慢慢想，有一条你得明白，目标光在你心里没用，你得把你的意思传达给领导，你得表现得非常迫切，你得让领导惦记着你，觉得不调你心里不安。

我咋能让领导惦记着啊？

胡小车说：你只有想法儿把礼送出去，你又没有别的路子。不然的话，更没有一点儿希望。

崔梦了说：我去找书记了，去了几次都没见人。前天倒是见到人了，还没有说上话他就匆匆忙忙地走了。我前面还排了几个人呢，都没有说上事儿。他说，要去接省里领导。

不管怎么说，你不见他，肯定没戏。不过现在确实不好找，凡科级干部都想调动，差的想换好的，好的想换更好的，更好的想升副处，人人都想，那就麻烦了，他是神仙也满足不了，满足不了只好躲着。你得发扬愚公移山的精神，不达目的誓不罢休。你知道吗？有人为了找到他，竟然都雇了私人侦探。

嗨，我真是缺这精神，不然早就不是这样了。

你有这精神也是这样，你就是这样的料。傻读书没用，不读书也不行。学以致用才是智慧。胡小车总是不失时机地打击或者教育一下崔梦了，崔梦了还都是心悦诚服地接受。

胡小车说着，电话响了，他示意崔梦了别出声，是部长打来的电话，说网上又有领导的帖子了，你赶紧想法儿删了。胡小车说，这帮王八蛋，说好的不上，又上了。区里出现了一起重大安全事故，一辆校车装了几十个孩子，一下子翻到路沟里去了，当场造成十几人伤亡。车辆还没有从路沟里拖出，一群大小媒体的真假记者就围上来了。胡小车当时就忙活开了。换届年，区委书记也面临着升迁，可是这事儿一出就麻烦了。胡小车受命去北京协调有关媒体，书记明示只要他能摆平，就满足他要求。

北京那边似乎已经平息，部长说，还有一个大报记者，并没有和宣传部联系，直接去了现场，现在还在调查此事件，要胡小车马上派人找这位记者。胡小车也知道，帖子的事儿不是大事儿，只要有人盯着就行了。可是，这么大的市区，找一个人不是大海捞针吗？胡小车千方百计，调动所有关系找这个记者。他必须这样，成败在此一举，胡小车能不尽心吗？

胡小车终于在一个网吧里找到了这位记者，那位记者已经把稿子写好，正准备往外发呢。记者和宣传部门本是一个系统的，"和尚不亲帽子亲"，胡小车当下订了高档饭店，为记者接风洗尘。胡小车这样热情，人家也不好意思拒绝，在他这一亩三分地里，万一有什么闪失怎么办？只好客随主便。既然已经接上头了，胡小车就能摆平他。晚上，胡小车把人家当成救命稻草，豪气冲天地跟人家攀亲喝酒。记者也是性情中人，喝得摇摇欲坠。酒终席散后，胡小车要送记者回下榻的酒店。胡小车虽然头昏脑涨，但是他保持了应有的清醒，他得摸清人家住在哪里？把该办的事儿办了。而记者就是记者，虽然喝得摇摇欲坠，但是头脑依然清醒。虽然跟胡小车亲兄弟似的，却执意不让胡小车送。胡小车硬把他拉上了车，给他磕头的心都有了。可是车子一直走，人家就是不说住哪儿。还说先送胡小车回家。这样送来送去几个回合，胡小车只好下了车。下车后，他随机安排新闻科长，暗中跟踪，一定要搞到确切的地址，锁定目标，再图后计。

崔梦了终于找到了书记，他急中生智，把找部长时打的腹稿都背出来了，而且有些地方还进行了修饰，他觉得该说的都说了，对自己还算满意。可是，领导听了一个字都没说。他掏出家底，领导说话了，你的意思我知道了，这东西你拿上，不然我让司机给你送回去。

崔梦了回到了办公室，心里空荡荡的，见了领导还不如不见呢，

不见还有点想头，见了连一点想头都没有了，心里被彻底抽空了。

崔梦了有种穷途末路的感觉，再过几年就退二线了，他就这一次机会。他想在结束职涯之前有所改变，改变一下工作环境，换一种活法儿，哪怕是发生点变故也好，让他平庸的生活多一点看点。他手机 24 小时不关。希望有个让他惊讶的电话，一条让他心动的信息。"迎春花"从来没有问过他的电话，他也没有问过她的电话，也许正是这样他们才彼此心里踏实。可是，他真希望"迎春花"突然一天能出现在他面前，或者打个电话，发条信息。

他下意识地打开电脑，"迎春花"送来一杯热腾腾的咖啡。他给她一枝带着露珠的红玫瑰。

和"迎春花"聊了一会儿，他的心情稍微轻松一点儿。虚拟的世界真好，她可以是任何人，也可以是崔梦了的另一个自我。在这种焦虑不安的时候，他心里确实需要一个出口。

其实，他接到迎春花加好友的信息后，就进了她的空间，他一度认为网上聊天的人大都是闲客，没有多少高品位的人。所以，他对好友都会事先"审查"一番。他是被她空间的一段话打动了。那是仓央嘉措的《别问是缘是劫》，当时他并不知道谁写的，只是很感动，想必有这般思想和文采的一定不是个凡人。那段话，他现在还能背下来：

我问佛：为何不给所有女子羞花闭月的容颜？

佛曰：那只是昙花的一现，

用来蒙蔽世俗的眼，

没有什么美可以抵过一颗纯净仁爱的心，

我把它赐给每一个女子，

可有人让它蒙上了灰，

我问佛：世间为何有那么多遗憾？

佛曰：这是一个婆娑世界，婆娑即遗憾，

没有遗憾，给你再多幸福也不会体会快乐，

我问佛：如何让人们的心不再感到孤单？

佛曰：每一颗心生来就是孤单而残缺的，

多数带着这种残缺度过一生，

只因与能使它圆满的另一半相遇时，

不是疏忽错过，就是已失去了拥有它的资格。

我问佛：如果遇到了可以爱的人，

却又怕不能把握该怎么办？

佛曰：留人间多少爱，迎浮世千重变，

和有情人，做快乐事，

别问是劫是缘。

崔梦了看完，就确定加她了。当下，他们就聊上了。问好之后，崔梦了直奔主题，问她，你怎么写那么深刻的东西？"迎春花"发了一个笑脸。她说：原创不是我。是一个叫仓央嘉措的和尚写的。和尚？于是崔梦了上网查了仓央嘉措的资料。他在仓央嘉措的资料里，看到了《十诫诗》。他突然想起，看《非诚勿扰2》时被它的片尾曲所感动。当时他反复听，还用笔记了下来，就是不知道谁写那么好？在他的理解中，四大皆空的佛教与教人生死相许的情缘，是不相容的，为什么身为达赖喇嘛的仓央嘉措会把情和佛融汇一脉？从佛性看情性，竟是那么自然、真切、有穿透力。于是，他对仓央嘉措十分崇拜。

"迎春花"当时也问他：为什么起了个"借枕黄粱"的网名？看上去很有文化啊。他说：有文化说不上，不过读了一些闲书而已。我喜欢的一首诗里有句"无枕黄粱"，就偷来了当网名了。"迎春花"说：你这人，风趣、幽默、睿智。

崔梦了觉得自己一点儿都不风趣、幽默、睿智，而是无助、无奈、无能透顶了。此时，他很想和"迎春花"多聊一会儿，以度过这难挨的时光。可是，"迎春花"说了几句，就下线了。她说，她有事儿要出去了，这几天比较忙，闲暇时再聊。

无论"迎春花",还是仓央嘉措,都不能把崔梦了从凡尘中"解救"出来。崔梦了揣着家底回了家。

"语文老师"对他升迁的事儿,全力支持。他出门时,她还说如果这些不够,她再去借点儿。当他把东西还给她时,她黯然神伤,默默无语。突然,她开口说道:还有一个人。

崔梦了吓了一跳,惊愕地望着"语文老师",以为她精神失常了。

"语文老师"像给学生上课时一样,平静地说道:我有一个舅姥爷,在省某厅是副厅长。

崔梦了好像陪刑犯,枪响过之后,才知道自己并没有死。他半天才道:我原来咋没听你说过?

他已经退了。

崔梦了豁然怒道,神经病,退了还说啥啊?

"百足之虫,死而不僵",退了也有关系,上次回来时还是书记陪同的。只是多年没有来往过,不知道人家还认不认得我?

不试试咋知道认不认得呢?你说出这种亲戚关系,他肯定知道。

崔梦了又激动起来,有关系总比没有好。于是,夫妻二人带着家当一起来到了省城,见了舅姥爷。但凡退休的人,总比在台上热心。舅姥爷同样很热情,当场就给区委书记打了电话,说了情况。书记也很客气,但没说同意也没说不同意,只是说他记住这个事儿了,平衡一下看吧。

舅姥爷说,你们先回去,我钉住这个事儿,向最坏处着想,往最好处努力。崔梦了按"语文老师"的事先安排,出来时他走在前边,"语文老师"断后。"语文老师"断后,是为了把家底交给舅姥爷,让他老人家再费心,不然还是觉得没有底气。

那天上午,从舅姥爷家出来,崔梦了心情很轻松,不管怎样总找到了感觉。"语文老师"好多年都没有来过省城了,想在省城逛逛。崔梦了就陪着她逛了商场。进入商场,崔梦了良好的感觉顿时消失了,这里真不是他们小地方的人能消费的。"语文老师"看了一件上衣,穿上试试,很好看,一看吊牌,像被火烧了一样,麻利地脱掉了。她几个月的工资也买不了这一件衣服。别说她现在口袋里没钱，就是有钱，她也不会买。这跟图财害命有啥区别啊？服务员不明就里，还在劝：你看你穿上多好看啊，让你先生看看，多有气质，简直就像换了一个人似的。穿上走吧，你真合适穿我们家的衣服。再说，这衣服也不贵，刚才那个姐一下子拿了七件。

崔梦了一旁吸溜嘴，服务员说：先生，你咋啊？不舒服啊？

崔梦了说：牙疼。

"语文老师"就借坡下驴，说，赶紧走吧，去医院看看。

出了那个品牌区，崔梦了说：没钱试啥啊？

"语文老师"说：试试又不要钱，买不起，还不能试试啊？

崔梦了说：穿上不饿？要恁些钱。

"语文老师"说：有钱人谁还在乎钱，只在乎感觉。哎，咱好不容易来趟省城，咋也得买点啥吧？要不我买双袜子吧。他们来到内衣区，一双袜子至少二十多元，还是打折处理的。"语文老师"说，我穿的都是一块钱一双的，也不比这差。崔梦了觉得这双袜子钱他还是能负担起，就撺掇"语文老师"买，好歹也不枉为他来一趟省城。"语文老师"似乎动心了，看了又看，掂了又掂。崔梦了烦了：这么黏糊，买就买，不买就走。

"语文老师"还是放下了，他们逛了几家商场，一分钱也没花。

当晚，崔梦了和"语文老师"在省城找了一家快捷酒店住下。商场的遭遇丝毫没有影响崔梦了的心情，这么长时间以来，他这颗飘飞的种子才算真正地落了地。不知怎么，他突然想起了"迎春花"，心里便升起了一股躁动。他看了"语文老师"一眼，"语文老师"已经打开电视看韩剧。他拿过遥控器，把电视关了，说，你去洗洗吧，跑一天累死了。

"语文老师"好像明白了什么，满目波光流动，去了洗漱间。崔梦了拿起酒店配送的晚报，心猿意马地翻着，一个字也没有看进去。

"语文老师"洗完出来，崔梦了就进了卫生间。他心旌摇荡地洗着，洗得很细致很从容。等他洗漱出来，"语文老师"已经发出

轻微的鼾声。"语文老师"就这德行，没有电视就六神无主，昏昏欲睡。因为是标间，崔梦了失魂落魄地躺在床上。说实话，他对"语文老师"真没有多少欲望，不是那个虚拟的"迎春花"，他也不会这么冲动。也好，睡就睡吧，他也少了那种犯罪的感觉。每次和"语文老师"做爱，都把她想成那个虚拟的女人，痛快淋漓之后，就觉得对不起她。他像一个惯偷无法控制这种行为，更无法排遣这种罪恶感，心里不堪重负。

崔梦了朦朦胧胧地入睡，一种声音进入了他的梦境，渐渐地把他从梦里拉出来。一个女人如泣如诉的呻吟声清晰地传入他的耳朵，他以为是女孩子跟男朋友闹了别扭。翻了一下身，继续睡觉。夜很静，那声音越来越响，越来越急促，接着是剧烈的撞击声，好像整个楼都在晃动。他突然明白怎么回事儿，但又觉得太不可思议，这种事儿居然闹出这么大的动静？夜，又归于平静，想必那一对如此折腾也精疲力竭了吧？可是，醒来的崔梦了再也无法平静，他和妻子一辈子也没有过这样的性生活，他的这个"语文老师"，牙咬破不会叫一声。他又一次想起了"迎春花"，如果他和"迎春花"有机会的话，"迎春花"会这样响彻云霄叫吗？他还能有这样的力量让整个楼都晃动吗？他肯定不行了，青春不再，垂垂老矣。那女人的呻吟声搅起了他的冲动，下意识地朝对面床上望去，借助卫生间里透出迷蒙的余光，看到妻子睡得正香，嘴里还说着：不要、不要。她一定做梦还在逛商城。"迎春花"又挤进了他的脑海里，他竭力控制着床不让晃动，怕惊醒"语文老师"，黑夜里悄无声息地自慰。崔梦了心力交瘁地躺着，渐渐地入睡。再度醒来时，还是那个女人的呻吟，还是那剧烈的撞击。崔梦了拿被子蒙住了头，但是，那声音却更加清晰，更加刺激。大概过了一个世纪，那动静终了。可是，直到天明，崔梦了再无睡意。

胡小车绘声绘色地讲述了他跟记者的"斗智斗勇"，想必是给自己打气吧。他说，他凭良心干工作，就看领导凭不凭良心了。崔梦了也交代了他的所作所为，征求胡小车的意见，下面还应该怎么办？胡小车说：一个字，"等。"崔梦了说：废话，我还能不知道一个"等"字，关键是等的过程中还做什么？

胡小车说，做爱呗，你还能做什么？崔梦了就想到了宾馆的那一幕，一脸坏笑地说了一个粗字。

崔梦了煎熬在一个"等"字里，打不通老孟的电话，就去了他家。敲了半天门，也没有动静，他正要转身离开，老孟的老伴开了门。

老太太一见崔梦了，眼圈都红了，说：崔主任来了，你恁忙还来看老孟，赶紧进来歇歇。

崔梦了吓了一跳，不敢问老孟咋啦。他随着老孟的老伴进了院子，看到老孟坐在轮椅上，正对着他啊、啊地说着。崔梦了心里猛然一揪，眼里热辣辣的。他咋也没有想到，老孟患了中风，他打那么多电话打不通，还以为他云游四方呢。他问老孟老伴，病多长时间了？老太太说，几个月了。前些时候，被人请到广州去了，才给人家说几句，就没有下文了。人家一看不会说话了，随即送到医院，抢救了三天三夜，才这样。老孟的一双儿女都在外地，看来也都是老太太在伺候他。院子里到处都是垃圾，有洁癖的老孟，再也不能收拾院子了。突然，一个东西吸住了崔梦了的眼球，正是那本被老孟视为宝贝的手抄孤本《易经》，静静地躺在一堆垃圾中，上面涂抹着黑乎乎东西，大概是老孟的大便。

崔梦了唏嘘不止，从口袋里掏出二百块钱，塞给了老孟老伴。他确实不是来探望老孟的，但事到如今也只好顺水推舟了。老孟是他的恩师，也是他的领导，又是他单位的退休干部，于公于私都得看他，于公于私都得他掏腰包。

从老孟家里出来，崔梦了似乎心里淡然了许多，再过十来年，他也跟老孟一样的年纪了。对于老孟来说，谁上谁下跟他还有关系吗？

终于揭开了"红盖头"，这次实在是大调整，正副科级干部大概有几百人吧。南囡提拔为副县走了，花迎春去了文化局，胡小车去了地震局……

崔梦了成了漏网的鱼，但是却没有漏网的状态。他脑子里一片空白，不知道该怎么面对这次调整。他好像一个被遗忘的人，热热

闹闹地送旧迎新中，没有人想起他。崔梦了把自己关在办公室里，三天没有出门，他好像觉得自己失去了出门的能力。他的心瘫痪了，电脑没有开，手机也关了，什么也不干，什么也没想，只有一脸的胡子像安慰他似地疯长。

窗外的迎春花已经长成了郁郁葱葱的大树，花期早已过去了，没有花的它，更显出了生机。"语文老师"的敲门声，把崔梦了从混混沌沌的状态中唤醒，她像对班里的学生一样说：人家清洁工就不活了？是你自己迈不过那个坎儿。

崔梦了被妻子点醒之后，觉得妻子说得对，他得迈过这个坎儿，不如他的人太多了，和他一起参加工作的干部中一辈子没有级别的也不少。于是，他走出了办公室，去街上理了发，他想，无论如何也得继续生活啊。

他突然又想起了那首诗："二十年来公与侯，纵然做梦也风流。我今落魄邯郸道，要向先生借枕头。"这是清朝一个书生考功名失败，到了邯郸，想到了吕纯阳点化卢生的那个黄粱梦有感而发。不管怎样，他这一枕黄粱也做得有声有色啊，他不用借枕头也做了黄粱梦。他取"无枕黄粱"的网名时，还得意扬扬，自以为有点意味，不想已为这次调整埋下了谶语。

他开始调整自己的心态，打开了电脑，登上了QQ，"迎春花"给他发了很多条信息，都是问他的情况怎么样。她这几天一直在等他，以为他出了啥事儿呢？他说，没事儿，有点儿不舒服。他问她的事情怎么样了？她说，不太理想，还算可以吧。是不是可以见一面了？

崔梦了没有及时回答。

她说：你不是个残疾人吧？

脑残！

崔梦了好像浴火重生的凤凰，答应了"迎春花"的约会。

崔梦了把自己收拾得很光鲜，他把地点定在"黄粱咖啡"，这是一个相对僻静的地方，档次也不低。他真的不知道他和"迎春花"会怎么样。他过去想象的很多场景都变成了问号。他提前到了，进了房间，空气很闷。他打开窗户，心里忐忑不安，他算是迈过自己了吗？他觉得很荒唐，想走。可是，那渴望已久的东西又不忍放弃。崔梦了要了一杯开水，喝完之后离开了房间，来到大厅。估计她也该来了，他拣了一个对着大门的临窗卡座坐下，这里可以对出入本店的人一览无遗。

突然一个紫色的身影映入他的眼帘。是的，紫色的套裙，脖子里系了淡紫色的丝巾。正是"迎春花"跟他应约的穿着，她进了大门。天啊，崔梦了一阵眩晕，竟然是她！

待花迎春走过楼梯口，崔梦了急匆匆逃跑了。崔梦了逃出"黄粱咖啡"的大门时，慌乱中踏空了最后一个台阶，一下子摔倒在地，后脑勺磕在台阶上，顿时昏迷过去。

崔梦了被送进医院，醒来以后和老孟一样坐上了轮椅……

作者简介

柳岸，本名王相勤，女，中国作家协会会员，周口市作家协会副主席，淮阳县农业综合开发办公室主任。已出版小说集《燃烧的木头人》《八张脸》，长篇小说《我干娘柳司令》。《燃烧的木头人》获"河南省文艺成果奖"，《我干娘柳司令》获"河南省'五个一'工程奖"。